Nathalie Termer
When Fling Meets Forever

AF286491

Nathalie Termer

When Fling Meets Forever

Flirt. Plan. Liebe.

Bibliografische Information der Deutschen Nationalbibliothek: Die Deutsche Nationalbibliothek verzeichnet diese Publikation in der Deutschen Nationalbibliografie; detaillierte bibliografische Daten sind im Internet über http://dnb.dnb.de abrufbar.

Lektorat: Michael Schober
Covergestaltung: Luise Deckert

Verlag: BoD · Books on Demand GmbH, In de Tarpen 42, 22848 Norderstedt, bod@bod.de

Druck: Libri Plureos GmbH, Friedensallee 273, 22763 Hamburg

ISBN: 978-3-7693-5241-2

 *1*

Männer? In meinem Leben hatten sie lange Zeit nie mehr als eine Statistenrolle. Kurzweilig, aufregend – aber meistens schnell vergessen. Bis *Nummer eins* die Bühne betrat. Auch sein Auftritt war kurz, aber prägend. Sein *kleiner Fehltritt* bewog mich dazu, nach neuen beruflichen Abenteuern außerhalb Hamburgs zu suchen. Nicht, weil er mich zu sehr verletzt hatte. So war es nicht. Es hätte ohnehin nicht lange funktioniert. Aber ich beschloss, dass ein Tapetenwechsel mir nicht schaden konnte. Und so landete ich schließlich in dieser Szene im eleganten sechzehnten *Arrondissement* von Paris – bei *Nummer zwei*. Rein chronologisch betrachtet. Würde man nach anderen Kriterien nummerieren … nun ja, lassen wir das.

Es war mein erster Tag in Paris, und meine Kaffeemaschine steckte noch irgendwo in einem Umzugskarton. Ein kleines Problem, könnte man meinen. Doch wer mich kannte, wusste um die Brisanz: Ohne meinen ersten guten Kaffee des Tages war es schlicht unmöglich, meinen neuen Job als *Chief Interior Designer* bei *Aurum Luxury Hotels* anzutreten. Und so erschien mir das gemütliche *Café des Vignes* in meiner neuen Nachbarschaft als die ideale Lösung, um meinen Koffeinbedarf zu decken und meine Gedanken vor dem ersten Meeting ein wenig zu ordnen. Aber da hatte ich die Rechnung ohne *Nummer zwei* gemacht. Meine Gedanken sollten heute besonders aus der Reihe tanzen.

Irgendwo zwischen Vorfreude und Aufregung rührte ich etwas Zucker in meinen *Café crème* und ließ das Gemurmel um mich herum auf mich wirken – ich verstand längst nicht jedes Wort, aber auf Französisch klang selbst das Alltägliche charmant. Ich löffelte den süßen Milchschaum und sah kurz auf meine Uhr. Und dabei fiel mein Blick auf einen Mann am Nebentisch – genauer gesagt, auf seine ungewöhnliche Notebooktasche, deren gewachster Stoff in der Morgensonne glänzte. Mit ihren feinen Lederapplikationen war sie definitiv ein Unikat und ließ auf einen Besitzer schließen, der ein Auge für Ästhetik im Alltag hatte.

Interessant, Frau Brand, dachte die *Designerin* in mir. Die *Frau* in mir richtete ihre Aufmerksamkeit auf die blauen Augen des Besitzers, die mich bereits interessiert musterten. Offensichtlich war ihm meine Faszination nicht entgangen. Nun aber galt sie nicht mehr nur der Tasche. Mann und Tasche – perfekt abgestimmt in Blau und Braun. Lässig und doch kultiviert. Doch unter dem stilvollen dunkelblauen Anzug verbarg sich mehr – etwas, das meine Gedanken in eine Richtung lenkte, die für einen Montagmorgen eher unangebracht war.

In den Minuten, die folgten, wanderten meine Blicke immer wieder zu ihm und seine zu mir. Ich konnte ein Grinsen kaum unterdrücken. Er schien ebenso viel Spaß an diesem Spielchen zu haben wie ich. Wer weiß, wie lange wir so weitergemacht hätten, wenn nicht mein erstes Meeting im neuen Job angestanden und sein Handy nicht plötzlich geklingelt hätte. Mit einem leichten Seufzen nahm er das Gespräch an, und ich sammelte schnell meine Gedanken. *Na gut.* Die Realität rief. Und mein neuer Job hatte definitiv Vorrang vor einem Flirt mit dem Mann am Nebentisch, so verlockend das auch schien.

Letztlich war es doch nichts weiter als einer dieser *Was-wäre-wenn*-Momente. Zu einem anderen Zeitpunkt wäre meine Reaktion anders ausgefallen. *Wahrscheinlich* hätte ich das Gespräch längst eröffnet, *vermutlich* hätten wir uns verabredet, *vielleicht* wäre ein schöner Abend daraus geworden. Und *eventuell* eine noch schönere Nacht. Ganz unverbindlich, bevor ich weitergezogen wäre. So war ich nun einmal. Da könnte meine beste Freundin Anna noch so oft die Augen verdrehen und theatralisch seufzen, wie sie es so gerne tat, wenn ich ihr von meinen flüchtigen Abenteuern erzählte.

Der Protagonist meines kleinen Gedankenspiels beendete sein Telefonat, verstaute sein Notebook in der besonderen Tasche, schenkte mir ein entschuldigendes Lächeln und ging zum Tresen, um zu bezahlen. Dort änderte sich sein Gesichtsausdruck schnell – von verwirrt zu frustriert. Der Kellner zeigte ungeduldig auf den Kartenleser, und mein kleiner Flirt antwortete in gebrochenem Französisch, begleitet von einer hilflosen Geste zu seinem Portemonnaie. *Engländer?* Wahrscheinlich. Dieser charmante Akzent und die offensichtliche Überforderung mit der französischen Sprache ließen darauf schließen. Auf jeden Fall konnte er das Problem nicht lösen. Ohne weiter darüber nachzudenken, stand ich auf und trat an den Tresen.

»Kann ich helfen?«, bot ich an. Der Kellner gab sich keine Mühe, seine Missbilligung zu verbergen. »Das Kartengerät funktioniert momentan nicht und dieser Herr hier hat kein Bargeld bei sich.« Er sagte *ce monsieur-là*, also *dieser Herr hier*, mit einer derartigen Geringschätzung, dass ich mir ein Grinsen nicht verkneifen konnte.

»Ich übernehme das.« Entschlossen öffnete ich mein Portemonnaie.

»Oh, das ist wirklich nicht nötig«, murmelte *ce monsieur-là* jetzt sichtlich verlegen.

»Nein? Es sieht nicht so aus, als hättest du Alternativen.«

Er sah mich irritiert an. Männer waren oft überrascht, wenn ich die Dinge so unverblümt auf den Punkt brachte. Vielleicht lag es an meiner zierlichen Erscheinung? Ich war es jedenfalls gewohnt, unterschätzt zu werden, und liebte es, Erwartungen zu brechen.

Ce monsieur-là fing sich schnell und hob die Hände, als würde er sich ergeben. »Vermutlich hast du recht. Ich sag besser nicht nein, oder?«

»Weise Entscheidung. Ich mag Männer, die wissen, wann sie sich geschlagen geben müssen.« Ein pragmatischer Zug, der ihn in meinen Augen nur noch attraktiver machte.

Ich nutzte die Gelegenheit, um auch gleich meine Rechnung zu bezahlen, und gemeinsam verließen wir das Café. Er zögerte kurz, als wir auf dem Bürgersteig standen und ich mein Portemonnaie wieder verstaute.

»Nochmals vielen Dank. Ich bin gerade erst aus London gekommen und habe nur Pfund dabei. Peinlich genug, kein Bargeld zu haben – aber fast noch peinlicher ist wohl mein schlechtes Französisch. Ich bin übrigens Lukas.«

»Ach, kein Problem. Ich werde es finanziell überleben. Sophie, freut mich.«

»Also, Sophie, ich muss diesem Kartenlesegerät wohl wirklich danken. Es hat mir den perfekten Vorwand geliefert, doch noch mit dir ins Gespräch zu kommen.«

»Du brauchtest einen Vorwand?« Der Gedanke amüsierte mich. »Für einen Mann, der souverän genug ist, ohne Bargeld durchs Leben zu gehen, müsste es doch leicht sein, eine Herausforderung wie mich anzunehmen, oder?« Er nahm den Ball sofort auf.

»Eine Herausforderung, sagst du? Also, jetzt hast du mein Interesse geweckt.«

»Erst jetzt?« Ich schüttelte gespielt tadelnd den Kopf.

»Sophie«, sagte er, und es klang wie *Souh-fieee* – eine Mischung aus Lehrbuchenglisch und dem Versuch, französisch zu klingen, mit der Betonung auf beiden Silben, als wäre mein Name nur für seine Lippen und meine Ohren bestimmt. *War das ein Zauberspruch?* Es musste einer sein, denn plötzlich freute ich mich auf jedes weitere Wort. »Zu meiner Verteidigung: Es ist gerade mal halb zehn, ich bin seit Stunden wach, habe schon den Ärmelkanal überquert und gleich ein wichtiges Meeting. Ich entschuldige mich, wenn ich dir nicht souverän genug war. Auf ein Temperament wie deins war ich wohl nicht vorbereitet, aber ich nehme die Herausforderung gerne an.«

Seltsam. Es war, als ob wir diese Art von Dialog schon seit Jahren führten. Viele Männer taten sich schwer damit, sich auf meine Art von *Flirtgefechten* einzulassen, wie Anna es nannte, aber dieser Lukas schien mühelos damit zurechtzukommen und sprach einfach weiter.

»Also, ganz direkt und ohne Vorwand. Ich würde mich gerne revanchieren. Wie wäre es mit einem Kaffee auf meine Kosten – vorausgesetzt, du bist nicht nur heute in Paris?«

Die altbewährte Kaffee-Eröffnung? Jetzt wurde es interessant. Zeit für meinen nächsten Zug.

»Kaffee?« Ich ließ das Wort in der Luft hängen, als ob ich darüber nachdachte. »Wie wäre es, wenn wir den Kaffee zum Abschluss eines Abendessens nehmen?« Sein überraschter Gesichtsausdruck war unbezahlbar. Es war typisch für mich, den ersten Schritt eines Mannes sofort ein wenig zu … kapern. Eine Art Test, wenn man so will. Denn so sehr ich das Spiel ohne Verpflichtungen und den Nervenkitzel genoss, waren mir Kontrolle und Sicherheit ebenso wichtig. Ein Mann, der meine unverblümte Art souverän aufnahm, ohne die Fassung zu verlieren, war definitiv jemand, der mich respektierte – und bei dem ich mich sicher fühlen konnte.

Er schien kurz nach den richtigen Worten zu suchen, bevor er grinste. »Das klingt nach einem viel besseren Plan. Aber nur, wenn du mir versprichst, dass du noch länger in Paris bleibst. Eine so interessante Begegnung kann ich unmöglich auf nur einen Tag beschränken.« Ein leises Kribbeln breitete sich in mir aus.

»Versprochen«, sagte ich. *Dass ich in Paris bleibe, ja. Aber ob es mehr als ein Treffen würde? Abwarten.* »Ich bin tatsächlich gerade hier hergezogen. Heute ist mein erster Arbeitstag.«

»Dann wünsche ich dir einen guten Start. Ich hoffe nur, dein Arbeitgeber weiß, was für einen Aktivposten er da ins Haus holt.«

Ich machte eine lässige Handbewegung. »Oh, keine Sorge. Bei der Arbeit bin ich total *zen*.«

Er hob grinsend eine Augenbraue. »Wirklich? Das scheint mir schwer vorstellbar.«

Aber es stimmte. Umgeben von Farben, Stoffen und Tapeten war ich in meiner ganz eigenen Welt. Er tippte meine Nummer ein und schrieb *Sophie* ins Feld darüber.

»Darf ich noch einen Nachnamen hinzufügen? Oder soll ich *Des Vignes* schreiben?« Sein Blick ruhte auf dem Café-Logo. »Das würde dir gut stehen.«

»Brand.« Ich buchstabierte es und er sprach es leise nach, als wollte er den Namen auf sich wirken lassen.

»*Sophie Brand?* Ist das ein deutscher Name?« Etwas daran überraschte ihn und sein Blick verlor sich für einen Moment. Dann fokussierte er sich wieder, speicherte den Eintrag und wandte sich mir zu. »Also danke noch mal. Ich freue mich wirklich darauf, unser Gespräch bald fortzusetzen. Viel Erfolg im neuen Job.« Mit einem warmen Lächeln und einem kurzen Nicken verabschiedete er sich und drehte sich um.

»Danke«, konnte ich gerade noch erwidern – und dann war er weg.

Seltsam. Was hatte ich verpasst? Hatte er ein Problem mit meiner deutschen Herkunft? Na ja, vielleicht erinnerte er sich an die Geschichten seines Opas, der ihn vor den »Ze Germans« gewarnt hatte. Oder er war einfach enttäuscht, dass ich keine Französin war. Eine *Chloë-Chantal* oder so ähnlich hätte ihm vielleicht besser gefallen als eine *Frau Brand*. Wie auch immer, Menschen waren eben manchmal seltsam. Und ich musste weiter. Amüsiert schüttelte ich den Kopf.

Paris und ich – das fing ja gut an.

2

Auf dem Weg zu meiner neuen Arbeitsstätte ließ ich mich von den Stadthäusern dieses Arrondissements begeistern, von der Eleganz der gepflegten Fassaden und ihren kunstvoll verzierten Balkonen. Vor einer besonders kunstvollen Haustür blieb ich fasziniert stehen und fuhr mit den Fingern über die feinen Schnitzereien.

Ein Passant warf mir einen amüsierten Blick zu – der Anblick einer Frau Anfang dreißig im eleganten Hosenanzug, die ehrfürchtig über eine Tür strich, war vermutlich eher ungewöhnlich. *Aber was soll's?* Es gab sicherlich schlimmere Angewohnheiten, als in allem das Schöne zu entdecken.

Und meine Neigung, die Welt mit allen Sinnen aufzunehmen, stieß nicht selten auf Bewunderung – besonders bei den Herren der Schöpfung. *Apropos* … das lenkte meine Gedanken zurück zur Notebooktasche und ihrem Besitzer. Nachdem er es auf einmal so eilig gehabt hatte, fragte ich mich, ob er sich wirklich melden würde. *Aber wenn nicht, dann eben nicht.*

Meine Gedanken verlagerten sich auf das, was vor mir lag, als ich um die Ecke bog und das ehrwürdige Stammhaus der *Aurum Luxury Hotels* erblickte. Der Portier öffnete mir mit einem knappen Nicken die Tür, und sofort umfing mich dieser altmodische Luxus aus Marmor, Samt und entschieden zu viel Plüsch. Einen Moment lang fragte ich mich, ob ich dieser Herausforderung wirklich gewachsen war, doch ich schüttelte die Zweifel ab. Es war an der Zeit, diesem historischen Gebäude neues Leben einzuhauchen.

Nach einem kurzen Moment an der Rezeption wurde ich von Anouk, meiner neuen Assistentin, freundlich in Empfang genommen. »Schön, Sie kennenzulernen. Ich bringe Sie zum Konferenzraum«, erklärte sie fröhlich in schnellem Französisch, bei dem ich Schwierigkeiten hatte, mitzuhalten. Mein Paris-Semester lag Jahre zurück, und ich würde sie wohl für den Anfang bitten müssen, langsamer zu sprechen. Sympathisch war sie mir jedoch sofort, wie sie mich mit energischem Schritt durch das Gebäude navigierte. Schnell schulte ich sie von *Frau Brand* auf *Sophie* um – und schon standen wir vor dem Konferenzraum.

Ich war perfekt darauf vorbereitet, mein Konzept der versammelten Führungsebene dieser kleinen, aber exklusiven Hotelkette zu präsentieren. Was mich jedoch unvorbereitet traf, war das, was ich sah, als mein Blick durch den nüchternen Raum schweifte: Da, direkt neben dem Vorstand, lag sie – die Tasche aus dem Café. Und daneben saß ihr Besitzer, Lukas. Seine Miene verriet nichts, als hätte *er* diese Situation erwartet, während *ich* mit aller Kraft versuchte, meine Fassung zu bewahren.

Jetzt ergab alles einen Sinn: Als ich ihm meinen Nachnamen genannt hatte, wusste *er* sofort, dass wir uns hier und heute wiedersehen würden – und ließ *mich* bewusst im Dunkeln. *Nicht sehr gentlemanlike, Monsieur.* Dieses Meeting war wichtig, und er nutzte seinen – nennen wir es psychologischen – Vorteil, um mich gleich zu Beginn aus dem Konzept zu bringen. Ich fühlte mich ... hintergangen.

Jacques Bernard, der Vorstandsvorsitzende, den ich im Rahmen des Auswahlverfahrens kennengelernt hatte, begrüßte mich freundlich und erdete mich damit wieder ein Stück.

Fokus, Sophie.

»Frau Brand, ich freue mich, Sie in unserem Team willkommen zu heißen. Ihr Konzept hat uns beeindruckt, und wir sind gespannt darauf, wie Sie unser Haus in die Zukunft transportieren. Erlauben Sie mir, Ihnen Lukas Harding vorzustellen, unseren *Senior Project Developer*. Er leitet die strategische Planung unserer Modernisierung und wird Ihre Designs mit unserem Budget vereinen.«

Bernard wandte sich nun Harding zu. »Herr Harding, darf ich Ihnen Sophie Brand vorstellen? Frau Brands Kreativität kombiniert mit Ihrer Expertise verspricht, unser Hotelerlebnis zu revolutionieren. Ich bin davon überzeugt, dass die Synergie Ihrer Talente außergewöhnliche Ergebnisse hervorbringen wird.«

Bei »Synergie« verzog ich leicht das Gesicht und hoffte, man sah es mir nicht an. Im Café hätte dieses Wort eine deutlich prickelndere Assoziation in mir hervorgerufen. Aus dem Augenwinkel glaubte ich, bei Harding eine ähnliche, kaum merkliche Bewegung der Mundwinkel zu erkennen.

»Guten Tag, Frau Brand«, begrüßte er mich, seine Stimme ebenso kontrolliert wie sein Gesichtsausdruck. So schnell wurden aus *Lukas und Sophie* also *Herr Harding und Frau Brand*. Die meisten Geschichten entwickelten sich üblicherweise wohl eher andersherum. *Sei's drum.* Ich zwang mich zu einem höflichen Lächeln.

»Guten Tag, Herr Harding. Auf eine gute Zusammenarbeit.«

Bernard stellte mir die anderen Anwesenden vor – und dann war es Zeit, meine Präsentation zu eröffnen.

»Meine Damen und Herren, ich präsentiere Ihnen ein Design, das dem Namen *Aurum Luxury Hotels* nicht nur gerecht wird, sondern ihm neuen Glanz verleiht. *Aurum* steht für Gold, Luxus, Eleganz. Aber Luxus bedeutet heute mehr als nur Glanz und

Glamour – er definiert sich auch durch unvergessliche Momente.«
Ich wechselte zur nächsten Folie.

»Wir kombinieren Gold mit Grau und Farbakzenten, um eine modern-elegante Atmosphäre zu schaffen, als Kulisse für ein neues Luxuserlebnis.« Ich sprach über Komfortmerkmale und Möbel, nahm ein Stoffmuster in die Hand und ließ es durch meine Finger gleiten. Sofort spürte ich die beruhigende Wirkung, die Textilien auf mich hatten. »Unsere Gäste werden ihren Aufenthalt personalisieren können. Lichtsteuerung oder Ambientemusik – alles lässt sich individuell anpassen.«

Die nächste Folie zeigte verschiedene Beleuchtungsszenarien. »Stellen Sie sich vor, wie sich die Atmosphäre durch das Licht verändern kann: inspirierend am Morgen, beruhigend am Abend – und wer weiß, vielleicht sogar ein wenig anregend in den späten Stunden.« Ich zwinkerte und erntete ein paar Lacher. Mein kleines Publikum schien ich im Griff zu haben. Der perfekte Moment, um zum Schluss zu kommen – und vielleicht der perfekte Moment für eine kleine Spitze.

»Meine Damen und Herren, wir werden die Marke *Aurum* zu einem Namen machen, den man sofort wiedererkennt.« Mein Blick wanderte durch den Raum, bis er sich scharf auf Harding fixierte. Für einen flüchtigen Moment blitzte Überraschung in seinen Augen auf, ehe er seine Fassung wiederfand. Die Botschaft war angekommen.

Jacques Bernard dankte mir und eröffnete die Fragerunde. Die erste Wortmeldung einer Kollegin aus dem *Hospitality Management* war ein amüsanter Eisbrecher, den ich gerne annahm.

»Ihr Vortrag hat mich überzeugt, Frau Brand. Aber haben Sie vielleicht auch ein paar spontane Lösungen parat, um diesem Konferenzraum etwas Leben einzuhauchen?«

»Selbstverständlich«, entgegnete ich prompt. »Eine Mooswand. Ein Blickfang, der gleichzeitig die Akustik und das Raumklima verbessert.« Ich deutete auf einen groß gewachsenen Kollegen, der auf seinem Stuhl zu kämpfen hatte. »Ergonomische Stühle. Komfort ist unverzichtbar, besonders bei langen Meetings.« Ein zustimmendes Nicken ging durch die Runde. Mein dritter Vorschlag rutschte mir heraus, ehe ich mich bremsen konnte. »Und drittens? Ein Upgrade beim Kaffee. Bei allem Respekt – dieser Filterkaffee hier wird weder uns noch der Marke gerecht.«

Ich hoffte einen Moment lang, damit keinen Fauxpas begangen zu haben, aber zum Glück fand meine Bemerkung offensichtlich Anklang. Sogar Bernard zeigte sich belustigt.

»Ausgezeichnete Anregungen, Frau Brand«, kommentierte er mit einem Schmunzeln. »Besonders der Punkt mit dem Kaffee trifft den Nagel auf den Kopf. Es ist mir schleierhaft, wieso wir schlechteren Kaffee trinken als unsere Gäste.«

Ich nahm einen Schluck des dünnen Getränks. Nun meldete sich Harding zu Wort. Ich richtete mich auf und faltete die Hände vor mir auf dem Tisch.

»Frau Brand«, begann er und sprach meinen Namen wie das englische Wort für *Marke* aus. Ehrlich gesagt, ich wäre lieber *Souhfieee* geblieben. Aber *diner* und *café* waren wohl *passé*. »Frau Brand, Ihr Konzept beeindruckt in seiner Ästhetik und dem Luxusbekenntnis. Allerdings stellt ein Projekt dieser Größenordnung uns vor finanzielle Herausforderungen. Wie planen Sie, innerhalb des Budgets flexibel zu bleiben?«

Ich löste meine verschränkten Daumen und richtete sie nach außen, um Offenheit zu signalisieren. »Das ist sicherlich eine Schlüsselfrage, Herr *'Arding*«, sagte ich und ließ das »H« absichtlich fallen, ganz so, wie die Franzosen es tun. Diesen kleinen Spaß hatte ich mir wohl verdient. Sein Schmunzeln verriet, dass er den Seitenhieb verstand. Zufrieden fuhr ich fort. »Keine Sorge. Finanzielle Effizienz ist ein integraler Bestandteil meiner Planungen. Allerdings wäre es strategisch unklug, meinen Verhandlungsspielraum schon jetzt offenzulegen, oder etwa nicht?«

Der Finanzvorstand neben 'Arding quittierte meine Worte mit einem anerkennenden Lachen. 'Arding nickte. »Das ist natürlich wahr. Dann lassen Sie mich einen konkreten Punkt heraussuchen«, bat er und blätterte in den Unterlagen. »Ihr Vorschlag für die Beleuchtungselemente scheint über unser übliches Budget hinauszugehen. Wie stellen Sie sich die Finanzierung vor, ohne die Kostenstruktur zu sprengen?«

Also fachlich gesehen ließ er nichts anbrennen – *in anderer Hinsicht vielleicht auch nicht?* Es war vielleicht Zeit, ihn ein wenig zu bremsen.

»Ich verstehe Ihre Bedenken bezüglich des Budgets. Aber wissen Sie – es gibt immer Mittel und Wege, auch wenn die Ressourcen knapp erscheinen. Mit etwas Geschick und einem scharfen Verstand öffnet sich immer irgendwo ein Portemonnaie, nicht wahr?« *Volltreffer. War das eine leichte Röte in seinem Gesicht?* Selbstbewusst setzte ich meine Ausführungen fort. »Die vorgeschlagenen Beleuchtungselemente sind eine Investition, die sich durch Energieeffizienz und geringe Wartungskosten langfristig auszahlt.« Ich beschloss, die Sticheleien lieber sein zu lassen. Aber jetzt schien es, als fand *er* Gefallen daran.

»Frau Brand, wie gedenken Sie, sich mit Ihrem zweifellos starken und unabhängigen Stil in Teamstrukturen einzufügen?«

Aha, war ich ihm zu selbstbewusst?

»Herr Harding, ich bin überzeugt, dass Kommunikation der Schlüssel zum Erfolg ist. Ich erwarte *Offenheit* in meinem Team.

In der Kreativität genauso wie im zwischenmenschlichen Miteinander.«

Ich spürte, wie meine Mundwinkel zuckten. *Was musste er mir auch so eine Steilvorlage liefern?* Doch anstatt zurückzuschrecken, setzte er nach. »Eine letzte Frage, wenn ich darf. In Anbetracht der Reiseanforderungen dieses Projekts – gibt es Faktoren, die Ihre Verfügbarkeit einschränken?« Seine Frage war professionell formuliert, doch offensichtlich ein Versuch, in mein Privatleben zu blicken. Ich wählte meine Worte mit Bedacht.

»Meine Priorität liegt vollends auf dem Erfolg dieses Projekts«, entgegnete ich ruhig und mit festem Blick. »Abgesehen davon halte ich meine Zeit gerne frei von unnötigen Verpflichtungen.«

Touché. Ein kurzer Moment der Stille folgte, in dem ich bemerkte, wie sich seine Haltung leicht veränderte – ein Zeichen, dass meine Worte Wirkung zeigten.

»Verstanden, Frau Brand«, sagte er schließlich, seine Stimme tiefer und respektvoller, als hätte er gerade realisiert, dass diese Frau vor ihm nicht nur fachlich qualifiziert, sondern auch äußerst souverän war. Ich hatte damit eigentlich beabsichtigt, eine klare Grenze zu ziehen, aber stattdessen schien ich ihn beeindruckt zu haben. Leicht irritiert strich ich mir eine lose Haarsträhne hinter das Ohr und ließ meinen Blick erneut durch die Runde schweifen, bereit für weitere Fragen. Als schließlich keine mehr kamen, erklärte Bernard das Meeting für beendet.

Ich schüttelte noch einige Hände und wechselte freundliche Worte. Als ich meine Unterlagen ordnete und aufsah, war außer 'Arding niemand mehr im Raum. Er lehnte am Konferenztisch, den Blick neugierig auf mich gerichtet. Und plötzlich sah ich wieder den Mann aus dem Café vor mir. *Wollte er nur so da stehen?*

Ich sagte nichts und sortierte seelenruhig weiter.

»Ist es okay, wenn ich dich weiter Sophie nenne, Frau Brand?«

Souh-fieee. Da war es wieder, dieses melodische Ziehen auf beiden Silben, das mir direkt unter die Haut ging. Ich konnte mir nur zu gut vorstellen, wie er es leise in mein Ohr flüsterte. Doch das Letzte, was ich jetzt brauchen konnte, war dieses gefährliche Knistern, das ich im Café wahrgenommen hatte. Nein, das musste ich mir sofort aus dem Kopf schlagen.

»Harding, du bist beeindruckend effizient – es hat keine halbe Stunde gedauert, bis du mich enttäuscht hast. Ich bin gespannt, wie du das noch toppen willst«, entgegnete ich scharf, aber mit unverhohlener Belustigung. »Ein Hinweis auf unser bevorstehendes berufliches Wiedersehen hätte der Sache nicht geschadet. Aber ja, du darfst mich trotzdem Sophie nennen. Vorerst.« *Schlich sich da ein Hauch von Reue in sein Gesicht?*

»Verstanden. Ich verspreche, in Zukunft für positivere Überraschungen zu sorgen. Ganz ehrlich, ich wusste schlichtweg nicht, wie ich diesen Übergang hinbekommen sollte.« Er zögerte kurz. »Ich war nicht darauf vorbereitet, von der Aussicht auf ein Abendessen in die Rolle des Kollegen zu wechseln. Aber nun stehen wir hier.«

Ja, hier standen wir. Und seine ehrlichen Worte begannen, meine Verärgerung schneller zu schmelzen, als mir lieb war. Eine peinliche Stille entstand, ehe er sich leicht räusperte. »Wie dem auch sei, ich freue mich darauf, mit dir zusammenzuarbeiten, Sophie.« Er streckte seine Hand aus, und ich nahm sie schweigend, überzeugt davon, dass man aus einem Händedruck viel herauslesen kann. Seiner war kräftig und angenehm.

Ach Mensch, schimpfte ich innerlich und zog meine Hand weg, als meine Gedanken davon tanzten. *Diese Hände bleiben tabu, Sophie.*

»Also, findest du dein Büro?«

»Natürlich.« Meine Antwort kam prompt, obwohl ich innerlich zugab, dass ich keine Ahnung hatte.

»Gut, dann überlasse ich dich deinem neuen Spielfeld. Ich habe gleich noch ein Meeting.« Er zögerte einen Moment, als ob er noch etwas sagen wollte. »Aber ich bin sicher, wir laufen uns bald wieder über den Weg.« Sein Blick hielt meinen für einen Moment fest, bevor er sich umdrehte und davonging. Ich sah ihm nach, wie er den Raum verließ, ein leichtes Kribbeln in meiner Hand, wo seine eben noch gewesen war.

Na toll.

3

In den ersten Stunden im neuen Büro lernte ich mein kleines Team kennen.

Anouk entpuppte sich schnell als ein unverzichtbares Organisationstalent, das scheinbar alles und jeden kannte. Sie hatte einen gewissen … Wissensdurst. *Neugier.* Das merkte ich sofort. Aber das war okay. Neugier konnte schließlich auch eine Waffe sein – wenn man wusste, wie man sie richtig nutzte. Ich mochte Menschen, die Fragen stellten. Noch lieber mochte ich es allerdings, selbst zu entscheiden, welche Antworten sie bekamen. Was mir mit meinem losen Mundwerk nicht immer so gelang, wie ich es mir wünschte.

Frédéric, der erfahrene *Facility-Manager*, war ruhig, sachlich und an allen Hotelstandorten bestens vernetzt – eine Art Hausmeister mit internationaler Reichweite. Einer, der in schwierigen Situationen garantiert nicht die Nerven verlor.

Und dann war da noch Elise, die junge Innenarchitektin, verantwortlich für die Instandhaltung und Dekoration des Pariser Standorts. Sie sprühte vor Energie, fast überdreht – auf eine Art, die mich schmunzeln ließ. *Ich würde jetzt besser nicht laut sagen, an wen sie mich erinnerte.* Na ja, wir waren wohl auf einer Wellenlänge. Trotzdem war klar, dass sich unsere Rollen unterschieden: Sie hatte bisher den *Status quo* gepflegt; meine Aufgabe war es, ihn aufzubrechen und etwas Neues zu schaffen.

Nachdem ich mir diese ersten Eindrücke verschafft hatte, war es schon früh am Abend, als ich meine kleine Wohnung betrat, die

High Heels und den Hosenanzug auszog und schnell gegen Shorts und T-Shirt tauschte. Mit einer Weinschorle – *ja, ein Sakrileg in Paris* – machte ich es mir auf meinem winzigen Balkon bequem.

Meine Wohnung, obwohl keine vierzig Quadratmeter groß und noch spärlich eingerichtet, lag in einer der begehrtesten Gegenden von Paris. Mehr Platz war in dieser Lage einfach nicht zu finanzieren. Das frisch aufbereitete Parkett, die hohen Decken und großen Fenster und nicht zuletzt der kleine Balkon hatten es mir angetan. Außerdem war dies mehr Platz, als ich ihn nach meiner Trennung gehabt hatte, nach der ich bei Anna untergekommen war.

In Hamburg hatte mich wirklich nichts mehr gehalten; nicht nach diesem gescheiterten Kapitel mit Daniel, meinem kläglichen Versuch einer ernsthaften Beziehung. Nichts als vergeudete Zeit, wie sich herausstellte. Die Ausschreibung von *Aurum* kam da wie gerufen. Anna würde ich vermissen, aber Hamburg war schließlich nicht aus der Welt.

Ich griff nach meinem Telefon und wählte ihre Nummer. Egal, wie wild die Geschichten auch waren, die ich zu erzählen hatte, sie hatte nur zu gerne ein offenes Ohr – nicht zuletzt, weil diese Geschichten oft einen hohen Unterhaltungswert für sie hatten. Schon beim zweiten Klingeln nahm sie ab.

»Na, wie war's? Paris im Sturm erobert?«

»Anna, du glaubst nicht, was passiert ist.«

»Oh, dieser Tonfall? Nicht schon wieder«, seufzte sie dramatisch. Vermutlich fragte sie sich gerade, in was für eine peinliche Situation ich mich an *Tag eins* schon manövriert haben konnte. Vielleicht hätte ich einen Videoanruf machen sollen. Nur um ihr Gesicht zu sehen. »Also erzähl schon! Wie war das Meeting? Wie war der erste Tag?«

Ich lehnte mich gemütlich in meinem Stuhl zurück. »Zuerst war ich in einem dieser klassischen Pariser Cafés, um mich mental vorzubereiten – du weißt schon, mit diesen alten hohen Fenstern und …«

»Ja, schön, aber darum geht es jetzt nicht, oder?«

»Genau, denn da war ja noch dieser Mann.« Ich zögerte, ließ sie zappeln und genoss die Vorstellung ihres genervten Gesichtsausdrucks am anderen Ende der Leitung.

»Ein Mann? Sophie, ernsthaft?«

Ich lachte. »Hör zu, wir hatten so einen kleinen Flirt mit Blicken, und dann hat er mich irgendwie nach meiner Nummer gefragt.«

»Natürlich. Und du hast ihn bestimmt gleich mal schön ins Schwitzen gebracht.«

Zufrieden legte ich meine Füße auf den winzigen Balkontisch und stieß dabei fast mein Glas um. »Ja, aber er hat erstaunlich gut gekontert.« Und tatsächlich war ich davon immer noch angenehm überrascht. »Es war erfrischend, mit ihm zu reden.«

»Wie lange genau hat dein Vorsatz gehalten, dich von Männern in der Stadt der Liebe vorerst fernzuhalten?«, unterbrach sie mich mit einem freundschaftlichen Tadel in der Stimme. »Ehrlich jetzt, Sophie, können wir bitte über die Arbeit sprechen, bevor du mir von deinem neuesten amourösen Abenteuer erzählst?«

»Warte auf die Pointe. Stell dir vor, wer im Meeting direkt neben dem Vorstand saß, als ich meine Präsentation halten wollte …«

»Nein! Das meinst du nicht ernst!« Anna klang schockiert, aber gleichzeitig fasziniert. »Und wer ist er?«

Ich berichtete ihr von Lukas und seiner Funktion. »Anna, stell dir vor – ich stelle mich der Führungsebene vor, und plötzlich ist da dieser Typ, den ich ein paar Minuten zuvor aus einer misslichen Lage gerettet habe.«

»Ich hoffe, er lenkt dich nicht zu sehr von der Arbeit ab.«

»Oh, ich auch. Irgendwie. Vielleicht. Mal sehen.« Ich erwischte mich bei einem Zwinkern. Allein auf dem Balkon. Allein, abgesehen von Annas telepathischer Sophie-Kenntnis. Sie seufzte hörbar.

»Aber wie ist denn jetzt das Meeting gelaufen? Wie war der erste Eindruck im Büro? Erzähl schon!«

»Es war gut, denke ich.« Ich erzählte ihr von der Präsentation und dem Team.

»Prima. Sieht doch so aus, als hättest du alles im Griff. Aber vergiss nicht, mich auf dem Laufenden zu halten, okay?«

»Klar. Versprochen.«

»Und damit meine ich *alles*, Sophie. Ich mache mir nämlich ein wenig Sorgen, dass du dich in der Stadt der Liebe verlieren könntest.«

Zwar verdrehte ich die Augen, doch ich schätzte ihre Sorge durchaus. *Wirklich.* Anna war seit vielen Jahren meine engste Vertrauensperson. Seit … nun ja, seit einer Zeit, an die ich nicht zu lange denken wollte. Ich schüttelte den Gedanken schnell ab.

»Stadt der Liebe?«, lachte ich. »Ach, komm schon, Anna. Romantik ist doch nur was für Leute, die keine besseren Abenteuer finden.«

Anna wusste genau, dass Romantik und dauerhafte Bindung nicht auf meiner Prioritätenliste standen. *Daniel?* Eine kurze Ausnahme. Aber das war's auch schon.

Männer? Klar, die konnte ich gut gebrauchen – für gute Gespräche, schlagfertige Wortgefechte und, na ja, nicht zuletzt auch für … körperliche Betätigung. Doch sie sollten sich bewusst sein: Meine Welt zu betreten war eine Sache, darin Fuß zu fassen, eine ganz andere. *Bindungsangst* warf Anna mir regelmäßig vor. Ich nannte es lieber Vorsicht – *klingt doch viel klüger, oder?* Ich war jedenfalls glücklich und genoss mein Leben in vollen Zügen. Nach *meinen* Regeln. Und das sollte auch so bleiben.

»Eines Tages, meine Liebe, erwischt es auch dich«, riss Anna mich aus meinen Gedanken. Ich schüttelte entschieden den Kopf, auch wenn sie es nicht sehen konnte. »Glaube ich nicht.«

Doch im nächsten Moment *erwischte* ich mich selbst – bei dem Gedanken daran, wie dieser Lukas meinen Namen ausgesprochen hatte. *Souh-fieee* – die Betonung auf beiden Silben. Und dazu das bei ihm englisch klingende »Brand«. Schmunzelnd nahm ich noch einen Schluck meiner Schorle.

Anna kannte mich gut genug, um das Thema lieber fallen zu lassen. Und ich kannte sie gut genug, um mir lebhaft vorzustellen, wie sie jetzt die Augen verdrehte. Eine kleine Ermahnung verkniff sie sich nicht.

»Sophie?«

»Ja?«

»Bitte, benimm dich.«

»Ich weiß gar nicht, was du meinst.«

»Genau das ist es, was mir Sorgen bereitet. Also, wie sagt man? *À bientôt?*«

»Ja, genau, *à bientôt.*«

Ich legte das Telefon weg und lachte.

Mich benehmen? Das sollte ich mir tatsächlich ernsthaft vornehmen – nur schade, dass Anna nicht die Einzige war, die an meinem Erfolg in dieser Disziplin zweifelte.

4

In den nächsten Tag startete ich früher, als man es für Frankreich vermuten würde. Ich gebe zu, ich war ein wenig aufgeregt, als ich bereits um kurz vor acht durch die Tür des Hotels ging. Der Blick aus meinem Büro auf den Innenhof bot einen beruhigenden Kontrast zur lebendigen Straße vor dem Hotel, doch die spartanische Einrichtung war wenig inspirierend. Mein Blick blieb an einem Kunstdruck an der Wand hängen – so banal, dass er fast schon wieder ein Statement war. Er zeigte eine alte Straßenlaterne, dahinter den Eiffelturm. Dazu die Aufschrift *Paris* am unteren Rand – falls jemand Zweifel am Ort der Aufnahme hatte. *Was für ein Kitsch.* Ich war zwar nicht engagiert worden, das Büro umzugestalten, aber in einem Raum ohne Persönlichkeit würde ich nicht arbeiten können. *Dieses Bild wird bald weichen*, nahm ich mir deshalb vor. Als ich meinen Schreibtisch näher in Augenschein nahm, fiel mein Blick auf einen Coffee-to-go-Becher, der noch dampfte. Daneben lag eine Notiz:

> *Hoffentlich entspricht dieser Kaffee deinen erlesenen Ansprüchen.*
> *Wenn er noch warm ist, habe ich eine Wette mit mir gewonnen :-)*
> *Lukas ... 'Arding*

So. Bei Humor kann ich für 'Arding wohl einen Haken setzen, dachte ich und ertappte mich bei einem Lächeln. Mit dem Becher in der Hand machte ich mich auf die Suche und entdeckte Lukas schließlich in einem Besprechungsraum, dessen Tür einen Spalt weit offenstand. Er kämpfte mit einem dieser modernen Videokonferenzsysteme, die mich regelmäßig zur Verzweiflung brachten. Seine dunklen Haare waren so gut gestylt, dass es mich in den Fingern juckte, sie durcheinanderzubringen – nur um zu sehen, wie er reagieren würde. Als er meinen Blick auffing, griff ich reflexartig nach meinem streng gebundenen Pferdeschwanz. *Typische Freud'sche Ersatzhandlung,* dachte ich über mich selbst schmunzelnd.

»Das war eine nette Überraschung, danke«, begann ich ohne viel Förmlichkeit. »Aber wie bist du darauf gekommen, dass ich den Tag so früh beginne?«

»Bei *deiner* Energie war ich sicher, dass du den Tag nicht verschläfst. Sieht so aus, als lag ich mit meiner Vermutung richtig.«

»Und was war dein Einsatz?«, fragte ich und trommelte mit den Fingern gegen den Becher.

»Sonst hätte ich dir später wohl noch einen frischen Kaffee besorgen müssen.«

Seine Aussage wurde begleitet von einem Blick, den ich nicht loslassen konnte. Es war nur eine Sekunde, vielleicht zwei, drei – bevor wir beide uns daran erinnerten, dass dies nicht das *Café des Vignes* war, wir aber nun Kollegen waren.

»Bei *der* Wette konnte ich ja nur gewinnen«, antwortete ich schnell.

Er griff kurz zum Notebook, schloss eine Anwendung auf dem Bildschirm und klappte es zu. »Nach meinem kleinen Fehlverhalten gestern war das wohl das Mindeste, was ich tun konnte. Aber keine Sorge, das ist nicht der Kaffee, mit dem ich meine finanzielle Schuld begleiche.«

»Gut, dann erwarte ich für den aber dieselbe Qualität.« Ich nahm einen weiteren Schluck und hob den Becher demonstrativ.

»Aber Vorsicht, ich könnte mich an diese Behandlung gewöhnen.«
Ein Teil von mir warnte, das sei kein Spiel – aber ein anderer Teil
wollte nicht hören. Und ich war mir nicht sicher, wer von beiden
stärker war. Lukas reagierte zum Glück nur mit einem kleinen
Grinsen und sprach weiter.

»Da dein Koffeinspiegel jetzt im grünen Bereich ist, wie wäre
es mit einer kleinen Schlossführung? Mein Meeting hier ist erst
später, und ich möchte mir den ersten Eindruck von deiner Bühne
nicht entgehen lassen.«

»Warum nicht?«, antwortete ich und ließ ihn den Weg weisen.
Auf der Verwaltungsebene stellte er mich den wenigen Kollegen
vor, die schon anwesend waren. Dann betraten wir das leere Hotel-
restaurant.

»Tradition ist ja schön und gut«, überlegte ich laut und ließ
meinen Blick über die getäfelten Wände, die Samtvorhänge und das
antik wirkende Mobiliar schweifen. »Aber vielleicht sollte man sie
ab und zu durchlüften.« Energisch zog ich die Vorhänge zur Seite.
»Ich hoffe, die Küche ist nicht so bieder wie das Dekor?«

»Französisch, mit regionalen Zutaten und einem modernen
Twist«, erklärte er wie aus einer Werbebroschüre. Ich fand, dann
sollte das Ambiente auch so werden. Wir würden das neue *Corporate
Design* um einige lokale Referenzen ergänzen.

Vor meinem inneren Auge entstand bereits ein Bild: ein
zeitgemäßes Restaurant mit französischer Eleganz, kunstvoll
verzierten Spiegeln im Stil von *Versailles* – und als unerwarteter
Akzent, vielleicht eine Champagnerbar mit einer modernen
Lichtinstallation aus Glas? *Mal sehen.*

»Okay«, sagte ich nur und steuerte selbstbewusst, ohne ein
weiteres Wort zu verlieren, direkt auf die Küche zu. Lukas öffnete
mir die Tür – und schon standen wir mitten in den hektischen

Vorbereitungen für den Tag. Ich konnte meine sofortige Bewunderung für die Tabletts voller Gebäck nicht verbergen. *Vielleicht hätte ich besser frühstücken sollen.*

»Also hier würde ich gerne öfter vorbeischauen«, gestand ich lachend und warf einen hungrigen Blick auf die feinen Kreationen. Lukas folgte meinem Blick.

»Offenbar braucht es mehr als nur Kaffee, um deine Kreativität in Schwung zu bringen. Wir sollten sicherstellen, dass du regelmäßig einen Gruß aus der Küche erhältst.«

Ach ja? Dieser Job gefiel mir mit jedem Moment besser. Bevor ich antworten konnte, sah ich, wie Lukas sich einem Tablett mit *Macarons* näherte. Schnell schnappte er sich eines und reichte es mir mit einem verschwörerischen Zwinkern. Ich nahm es begeistert entgegen.

»Das ist pure Sünde«, murmelte ich und biss in das kleine Kunstwerk. *Ups.* Vielleicht reagierten meine Gesichtszüge etwas zu lasziv auf das *Macaron?* Doch Lukas schien mehr als zufrieden mit meiner Reaktion.

»Eric, stellen Sie sicher, dass Frau Brand regelmäßig mit Kostproben versorgt wird.«

Der Patissier nickte stolz, dass seine Kreation so gut bei mir ankam. »Oui, Monsieur.«

Während ich kaute, schoss mir unweigerlich Anna durch den Kopf, die mir vorgeworfen hätte, *einen dieser Blicke* zu werfen, die nur drei Dinge bei mir auslösten: edle Stoffe, feinstes Gebäck und ... *Männer.* Und obwohl ich mir fest vorgenommen hatte, in meiner neuen Umgebung professionell und fokussiert zu bleiben, musste ich zugeben, dass Lukas und das *Macaron* es bereits um acht Uhr morgens geschafft hatten, eine Seite in mir zu wecken, die ich lieber noch etwas verborgen gehalten hätte.

»Ich muss zugeben, dass Gebäck meine kleine Schwäche ist«, sagte ich mit einem breiten Grinsen, ohne mich in Zurückhaltung zu üben. Lukas sah mich mit gespielter Ernsthaftigkeit an.

»Oh, dann sollten wir besser aufpassen. Es wäre schade, wenn nur der Kaffee stark bleibt, meinst du nicht?«

Spätestens jetzt dämmerte mir, dass die größte Versuchung hier nicht aus Zucker bestand. Ich beschloss, mir weitere Kommentare zu verkneifen, und wir setzten unsere Tour fort.

Lukas führte mich durch Zimmer verschiedener Kategorien, bis wir schließlich auf die Etage mit den Suiten gelangten. Die, die wir betraten, fühlte sich an, als wäre sie direkt aus einer Achtziger-Jahre-Fernsehserie entsprungen.

»Wie Joan Collins' persönliches Refugium«, murmelte ich leise. Ein plüschiges Sofa auf blauem Teppich, dunkles Holz und schwere Vorhänge, die den Blick auf Paris blockierten. Im Schlafzimmer stand ein klobiges, cremefarbenes Polsterbett mit goldenen Verzierungen. Alles war in tadellosem Zustand, doch unverkennbar aus der Zeit gefallen.

»Joan Collins?« Lukas hatte meinen leisen Kommentar aufgeschnappt. »Ein bisschen Glamour, ein bisschen Drama – das hat doch was, oder?«

Ich warf ihm einen tadelnden Blick zu. »Eine Luxussuite braucht kein *Drama*, Harding. Sie braucht Stil, Komfort, Ruhe … und ein wenig Sinnlichkeit.«

Das war wohl kaum der klügste Moment, um über *Sinnlichkeit* zu sprechen – so nah an einem Bett und mit einer Person, die meine Fantasie mehr anregte, als sie sollte. Aber es stimmte doch: Ein gutes Schlafzimmer brauchte dieses gewisse Etwas. Meine Worte blieben zwischen uns in der Luft hängen, und da war es wieder, dieses leichte Zucken in seinen Mundwinkeln. *Hundert Euro für seine Gedanken. Oder lieber doch nicht.*

»Ich sehe schon. Die Gäste werden sich glücklich schätzen können, in deiner Suite zu übernachten, Frau Brand.« Das Zucken in den Mundwinkeln verstärkte sich ein wenig.

Ich lachte, um die Spannung zu mildern, und ließ meine Finger sanft über die Stoffe und Hölzer gleiten, die bald meinem neuen Design weichen würden. Das Ertasten von Materialien, ihre Texturen zu fühlen, war für mich immer ein Highlight. Die schweren Vorhänge zog ich zurück, nahm Kissen in beide Hände und strich über jede Oberfläche. Dabei ließ ich den Raum und das Spiel von Licht und Schatten auf mich wirken.

»Man könnte meinen, du und diese Stoffe führt eine ernstere Beziehung«, bemerkte Lukas und beobachtete mich aufmerksam.

Ich lächelte nur und ließ meine Finger weiter über die Stoffe gleiten, ohne ihm in die Augen zu sehen. *Sollte ich auf seinen Scherz eingehen oder ihn einfach im Raum stehen lassen?* Ich entschied mich fürs Zweite – vorerst – und antwortete, vielleicht ein wenig zu ernst, aber ehrlich. »Stoffe und Texturen waren immer schon mein sicherer Hafen.«

So war ich eben – meine Gedanken für mich zu behalten, fiel mir schwer, und wenn ich sie allzu salopp preisgab, versuchte ich es oft mit einer Prise Humor zu kaschieren. So auch jetzt. »Sie sind vermutlich die beständigste Liebe in meinem Leben. Da kann kein Mann mithalten«, fügte ich mit einem Zwinkern hinzu und ging entschlossen auf die Badezimmertür zu. »Mal sehen, ob ich richtig liege – erwartet mich hinter dieser Tür ein cremefarbenes Badezimmer mit einer in ein Podest eingelassenen Badewanne und goldenen Armaturen?«

Ohne auf eine Antwort zu warten, ging ich durch die Tür und grinste triumphierend – *Volltreffer*. Das Bad präsentierte sich genau so, wie ich es erwartet hatte. Lukas stand neben mir und sah mich anerkennend an.

»Also zumindest damals war das Konzept wohl stimmig, wenn du es so genau vorhersagen konntest.«

»Definitiv. Aber jetzt hat es ausgedient.« Mit den Worten verließ ich das Bad wieder.

Das reichte mir für einen ersten Eindruck. Meine Neugier war jedoch noch längst nicht gestillt – nur richtete sie sich nun weniger auf die Räume. »Abgesehen davon, dass du die Finger auf meinem Budget hast – was treibst du hier sonst noch so, Harding?«, fragte ich so gleichgültig, wie ich nur konnte, und rückte ein paar Kissen gerade.

»Die globale Modernisierungsstrategie? Ein weites Feld. Und es gibt tatsächlich einige interessante Überschneidungen mit Designfragen.« Er warf einen kurzen Blick auf seine Uhr. »Wie wäre es mit noch einem Kaffee in meinem Büro?« Er ließ eine kurze Pause entstehen. »Dann erzähle ich dir, was du wirklich wissen willst.«

Für einen Moment hielt ich den Atem an. *Alle Achtung.* Sein Selbstbewusstsein war beeindruckend. Und da war es wieder – dieses unheilvolle Kribbeln im Bauch, das mir viel zu sehr gefiel.

 5

»Das hier ist doch nicht wirklich dein Büro, oder?« Mein Blick glitt leicht enttäuscht durch den Raum, während Lukas zwei Tassen Kaffee vor uns abstellte. Die sterile Atmosphäre – weiße Wände, graue Möbel – stand im scharfen Gegensatz zur lebendigen Stadt vor dem Fenster. Und zu der spannenden Persönlichkeit, die ich in ihm zu erkennen glaubte.

»Nein, mein Büro ist in London. Dies hier ist nur ein *Co-Working-Space*, den ich mir mit anderen Nomaden teile.« Er grinste leicht. »Ich sehe schon, du würdest dich hier am liebsten austoben – gestalterisch.«

»Vielleicht, wenn mir mal nach einer echten Herausforderung ist«, scherzte ich, und mein Blick fiel auf eine kleine Reisetasche neben dem Schreibtisch. »Aber sag nicht, du schläfst auch hier.«

»Ich muss gleich weiter, daher die Tasche. Aber ja, es gibt hier ein paar Zimmer für uns Nomaden – die unvermietbaren, gleich neben den Müllcontainern.« Er zuckte mit den Schultern, als würde er seine Pariser Wohnsituation herunterspielen wollen. »Aber vielleicht gibt es ja Budget-Spielraum, um diese Zimmer aufzuwerten?«

»Das wird die Belegungsrate kaum beeinflussen, also: abgelehnt.« Mit gespielter Geschäftigkeit rückte ich die Unterlagen vor mir zurecht.

Lukas tat empört. »Warte ab, bis du einmal in einem der Mitarbeiterzimmer in New York absteigst. Winzig, im Erdgeschoss, direkt neben der Feuerwache und kaum Tageslicht. Du wirst mich um Budget dafür anbetteln.«

Ach ja? Schlechter hätte er seine Worte kaum wählen können, egal, wie scherzhaft sie gemeint waren. Knistern hin oder her – für solche Dominanzspielchen war ich nicht zu haben. Sie standen ihm auch nicht wirklich. Ich räusperte mich und setzte zur Klarstellung an.

»Ich *bettle* nicht. Ich *überzeuge*.« Ich lehnte mich ein Stück vor, bis sich unsere Knie leicht unter dem Tisch berührten. »Und ich bin ziemlich gut darin.« Innerlich musste ich grinsen – *Oh, wenn ich das Anna erzähle.* Bevor er überhaupt reagieren konnte, setzte ich nach. »Durch meine *Kompetenz*. Verstanden, Harding?«

Mein Lächeln milderte den Moment ab, aber die Grenze war klar gezogen. Lukas' Antwort kam trocken und ohne zu zögern: »Verstanden, Frau Brand. Aber wenn du das mit dem Knie noch einmal machst, sollte ich das der Personalabteilung melden.« Mit einem frechen Grinsen setzte er noch einen drauf. »Schließlich haben wir strenge *Compliance*-Regeln am Arbeitsplatz.« Seine Augen blitzten amüsiert, aber es schwang auch Anerkennung darin mit. Wie schon bei meiner gestrigen Präsentation schien ihm Stärke zu imponieren. Und genau das machte die Situation nicht einfacher für mich.

Ich wollte ihn gerade bitten, mehr von seiner Arbeit zu erzählen, als mein Blick an etwas auf dem Schreibtisch hängenblieb – an meinem Lebenslauf, unter dem Handout des gestrigen Meetings. Eine Frage brannte mir auf der Zunge: »Warst du an der Auswahl der Bewerber für meine Stelle beteiligt?« Ich deutete mit einem Nicken auf die Papiere.

Er zögerte kurz, ehe er antwortete. »Ich habe die Bewerberkonzepte natürlich mit ausgewertet. Aber die Lebensläufe … da bekam ich nur die beruflichen Daten. Keine persönlichen Informationen, keine Fotos.« Ein leichtes Lächeln schlich sich auf sein Gesicht. »Falls das deine Frage ist – als ich dich im Café gesehen habe, wusste ich wirklich nicht, wer du bist. *Fachlich* beeindruckt hast du mich in dem Moment jedenfalls nicht.«

Das unausgesprochene *Aber* hing schwer in der Luft, doch ich entschied mich, es so gut es ging zu ignorieren, während sich vor meinem geistigen Auge ein Film abspielte, in dem es nach *Aber* sehr viel weiter ging.

Ich driftete wohl kurz ab, bis Lukas' Stimme mich zurückholte. »Sophie, dein Studienabschluss und deine Referenzen sind beeindruckend, keine Frage. *Aber* es hat mich überrascht, dass du deine Hotelfachausbildung abgebrochen hast.«

Noch so ein *Aber*. *Natürlich*. Diese Frage stellte sich immer, wenn mein Lebenslauf zur Sprache kam. Doch mittlerweile hatte ich gelernt, sie mit einer Mischung aus Offenheit und Humor zu beantworten. Also setzte ich zu meiner Erklärung an. »Persönliche Umstände haben mich damals aus der Bahn geworfen. Ich brauchte einfach eine Auszeit, und so habe ich ein Jahr die Welt bereist.« Ich wählte meine Worte sorgfältig, um den richtigen Ton zu treffen. »Danach habe ich beschlossen, meinem Traum zu folgen und Innenarchitektur zu studieren. Und glaub mir, die Fähigkeiten, die ich unterwegs erworben habe, sind unbezahlbar.« Ich grinste. »Wer einmal auf den Märkten von Bangkok gefeilscht hat, den bringt kein noch so schwieriger Kunde aus der Ruhe.«

Lukas schien seine Frage nun unangenehm zu sein.

»Ich hoffe, du nimmst mir das nicht übel. Es war reine Neugier. Eine berufliche Lücke im Lebenslauf in so jungem Alter sehe ich nicht als Problem.«

»Schon okay.« Ich erkannte eine Chance und beschloss, die Situation zu meinem Vorteil zu nutzen. »Aber jetzt bist *du* dran – ich will deinen Lebenslauf hören, Harding … ohne Lücken.«

Er lehnte sich ein wenig vor. »Nicht besonders aufregend. Ich habe in London *Business Administration* studiert, gefolgt von einem Master in *International Hospitality Management* in Bergamo und Dublin – glücklicherweise noch vor dem ganzen Brexit-Chaos.«

Ich lachte. »Ja, das waren tatsächlich einfachere Zeiten für uns Europäer.«

Er nickte zustimmend. »Dann habe ich bei verschiedenen internationalen Hotelketten Erfahrungen gesammelt und mich auf Projektentwicklung spezialisiert. Eine Weile war ich in New York, bis ich wieder in London landete. Zu *Aurum* kam ich vor einem Jahr, als Bernard die Modernisierung der Häuser in Angriff nahm. Seitdem pendle ich zwischen London, Paris und den anderen Standorten.«

Ich schüttelte den Kopf und grinste. »Klingt ja alles ziemlich makellos. Komm schon, jeder hat doch eine Leiche im Keller.« Für einen Moment zögerte er, dann wich die Unsicherheit einem verlegenen Lächeln. »Okay, erwischt. Ich habe die siebte Klasse wiederholt.«

Das hatte ich wirklich nicht erwartet. »Wirklich? Wieso das?«

Er seufzte dramatisch. »Französisch. Ironischerweise. Und na ja, vielleicht hatten mein bester Kumpel und ich damals einfach zu viele Flausen im Kopf.«

»Und jetzt arbeitest du ständig in Paris? Das Leben hat einen seltsamen Sinn für Humor.«

Ich hätte wirklich gerne mehr über diese jugendlichen Flausen erfahren. Fast vergaß ich, dass ich hier war, um zu arbeiten, nicht um Spielchen zu spielen. *Konzentrieren, Sophie*, ermahnte ich mich innerlich, und richtete mich ein wenig straffer auf.

»Also Harding«, ich wählte einen professionelleren Tonfall, »Erzähl mir von deiner Strategie.« Ich verschränkte die Arme und lehnte mich ein wenig zurück.

»Okay Sophie, ich werde dich jetzt nicht mit den Finanz- oder IT-Themen langweilen. Fangen wir hiermit an.« Er entsperrte sein Handy, startete eine App und reichte es mir. Die kurze Berührung unserer Finger war fast nicht der Rede wert – und doch nahm ich sie deutlicher wahr, als es mir lieb war. »Das wird unsere neue App. Sie bietet den Gästen zahlreiche Funktionen. Schon von außerhalb können sie Buchungen zu vergünstigten Konditionen vornehmen. Nach dem Check-in lassen sich Spa-Termine, Zimmerservice und andere Annehmlichkeiten direkt buchen. Zudem arbeiten wir an einer Anbindung für Theater- und Restaurantreservierungen in der ganzen Stadt.« Er machte eine kurze Pause und sah mich an. »All das geht bequem über das Smartphone, aber ich denke, wir sollten auch das neue Zimmerdesign mit einbeziehen …«

Ich wusste sofort, worauf er hinauswollte, und fiel ihm direkt ins Wort. »Indem wir Tablets in jedem Zimmer installieren? Am besten direkt neben dem Bett oder elegant in die Möbel integriert?« Solche Lösungen kannte ich aus den Business-Apartments, die ich früher gestaltet hatte.

Lukas nickte. »Genau. Die Tablets stehen für moderne Technologie und personalisieren das Gästeerlebnis. Ich setze dich mit der IT in Verbindung, dann kannst du das Design abstimmen.«

In meinem Kopf begann der Plan bereits, Form anzunehmen.

»Und dann gibt es da noch eine Idee von Elise.« Er erzählte von dem Gedanken, lokale Künstler ihre Werke im Hotel ausstellen und verkaufen zu lassen. Ich konnte mir das sofort vorstellen.

»Gute Idee. Ausstellungsflächen in der Lobby und im Restaurant könnten perfekt sein, solange die Kunst unser Design ergänzt und nicht stört.« Ich dachte kurz nach. »Ich werde das mit Elise besprechen und nach geeigneten Künstlern suchen.«

»Gut, halt mich auf dem Laufenden.«

Bemüht, im professionellen Korsett zu bleiben, besprachen wir noch einige eher technische Details und kamen schließlich auf das Thema Nachhaltigkeit zu sprechen – ein Muss für jedes moderne Hotel. Begeistert erzählte ich von einer Entdeckung, die ich kürzlich auf einer Messe gemacht hatte. »Veganes Leder aus Ananasblättern. Es sieht nicht nur fantastisch aus, sondern ist auch umweltfreundlich und robust.«

»Hast du dazu Muster?« Lukas' Interesse schien echt, aber ich wurde den Eindruck nicht los, dass er an jedem anderen Thema genauso interessiert gewesen wäre – oder zumindest so getan hätte.

»Schon bestellt. Ich zeige sie dir, wenn du das nächste Mal in Paris bist. Es ist nicht ganz günstig, aber sobald du die Textur fühlst, wirst du den Wert erkennen.«

Ein Lächeln glitt über sein Gesicht und ich ertappte mich dabei, wie ich seiner Antwort entgegenfieberte, noch bevor er sie ausgesprochen hatte. »Keine Sorge, Sophie. Ich erkenne etwas Gutes sofort, wenn es direkt vor mir steht.«

Für einen Moment fiel mir nichts Kluges ein. Sein Blick war so direkt, dass ich kurz die Fassung verlor. *Business, Sophie*, erinnerte ich mich streng und räusperte mich. »Also, wann bist du das nächste Mal in Paris?« Die Neugier in meiner Stimme war kaum zu überhören. Er zückte sein Handy, ein flüchtiger Blick, dann kehrten seine Augen zurück zu mir. Direkt, unverbindlich und ein wenig zu intensiv.

»Übernächste Woche.«

Lächelte ich? Möglich. Aber auch er wirkte nicht so, als wäre er einem Wiedersehen abgeneigt.

»Perfekt.« Ich leerte meine Kaffeetasse. »Dann bereite dich auf eine kleine Flut an Stoffen und Materialien vor.«

»Abgemacht. Wir sprechen uns.«

Das Meeting schien zu Ende, und ich stand auf, um zu gehen. Aber auf dem Weg zur Tür warf ich noch einen letzten Blick durch das Büro.

»Ich hätte auch wirklich nicht gedacht, dass dies dein festes Büro ist«, sagte ich nachdenklich. »Es passt nicht zu dir.«

»Ach ja? Und wie stellst du dir mein Büro vor?« Mein Blick wanderte wie von selbst zu seiner Tasche – diese Mischung aus lässig und elegant.

»Ich dachte an etwas, das …«

Für einen Moment stellte ich mir vor, wie sein Büro seine gelassene, charmante Art widerspiegeln könnte: ein paar persönliche Details, vielleicht ein Bild, das von einem Leben erzählt, das ich noch nicht kannte. Ich erwischte mich dabei, dass ich mich zu weit in diese Vorstellung verlor. *Stopp, Sophie.* Ich hob eine Hand, als könnte ich die Worte in der Luft abwinken. »Ach, vergiss es.«

»Wie du willst.« Er hielt mir die Tür auf. »Ich hoffe, der Kaffee war trotzdem okay, auch wenn er nicht mit dem im *Café des Vignes* mithalten kann. Und auch ohne so ein Mandelcroissant, wie du dort hattest.«

Stimmte zwar nicht ganz, *aber er hatte sich das – mehr oder weniger – gemerkt?*

»Sagen wir, der Kaffee passte zum Ambiente«, erwiderte ich mit einem frechen Zwinkern. »Aber das im Café war ein *Aprikosen-*Croissant – und sicher das beste in ganz Paris, wenn du mich fragst.«

Lukas zog eine Augenbraue hoch. »Eine gewagte Behauptung. Vielleicht sollten wir das testen. Der zurückzuzahlende Kaffee steht schließlich noch aus.«

»Mal sehen.« Ich hielt meine Stimme absichtlich gleichgültig. »Aber nur, wenn du das Gebäck auswählst. Mal sehen, ob dein Geschmack so gut ist wie dein Geschäftssinn.«

Er öffnete den Mund und schloss ihn sofort wieder. Ein leichtes Lächeln, ein kaum wahrnehmbares Nicken. Er hatte wohl beschlossen, dass ich heute das letzte Wort haben würde.

Gut so. Ohne ein weiteres Wort verließ ich zufrieden das Büro.

 6

Die Routine stellte sich schneller ein, als ich gedacht hätte. Mein Fokus lag darauf, unser Projekt schnell auf eine solide Basis zu stellen. Also war ich morgens die Erste im Büro und blieb oft lange nach Elise und Frédéric. Am Wochenende recherchierte ich Material und stellte für *Aurum* eine Liste lokaler Galerien mit potenziellen Künstlern zusammen. Ich opferte gerne einen Teil meiner Freizeit – ein soziales Leben hatte ich in Paris ohnehin nicht.

Und so ging es auch in der folgenden Woche weiter. Die »*Joan Collins Suite*« verwandelte sich allmählich in meine kleine Kommandozentrale voller Muster, Farbkarten und Kataloge. Zusammen mit Elise vertiefte ich mich in Entwürfe, Pläne und Präsentationen. Parallel dazu sorgte Frédéric dafür, dass in jeder Kategorie ein Zimmer entkernt wurde, um Platz für Musterzimmer zu schaffen.

Die Neugestaltung der Standardbäder überließ ich Elise und Frédéric; die Mustersuite nahm ich selbst in die Hand. Moderne Oberflächen, ein integriertes Musiksystem und als weiteres Highlight: eine extragroße Regendusche mit zweitem Duschkopf – ein seltsam beliebtes Luxusdetail bei den Gästen. Unverständlich für mich, denn warum sollte man beim gemeinsamen Duschen auf Distanz gehen? Elise lachte und stimmte mir zu, wohingegen Frédéric nur die Schultern zuckte. Anouk traf es auf den Punkt: »Die Leute wollen einfach immer mehr als die anderen – warum nicht auch bei den Duschköpfen?« *Genau deshalb*, dachte ich, *konzentriere ich mich lieber auf Hoteldesign als auf das Einrichten von*

Privathäusern für Wohlhabende. Mir ging es um Ästhetik und Komfort, nicht um einen sinnlosen Wettbewerb um das exklusivste Detail.

Einige Umzugskartons standen immer noch ungeöffnet in meiner Wohnung herum. Ich packte sie am folgenden Wochenende endlich aus und klapperte gleich noch ein paar Möbelgeschäfte ab, fand aber nur einen kleinen Massivholztisch für die Küche. Dann strich ich zwei Akzentwände: ein Indigoblau für das Schlafzimmer und ein Cremeton für die Wohnküche.

Am Samstagabend verkroch ich mich mit einem Buch und einem Glas Wein ins Bett und wachte am Sonntag früh inmitten meiner Sammlung von Lieblingsdecken auf, die ich in Ermangelung eines Sofas alle hier liegen hatte. Gemütlich ausgestreckt dachte ich über meine ersten Wochen in Paris nach.

Plötzlich packte mich die Neugier und ich beschloss, mein Team in den sozialen Medien ausfindig zu machen – ein kleines virtuelles Stalking, um sie besser kennenzulernen. Ich begann mit Frédéric, aber meine Suche verlief ergebnislos – keine digitale Spur. Das Gleiche galt für Anouk; es schien, als hätten sich beide erfolgreich entschieden, sich den sozialen Medien zu entziehen. Elises *Instagram*-Account hingegen war öffentlich und gab mir einen bunten Einblick in ihr Leben. Ich scrollte durch eine scheinbar endlose Sammlung von Bildern: Selfies, Reisefotos, Food-Posts, Schnappschüsse von Flohmarktfunden.

Schließlich gab ich *Lukas Harding* in die Suchleiste ein und stieß auf ihn in einem Fachartikel über nachhaltige Hotelentwicklung und dann auf sein *LinkedIn*-Profil. Eine Kontaktaufnahme auf diesem Portal war nur konsequent. *Klick. Erledigt.*

Dann fand ich seinen *Instagram*-Account, der jedoch privat war. Mein Finger blieb an dem kleinen Schlosssymbol hängen. *Sollte ich eine Kontaktanfrage stellen? Oder war das unangebracht?*

Nach einem zugegebenermaßen sehr kurzen inneren Kampf gab ich schließlich meiner Neugier nach – sie siegte, wie so oft. *Ein Blick hinter das digitale Schloss könnte mir doch seine Denkweise näher bringen,* sagte ich mir. Aber wem machte ich etwas vor? Meine Neugier war rein persönlich.

Entschlossen klickte ich auf *Folgen* und stand auf, um mir einen *Latte macchiato* zu holen, mit dem ich mich Minuten später wieder in die Kissen sinken ließ. Ein Blick auf mein Handy zeigte mir zu meiner Überraschung, dass Lukas meine Anfrage bereits bestätigt hatte. Ich schaute auf die Uhr: halb acht in Paris, also halb sieben in London. Anscheinend war er genauso ein Frühaufsteher wie ich. Ich sah mir sofort seine Beiträge an.

Das Erste, was mir auffiel, waren die vielen Fotos, die ihn beim Wandern zeigten – an der englischen Küste, auf Korsika, in den italienischen Alpen. Der Mann im Anzug – da überall in Funktionskleidung und Wanderschuhen. Und darin für mich umso interessanter. *Warum zum Teufel musste er ausgerechnet ein Hobby haben, das in mir die Sehnsucht nach Abenteuern weckte? Konnte es nicht eine Beschäftigung sein, die mich auf Distanz hielt?* Spinnen züchten oder Briefmarken sammeln – etwas, das mein Interesse im Keim erstickt hätte. Nein, keine Spur von Spinnen oder Briefmarken. Dumm gelaufen für meine Verteidigungslinien. Denn schließlich hatte ich zwar eine große Auswahl an High Heels, aber meine liebsten Begleiter waren und blieben meine alten Wanderschuhe, die mehr von der Welt gesehen hatten als die meisten Menschen. Sie hatten Sand und Erde von den verschiedensten Orten im Profil.

Während ich fasziniert stöberte, vibrierte mein Handy mit einer PN: »Guten Morgen, Frau Brand. Früh auf, wie immer?«

Und das Spiel beginnt, dachte ich schmunzelnd. Was hatte ich da womöglich losgetreten? Meine Finger tippten schnell, bevor mein Verstand sich einschalten konnte:

»In der Tat. Ich genieße gerade einen perfekt zubereiteten *Latte macchiato.*«

»Im Café?«

»Nein, im Bett.« Und nur in Unterwäsche. Ob er sich das so vorstellte? Wahrscheinlich nicht. *Oder doch?*

»Respekt. Hältst du dir heimlich einen Barista?« Das war jetzt fast ein wenig unprofessionell. Gefiel mir.

»Erwischt, ich halte ihn an der langen Leine in der Speisekammer … Aber im Ernst, ich kann meinen Kaffee schon selbst zubereiten. Und du? Um halb sieben bereits zu Scherzen aufgelegt?«

»Ich scherze nie. Ich glaube so lange an den Barista in deiner Wohnung, bis ich mich vom Gegenteil überzeugen darf.«

Oh ha. Der Schutz des digitalen Raums ließ definitiv die Hemmungen fallen. Auf beiden Seiten.

»Glauben macht ja bekanntlich selig.« Mehr Antwort würde ich ihm darauf nicht gönnen.

Ein paar Minuten vergingen und ich dachte schon, unser Chat sei vorbei, als die nächste Nachricht folgte: »Sophie, ich habe mir auch einen Kaffee geholt. Scheint so, als würden wir den ersten Kaffee des Tages gemeinsam im Bett genießen.«

Guter Zug, Harding. Ich ertappte mich selbst bei einem allzu breiten Grinsen und lenkte schnell über zu etwas Unverfänglichem.

»Deine Wanderfotos sind wirklich beeindruckend. Die Outfits wären doch was für einen *Casual Friday*, meinst du nicht?«

»Gute Idee. Aber nur, wenn du ohne High Heels kommst.«

Ich überlegte kurz, meine private Vorliebe für Wanderschuhe zu offenbaren, ließ es aber sein. Es konnte nicht schaden, noch die eine oder andere Überraschung parat zu haben.

»Es braucht schon etwas Besonderes, um mich von meinen Absätzen zu holen. Aber wer weiß, für das richtige Abenteuer bin ich immer zu haben.«

Mist, ich ließ mich hinreißen, aber es schien unvermeidlich. Hier, in diesem digitalen Raum, waren wir nur zwei Menschen, die sich näher kennenlernen wollten. War das falsch? *Nein.* War es beruflich riskant? *Vielleicht.* Doch das stoppte mich gerade nicht. Lukas scheinbar auch nicht, seiner Antwort nach zu urteilen: »Gut zu wissen. Und? Welche Eroberungspläne hat die deutsche Invasorin in Paris heute?« Diese Formulierung traf genau meinen Humor.

»Oh, steuern wir in Richtung deutsch-englischer Klischees? Vorsicht, Lukas, ich kenne eine ganze Reihe von Vorurteilen. Ich plane, meine kulturelle Invasion mit einem Angriff auf einige der Galerien zu beginnen, die auf meiner Liste stehen. Was plant der Agent im Dienste Seiner Majestät heute in London?« Ich malte ihn mir als Geheimagenten im klassischen britischen Stil aus. Das würde ihm auch gut stehen.

»Mission des Tages ist der Kampf gegen Wäscheberge. Außerdem ist ein späteres geheimes Treffen, Codename *Pub,* zum Austausch von Informationen mit einem befreundeten Agenten geplant.«

Bevor ich mich zurückhalten konnte, formulierten meine Finger bereits die folgenden Zeilen: »Beinhaltet dieser Informationsaustausch auch Berichte über deutsche Invasorinnen?« Kaum hatte ich die Nachricht abgeschickt, konnte ich mir Annas amüsiertes Lachen vorstellen. *Sophie, du bringst den armen Kerl in*

Verlegenheit, hätte sie gesagt. Nun, vielleicht war ich jetzt wirklich zu weit gegangen. Einige Momente der Stille vergingen, bevor seine Antwort kam: »Berichte über diplomatische Beziehungen sind natürlich ein Thema solcher Treffen, allerdings streng vertraulich.«

»Selbstverständlich. Dann genieß dein englisches Bier … wenn man das Genuss nennen kann ☺« Diese kleine Spitze musste ich ihm noch mitgeben.

»Danke. Morgen bin ich wieder in Paris, um zu sehen, was du in meiner Abwesenheit erschaffen hast.« Da war sie wieder, die Rückkehr zur beruflichen Realität.

»Ich freue mich darauf, dir unsere Fortschritte zu zeigen.« In meinem Kopf lag die Betonung auf dem ersten Satzteil.

»Bis morgen, Sophie. Genieße deinen Sonntag.«

»Gleichfalls, Lukas. Bis morgen.« Ich beendete den Chat, um meine angekündigte kulturelle Invasion in Angriff zu nehmen.

In der ersten Galerie fand ich nichts Passendes, doch in der zweiten entdeckte ich die Arbeiten einer jungen Künstlerin. Ihre schwarz-weißen Bilder fingen alltägliche Pariser Szenen mit wenigen Strichen ein. Und obwohl diese Stücke für unser Projekt möglicherweise zu simpel erschienen, berührten sie mich persönlich. Ohne zu zögern kaufte ich eine kleine Tuschezeichnung mit einer Frau im Stil von *Coco Chanel*, die mit Smartphone und Kaffeebecher durch die Straßen von Paris schlenderte. Ich musste das Bild einfach haben; es verkörperte ein Stück meines Lebensgefühls und sollte einen Platz in meiner neuen Wohnung finden.

Und plötzlich hatte ich Lust, selbst etwas zu Papier zu bringen. Neben dem Reisen hatte ich mich immer fürs Zeichnen begeistert. Zu Hause angekommen, zog ich den größten Bogen Zeichenpapier hervor. Eine Kiste mit Künstlerbedarf war Teil meines bescheidenen Hausstands. Spontan skizzierte ich das *Aurum Luxury Hotel* und fügte ein Mädchen hinzu, das ehrfürchtig in zu großen Pumps von der anderen Straßenseite herüberschaute. Die kleine Sophie, die von der großen Welt träumte – ein Bild, das mich lachen ließ und gleichzeitig Gänsehaut auslöste. *Wenn die kleine Sophie nur gewusst hätte* … All die Dinge, die ihr damals so unerreichbar schienen – das Studium, die Weltreisen und der Job, den sie liebte – sie waren Realität geworden.

Ich ergänzte das Bild durch eine Frau, die der kleinen Sophie die Hand reichte und stolz auf sie herabblickte. Sie trug denselben Hosenanzug, aber bei ihr saß er perfekt. Jetzt war das Bild komplett. Es erzählte die Geschichte von zwei Sophies, die es geschafft hatten – unabhängig und stark. Gedankenverloren fügte ich einige schattenhafte Passanten hinzu. Dann beschloss ich, Anna einen Platz zu geben. Nicht als vorbeirauschende Figur, sondern am Rand des Geschehens stehend, deutlich erkennbar an ihrem *Pixie Cut* und ihrer Brille. Zufrieden lehnte ich mich zurück.

Nachdem ich das Bild eine Weile betrachtet hatte, beschloss ich, es mit der Welt zu teilen. Ich zückte mein Handy, machte ein Foto, öffnete *Instagram* und schrieb:

»Manchmal sind es die Gestalten am Rand, die die größte Bedeutung haben. @Anna89, wo bist du? Miss you. #SoulSisters«

Mit einem letzten Blick auf die Vorschau klickte ich auf *Teilen.* Nach wenigen Minuten tauchte eine Benachrichtigung auf meinem Bildschirm auf: »Sofort erkannt ♥ Du bist süß! Miss you too. #SoulSisters«

Unter den vielen Reaktionen auf mein Bild stach am Abend ein Kommentar besonders hervor. Und zwar von Lukas:

»Beeindruckend. Besteht eine Chance, mehr über die Künstlerin zu erfahren? #Fascinated #BaristaChallenge«

Es dauerte nur wenige Minuten, bis ich eine Nachricht von Anna erhielt. »Ist das DER Lukas, der da kommentiert hat?«

Ich musste schmunzeln. *Natürlich.* Es entging ihr nie etwas, wenn es um mein Leben ging. »Ja, genau der. Warum?«

»Er weiß aber schon, dass *du* die Künstlerin hinter dem Bild bist, oder?«

»Ich denke schon.«

»Aha. Und was heißt #BaristaChallenge? Hab' ich etwas verpasst?« *Ja, eine gehörige Portion Mut, die ich ihm gar nicht zugetraut hatte.*

»Ach, nur so ein Kaffeeding. Nicht wichtig, Anna, es ist nur ein harmloser Flirt.« Innerlich versuchte ich, mich selbst zu beruhigen. Warum hatte ich den Schritt mit den privaten Nachrichten bloß gewagt? Damit hatte ich die Spannung zwischen uns doch nur eskaliert.

»Harmlos, ja? Sicher?«

»Na ja, das Problem ist, ich weiß genau, wo wir gelandet wären, wenn wir uns nicht bei *Aurum* getroffen hätten. Aber jetzt sind wir Kollegen. Dummerweise.« *Glücklicherweise. Ach, verdammt.* In einer anderen Welt hätten wir diese kleine Affäre längst hinter uns gebracht – und dieses elende Knistern gleich mit.

»Und wann ist der *Kollege* denn wieder in Paris?«

»Morgen.«

»Na, das wird ja ein spannender Wochenstart für dich. Pass auf, dass der Kaffee nicht zu heiß wird! «

»Sehr witzig«, tippte ich und schloss das Fenster. Ich schüttelte die Gedanken ab, bevor sie zu tief gingen. Stattdessen widmete ich mich dem Rahmen für mein Selbstporträt — eine Aufgabe, die einfacher schien, als meine Gedanken zu ordnen.

7

Ich brüstete mich gerne damit, handwerklich geschickt zu sein. Tapezieren, Fliesen legen, nähen – alles kein Problem. Umso peinlicher, dass ein simples Bild und eine Galerieschiene meinen frühen Montagmorgen in Slapstick-Comedy verwandelten.

Kaum hatte ich meine Tasche im Büro abgestellt, kletterte ich in High Heels auf den Besprechungstisch, um den alten Kunstdruck abzunehmen. Ich gebe zu, die Wahl der Schuhe war nicht ideal. Und so kam es, wie es kommen musste: Ich geriet ins Wanken und ließ das Bild fallen, um mich abzustützen. Es krachte laut zu Boden.

»Verdammt!« Schnell griff ich nach einem Katalog und schob die Scherben zusammen. Ohne Schuhe wagte ich einen zweiten Versuch. Zunächst lief alles wie geplant: Ich befestigte das Bild an den Kunststoffseilen, doch plötzlich begann es zu rutschen. Als ich es stabilisieren wollte, verfing sich der Ärmel meiner Seidenbluse in einem Haken der Galerieschiene.

Und da stand ich nun: barfuß auf Zehenspitzen, laut fluchend und hektisch bemüht, meinen Ärmel zu befreien – ohne das Bild zu verlieren oder meine Seidenbluse zu ruinieren. Ich hoffte inständig, dass niemand mein Fluchen gehört hatte. Aber natürlich: Keine Sekunde später stand ausgerechnet Lukas in der Tür, noch mit Jacke und Tasche in der Hand. Es hätte ja auch Frédéric sein können – aber das wäre wohl zu einfach gewesen.

Lukas' lautes Lachen stockte, als sein Blick auf die Scherben fiel. »Hast du dich verletzt?«

Ich schüttelte den Kopf. »Nein, aber mein Gegner liegt am Boden.« Immer noch hielt ich das Bild in der rechten Hand, während mein linker Ärmel weiter an der Wand festhing.

»Sophie ohne High Heels.« Er ließ seinen Blick über das Chaos schweifen. »Was für ein Start in die Woche.«

Ja, ein wirklich glorreicher Auftakt. »Schön, dass ich für Unterhaltung sorge, aber könntest du mir bitte helfen? Es wäre wirklich schade um diese Seidenbluse.«

»Ja, warte … nicht weglaufen.« Immer noch lachend, verließ er kurz das Büro.

»Sehr witzig«, murmelte ich genervt, doch kaum hatte ich den Satz beendet, war er schon mit einer Trittleiter zurück.

»Nur zur Info, sie steht direkt neben dem Kopierer.« Mit einem amüsierten Blick stellte er die Leiter neben mich, nahm mir das Bild aus der Hand und machte sich daran, meinen Ärmel zu befreien.

»Bitte sei vorsichtig, die Bluse ist aus teurer Bio-Seide, total angenehm und allergikerfreundlich«, begann ich, in einen kleinen Fachvortrag zu verfallen.

»Keine Sorge, ich kenne mich mit komplizierten Verschlüssen aus.« Sein breites Grinsen brachte ihm prompt einen bösen Blick von mir ein. »So, jetzt bist du erst mal wieder frei.«

Erleichtert stellte ich fest, dass die Bluse keinen Schaden genommen hatte. »Aber aus Gründen des Arbeitsschutzes solltest du wirklich vom Tisch steigen, Sophie.« *Souh-fieee.*

Nun, wenn er das so schön sagte? Sein Blick ließ jedenfalls keinen Raum für Widerspruch. So leicht wollte ich es ihm aber nicht machen. Noch auf Zehenspitzen drehte ich mich einmal um die eigene Achse, bevor ich seine ausgestreckte Hand nahm und so würdevoll wie möglich vom Tisch auf den Stuhl stieg, um sofort zurück in meine High Heels zu schlüpfen.

»Gut, dass ich gestern den letzten Zug genommen habe. Mit dem ersten heute hätte ich diese Aufführung wohl verpasst.« Noch immer amüsiert, schnappte er sich mein Bild und stieg die Leiter hinauf. Während ich mich auf die Inspektion meines Ärmels konzentrierte, hatte er längst seine Arbeit erledigt. »Ist die Höhe so in Ordnung?«

Ich nickte. »Perfekt. Danke für deinen ritterlichen Einsatz.« Natürlich konnte ich mir einen kleinen Seitenhieb nicht verkneifen. »Es wäre auch so gegangen, aber ihr Männer braucht ja immer ein bisschen Bestätigung, da wollte ich dir die Heldentat nicht verwehren.«

»Oh, natürlich. Wir Männer sind einfache Geschöpfe.«

Neugierig wandte er sich der Zeichnung zu. Mein kleines Ich, verloren in viel zu großen Pumps und einem überdimensionierten Hosenanzug, vor dem imposanten Hotel.

»Ein wenig eingeschüchtert, aber sie weiß genau, wo sie hinwill«, kommentierte er die Szene. Ich nickte zustimmend.

»Yep. Und das weiß sie bis heute. Gibt dem Büro etwas mehr Persönlichkeit, oder?«

»Definitiv. Ich liebe es. Darf man das so verstehen, dass die große Sophie ihren Kindheitstraum lebt?«

»Darf man.« Ich schaute nachdenklich auf das Bild. »Die Kleine da … konnte von Paris, schicken Hotels und Seidenblusen nur träumen. Obwohl, am meisten hat sie wohl von einem Pony geträumt.«

»Weit gekommen. Steht das Pony noch auf der Wunschliste?«

»Oh Gott, nein, viel zu viel Bindung«, lachte ich, bemüht, die Leichtigkeit zu wahren. Doch Lukas forschender Blick machte mich nervös. Konnten wir nicht einfach zu unserem lockeren Schlagabtausch zurückkehren? Oder zur Arbeit? Das wäre vermutlich das Beste. Aber nein … Harding hatte andere Pläne: »Lass uns die Woche mit etwas Gutem beginnen. Wie wäre es mit einer gemeinsamen Mittagspause? Ich kenne ein nettes Bistro um die Ecke. Es sei denn, du willst lieber auf Bio-Seide-Jagd gehen.«

Ein Teil von mir wählte bereits das Menü. Doch andererseits – ich durfte nicht vergessen, dass das hier mein Büro war und nicht mein … Spielplatz. Aber es war ja nur ein harmloses Mittagessen unter Kollegen. *Oder?*

»Alles klar«, hörte ich mich schließlich sagen, ohne ganz sicher zu wissen, ob es die richtige Entscheidung war.

»Gut, dann hole ich dich um eins ab?«

»In Ordnung«, erwiderte ich und widmete mich endlich meiner Arbeit.

Nach einem Vormittag voller Telefonate, Mails und Meetings war es plötzlich schon fast eins, als Anouk mit einem Stapel Dokumente neben mir auftauchte.

»Sophie, hast du kurz Zeit für ein paar Fragen?«

Ich warf einen Blick auf die Uhr. »Eigentlich habe ich eine Ver … ähm, einen Termin.«

»Oh, tut mir leid.« Ihr Blick wanderte neugierig zu dem leeren Kalender auf meinem Bildschirm.

Ich hoffte inständig auf einen schnellen Abgang, doch das Timing schien heute entschieden gegen mich zu arbeiten: Lukas klopfte und lehnte sich lässig in den Türrahmen. Ohne Sakko, ohne Tasche, dafür mit Sonnenbrille – klar, dass wir das Büro für eine Pause und nicht für ein Meeting verlassen würden.

»Hey, können wir los?«

»Ach so«, stieß Anouk interessiert hervor. »Ein Business-Lunch?«

»Exakt.« Vielleicht klang ich etwas schnippisch, aber ihre Neugier hatte mir gerade noch gefehlt. Doch Lukas ließ sich nicht beirren und lächelte gelassen.

»Keine Sorge, Anouk, ich bringe sie pünktlich zurück. Du kannst in der Zwischenzeit ja die Gerüchteküche warmhalten.«

Mit einem Augenrollen in Richtung Anouk griff ich nach meiner Tasche. »So, Harding, dann zeig mir mal das Bistro mit den tollen Stühlen, die so gut in unser Konzept passen könnten.«

Lukas grinste breit, als wir durch die Lobby gingen und schließlich auf die Straße traten. »Ich wusste nicht, dass unsere Mittagspausen jetzt offiziell als Marktrecherche zählen. Oder möchtest du einfach nicht mit mir gesehen werden?«

»Anouk scheint sich sehr für das Privatleben anderer zu interessieren. Das ist einfach nicht so mein Ding«, sagte ich betont locker, auch wenn ich innerlich immer noch etwas unruhig war.

»Oh, bin ich etwa Teil deines Privatlebens? Ich dachte, das hier sei nur ein harmloses Mittagessen unter Kollegen.«

»Sei still, Harding«, entgegnete ich lachend, doch meine Stimme klang nicht mehr ganz so gelassen, als wir zum Bistro gingen und uns einen Tisch am Fenster schnappten. Bei Pasta und Salat versuchte ich, das Gespräch auf unverfängliche Themen zu lenken.

»Und, hast du den Haushalt erfolgreich gemeistert?«

»Natürlich. Und dein Galeriebesuch?«

»Noch nichts Passendes gefunden, aber ich bleibe dran.«

Eine kurze Pause. Ein Schluck Wasser. *Ach, was soll's* – die Neugier auf etwas privatere Themen gewann die Oberhand.

»Fährst du eigentlich immer mit dem Zug nach London?«

»Ja, meistens. Meine Wohnung liegt nur fünf Minuten vom Bahnhof entfernt.«

Wie pragmatisch. Passte zu ihm.

»Praktisch«, nickte ich anerkennend. »Und wie sieht die Wohnung eines so pragmatischen Mannes aus?« Mein berufliches Ich visualisierte bereits gedanklich.

»Rate mal.« Nun, das war eine Aufforderung, der ich nur zu gerne nachkam.

»Hm, modern, aber mit einem Hauch von Vintage«, begann ich. »Holzboden, weiße Küchenschränke, ein dunkles Sofa. Spärliche Dekoration, aber ein Bett mit einer besonders teuren Matratze, um deinen Akku schnell und effizient aufzuladen. Alles in allem … durchdacht und lässig-elegant, so wie du.«

»Lässig-elegant, hm?« Er klang amüsiert. »Nun, du liegst zumindest nicht ganz daneben.« Das weckte noch mehr Fragen in mir, aber bevor ich nachhaken konnte, drehte er den Spieß um. »Und deine Wohnung?«

»Hier in Paris?« Ich lehnte mich zurück. »Zentral, sehr klein und … ziemlich leer. Aber seit vorgestern habe ich immerhin zwei frisch gestrichene Akzentwände.«

»Und in Hamburg?«

Ich zögerte. Mit *der* Antwort würde er sicher nicht rechnen. »In Hamburg hatte ich zuletzt keine eigene Wohnung.«

Er schien erwartungsgemäß irritiert. »Eine erfolgreiche Innenarchitektin ohne eigene Wohnung?«

Mir war durchaus klar, wie ungewöhnlich mein Lebenswandel auf andere wirkte.

»Tja, nach meiner Trennung letztes Jahr – übrigens absolut nicht der Rede wert – bin ich erst mal bei meiner besten Freundin untergekommen. Anna.« Ich grinste bei der Erinnerung an den Spaß, den wir gehabt hatten. »Ein endloses Mädelswochenende, und ehrlich gesagt, mehr Platz brauchte ich nicht.« Ich zuckte mit den Schultern, als wäre das das Selbstverständlichste der Welt.

»Und deine ganzen Sachen?« Seine Reaktion amüsierte mich. Wir kamen wirklich aus verschiedenen Welten.

»Weißt du, nach dem Jahr auf Weltreise damals habe ich gelernt, dass man den meisten Krempel nicht braucht. Ehrlich gesagt, aus dieser Beziehung habe ich kaum etwas mitgenommen.« Ich verzog das Gesicht zu einem sarkastischen Grinsen. »Und das meine ich sowohl wörtlich als auch im übertragenen Sinne.« Ich nahm einen Schluck Wasser und ließ meine Gedanken kurz abschweifen, ehe ich fortfuhr. »*Aurum* kam wie gerufen, zumal Anna und ihr Freund zusammenziehen wollten. »Und so ein … Dreier … kam für die beiden einfach nicht infrage.« Ich zwinkerte ihm zu und genoss das leichte Unbehagen, das sich auf seinem Gesicht abzeichnete.

Doch wie immer fand er schnell seine Gelassenheit wieder. »Nun, äh … richtig. Man muss ja auch nicht alles teilen.«

Ich nickte. »Wie dem auch sei. Anna hält das Zusammenleben mit einem Mann für eine tolle Idee … aber ich bin mir da nicht so sicher.«

»Warum denkst du das?«

»Ach, keine Ahnung. Vielleicht bin ich einfach zu freiheitsliebend.« Ich zuckte mit den Schultern, als wollte ich das Thema leichtfertig abtun.

»Das kann ich gut verstehen«, erwiderte er nachdenklich. »Manchmal hatte ich das Gefühl, meine Ex-Freundin hätte mir am liebsten einen Tracker verpasst. Es wäre schön, jemanden zu haben, mit dem man Freiheit teilen kann, anstatt sich einzuengen, oder?«

Ich winkte ab. »So jemanden müsste man sich wohl erst backen, wie es bei uns so schön heißt. Und meine Freundin und ich – wir nehmen diese Metapher ziemlich ernst.« Für einen Moment dachte ich daran, wie Anna und ich Männer oft mit Gebäck verglichen – und regelmäßig zu dem Schluss kamen, dass ein gutes Stück Kuchen oft gehaltvoller und befriedigender war als manche meiner Erfahrungen. Lukas lächelte leicht und knüpfte an die Metapher an.

»Ein schönes Bild. Aber ich finde, niemand sollte sich in eine Form zwängen lassen.«

Ich stutzte. Meine Scherze waren immer so leicht und locker. *Woher kam plötzlich dieser Tiefgang?* Schnell versuchte ich, das Thema in eine belanglosere Richtung zu lenken. Was mir natürlich – wenig überraschend – nicht gelang.

»Weißt du, was mir im Café letztens zuerst aufgefallen ist? Nur so viel: Du warst es nicht.«

»Sag's mir.« Er lehnte sich vor, als wollte er kein Wort verpassen.

»Deine Tasche – das ungewöhnliche Material und Design. Ein echter Hingucker.«

»Dann war diese Tasche wohl eine meiner klügeren Investitionen. Und was ist daran so wichtig?«

»Oh, jedes Detail zählt. Ich würde sagen, sie passt zu ihrem Besitzer. Lässt auf jemanden mit Stil, Charakter und Werten schließen.« *Ach, Sophie, wirklich?* Ich wollte doch nicht flirten. *Zeit, dich zu bremsen.* Aber dieses Gespräch war einfach zu verlockend, um seine Richtung zu ändern. Und ein Teil von mir genoss es viel zu sehr, zu sehen, wie er auf jedes Wort reagierte.

Seufzend ließ ich meinen Gedanken freien Lauf: »Für banalen Smalltalk sind wir wohl nicht gemacht, oder?« Denn ich hatte das eigenartige Gefühl, dass jedes Wort zwischen uns mehr Bedeutung hatte, als es auf den ersten Blick schien. Und genau das machte es so verlockend.

»Anscheinend nicht. Aber ich beschwere mich nicht.«

Wir hielten unsere Blicke fest aufeinander gerichtet, bis ich als Erste kniff und zum Brotkorb griff, um das letzte Stück Baguette zu nehmen. »Möchtest du auch noch ein Stück?«

Lukas schüttelte den Kopf. »Nein, nimm du es. Aber wenn wir schon bei interessanten Beobachtungen sind, sollte ich dir vielleicht auch sagen, was mir an *dir* aufgefallen ist.«

Neugierig legte ich das Brotstück zurück auf den Teller und richtete meine ganze Aufmerksamkeit auf ihn.

»Wie du über Stoffe streichst, dir ein Bild ansiehst oder in ein *Macaron* beißt … es ist, als würdest du ganz im Moment leben. Oder wie du mir gerade zuhörst. Das ist … ehrlich gesagt ziemlich bezaubernd.« Er zog die Augenbrauen hoch, als würde er seine eigenen Worte kaum glauben, und grinste. »Und ja, ich habe das jetzt echt gesagt.«

Bezaubernd? Ein ungewohnt zartes Kompliment, das mich kurz aus der Fassung brachte. Man hatte mich schon vieles genannt – anstrengend, zum Beispiel – aber *bezaubernd?* Das war neu. Und ehrlich gesagt, wusste ich nicht, wohin ich damit sollte.

»Na ja, manchmal verliere ich mich wohl im Detail«, antwortete ich ausweichend und begann, mit der Serviette zu spielen.

»Ich mag es, wenn du dich verlierst.« Dieses Lächeln … *Und warum war es plötzlich so warm hier? Was sollte ich darauf jetzt antworten?* Mein Kopf schrie *cool bleiben*, während alles andere in mir *Aaaah!* schrie. So viel zur harmlosen Mittagspause unter Kollegen.

Ich räusperte mich und setzte mich etwas gerader hin. »Also, zurück zur Tasche? Erzähl mir mehr davon.« Bloß keine weiteren *bezaubernden* Kommentare. Mein Nervenkostüm hatte genug.

Er war sichtlich amüsiert von meiner Faszination für den vermeintlichen Alltagsgenstand und lehnte sich in seinem Stuhl zurück. *Durchatmen, Sophie.*

»Ja, natürlich, die Tasche. Sie ist aus recyceltem Segeltuch. Habe sie von einem Kunsthandwerksmarkt in London. Früher bin ich oft mit meinem Vater und Großvater Segeln gegangen. Ich hab's geliebt. Leider kommt das Segeln heutzutage viel zu kurz.«

»Eine persönliche Verbindung zum Material, wie ich es vermutet hatte«, triumphierte ich und stellte mir einen jüngeren Lukas mit zwei älteren Hardings vor. Ich hatte mich wieder im Griff. *Oder?*

»Sophie, ich muss zugeben, ich bin ein wenig beleidigt. Da sitze ich vor dir und du zeigst mehr Interesse an meiner *Tasche* als an *mir*. Hast du auch ein Accessoire, für das ich mich mehr interessieren könnte, als für dich?«

Ich zögerte kurz. Nein. Nichts Materielles. Aber … na gut, vielleicht würde ich ihm eine kleine Andeutung schenken.

»Es ist kein Accessoire … sondern ein Tattoo. Aber es hier zu zeigen«, ich machte eine vage Geste in Richtung meines Hüftknochens, »wäre ein wenig zu skandalös für das Mittagessen.«

Lukas schien jetzt natürlich erst recht neugierig. »Interessant. Verrätst du mir denn das Motiv?«

»Ein Kompass.« Reflexartig fuhr ich mit dem Finger über die versteckte Stelle und setzte ein freches Grinsen auf. »Falls jemand Zweifel hat, wo's bei mir lang geht.«

Typisch ich. Immer bereit, die Intensität eines Moments mit einem Scherz zu entschärfen. Lukas rollte mit den Augen, als hätte er meine Ablenkungstaktik durchschaut. Und zu meinem eigenen Erstaunen fühlte ich mich ermutigt, ein wenig mehr Ernsthaftigkeit in die Situation zu bringen.

»Um ehrlich zu sein, ist es so versteckt, weil es niemanden etwas angeht. Aber es erinnert mich daran, dass es immer einen Weg gibt. Auch wenn es sich nicht immer so anfühlt.«

Warum erzählte ich das? Mein Tattoo trat erst in ziemlich leicht bekleidetem Zustand zum Vorschein. Jetzt gerade fühlte es sich an, als würde ich mehr preisgeben als nur ein Stück Haut.

Aber nein. Es ging ihn nichts an, dass es mich jeden Tag an den Menschen erinnerte, dem ich alles verdankte und dessen Leben durch mich einen völlig ungeplanten Verlauf genommen hatte.

Lukas' Blick wurde nachdenklich, als er meine Worte verarbeitete. »Beides steht für Reisen. Segeltuch und Kompass. Sophie, ich denke, wir …« Er stockte und schaute mich an, als suche er nach den richtigen Worten.

In diesem Sekundenbruchteil schossen mir zahlreiche Gedanken durch den Kopf. *Was wollte er sagen? Dass wir viel gemeinsam hatten? Dass er mich am Samstag zum Essen einladen wollte? Oder einfach nur, dass wir uns endlich den Nachtisch bestellen sollten?* Alles schien möglich, und genau das war das Problem. Sein Zögern ließ Raum für alles und nichts, und die Spannung in der Luft fühlte sich plötzlich viel zu groß an – vor allem für einen simplen Montagmittag. Ich räusperte mich schnell und durchbrach die Stille:

»Wir sollten zahlen und gehen, oder?«

Er sah mich einen Moment an – ein stiller, nachdenklicher Blick, bevor sich sein Lächeln wieder zeigte. »Ja, das sollten wir.« Wir legten das Geld hin und machten uns schweigend auf den Weg zurück zum Hotel.

Anouk musterte uns neugierig, als wir hereinkamen. Ihr Blick wanderte von Lukas zu mir und blieb einen Moment zu lange hängen. Lukas lächelte gelassen. »Wie versprochen, Sophie pünktlich zurückgeliefert.«

»Danke, Lukas«, gab ich mit einem Augenrollen und einem Lächeln von mir und bemühte mich um einen professionellen Ton, aber irgendetwas hatte sich verschoben. Die Luft zwischen uns fühlte sich anders an – schwerer, aufgeladen. Auch Anouk schien das zu bemerken; da war so ein flüchtiges Grinsen. Ich ignorierte es, doch als ich an meinen Schreibtisch zurückkehrte, konnte ich das seltsame Prickeln in der Luft nicht abschütteln. *Irgendetwas war anders.*

8

Die *Joan-Collins-Suite* glich allmählich einer Baustelle. Die Tapeten und Möbel waren verschwunden und nur das pompöse Bett stand noch im Raum. Darauf hatte ich mich mit Plänen, Stoffmustern und Farbkarten ausgebreitet – ein wildes Durcheinander, das für mich genau Sinn ergab, auch wenn es für Außenstehende vielleicht wie ein Schlachtfeld aussah. Vertieft in meine Arbeit und mit Musik auf den Ohren, bemerkte ich nicht, wie Lukas den Raum betrat. Keine Ahnung, wie lange er mich so beobachtet hatte, bis ich schließlich die Kopfhörer abnahm.

»Sorry, hab dich nicht bemerkt.« Schnell sah ich mich in meinem Chaos um und schob die Tasche mit meinen Grafikmarkern unauffällig unter einen Stapel Stoffmuster. Anna warf mir immer vor, in meiner eigenen kleinen Welt zu leben, und hatte mir deshalb diese Tasche mit der Grinsekatze aus *Alice im Wunderland* geschenkt.

Lukas schien fasziniert von dem kreativen Durcheinander und ich spürte den Impuls, ihn tiefer in meine Welt zu ziehen, wie das Kaninchen Alice ins Wunderland. Ich wollte einfach wissen, ob er sich von meinem Chaos mitreißen lassen oder versuchen würde, Ordnung hineinzubringen.

»Können wir kurz ein paar Punkte klären?«, fragte er. »In meinem Büro?«

Büro? Wir hatten alle Daten auf dem Notebook und alle Muster hier. *Also, warum das Wunderland verlassen?*

»Können wir das nicht *hier* besprechen? Ich bin gerade so gut im Flow. Außerdem … du könntest ein wenig Entschleunigung gebrauchen, oder? Du siehst gestresst aus. Setz dich doch.« Ich klopfte auf den Platz neben mir.

»Sophie, das ist vielleicht ein wenig … unkonventionell für ein Budget-Review.«

»Ich betrachte das als Kompliment, besonders von jemandem, der so konventionell ist wie du.« Mal wieder konnte ich es nicht lassen, zu provozieren.

»Durch und durch. Soll ich dich in dem Glauben lassen?«

»Oh ja, bitte. Du bist nun mal der Inbegriff britischer Ordnung. Außerdem – ein Party-Engländer im Malaga-Urlaub hätte bei mir Hausverbot. In Sophies Welt herrschen Stil und Intellekt.« Zu meiner Überraschung setzte er sich nun tatsächlich zu mir auf das Bett, auf den opulenten Vorhang mit den goldenen Fäden, den ich als Überwurf zweckentfremdet hatte.

»Ich war noch nie in Malaga«, sagte er, als ob das wirklich relevant wäre.

»Würde ich auch behaupten, Harding.«

Seine Reserve wich schnell offener Neugier, als er die Pläne betrachtete. Je tiefer wir in die Diskussion über Budget und Lieferanten eintauchten, desto näher rückten wir zusammen. Seine Anwesenheit hatte eine seltsame, beinahe beruhigende Wirkung auf mein kreatives Chaos, und doch brachte sie mich innerlich irgendwie durcheinander.

Als wir über die Bezüge der Chaiselongues sprachen, die ich als Farbakzente setzen wollte, sah ich mich suchend nach dem passenden Muster um. »Wo ist denn nur dieses grüne Stück Samt?«, murmelte ich und streckte mich bäuchlings aus, weil ich es am

Fußende zu entdecken glaubte. Dabei erwischte ich Lukas versehentlich mit meinem Fuß.

»Oh, sorry.«

»Nichts passiert. Allerdings«, schmunzelte er, »ich wusste ja, dass unser Projekt spannend wird, aber dass es solche Ansichten bietet, war mir neu.«

Mit hochgezogener Augenbraue richtete ich mich auf und zog meine Bluse in Form. »Behalte deine Kommentare für dich, Harding, oder hol du mir das Muster.«

Er entschied sich für Option zwei, legte sich neben mich und griff zielstrebig nach dem gesuchten Stück Stoff. Als er es hochhielt, trafen sich unsere Blicke.

»Dieses hier?« Er sah mich erstaunt an. »Sieh mal, das ist genau deine Augenfarbe.« Sein Blick wanderte kurz zwischen dem Stoff und meinen Augen hin und her, bevor er entschlossen nickte. »Übers Budget müssen wir gar nicht reden, dieses Material ist gesetzt.«

Meine Augenfarbe? »Im Ernst, Harding. Das ist wirklich *Flirten für Anfänger, Kapitel eins*.« Ich lachte spöttisch und versuchte, meine Fassung zu bewahren, doch meine Finger wanderten nervös zu meinen Haaren, spielten unwillkürlich mit einer Strähne. Sein Grinsen verriet, dass ihm das nicht entging.

»Wer sagt, dass ich flirte? Es ist eine zutreffende Beobachtung. Die Suite verdient einen neuen Namen. *Joan Collins* ist Geschichte. Mit diesem Samt und den Augen der Designerin sollten wir sie *Green Velvet Aurum Queen Suite* nennen. Das klingt doch nach einem Ort, den man nie mehr verlassen möchte, oder?«

»Ich fühle mich geschmeichelt«, erwiderte ich mit einer Hand auf dem Herzen. Und das tat ich. Vielleicht war es nicht die hohe

Kunst des Flirts, doch die Art, wie er es sagte, wirkte so authentisch, dass in mir wieder ein kleiner Chor leise *Aaaaaaah* seufzte.

»Ich muss zugeben, der Name hat etwas Magisches. Ich bin normalerweise nicht für Spitznamen, aber *Aurum Queen* klingt nach einem Titel, den ich stolz tragen würde.«

»Ich gebe die Visitenkarten in Auftrag«, lachte er, und ich lachte mit. Eine willkommene Auflockerung, die die aufgeladene Atmosphäre zwischen uns kurz durchbrach.

Wir arbeiteten uns durch Tabellen und Checklisten, Zeile für Zeile, Punkt für Punkt. Irgendwann konnte ich mir ein Gähnen nicht mehr verkneifen. Die Zahlen verschwammen vor meinen Augen, und meine Gedanken begannen, eigene Wege zu gehen – weg von Budgets und Zahlenkolonnen, hin zu der Atmosphäre dieses Raumes, zu der unerwarteten Nähe, die uns umgab.

»Kaffee?«, bot Lukas als willkommenen Ausweg an. »Immerhin habe ich dir versprochen, deinen Koffeinspiegel gelegentlich auszugleichen.«

Ohne abzuwarten, griff er zum Telefon und rief den Zimmerservice an, der kurz darauf anklopfte. Er nahm das Tablett entgegen und stellte es auf den Boden. »Das ist tatsächlich ein angenehmes Arbeitsumfeld, oder?« Er reichte mir eine Tasse. »Sicher außergewöhnlich inspirierend?«

»Ja, durchaus, aber du glaubst gar nicht, wo *ich* schon gearbeitet habe.« Er sah mich neugierig an.

Okay, diese denkwürdige Geschichte musste ich einfach loswerden. »Mein erster Job in einem großen Planungsbüro«, begann ich nach einem Schluck Kaffee. »Ich war erst sechsundzwanzig, ziemlich grün hinter den Ohren … und die Kollegen haben mir einen üblen Scherz gespielt. Ich habe es aber als Chance gesehen, mich zu beweisen.« Lukas lauschte gespannt. »Der Auftrag war der

Umbau von Zimmern in einem exklusiven Hamburger Etablissement, wenn du verstehst, und niemand wollte ihn übernehmen. *Mich*, als junge Frau, durch diese Gänge zu schicken … im Grunde eine Zumutung. Aber ich habe mich kopfüber in die Planung gestürzt, ununterbrochen *Lady Marmalade* auf Repeat gehört. Für meine damalige WG musikalisch eine Belastung, aber meine Erkenntnisse haben auch für Lacher am Frühstückstisch gesorgt. Immerhin musste ich für meine Entwurfsplanung aufschlussreiche Gespräche mit den Damen führen. Und wir haben festgestellt, dass unsere Berufe einiges gemeinsam haben.« Ich genoss die Spannung und musste lachen. »Letztendlich geht es doch darum, den Kunden mit allen Sinnen … *zufriedenzustellen.*«

»Frau Brand!?«, entfuhr es Lukas mit gespieltem Entsetzen.

»Was denn? Ich erzähle nur von einem Projekt. Derjenige, der meine Position auf dem Bett kommentiert und mich anflirtet, bist du, durch und durch konventioneller Harding!«, entgegnete ich. Lukas grinste zwar, zog es aber dennoch vor, schnell von sich abzulenken.

»Und hast du die Erkenntnisse aus deinem ersten Projekt auch auf persönlicher Ebene nutzen können?«

Was für eine beeindruckend mutige Frage. »Oh, sagen wir einfach, ich habe selten Gelegenheiten verstreichen lassen«, platzte es unüberlegt aus mir heraus. Für einen Moment herrschte Stille, und ich ärgerte mich über meine unnötige Ehrlichkeit.

»Eine Frau mit einer bewegten Vergangenheit?« Eine trockene Feststellung.

»Könnte man so sagen.« Für einen Augenblick fragte ich mich, ob ich zu viel erzählt hatte. Doch dann brach Lukas' Lachen meine Spannung.

»Sophie, deine Direktheit … ist bewundernswert. Sie sagt viel über dich aus.«

Ich sah ihn fragend an. »So? Und zwar? Dass ich ein wahrlich schlechter Umgang bin?«

Er schüttelte den Kopf. »Nein. Es zeigt, dass du weißt, was du willst. Das macht dich vielmehr zu einem ausgezeichneten Umgang.«

Während er sprach, studierte ich sein Gesicht, suchte nach Anzeichen von Ironie oder Spott. Doch ich fand nur aufrichtige Wertschätzung. Darauf war ich nicht vorbereitet. Und vielleicht war das der Moment, in dem etwas in mir kippte.

Lukas' Handy klingelte, und ich zuckte zusammen. Während er telefonierend durch den Raum ging, versuchte ich, meine Gedanken zu sammeln. Ich fragte mich, ob ich jemals jemandem begegnet war, der meine Ungefiltertheit so offen schätzte.

Als er auflegte, beschloss ich, die Situation wie üblich mit Witz zu überspielen: »So, Lukas, ich bin also ein ausgezeichneter Umgang? Das muss ich wohl meinem Dating-Profil hinzufügen. *Von Kollegen empfohlen.*«

»Sophie, ich würde sicher auf Dating-Portalen keine Werbung für dich machen. Zu viele soziale Verpflichtungen würden dich nur von der Arbeit abhalten«, erwiderte er mit gespieltem Ernst, wobei sich in seinen Mundwinkeln ein Lächeln abzeichnete, das er kaum unterdrücken konnte. »Aber ich wette ein Monatsgehalt, dass du gar nicht online datest.«

»Ihr Engländer und euer Hang zum Glücksspiel. Warum denkst du das?«

»Weil du die Welt mit allen Sinnen aufnimmst. Ein Foto oder ein Text wären viel zu eindimensional für dich.« *Touché.* Präzise Analyse.

»Gut erkannt, Harding. Glück gehabt. Du musst nicht auf dein Gehalt verzichten.« Mir wurde mehr denn je klar, wie schmal der Grat war, auf dem ich mich bewegte. Doch anstatt mich davon abschrecken zu lassen, stellte ich meine nächste Frage. Ich wusste nicht genau, was ich damit bezweckte, aber seine Antwort überraschte mich. »Und auf welchen Portalen findet man dich, Lukas? Ich meine, wo willst du jemanden kennenlernen, so viel wie du … ach, egal.«

Innerlich schlug ich mir die Hand vor die Stirn. *Bravo, Sophie,* spottete meine innere Stimme. *Wie kommst du da jetzt wieder raus?* Für einen Moment herrschte Stille, nur das leise Summen der Klimaanlage war zu hören. »Ähm, ich meine, bei so wenig Zeit bleibt ja nur *Tinder*«, versuchte ich, es ins Lächerliche zu ziehen.

»*Tinder?*« Er grinste spöttisch. »Ich glaube nicht.« Dann vollendete er meinen abgebrochenen Satz. »Du hast recht, Sophie. Wo sollen Leute wie wir jemanden kennenlernen, bei all der Arbeit?«

Die Frage war rhetorisch, die Antwort offensichtlich. Doch was er dann sagte, brachte mich völlig aus dem Konzept. »Aber wer sagt eigentlich, dass ich noch suche?« Dieser Blick dazu. Es war klar, was er andeutete: Er meinte, etwas *gefunden* zu haben.

Verdammt, Sophie. Zu weit geflirtet. Er ist ein Kollege. Projektpartner. Budgetverantwortlicher. Kein Typ aus dem Club. Kol-le-ge. Also, Schluss jetzt.

»Ich muss los, hab' einen Termin vergessen«, sagte ich schnell und klappte mein Notebook zu. Lukas sah mich überrascht an. Vielleicht lag ein Hauch von Enttäuschung in seinem Blick. Oder ärgerte er sich über seinen letzten Satz? Obwohl, wahrscheinlich hatte er – im Gegensatz zu mir – seinen *Gehirn-zu-Mund-Filter* immer im Griff. Ihm rutschten sicher nie unüberlegte Gedanken raus. Aber genau das machte es schlimmer. Denn wenn er jedes

Wort so kontrolliert wählte, dann war *das* eben kein Ausrutscher. Und das beruhigte mich ganz und gar nicht.

»Ich werde eine Weile in London sein.« Er nahm das Tablett mit den leeren Kaffeetassen und ging langsam Richtung Tür.

»Oh, wirklich? Dann kann ich ja in Ruhe arbeiten.« *Autsch.* Ich versuchte, lässig zu klingen, aber es klang eher schroff. *Was war los?* So kannte ich mich nicht.

»Pass auf dich auf, Sophie.«

Er hätte alles sagen können. Ein einfaches »Bye« oder ein lockeres »Ciao« hätten gereicht. Von mir aus ein »Salut« mit englischem Akzent. In diesem Moment wäre mir ein sachliches »Vergiss nicht, mir die Kostenschätzung fristgerecht zu schicken« vermutlich am liebsten gewesen. Die Möglichkeiten waren jedenfalls vielfältig.

Stattdessen: diese Worte. *Pass auf dich auf –Take care.* Fürsorglich, ja, aber auch ... *übergriffig?* Ich konnte das schließlich ganz gut selbst, ohne dazu aufgefordert werden zu müssen.

Oder klammerte ich mich so sehr an meine Unabhängigkeit, dass ich vergessen hatte, wie es sich anfühlt, wenn jemand sich um mich sorgt? Vielleicht lag das Problem bei mir, nicht bei ihm.

Ach, verdammt.

Vielleicht war es Zeit, mal Dampf abzulassen. Ich sollte das Wochenende in Hamburg verbringen. Brunch mit Anna und ein Abend mit ... vielleicht Nick von der Designmesse? Ja, das klang nach einem Plan. Etwas Leichtes, Unverbindliches. Etwas, das nicht so ein wirres Chaos in mir auslösen würde. Vielleicht konnte ich so wieder die Kontrolle über mich zurückgewinnen.

 9

Hamburg begrüßte mich am Freitagabend mit nasskaltem Wind, doch Anna und Stefan machten das schnell wett. Stefan kochte, Anna und ich erledigten in der Zwischenzeit eine Flasche Wein. Bei einer zweiten Flasche und Stefans Lasagne sprachen wir bis tief in die Nacht. Es fühlte sich gut an, wieder hier zu sein, fast so wie vor meinem Auszug und Stefans Einzug. *Unkompliziert.* Aber kaum war Stefan am Samstag zum Sport, legte Anna die Samthandschuhe ab.

»Sophie, was ist denn los, dass du plötzlich an einem Freitagabend hier auftauchst? Hast du Hamburg so vermisst, oder gibt es etwas, das du nicht am Telefon besprechen möchtest?«

Ich zuckte mit den Schultern, um meine Unsicherheit zu verbergen. Anna lehnte sich mit einem triumphierenden Lächeln zurück.

»Ich hab's gewusst! Der Grund für dieses Gespräch fängt mit *LU* an und hört mit *KAS* auf, oder?« *War das so offensichtlich?*

»Ja, es ist etwas … intensiv geworden.«

»Erzähl.«

Das tat ich. Von der Arbeit, den Flirts, dem unkonventionellen *Meeting* in der Suite und seiner Wirkung auf mich. Und schließlich von diesem Satz, der mich so aus der Bahn geworfen hatte: Dass er *nicht suchte.* Mit jedem Wort wuchs Annas Interesse. Meine Verwirrung blieb.

»Ich weiß nicht, Anna. Ich dachte, wir flirten nur. Aber er sieht das vielleicht nicht so locker wie ich. Irgendwie ist das alles gerade ziemlich anstrengend.«

Anna lachte. »Anstrengend? Das klingt eher nach dem, was andere Leute als *ganz normales Kennenlernen* bezeichnen. Für eine lockere Affäre ist ein Kollege vielleicht wirklich nicht die beste Wahl. Aber wer sagt, dass man zu einem Kollegen keine echten Gefühle entwickeln kann?«

Echte Gefühle? War es das – also, ich meine, bei ihm? Das, was sich auf einmal so anders anfühlte? Ich wollte nicht darüber nachdenken, schließlich war ich für Ablenkung nach Hamburg gekommen.

»Wie auch immer. Ich treffe mich heute mit Nick.«

»Was?« Anna schüttelte den Kopf, als könnte sie es kaum fassen. »Das ist doch Unsinn, Sophie!«

»Warum? Nick lenkt mich ab, auch wenn es nur oberflächlich ist.« Selbst für mich klang das hohl.

»Was soll dir das bringen?« Jetzt klang sie regelrecht besorgt.

»Was schon? Spaß, halt.« *Bestätigung. Kick. Kontrolle.*

»Du solltest dir mal zuhören.«

»Meine Entscheidung«, erwiderte ich trotzig.

»Ja. Das stimmt wohl. Du bist schließlich erwachsen.« Das *'auch wenn du dich nicht so verhältst'* hing unausgesprochen in der Luft.

Damit war das Thema vorerst beendet und wir beschlossen, den Nachmittag in der Stadt zu verbringen, anstatt Probleme zu wälzen. Wir bummelten durch unsere Lieblingsgeschäfte, tranken Kaffee und lästerten über Passanten. Im letzten Geschäft entdeckte ich ein burgunderfarbenes Kleid. Knielang, weich fließend, mit schlichten langen Ärmeln und einem verführerischen Dekolleté, das nur knapp oberhalb des Bauchnabels in einem Knoten endete. Der Stoff zog mich magisch an.

»Das ist der Hammer, Sophie! Los, zieh es an«, drängte Anna und schob mich in die Umkleide. Es passte wie angegossen. Stilvoll und sexy. Ein perfektes Kleid für einen perfekten Abend. Aber nicht für heute. Nicht mit Nick. So gern ich ihn mochte. Er würde mir ein Kompliment machen, aber eigentlich keinen Wert darauf legen, und es gab keinen Grund, etwas besonders Verführerisches zu wählen. Es war ohnehin klar, wo der Abend uns hinführen sollte. Und da spielte kein Kleid eine Rolle. *Ach, ich sollte diesen Traum aus Seide und Viskose einfach wieder weghängen.*

Doch mein Verstand spielte mir einen Streich: *Ich stellte mir vor, in diesem Kleid einen Abend mit Lukas zu verbringen. Sein Lächeln, wenn er mich darin sehen würde. Er würde mir eines seiner augenzwinkernden Komplimente machen, und ich würde mit einem frechen Konter antworten. Wir würden lachen und ein Glas Wein trinken. Und wenn sich schon meine Hände so gut auf diesem Stoff anfühlten, wie würden sich dann erst seine darunter anfühlen?*

Gedankenverloren strichen meine Finger über den tiefen Knoten im Dekolleté, als Anna plötzlich den Vorhang aufzog und mich aus meinem Tagtraum riss.

»Na, kannst du jetzt nicht mal die Finger von dir selbst lassen?«

Ich zuckte leicht zusammen. »Äh, ich …« Ohne Annas Unterbrechung wären meine Gedanken sicher noch weiter in diese Richtung abgeschweift. Ich grinste.

»Ernsthaft, Sophie, du siehst umwerfend aus. Das Kleid musst du nehmen.«

»Na gut, ich nehme es. Wer weiß, wofür es gut ist.« Irgendwann würde sich die passende Gelegenheit schon finden. Ich zahlte und wir machten uns auf den Rückweg.

Als ich mich für den Abend fertig machte, griff ich aber nach dem schlichten *schwarzen* Kleid. Das passte eher zu meiner eigenartigen Stimmung. Der Gedanke an einen sorglosen Abend war verlockend, doch eine leise innere Stimme flüsterte, dass eine ehrliche Auseinandersetzung mit mir selbst vielleicht die bessere Abendgestaltung wäre.

Ich traf Nick in einem kleinen, angesagten Grill-Restaurant mit Blick auf die Alster. In meiner Tasche: Zahnbürste und Wechselwäsche – ich war fest entschlossen, die Nacht nicht bei Anna und Stefan zu verbringen.

Nick und ich hatten uns nach meiner Trennung von Daniel auf einer Designmesse kennengelernt. Aus einem One-Night-Stand waren ein paar weitere Dates geworden. Ohne Intention. Ohne Komplikation. *Casual*, eben. Auch dieser Abend begann vielversprechend. Ich griff nach meinem Cocktail, lachte über eine seiner Bemerkungen und hielt mein Handy für ein spontanes Selfie hoch. Der Blitz löste genau in dem Moment aus, als Nick sich zu mir herüberlehnte, um mir etwas ins Ohr zu sagen.

»Die Musik ist echt laut, oder?« Vermutlich waren das seine Worte. Auf dem Bild war nur sein Hinterkopf zu sehen, doch es wirkte deutlich weniger … *casual*, als die Situation eigentlich war. Ohne groß nachzudenken, lud ich das Foto hoch. Caption, zugegeben doppeldeutig: *Heimatbesuch – Hamburger genießen.* Im Nachhinein betrachtet vielleicht nicht die cleverste Idee. Oder, je nachdem, wie man es sieht, die genialste überhaupt.

Als Nick irgendwann zur Toilette ging, zückte ich mein Handy und scrollte durch die Kommentare. »*Viel Spaß*« und ein Cocktail-Emoji – die üblichen. Doch ein sarkastisches »*Na dann mal Prost*« von Anna und ein »*Cheers*« mit vier Bier-Emojis von Lukas ließen mich stocken. Plötzlich fühlte es sich an, als hätte ich etwas falsch gemacht. Zwischen Lukas und mir war rein gar nichts, und doch breitete sich dieses leise Unbehagen in mir aus. Aber wenn da wirklich nichts war – *warum konnte er dann von London aus so mühelos meine Laune beeinflussen?*

Ich trank noch einen Cocktail und aß mein Dessert. Gleichzeitig ärgerte es mich, dass vier Bier-Emojis und ein *Cheers* mich aus der Fassung brachten. *Hau ab, Harding,* schimpfte ich innerlich. Doch nach außen hörte ich mich etwas anderes sagen.

»Bitte nimm es mir nicht übel, Nick, aber ich bin wohl nicht in der richtigen Stimmung.« Ich gab dem Kellner ein Zeichen, die Rechnung zu bringen.

»Alles in Ordnung, Sophie?« Klar wunderte er sich. Schließlich war ich es, die den Kontakt gesucht hatte.

»Alles gut. Es hat nichts mit dir zu tun.« Was für eine hohle Floskel. Schnell schob ich nach: »Ich muss nur ein paar Dinge mit mir klären.«

Er nahm einen Schluck von seinem Drink und musterte mich einen Moment. »Klingt, als wäre da jemand anderes im Spiel, oder?« Seine Stimme blieb ruhig, fast neugierig. »Oder liege ich total daneben?«

Ich zögerte kurz, bevor ich die Wahrheit zuließ. »Vielleicht nicht ganz daneben.«

Er nickte langsam, stellte sein Glas ab und lehnte sich zurück. »Weißt du, ich hab' das Gefühl, das letzte Mal war unser letztes, richtig?«

Vielleicht hatte ich Nick unterschätzt. Seine Beobachtung war überraschend treffend und gar nicht so oberflächlich. Das war keine *Beschwerde*. Es war ja nicht so, dass er mehr von mir wollte – es war nur eine ehrliche Feststellung der Situation. Und ich schätzte seine unkomplizierte Art.

»Wahrscheinlich hast du recht. Danke, Nick. Du bist echt ein guter Typ.« *Aber nicht für mich.* Mir war tatsächlich im Moment eher nach *Elite Partner* als nach *C-Date*.

Der Kellner kam und ich legte ein paar Scheine auf den Tisch.

»Das geht auf mich.« Mit einem flüchtigen Kuss auf die Wange verabschiedete ich mich und verließ das Restaurant.

Draußen an der frischen Luft wurde die Erleichterung über meine Entscheidung sofort verdrängt von dem Bedürfnis nach Bestätigung – ausgerechnet von Lukas. Bevor ich es verhindern konnte, tippte ich – und das Schicksal nahm seinen Lauf.

»Keine Drinks mehr hier. Hab mein Date abgebrochen. *Cheers* zurück.« Mein Daumen zögerte über dem Senden-Button. *War es fair, Lukas in mein Gefühlschaos zu ziehen? Nun, er hatte schließlich damit angefangen, oder?* Entschlossen drückte ich auf »Senden« und stieg ins Taxi. Nach ein paar Minuten vibrierte mein Handy.

»Also … echt'n Date? Mein Freund Chris meinte grad noch, ich soll mir keinen Kopf machen. 'Nen Freund hättest du sicher erwähnt, oder? Und du würdest nich' extra nach Hamburg fliegen, nur um rumzuvögeln?«

Einen Moment starrte ich auf den Bildschirm. *Ernsthaft???* Sofort folgte: »*Oh fuck.* Sorry!!! Bin total voll.«

Die meisten Frauen hätten ihn dafür wahrscheinlich sofort blockiert. Aber offensichtlich war zu viel Alkohol im Spiel. *Konnte er da überhaupt noch einschätzen, was er tat?* Nun, es entschuldigte diesen Ausrutscher nicht. Aber heute war ich gnädig.

»Dir ist schon klar, dass meine Entscheidungen diesbezüglich außerhalb deiner Zuständigkeit liegen, oder?« Ich tippte die Worte mit einem Hauch Schärfe. Dass mein Date Gesprächsthema mit seinem Kumpel war, gefiel mir eigentlich gar nicht. Na gut, ein bisschen vielleicht doch.

»Natürlich.«

»Ich bin nicht nach Hamburg geflogen, um *rumzuvögeln*.«

»Schon klar.«

»Aber ich dachte, ich könnte die Gelegenheit nutzen, wenn ich schon hier bin. Geschockt?« *Zack.*

Einen Moment herrschte Stille, dann vibrierte mein Handy wieder. »Also, ich glaube, mein Gehirn braucht 'nen Moment, um das zu verarbeiten.« Pause. Neue Nachricht. »Und sorry nochmal für meine Ausdrucksweise.«

»Schon okay.«

» ☺ «

»Sag mal, wie viel Bier habt ihr intus?«

Es dauerte eine Weile, bis die Antwort kam. *Zählten sie noch? Oder versagten Finger und Rechtschreibung inzwischen völlig?* Schließlich vibrierte mein Handy:

»Chris meint eigentlich, ich sollte lieber nix mehr schreiben. Und er meint, ich hätte scheinbar genug getrunken, um ehrlich zu sein. So ehrlich, dass es vielleicht unangenehm ist, meint er. Aber nicht genug, um alles zu vergessen – oder so. Klingt irgendwie tiefgründig, oder? Keine Ahnung, was er damit sagen will. Obwohl … *shit.* Vielleicht doch.« Eine kurze Pause, dann kam noch: »Weißt du was? Chris sollte lieber seinen feinen Rasen mähen, statt hier lauter so'n Zeug zu reden. Ich sag ihm das jetzt.«

Ich las die Nachricht und musste laut lachen. *Wie betrunken musste man sein, um das als Antwort zu schreiben?* Doch während ich schmunzelte, fragte ich mich, ob ich ihn jetzt bremsen oder einfach machen lassen sollte. Dieser kleine Anflug von Kontrollverlust stand ihm irgendwie überraschend gut. Und ehrlich gesagt … es war so peinlich, dass es schon wieder charmant war. In meinem Kopf erklang erneut dieser imaginäre Chor mit einem langgezogenen *Aaaaaah.*

Vielleicht sollte ich ihn dennoch bremsen. »Bitte keine weiteren Weisheiten, bevor du einen Kaffee hattest. Und vielleicht … lass deinen Kumpel aus unseren Chats raus, ja?«

»Schwierig. Er hat 'nen Rasen, 'ne Frau und zwei Kinder und meint, das macht ihn zum Experten für alles.«

»Seine Ratschläge sind vielleicht gut gemeint, aber nichts für mich.«

»Hab' ich ihm auch so gesagt. Nur nicht so freundlich. Er meint, darum passt du zu mir. Weißt schon, Freiraum und in keine Form zwängen und so.«

Passen? Was sollte das hier eigentlich werden?

»Ganz ehrlich, das ist der merkwürdigste Chat, den ich je geführt habe. Ich denke, wir lassen das jetzt mal sacken. Oder was meint Chris?«

Die Antwort ließ einen Moment auf sich warten, und ich lachte, als ich mir vorstellte, wie Lukas und sein Kumpel in einem lauten Pub diskutierten.

»Chris sagt was von 'ner Auszeit. Aber ehrlich, er lacht nur noch und hat mir grad 'nen Whiskey in die Hand gedrückt. Weiß nicht, ob er 'ne Pause von mir braucht oder ob er meint, dass wir uns mal in Ruhe näherkommen sollten. Also du und ich.« Pause. Nächste Nachricht. »*Fuck.* Ich meine, Zeit verbringen. Ohne Chris. Oh Gott. Kannst du das alles löschen? *Biiiittteee!*«

»Jetzt aber wirklich Schluss mit dem Alkohol, okay?«, warf ich ein und lachte laut, obwohl ich mich insgeheim fragte, wie er noch nach Hause finden wollte.

»Ooookay. Wo bist du, Aurum Queen? Sicher angekommen, wo auch immer du hin willst?« *Aurum Queen …*

»Sitze im Taxi vor dem Haus meiner Freundin.«

Da war sie wieder. Diese Fürsorge. Und plötzlich gefiel mir das.

»Na dann, gute Nacht. Chris sagt, wir gehen jetzt auch.«

Schmunzelnd steckte ich das Handy weg. Der Taxifahrer warf mir einen belustigten Blick zu. Hatte ich zu laut gelacht? Die Absurdität der Situation war zum Brüllen, und gleichzeitig fühlte ich eine seltsame Klarheit.

Ich zahlte und stieg aus. Anna hatte mir einen Schlüssel mitgegeben, kam aber zur Tür, als sie mich hörte. »Also, du überraschst mich«, begrüßte sie mich. »Was ist los?«

»Meine Pläne haben sich geändert.« Grinste ich immer noch so dämlich?

»Offensichtlich. Ist etwas passiert?«

»Nicht direkt.«

Wir setzten uns in die Küche und Anna reichte mir ein Glas Wasser. »Schieß los.«

Ich verdrehte die Augen. Anna wollte doch nur bestätigt haben, was sie längst vermutete.

»Vielleicht war ich in Gedanken woanders.«

»Das hätte ich dir vorher sagen können, Sophie.«

»Weißt du jetzt auch alles besser, genau wie dieser Chris?«

»Wer ist Chris?«

Oh je, dieser strafende Blick. Jetzt dachte sie, ich hätte mir an dem Abend mit Nick, an dem ich mich von Lukas ablenken wollte, einen Chris aufgegabelt. So schlimm war ich dann doch nicht. Ich erzählte ihr von dem Chat und goss mir noch ein Glas Wasser ein. Ich lachte und rechnete mit einem sarkastischen Kommentar – aber nicht mit der Schelte, die folgte: »Sophie, das ist nicht witzig. Es war ja klar, dass bei deinem … Verschleiß irgendwann jemand verletzt werden würde. Und bei Lukas fehlt dazu scheinbar nicht mehr viel.« Ich zuckte ein wenig zusammen. Also *damit* hatte ich nicht gerechnet. Sonst hatten wir doch immer über meine Geschichten gescherzt. Trotzig verschränkte ich die Arme.

»Ich hab' das unter Kontrolle.«

»*Kontrolle?*« Anna hob die Augenbrauen. »Hast *du* nicht gesagt, Lukas bringt dich komplett aus dem Konzept? Und dann rennst du zu Nick, um dich von dem Chaos abzulenken, das du mit dir selbst nicht geregelt bekommst. Und in London geht währenddessen das Bier aus? Wo ist denn da die *Kontrolle?*«

Jetzt, wo sie das so sagte, klang ich tatsächlich ganz schön lächerlich.

Die Stille zog sich, bis Anna seufzte und beschwichtigend weitersprach. »Irgendwas hat er doch in dir ausgelöst. Das solltest du mal akzeptieren.« *Sollte ich das?*

Einen Moment saßen wir schweigend da. Dann stand Anna auf und umarmte mich. »Weißt du was? Geh schlafen. Morgen sieht die Welt anders aus.«

Je mehr ich darüber nachdachte – sie hatte vollkommen recht. Und eigentlich fand ich gar nicht so schlecht, wie die Welt aussah, aber ich zog mich trotzdem ins Arbeitszimmer zurück. Als ich die Tür hinter mir schloss, ließ ich mich auf das Gästebett fallen und starrte an die Decke. Lukas, Chris, Nick … das war definitiv zu viel Mann für einen Abend, dachte ich, ehe ich schließlich über den Gedanken an einen von ihnen einschlief.

Nach einem ausgiebigen Frühstück machte ich mich am Sonntag auf den Weg zum Flughafen. Natürlich erst nach einer festen Umarmung und ein paar weisen Worten von Anna. »Sophie, sei ehrlich zu dir selbst, okay? Keine Ausflüchte. Und halt mich auf dem Laufenden – ich will schließlich nichts verpassen!«

»Ja, ja, du kriegst deine Updates.« Ich erwiderte ihre Umarmung fest. »Aber danke, Anna. Für alles.«

Ich grübelte auf der gesamten Fahrt zum Flughafen. Und während ich dort am Check-in wartete, tippte ich schließlich eine Nachricht an Lukas: »Kopfschmerzen?«

Die Antwort kam sofort. »Der Klingelton hat mir den Rest gegeben.«

Das sagte alles. Schmunzelnd tippte ich: »Sorry ☺«

»Sophie, *ich* muss mich entschuldigen. In aller Form. Ich war wirklich völlig daneben. Ich hoffe, das ändert nichts zwischen uns.«

Moment. Wie konnte derselbe Mann, der unter dem Einfluss von Bier so ehrlich war, jetzt plötzlich so nüchtern klingen? *Nichts ändern – wirklich?* Ohne groß nachzudenken, tippte ich meinen Gedanken in die Nachricht.

»Ich dachte, du möchtest, dass sich etwas ändert?«

Sofort erschrak ich über meine Direktheit, doch die Nachricht war raus. Schnell schaltete ich das Handy aus und ging durch die Sicherheitskontrolle. Ein kurzes Nickerchen im Flugzeug würde sicher helfen. Aber ich schlief nicht. Ich grübelte.

Meine *Beziehungen* waren immer kurz und intensiv. Und verdienten eigentlich den Namen nicht. Kein langsames Kennenlernen, keine Schmetterlinge, keine Blumen. Sie endeten so abrupt, wie sie begannen. *Meine* Entscheidung – und, wenn man Anna fragte, mein Ticket für die Therapiecouch.

Die Sache mit Daniel hatte ähnlich begonnen und wahrscheinlich wäre auch sie ebenso schnell zu Ende gegangen, hätte ich nicht wegen eines Wasserschadens in meiner Wohnung spontan beschlossen, zu ihm in den traumhaften Altbau in Hamburg-Winterhude zu ziehen. Ich hatte mich wohl ein wenig verliebt – in die Wohnung. So waren aus einem spontanen Einzug ein paar

Monate Zusammenleben geworden, bis ich ihn mit einer anderen erwischte und zu Anna zog. Meine einzige erwähnenswerte Beziehung war also weniger aus Liebe, sondern eher wegen einer Wohnung entstanden.

Als das Flugzeug in Paris landete und ich mein Handy einschaltete, vibrierte es sofort. Mein Puls stieg, als ich die Nachricht öffnete:

»Erwischt. *Ändert nichts* war wohl eine Phrase aus dem Bullshit-Bingo. Es geht mich nichts an, mit wem du deine Zeit verbringst. Aber es beschäftigt mich sehr. Ich weiß, das klingt zu direkt, aber – jetzt ist es raus.« Ich las die Nachricht mehrmals. Seine Worte wirkten unbeholfen, aber vor allem waren sie ehrlich. »Ich meine, ich wünsche mir, wir könnten mehr Zeit zusammen verbringen. Und ob daraus mehr wird, lassen wir auf uns zukommen. Natürlich nur, wenn du das auch willst.«

Oh. Das fühlte sich *anders* an. Anders als alles, was ich bisher erlebt hatte. Kein impulsives Hals-über-Kopf, das man schnell wieder abhakt. Überlegt, fast schon vernünftig – und irgendwie *beruhigend.*

Moment … Seit wann beruhigte mich sowas? Lukas war so verbindlich. Und das suchte ich doch nicht … *oder?* Vielleicht lag es daran, wie er seine Worte gewählt hatte – nicht als Forderung, sondern als Angebot. Als etwas, das Raum ließ, statt zu drücken. Und ich merkte, wie der Gedanke mich lockte. Raum für mich, ohne ständig allein zu sein? Ich antwortete vorsichtig, jedoch für meine Verhältnisse ungewohnt verbindlich: »In Ordnung. Schauen wir einfach mal, wohin das führt.«

Ich war auf dem Weg zur *Métro*, als seine Antwort kam:

»Okay. Lass uns telefonieren oder schreiben, wenn du magst.«

»Das wird sich schon allein beruflich nicht vermeiden lassen, Harding.«

»Davon abgesehen, Frau Brand.«

»Sehr gern.«

Zurück im Alltag stürzte ich mich in die Arbeit. Doch trotz der Distanz fand Lukas immer wieder Gründe, kurz vor Feierabend anzurufen. Was als Frage zum Projekt begann, entwickelte sich jedes Mal zu einem langen Gespräch. Oft verließ ich das Hotel mit ihm am Ohr und setzte mich ins Café, wo unser Gespräch weiterging. Die offiziellen Themen waren schnell abgehakt. Dann sprachen wir über alles und nichts – das Wetter, neue Serien, Politik, Büroklatsch. Die wirklich persönlichen Themen umkreisten wir und erwähnten zum Glück nie die Nachrichten, die wir zwischen Pub und Taxi ausgetauscht hatten.

Anna hatte recht. Dieses *normale Kennenlernen*, das ich sonst immer übersprang, und die räumliche Distanz zwangen mich, langsamer zu gehen. Ich hatte keine Ahnung, was auf mich – auf uns – zukam. Vielleicht musste dieses Mal nicht ich alles in die Hand nehmen. *Einfach abwarten. Zum ersten Mal die Kontrolle loslassen.* Ein kleines bisschen zumindest – obwohl ich nicht wusste, ob ich das wirklich konnte. Oder wollte. *Aber vielleicht sollte ich es wirklich versuchen.*

 *10*

Es roch verführerisch nach frischer Farbe, als Elise und ich das Atelier von Gérard Arnaud betraten. Sonnenlicht fiel durch die hohen Fenster auf bunte Leinwände mit abstrakten Szenen aus Paris. Teils angefangen, teils fertiggestellt. Der Stil von Arnauds Bildern harmonierte perfekt mit unserem Design, und deshalb wollten wir ihn heute unbedingt für *Aurum* gewinnen. Und ich war sicher, dass wir das schaffen würden, denn Elise und ich waren gut vorbereitet.

Elise hatte erwähnt, dass Arnaud schwer zu beeindrucken sei, aber das machte mir keine Sorgen. Wir hatten die Fakten, die Zahlen – und Charme in geballter Form. Während sie den Smalltalk eröffnete und ihre Bewunderung für seine Arbeit ausdrückte, übernahm ich das Gespräch, als es darum ging, Arnaud unser Angebot zu unterbreiten.

»Herr Arnaud, bei *Aurum* schätzen wir Ihre Kunst sehr. Wir möchten Ihre Werke in unserem Restaurant und unseren exklusivsten Zimmern präsentieren. Einige Stücke aus dieser Ausstellung würden wir direkt erwerben, für andere bieten wir Ihnen eine Kommissionsbasis an.«

Elise nickte zustimmend. »Natürlich müssten wir auf das Gesamtkonzept unseres Hotels achten, um eine exklusive *Aurum*-Kollektion zu schaffen.«

»Das ist ein Win-Win-Szenario«, fuhr ich selbstsicher fort. Vielleicht zu selbstsicher. »Für *Aurum* bedeutet es eine überschaubare Anfangsinvestition und für Sie die Möglichkeit, Ihre Werke einem internationalen, finanzstarken Publikum zu präsentieren. Ihre Verkaufszahlen könnten dadurch erheblich steigen.«

Arnaud betrachtete mich mit einem leicht skeptischen Lächeln. »Mademoiselle, verzeihen Sie, aber als Künstler sehe ich mich nicht gerne als *überschaubare Anfangsinvestition*.« Sein Ton blieb freundlich, doch ich konnte nicht sicher sagen, ob ich ihn gerade beleidigt hatte – oder ob er mich nur testen wollte. »Ich lasse mich nur ungern auf Zahlen reduzieren. Mir wäre es lieber, als Künstler wahrgenommen zu werden.«

Oh je. Ich hatte wohl seine Künstlerseele angekratzt. Ich lächelte, bemüht, mich nicht aus der Ruhe bringen zu lassen.

»Sie haben völlig recht, Herr Arnaud. Verzeihen Sie, wenn meine Formulierung etwas nüchtern klang – das war sicher nicht meine Absicht.« Ich machte eine kleine Pause und betrachtete seine beeindruckenden Leinwände, ehe ich fortfuhr. »Ihre Kunst verdient die größtmögliche Wertschätzung. *Aurum* sucht nicht nach bloßer Dekoration, sondern nach Kunst, die den Charakter unserer Räume unterstreicht.«

Ich konnte sehen, wie Arnauds Lächeln echter wurde. »Na, das klingt schon besser, Mademoiselle.«

Die Diskussion vertiefte sich, und mit der Zeit spürten wir, dass Arnaud der Gedanke allmählich gefiel. Der Deal war zum Greifen nah. Und als er schließlich nickte, wussten wir, dass wir ihn für uns gewonnen hatten.

Draußen auf der Straße beschloss ich, unseren Erfolg zu feiern. »Elise, du warst großartig. Lass uns anstoßen. Ich lade dich ein!«

Sie schüttelte den Kopf und lächelte entschuldigend. »Das ist lieb, Sophie, aber ich bin schon verabredet. Das möchte ich ungern absagen.«

»Klar, verstehe ich.« Ich beneidete sie ein wenig um ihr soziales Umfeld in dieser Stadt. Sie winkte mir zum Abschied und verschwand in der Menschenmenge. Ich blieb einen Moment stehen, unsicher, was ich mit dem Feierabend anfangen sollte. Dann griff ich instinktiv nach meinem Handy und rief Lukas an. Natürlich wusste ich, dass er heute in Paris ankommen würde – aber wir waren um das Thema herumgeschlichen, wann und wo wir uns sehen würden.

Mal sehen, ob er schon da war.

Als er abnahm, ließ ich ihn gar nicht groß zu Wort kommen.

»Lukas, bereite den Vertrag mit Gérard Arnaud vor. Der Deal steht! War einfacher, als ich dachte. Aber bevor du dich an die Arbeit machst – wir müssen das feiern. Bist du schon in Paris? Du schuldest mir seit Wochen einen Kaffee!« *Hatte ich mal Luft geholt? Nein. Egal.*

Es gab eine kurze Pause am anderen Ende der Leitung, gefolgt von diesem vertrauten, amüsierten Lachen. Ich hatte das Gefühl, dass diese spezielle Tonlage langsam zu einem Markenzeichen in unseren Gesprächen wurde – eine Resonanz auf meine Direktheit. »Bin vor einer Stunde angekommen. Klar, Sophie. Wo treffen wir uns?«

»*Café des Vignes*. Ich bin in dreißig Minuten da. Und ich mag keine Unpünktlichkeit«, fügte ich scherzhaft hinzu. Aber es stimmte. Ich mochte keine Unpünktlichkeit. Wer mich warten ließ, war aus dem Rennen. Und das wäre wirklich schade.

Mit seiner Antwort im Ohr – »Ich würde es nicht wagen« – machte ich mich zufrieden auf den Weg zur *Métro*. Zugegeben, ich war etwas nervös. Denn nach dem kleinen Vorfall in Hamburg und all den Telefonaten seitdem würden wir uns jetzt erstmals wiedersehen. Es fühlte sich an, als würde ich ein Päckchen öffnen, dessen Inhalt ich nicht kannte. Neuland. Und ich war nicht sicher, wie ich damit umgehen sollte.

Genau achtundzwanzig Minuten später betrat ich das Café und sah Lukas bereits am Fenster sitzen, vertieft in sein Smartphone. Neben ihm dampfte ein frischer Espresso. Er hatte den Rücken zu mir gewandt und seine Haare saßen wie immer perfekt. Im Gegensatz zu meinen, denn die Fahrt in der *Métro* hatte einige Strähnen meiner Hochsteckfrisur gelöst. Ich zögerte einen Moment und überlegte, ob ich ihn mit einem flüchtigen *bisou* auf die Wange begrüßen sollte. Doch etwas hielt mich zurück. *Nicht jetzt.* Stattdessen tat ich etwas, das ich mir schon lange vorgenommen hatte: Mit einem Lächeln fuhr ich durch seine perfekt gestylten Haare und ließ mich schwungvoll auf die gepolsterte Bank ihm gegenüber fallen.

»Nur um das Gleichgewicht wiederherzustellen«, sagte ich lachend und deutete auf meine eigenen losen Strähnen. »Deine Haare saßen einfach zu gut.«

Er strich sich durch die zerzausten Haare, sah mich an und lächelte. »Ich finde, du siehst großartig aus, Sophie. Immer.«

Seine Stimme klang so aufrichtig, dass mein Puls sofort schneller ging. *So sieht es also aus, wenn ein Mann wirklich meint, was er sagt,* schoss es mir durch den Kopf.

»Und, wo hast du Chris gelassen?«

Ein kleiner Scherz, um die plötzliche Intensität aufzulockern. Lukas' Blick folgte meinen Händen, als ich versuchte, eine rebellische Strähne zurückzustecken.

»Chris lässt sich entschuldigen. Er muss arbeiten und danach, keine Ahnung, Rosen schneiden und sich um die Kids kümmern.« Wieder warf er einen Blick auf meine Haare.

»Dafür, dass er dein bester Freund ist, nimmst du ihn ganz schön aufs Korn.«

»Ach, er ist toll, wirklich. Und Becky und die Kids auch. Aber manchmal, na ja, glaubt er, alles zu wissen.« Damit schien das Thema für ihn erledigt. Sein Interesse galt heute nicht seinem Kumpel. *Natürlich nicht.*

»Weißt du, mir gefallen die losen Strähnen. Sie passen zu deinem Charakter.«

»Wie habe ich das denn zu verstehen?« Ich stibitzte ihm das *Cantuccini* von der Untertasse seines Espressos. Sein Lächeln wurde breiter, als er seinen Blick auf den entwendeten Keks fixierte.

»Nicht so streng, sondern frei und unabhängig.«

»Ja, das passt wohl«, lächelte ich und sah, dass der Kellner sich näherte. Auf so viele nette Worte musste ich dringend Kaffee bestellen. »Lukas, ich verlange Zinsen für den überfälligen Kaffee. Ich akzeptiere Gebäckform.«

»Faire Forderung. Tatsächlich hast du ja für diesen Fall vorgeschlagen, dass ich das Gebäck auswähle. Und ich denke, ich habe da schon das Richtige im Sinn.«

Kurz darauf brachte der Kellner den Kaffee und zwei Zitronentartelettes. Ich sah Lukas neugierig an. »Okay, warum gerade dieses Gebäck?«

Er zögerte keine Sekunde. »Sie sind leicht säuerlich und trotzdem süß – ein perfekter Kontrast zum kräftigen Kaffee. Außerdem«, fügte er hinzu und hielt meinen Blick, »sind sie frisch und frech – genau wie du. Eine unwiderstehliche Mischung.«

Ich musste schmunzeln. *Frisch und frech, ja?* Ich hatte schon Schlimmeres über mich gehört. Und dass Lukas mich so sah, gefiel mir. Offenbar hatte er beschlossen, die Zurückhaltung endgültig über Bord zu werfen. Zwischen uns hatte sich eindeutig etwas verändert.

»Eine unwiderstehliche Mischung? Damit kann ich leben«, sagte ich und versenkte die Gabel im Mürbeteig. »Gebäck-Vergleiche sind genau mein Ding.« Sofort schoss mir Daniel durch den Kopf. »Mein Ex? Ein trockener Zwieback – nützlich, wenn man nichts anderes hat, aber auf Dauer ziemlich unbefriedigend.« Lukas brach in schallendes Gelächter aus und ich legte nach. »Ansonsten habe ich eine Schwäche für *Petits Fours* – optisch ansprechend, schnell vernascht, immer eine Sünde wert.« Ich zwinkerte und nahm einen Schluck Kaffee. »Und du? Du wärst eher ein, lass mich kurz überlegen … ein *Blätterteig*. Auf den ersten Blick konventionell, aber wenn man genauer hinschaut, erstaunlich vielschichtig.«

Ich gebe zu, *Blätterteig* musste ich kurz googeln. Denn wer weiß schon spontan, was *Blätterteig* auf Englisch heißt? *Puff pastry*, las ich, und war mir sofort unsicher, ob das im Englischen wirklich schmeichelhaft klang. Aber *layered* – ja, das schien ihm zu gefallen. Und der Vergleich passte einfach. Sein Lachen verebbte, und er sah mich mit einem warmen Blick an.

»Auch wenn ich nichts dagegen hätte, als *Petit Four* von dir vernascht zu werden, ist *vielschichtig* wohl das schönste Kompliment, das ich seit Langem bekommen habe.« Seine Stimme wurde leiser, und er lehnte sich ein Stück näher zu mir. »Ich finde es faszinierend, wie du die Welt siehst – mit den bunten Vergleichen und deinem Blick fürs Detail.«

Ach je, das war süß. Vielleicht sogar zu süß. Ein Teil von mir war wirklich berührt davon, wie er mich sah. Aber die Wahrheit war: Er wusste nicht, worauf er sich einließ. Ich beugte mich leicht vor und ließ meine Stimme etwas tiefer werden.

»Glaub mir, Lukas, du willst nicht mein *Petit Four* sein.«

Sein Lächeln erstarrte. »Wie meinst du das?«

Ich atmete tief durch. »Meine *Petits Fours* sind kleine, süße Sünden. Sehen gut aus, schmecken fantastisch, aber am Ende … sind sie schnell verschwunden. Oder ich bin es. Keine Erwartungen, keine Bindungen. Ein Flirt, ein Dinner, ein paar berauschende Stunden, vielleicht eine ganze Nacht, und dann bin ich weg. Kein Anruf, keine Wiederholung. Meistens jedenfalls.«

Ich hatte oft genug angedeutet, wie wichtig mir meine Unabhängigkeit war, wie sehr ich meine Freiheiten genoss. Trotzdem schien diese schonungslose Schilderung ihn einen Moment zu schocken. Er sah plötzlich überfordert aus. Ich fuhr fort, etwas langsamer.

»Ich mag dich wirklich. Sonst säßen wir hier nicht. Aber das heißt nicht unbedingt, dass es mit dir anders sein könnte. Und da wir zusammenarbeiten, hoffe ich, dass wir uns nicht in eine komplizierte Situation manövrieren. *Das* ist es, was mich zurückhält. Sonst hätte ich mich längst auf das Abenteuer mit dir eingelassen.« Ich war gespannt auf seine Reaktion. Ich wollte, dass er das akzeptierte, dass er mich verstand.

Sein Blick wurde ernst. »Und du denkst, ich würde nicht damit klarkommen? Glaubst du, ich würde dir … dein Budget kürzen, falls es zu einem *Petit Four*-Debakel kommt? Oder was?«

Nein, so schätzte ich ihn nicht ein. »Ich denke nur, dass ein charmanter, moralisch gefestigter Mann wie du so etwas vielleicht nicht versteht. Und das Letzte, was ich will, ist, dich zu verletzen.«

Er lehnte sich nachdenklich zurück, und sein Blick wanderte kurz zur Seite, bevor er wieder zu mir zurückkehrte. Ich hatte diesen Blick schon oft bei Lukas gesehen – immer dann, wenn er intensiv nachdachte oder an einer Strategie feilte. Es war, als würde er seine nächsten Schritte visuell vor sich auslegen, irgendwo im Raum, wo nur er sie sehen konnte.

»Na gut. Dann nehme ich das Risiko wohl in Kauf.« Er sagte es ruhig, fast beiläufig, als wäre es das Logischste der Welt. *Wie pragmatisch.*

Ich hob eine Augenbraue. »Sei nur nicht so naiv zu glauben, dass ich mich ändere.«

Er zögerte kaum. »Nein, Sophie, sicher nicht. Aber manchmal ändern sich Dinge. Und damit die Menschen. Du bist eine unglaublich starke Frau. Aber vielleicht ist es auch ein Zeichen von Stärke, sich einfach in etwas fallen zu lassen?«

Seine Worte trafen mich. Instinktiv verschränkte ich die Arme vor der Brust, als müsste ich mich vor dieser Möglichkeit schützen.

»Ich bin so, wie ich bin, Lukas. Ich spiele nach meinen eigenen Regeln, und die haben mir bisher gut gedient. Immer schon.«

Er schüttelte lachend den Kopf. »*Immer schon?* Ach komm schon, was ist mit Freundschaftsbändern, Händchenhalten, in der Schule zugesteckten Briefchen?«

»Nein.« Meine Antwort war scharf und unmissverständlich. Ein weiteres Wort würde es von mir dazu nicht geben.

»Okay …?« Seine Stimme klang zögerlich, vielleicht sogar ein wenig besorgt. Er runzelte die Stirn, während er das verdaute; dann richtete er seinen Blick erneut auf mich. Klar und entschlossen.

»Und was, wenn ich dir zeige, wie so ein *moralisch gefestigter* Mann, wie du mich nennst, datet?« Jetzt war ich wirklich überrascht und – zugegeben – auch neugierig.

»Wie habe ich mir das vorzustellen? Romantische Spaziergänge am Eiffelturm?«

Der Gedanke amüsierte mich tatsächlich.

»Zum Beispiel«, antwortete er gelassen.

»Und was, wenn ich es nicht mag?«

Er zuckte mit den Schultern. »Dann eben nicht. Vielleicht gibt es dann *Petit Fours* und süße Sünden. Oder auch nicht.«

Ich konnte ein Schmunzeln nicht unterdrücken. »Lukas, was genau erwartest du?«

»Nichts. Bis du mit den *Petits Fours* angefangen hast, dachte ich eigentlich an Mittagspausen, dann vielleicht ein Date, vielleicht noch eins. Das Übliche halt.«

»Das Übliche, hm?« Ich erinnerte mich an unsere erste Begegnung und daran, wie ich dabei an ein aufregendes Dinner und eine noch aufregendere Nacht gedacht hatte. Das wäre mein »Übliches« gewesen.

Ich dachte, ich würde denken, doch plötzlich fand ein Satz ungefiltert seinen Weg über meine Lippen. »Du bringst mich ganz schön aus dem Konzept, Harding. Weißt du das?« Es war direkt. Zu direkt. Ich schlug mir die Hand vor die Stirn. »Habe ich das gerade wirklich gesagt?« Ich lachte nervös, als ob das die Peinlichkeit mildern könnte.

»Ja, hast du«, bestätigte er mit einer Stimme, die ungewohnt tief klang. »Und du mich auch, Sophie. Auf eine sehr gute Art – und zur Belustigung meines besten Kumpels.«

Ich war dankbar für die Unterbrechung durch den Kellner, der genau im richtigen Moment kam. Um meine Anspannung zu lindern, bestellte ich ein Glas Weißwein. Lukas entschied sich für ein belgisches Bier. Nachdem wir eine Weile still an unseren Getränken genippt hatten, bemerkte ich, wie er nachdenklich in sein Glas starrte, als würde er seine nächsten Worte genau abwägen. Und genau so war es. Harding hatte schon wieder eine Strategie.

Wahrscheinlich schrieb er schon ein Buch: *Sophie für dummies: Wie man eine Brand bändigt – Leitfaden für Fortgeschrittene.* Denn als *Anfänger* ging er kaum noch durch, merkte ich.

»Sophie, da du dich selbst nicht als Typ für wiederkehrende Dates siehst, lass uns mal metaphorisch sprechen. Über Meetings.« Er machte eine kurze Pause, als wollte er sicherstellen, dass ich ihm folgen konnte, und setzte dann mit einem leichten Lächeln fort. »Wie wäre es statt regelmäßiger Meetings mit einem einmaligen Teambuilding-Event? Und wenn das gut läuft, können wir über Folgemeetings reden.«

Ich stutzte verwirrt, aber gleichzeitig neugierig. »Was meinst du denn damit?«

»Na ja, als Chris letztens im Pub seine ganze Weisheit versprüht hat, meinte er, dass wir uns abseits der Arbeit besser kennenlernen sollten. Und da du offensichtlich eine Frau für das Ungewöhnliche bist, hier mein Vorschlag: Wie wäre es, wenn wir ein ganzes Wochenende zusammen verbringen? Irgendwo außerhalb von Paris. Raus aus dem Alltag. Mach mir einen Vorschlag.«

Ich war verblüfft und reagierte nicht sofort. Sein Blick ruhte erwartungsvoll auf mir.

»Entschuldige, das soll jetzt nicht unangemessen sein ...«, setzte er vorsichtig an, doch ich hob die Hand und unterbrach ihn.

»Nein, nein, es ist nur ... ich bin überrascht.« Ich lächelte. »Ehrlich gesagt klingt es nach einem Vorschlag, der so unkonventionell ist, dass er durchaus von mir hätte kommen können.«

»Okay.« Er wirkte erleichtert, aber ein Hauch von Nervosität lag immer noch in seiner Stimme. »Gibt es einen Ort, den du besonders magst und der für ein Wochenende erreichbar ist?«

Ein Ort fiel mir sofort ein. Ich war ausgerechnet in meiner kurzen Zeit mit Daniel einmal dort gewesen. Er hatte die meiste Zeit mit seinem Notebook am Pool gesessen und telefoniert. Aber dafür konnten ja weder das Hotel noch die Gegend etwas. Ja, ich würde gerne noch einmal dorthin. Aber ganz ehrlich, so einen mutigen Vorstoß hätte ich nun wirklich nicht von Lukas erwartet. Das gefiel mir. *Natürlich* – ich war ich. Also war ich dabei.

»Es gibt da ein unglaublich charmantes kleines Hotel in den *Calanques*. Kennst du die Gegend? Die Küste bei Marseille. Einfach magisch.«

Begeistert erzählte ich von der Lage, der Zimmerausstattung und dem erstklassigen Service.

»Das klingt doch perfekt.« Ich sah, wie seine Schultern sich entspannten und gab mir den letzten kleinen Schubs.

»Also ja, Lukas, wenn das Mittelmeer ruft, wie könnte ich da nein sagen?« Mein Grinsen entzog sich völlig meiner Kontrolle, und er sah mich erleichtert an.

»Deal. Weißt du, ich kann mich nicht erinnern, wann ich mir das letzte Mal wirklich freigenommen habe. Einfach mal weg von allem … Durchatmen. Es fühlt sich an, als wäre das genau richtig.«

»Ja, das stimmt. Aber wenn wir schon dabei sind, ein Wochenende zu planen, bei dem wir beide *durchatmen* sollen, dann lass uns ein paar Grundregeln festlegen.« Ich lehnte mich zurück und machte eine bedeutungsvolle Pause. »Erstens, keine beruflichen Gespräche. Höre ich nur einmal das Wort *Budget* oder *Ausschreibung*, gibst du mir ein Eis aus.«

Lukas grinste breit. »Verstanden.«

»Zweitens, Wanderschuhe mitnehmen. Die wirst du brauchen.«

»Sehr gerne.«

Und dann beugte ich mich wieder vor, und meine Stimme wurde fast verschwörerisch. »Und drittens, Lukas, das Wichtigste von allem: *keine Erwartungen*. Egal, was passiert oder nicht passiert, am Montag im Büro ist im Zweifelsfall alles wie gehabt. Kannst du dich an diese einfachen Regeln halten?« Ich hielt den Atem an und beobachtete gespannt seine Reaktion.

»Sophie, ich glaube, das kann ich. Kein Jobtalk, mit Wanderschuhen und ohne Erwartungen – klingt nach dem perfekten Wochenende.«

Ja, das tat es. Zumindest hoffte ich das. Wir waren schließlich zwei gefestigte Erwachsene, die mit jedem möglichen Ausgang dieses Wochenendes umgehen konnten.

Ein Teambuilding-Event also, überlegte ich auf dem Weg nach Hause. Mit Wanderschuhen und Blätterteig. Und ohne Erwartungen. *Ja klar, Sophie. Wer's glaubt.* Ich schmunzelte. Vielleicht war es an der Zeit, meine Regeln ein wenig zu dehnen. Aber nur ein kleines bisschen. Schließlich könnte ich immer noch rechtzeitig die Notbremse ziehen. *Oder?*

11

Zu unserem Glück hatte *Le Refuge des Calanques*, dieses versteckte Juwel am Mittelmeer, tatsächlich noch Zimmer frei. Klein, fein und direkt an den zerklüfteten Klippen gelegen – für mich einer der schönsten Flecken der Erde. Drei Zimmer standen auf der Buchungsseite noch zur Auswahl, und jedes war anders. Eigentlich waren es vier, aber das eine kam für mich nicht infrage – es war das Zimmer, in dem ich einst mit Daniel übernachtet hatte. Das wollte ich auf keinen Fall wiedersehen. Spontan beschloss ich, die Entscheidung aus der Hand zu geben. Mal sehen, wie klug er wählen würde. Ich tippte eine Nachricht:

»Wir haben drei Zimmer zur Auswahl. Du entscheidest, wer welches nimmt. Die Unterschiede verrate ich dir nicht. Eines ist teurer – hast du ein Budgetlimit? Die Optionen sind: *Ciel, Lune, Paradis*. Und wehe, du googelst!«

Ein paar Minuten später kam seine Antwort. »*Ciel* für dich, *Lune* für mich. Budget ist für zwei Nächte kein Thema (hoffe ich). Klingt das arrogant?«

»Klingt nach einem fantastischen Wochenende. Aber warum *Ciel* für mich?«

»Du verdienst eine Chance auf den Himmel, trotz deines wilden Lebensstils ☼.«

Mutig, Harding, sehr mutig. Aber ja, ich war eben ich. Gute Mädchen kommen vielleicht in den Himmel, böse kommen überall ... ähm, hin. Mein Kopfkino schaltete sofort auf FSK 18. Diese Art, mich so zu nehmen, wie ich war, und dabei noch einen Scherz daraus zu machen? Gefiel mir. Sehr.

»Und warum *Lune* für dich?«, fragte ich neugierig.

»Weil *Paradis* bestimmt auf Gartenebene liegt. *Lune* ☾ hat also die bessere Aussicht.«

Volltreffer. *Paradis* war von Zitrusbäumen umgeben, aber *Lune* – mit Blick nicht nur auf das Meer, sondern auch auf den Hafen und die majestätischen Pinien – war unschlagbar.

»Okay, wird gebucht. Übrigens, dein Zimmer ist das teuerste, aber auch das schönste.«

»Du darfst gerne bei mir frühstücken.«

»Keine Erwartungen, Harding!«

»Ich sprach von Kaffee und Croissant, Sophie.« *Als ob.*

Die folgenden Tage flogen im hektischen Alltag vorbei. Doch als ich am Donnerstagabend in meinem Schlafzimmer stand, um zu packen, fiel mir ein, dass ich Lukas noch anrufen musste. Er war wieder in London und würde am nächsten Tag zurück nach Paris kommen, von wo aus wir gemeinsam aufbrechen würden. Das Hotel erwartete noch unsere Antwort zu einigen Details unserer Buchung.

»Lukas, ich hoffe, du bist bereit, einige lebensverändernde Entscheidungen zu treffen«, eröffnete ich das Gespräch scherzhaft und begann, meine Sachen in die Tasche zu legen.

»Oh, das klingt ernst. Leg los.« Im Hintergrund hörte ich das leise Klicken einer Tastatur.

»Noch im Büro?«

»Erwischt. Ich wollte ein paar Dinge abschließen, damit ich das Wochenende in Ruhe genießen kann.«

»Jetzt lass mal die Tabellen. Wer mit mir spricht, schenkt mir seine volle Aufmerksamkeit, klar?«

»*Jawohl*, Frau Brand.«

Ich musste lachen. *Jawohl*, auf Deutsch. Wahrscheinlich aus einer dieser Weltkriegsdokus aufgeschnappt, die auch im englischen Fernsehen ständig liefen. Amüsiert dachte ich daran, wie ungewöhnlich unser Kennenlernen war – eine Deutsche und ein Engländer, die sich in Paris über den Weg laufen. Unser Wochenende stand also ganz im Zeichen der Völkerverständigung. Wenn das mal keine historische Mission war. Absolut selbstlos, natürlich – rein im Dienst der internationalen Beziehungen.

»Bist du noch da, Sophie?« Lukas' Stimme riss mich aus meinen Gedanken.

»Ja, ja, bin da. Ich vermute zwar, dass das meiste davon in deinen Augen Schnickschnack ist, aber du hast im Hotel Optionen, um deinen Aufenthalt zu personalisieren. Erstens, die Kopfkissen: klassisch, Memory-Foam oder Anti-Allergiker?« Ich griff nach einem schlichten Funktionsshirt aus meinem Schrank.

»Memory-Foam.« Seine Stimme klang amüsiert. »Ich muss meinen Kopf in Topform halten, um dir folgen zu können.«

Ich legte das Shirt in die Tasche und fuhr fort. »Also gut, weiter zur Bettwäsche. Seide oder ägyptische Baumwolle?« Ich zog ein langes Sommerkleid heraus und betrachtete es kritisch.

»Ägyptische Baumwolle. Seide sehe ich lieber an dir.« Sein Ton jagte mir ein warmes Kribbeln über den Rücken, und das Sommerkleid landete wieder im Schrank. Stattdessen entschied ich mich für den seidenen, burgunderfarbenen Traum aus Hamburg – genau für solche Gelegenheiten hatte ich ihn schließlich gekauft. Ich beschloss, auf seinen Spruch nicht einzugehen – jedenfalls nicht laut. Innerlich fühlte ich mich jedoch ein wenig entwaffnet.

»Gut. Aromatherapie fürs Bad? Lavendel, Zitrus, Eukalyptus?«

»Ernsthaft? So weit geht die Konfigurierbarkeit? *Aurum* könnte da noch einiges lernen. Zitrus. Ich brauche etwas Erfrischendes nach der langen Fahrt.«

Versehentlich stieß ich gegen die Schranktür, die mit einem lauten Knall zufiel.

»Alles gut bei dir?«

»Ja, ich packe gerade. Das war die Schranktür.«

»Verstehe ich das richtig? *Ich* soll *dir* uneingeschränkt Aufmerksamkeit schenken, aber *du* packst nebenbei?«, tat er gespielt empört.

»Wir Frauen sind eben multitaskingfähig.«

»Ach so. Da kann ich natürlich nicht mithalten. Was packst du Schönes ein?«

Mein Blick fiel auf meine Badesachen, und in einem spontanen Anflug von Übermut entschied ich, ihn ein wenig einzubeziehen.

»Sag du es mir. Türkis oder Altrosa?«

»Die Farbe deiner Zahnbürste?«, fragte er trocken.

»Komm schon, sag einfach.«

»Ich habe keine Ahnung, was Altrosa überhaupt ist. Also Türkis.«

»Perfekt, der türkisfarbene Bikini kommt mit.« *Stille*. Dann hörte ich sein leises Einatmen.

»Lass mich ruhig an weiteren Designentscheidungen teilhaben.«

Ach ja? »Etwas Schönes aus Seide ist schon eingepackt.«

Dieses Mal hörte ich ein deutlich schärferes Einatmen am anderen Ende der Leitung.

»Seide? Hm, ich hoffe, ich darf die Designentscheidung bewundern.« Seine Stimme war jetzt eine Spur tiefer. Ich ließ die Bemerkung unkommentiert, aber der nächste Punkt, den ich ansprach, versprach auch keine Abkühlung.

»Bleiben wir mal fokussiert, Harding, okay? Pro Zimmer ist eine Flasche Champagner oder eine kleine Spa-Behandlung im Wochenendpaket enthalten. Was darf's sein?«

»Champagner, definitiv. Aber ich trinke ihn nicht allein.«

»Deal. Ich nehme die Spa-Behandlung und deinen halben Champagner«, grinste ich und verlor mich in dem Gedanken, wie es wohl sein würde, diesen Champagner in seinem Zimmer zu teilen. Dabei fiel mein Blick auf meine Unterwäsche. Ich hielt ein filigranes schwarzes Set aus Spitze hoch. Daneben lag ein schlichtes, unschuldiges Set in Rosa. Obwohl ich mir Mühe gab, mich zu beherrschen, konnte ich es nicht lassen, Lukas erneut eine Entscheidung zu überlassen.

»Schwarz oder Rosa?« Die Frage hing kurz in der Luft.

»Und was wähle ich jetzt? Etwa noch einen Bikini?«, erkundigte er sich mit einer deutlich hörbaren Neugier. Ich überlegte kurz, ob ich nicht vielleicht zu weit gegangen war. Doch ich beschloss, weiterzuspielen.

»Das bleibt mein kleines Geheimnis«, erwiderte ich, während ich das schwarze Stück Stoff hochhielt und das Licht verführerisch mit der feinen Spitze spielen ließ.

»Ein Geheimnis … Na gut, ich wähle Schwarz. Sprechen wir wieder von etwas, das deine Haut schmückt?«

»Vielleicht. Ich könnte dir natürlich eine detaillierte Beschreibung des Stoffes und seiner Textur geben, aber der Anstand gebietet, dass solche Feinheiten dem kollegialen Auge, insbesondere dem eines englischen Gentlemans, verborgen bleiben.«

Lukas lachte leise. »Ich muss zugeben, du weckst definitiv meine Neugier.«

»Aber nur weil ich deine Neugier wecke, heißt das nicht zwangsläufig, dass ich sie stillen werde.« Mühsam unterdrückte ich ein Lachen und legte das schwarze Spitzenstück sorgfältig in meine Tasche.

»Sophie«, begann er, seine Stimme nun gut eine Oktave tiefer. *Souh-fieee.* »Historisch gesehen ist Deutschland ja recht … kreativ im Umgang mit Grenzen gewesen. Vielleicht ist es an der Zeit, dass England zeigt, wie kreativ es Grenzen auslegen kann.« Seine Worte, eine gelungene Mischung aus Humor und Selbstbewusstsein, ließen mich kurz nach Luft schnappen, bevor ich in herzhaftes Lachen ausbrach.

»Interessanter Vergleich. Aber ich glaube, in Sachen Kreativität kann ich es sicher mit jedem aufnehmen.«

»Das bezweifle ich keine Sekunde«, entgegnete er. »Ich freue mich schon auf dieses Wochenende.«

»Ich auch, Lukas. Wir wären dann jetzt übrigens fertig. Bis morgen, okay?« Ich würde jetzt lieber auflegen, bevor dieses Gespräch völlig eskalierte.

»Gute Nacht, Sophie, träum schön.«

Ich legte auf und packte die letzten Teile ein. Dann gab ich dem Hotel unsere Auswahl durch und stöberte auf der Webseite des charmanten kleinen Hauses. Wunderschön gelegen, mit einem Service, der kaum zu übertreffen war. Genau das Richtige für zwei Experten der Hotelbranche, die dem Trubel der Großstadt für ein Wochenende entfliehen wollten. *Um sich endlich näherzukommen, um die Dinge nun mal beim Namen zu nennen.*

Ich schloss den Browser und griff wieder zum Telefon – um Annas Nummer zu wählen. Ich konnte es kaum erwarten, ihr von meinen Reisevorbereitungen zu erzählen – vor allem, wie ich Lukas in jede noch so kleine Entscheidung einbezogen hatte.

Wie erwartet brach sie in schallendes Gelächter aus, als ich ihr von unserer Diskussion über die *Grenzen zwischen Deutschland und England* erzählte.

»Sophie, ich gebe dir keine vierundzwanzig Stunden bis zur endgültigen Kapitulation«, kicherte sie. »Wobei … wir reden hier von dir. Vielleicht sollten wir das andersherum betrachten: Schaffst du vierundzwanzig Stunden *ohne* Kapitulation?«

Sie hatte natürlich recht. Ich war diejenige, die das Spiel mit den Anspielungen auf Seide und Spitze eröffnet hatte. *Sollte ich es ihm schwerer machen? Wo er doch so ,moralisch gefestigt' war? Das könnte tatsächlich … ziemlich unterhaltsam werden.* Ich seufzte theatralisch.

»Zählen die vierundzwanzig Stunden ab der Abfahrt aus Paris?«

»Genau. Und ehrlich gesagt, ihr könntet das zweite Zimmer vermutlich direkt stornieren. Eins wird völlig ausreichen.«

»Nein, nein, Anna – die Wette gilt. Vierundzwanzig Stunden Moral ziehe ich durch.«

Und ich würde jede Minute davon genießen. Nein, dieses Spiel würde ich nicht abkürzen. Ich wollte Lukas wirklich besser kennenlernen, und das würde ich in aller Ruhe tun. Die Kunst der Verführung bestand schließlich darin, die Spannung bis zum letzten Moment zu halten. Bevor ich mich also den feinen Unterschieden zwischen *Ciel* und *Lune* widmete, würde ich sicherstellen, dass Lukas verstand, dass er es mit einer Meisterin des Spiels zu tun hatte.

12

Am Nachmittag unserer Abreise erreichte ich den *Gare de Lyon* früher als verabredet. Ich hatte mich davongeschlichen, um Anouks neugierigem Blick zu entkommen. Es fühlte sich fast so an, als hätte sie heimlich Zugriff auf meine privaten Mails mit der Hotelbuchung für Brand und Harding. Aber vermutlich besaß sie einfach ein gutes Gespür für Details.

Sicherlich hatte sie mitbekommen, wie ich Lukas im Vorbeigehen »Sonne, dreißig Grad« zugeflüstert hatte. Er hatte gelächelt und Anouk, die in der Nähe stand, jedes Wort aufgeschnappt. Sie musste sich gewundert haben: *Warum kam er extra am Freitag nach Paris, ohne ersichtlichen Grund?* Und dreißig Grad? Für Paris und alles nördlich davon war Regen angesagt. Vielleicht hatte sie auch den Abfahrtsplan auf meinem Bildschirm gesehen. Oder die Sonnencreme, die aus Lukas' Reisetasche lugte. Anouk entging jedenfalls nichts.

Ich traf Lukas am Bahnsteig und der Anblick überraschte mich: Jeans, T-Shirt und Turnschuhe – so hatte ich ihn noch nie gesehen. *Unsere Begrüßung?* Zwei *bisous* – ein Küsschen links, ein Küsschen rechts. Typisch für Paris, aber eine Premiere für uns.

»Frau Brand, Sie sind geschrumpft«, bemerkte er amüsiert und beugte sich leicht zu mir hinunter. Sein Blick fiel auf meine flachen Sneakers, ein deutlicher Kontrast zu den hohen Absätzen, die ich sonst trug. Unter zehn Zentimetern verließ ich selten das Haus. Doch diese neue Perspektive hatte etwas Vertrautes – als könnte ich mich jederzeit an ihn anlehnen oder ihm durch die Haare wuscheln. Aber mein Selbstbewusstsein verlangte eine klare Antwort.

»Ich bleibe auf Augenhöhe, Harding.«

»Daran habe ich keinen Zweifel«, entgegnete er grinsend. »Ich mache mir eher Sorgen, ob ich noch mit dir Schritt halten kann, wenn sich deine Energie auf deinen ganzen Fuß verteilt.«

»Wir werden sehen. Los, lass uns einsteigen.«

Ich griff nach meiner Tasche, doch er war schneller. Wir fanden unsere Plätze und ich stellte die zwei Kaffeebecher, die ich noch schnell gekauft hatte, vor uns ab, während er das Gepäck verstaute.

»Für eine Designexpertin hätte ich schwereres Gepäck erwartet«, meinte er, als er sich setzte.

»Wer weniger packt, kann schneller weiter. Du weißt schon, mein ausgeprägter Fluchtreflex …«

Ich merkte, wie abweisend das klang. Doch Lukas blieb gelassen. »Fluchtreflex? Du hast einen Hang zur Freiheit. Klingt das nicht viel besser?« Er hatte recht. Das tat es.

»Freiheit … ja, und die genieße ich gerne in guter Gesellschaft«, stimmte ich zu und reichte ihm seinen Kaffee. Der Zug setzte sich in Bewegung – und mit ihm eine neue Möglichkeit, uns fernab des Alltags kennenzulernen.

Die Fahrt im *TGV* begann ruhig. Gelegentlich tauschten wir Beobachtungen aus, aber das Schweigen zwischen uns war überraschend angenehm. Keine unangenehmen Pausen, kein Zwang zu reden – *vertraut*, irgendwie. Ich griff zu meinem Buch, während Lukas in sein Handy vertieft war. So verging die Zeit im Zug wie im Flug, bis mein Handy vibrierte und eine Nachricht von Anna auf dem Bildschirm aufleuchtete:

»24 h… tick tock tick tock«

Ich konnte nicht anders, als mit einem humorvollen Hilferuf zu reagieren.

»Anna, dieser Mann ist höchst eigenartig – er macht bisher gar nichts falsch.«

»Kneif ihn mal. Vielleicht ist er ja nicht echt.«

Ihr Kommentar brachte mich so sehr zum Lachen, dass ich für einen Moment alles um mich herum vergaß. Als ich wieder aufsah, sah Lukas mich neugierig an.

»Ist alles in Ordnung?«

»Ja, alles bestens«, versicherte ich ihm schnell und versuchte, mein breites Grinsen zu zügeln. »Weißt du, ich habe so eine Art Sicherheitsprotokoll, wenn ich mit einem, na ja, *fremden* Mann unterwegs bin. Ich muss meiner besten Freundin gelegentlich ein Lebenszeichen schicken.«

Lukas nickte verständnisvoll. »Eine weise Vorsichtsmaßnahme. Hält sie mich für ein Sicherheitsrisiko?«

»Nein, Harding, keine Sorge. Wir halten dich für vollkommen harmlos.« Sein Tonfall schwankte zwischen gespielt beleidigt und amüsiert.

»Das klingt fast ein wenig enttäuschend. Aber vielleicht ist *harmlos* ja nur meine Fassade.«

Ich zog eine Augenbraue hoch. »Oh, sollte ich besorgt sein?«

»Nein, ich verspreche, ich bin nur so gefährlich, wie du es zulässt«, konterte er mit einem verschmitzten Grinsen, das auch mir ein Lächeln entlockte.

»Lukas, bitte, sei einfach du selbst. Den *Bad Boy* kauft dir ohnehin niemand ab. Bleib lieber mein charmanter, konventioneller Engländer, okay?«

Mein charmanter, konventioneller Engländer schmunzelte.

»Ja, das ist mir auch lieber. Und mir gefällt, dass du mich *deinen* nennst. Bist du dann auch *meine*?«

In dem Moment schoss mir eine erstaunliche Erkenntnis durch den Kopf: *besitzanzeigende Pronomen? Echt jetzt, Sophie?* Warum um alles in der Welt hatte ich das *so* gesagt? Es fühlte sich an, als hätte ich versucht, Gefühle in Worte zu kleiden, die ich selbst noch kaum verstand. Fast so, als hätte mein Mund eine völlig eigenständige Agenda.

Ich versuchte, die aufkommende Verlegenheit mit einer Dosis Humor zu retten. »Kommt darauf an … deine was denn?«

Er überlegte kurz und lächelte dann. »Wie wäre es mit *meine charmante, unkonventionelle Grenzgängerin*?«

Ich nickte zustimmend. *Grenzgängerin*. Ja, das passte zu mir – immer auf der Grenze, immer auf der Suche nach dem nächsten Abenteuer, ohne festen Platz.

»Das könnte ich vielleicht akzeptieren. Für dieses Wochenende. Deal.«

»Deal«, wiederholte er, nahm meine Hand und hauchte mit einem Zwinkern einen Kuss auf meinen Handrücken. Ich reagierte mit einem Augenrollen.

»Du musst auch nicht gleich den übertriebenen Gentleman mimen«, schimpfte ich, aber mein Tonfall war eher amüsiert. Er ließ meine Hand los und lehnte sich entspannt zurück.

»Zurück zu deinem Sicherheitsprotokoll – besteht die Gefahr, dass du permanent mit deiner Freundin schreibst? Glaubst du, es würde sie beruhigen, wenn wir ihr ein Selfie von uns schicken?« Obwohl Anna natürlich keinerlei Sicherheitsbedenken hatte, gefiel mir die Idee.

»Wir können es ja probieren«, stimmte ich zu und zog mein Handy hervor. Ohne zu zögern, legte Lukas seinen Arm um mich.

Wir lächelten in die Kamera, und als ich das Bild betrachtete, war ich überrascht, wie entspannt wir beide aussahen. Als ob wir uns schon ewig kannten.

»Gut geworden«, sagte er, während er sich leicht zu mir herüberlehnte, um auf das Display zu schauen.

Ich tippte schnell eine Nachricht an Anna, und bevor ich es mir anders überlegen konnte, wandte ich mich an Lukas. »Sollen wir das Foto auch Chris schicken? Schließlich war diese Reise doch irgendwie seine Idee.« Es war als Scherz gemeint, doch nur wenige Momente später war unser Selfie tatsächlich auf dem Weg nach London. Und mein Spieltrieb? War geweckt.

»Wenn einer von beiden antwortet, wird die Antwort vorgelesen, okay?«, sagte ich, ohne darüber nachzudenken, was das bedeuten könnte. Doch kaum hatte ich die Worte ausgesprochen, überkam mich die Sorge – hoffentlich würde Anna nichts Peinliches schreiben.

Fast zeitgleich vibrierten unsere Handys. Ich entsperrte den Bildschirm und zeigte Lukas erleichtert Annas Reaktion. Ein Emoji, um das jede Menge Herzchen schwirrten.

»Das ist kurz und bündig«, fand er. »Sie scheint zufrieden.«

Wir öffneten Chris' Nachricht, und als ich den Text las, konnte ich nicht anders, als laut zu lachen. »Sie ist echt! Respekt, Kumpel ☺«

Dafür musste ich ihn einfach ein wenig aufziehen. »Neigst du etwa dazu, Frauen zu erfinden?«

Er lächelte leicht verlegen. »Zum Glück war mein bisheriges Dasein dann doch nicht ganz so verzweifelt. Aber ich glaube, Chris konnte sich einfach nicht vorstellen, dass es eine solche Frau wie dich wirklich gibt.«

Ich fühlte, wie mir ein warmer Schauer über den Rücken lief.

»Eine Frau wie mich?« *Eine Verrückte, die Männer regelrecht konsumiert und dann weiterzieht?*

Er sah mir direkt in die Augen. »Eine, die mich dazu bringt, ständig an sie zu denken.«

Mein Herz, mein Kopf, meine Knie – alle meldeten sich gleichzeitig. Und obwohl es unglaublich süß war, fühlte ich mich plötzlich völlig überfordert. Zeit für meine Scherzdefensive.

»Kannst mich ja mal kneifen«, schlug ich vor, halb im Spaß, halb im Ernst. Vielleicht, um das Tempo rauszunehmen. Vielleicht, weil ich einfach nicht wusste, wie ich sonst reagieren sollte.

»Wie bitte?«

»Als Beweis meiner Echtheit. Das hatte ich bei dir auch schon vor«, erklärte ich und versuchte dabei, locker zu wirken.

»Ich bin versucht«, antwortete er mit einem verschmitzten Lächeln. »Vielleicht komme ich darauf zurück, oder aber ich finde eine etwas sanftere Art der Beweissicherung.«

Sein Tonfall handelte ihm einen empörten Schubs von mir ein. »Harding …«, schimpfte ich lachend und beschloss, mich wieder meinem Buch zu widmen, obwohl ich wusste, dass ich mich unmöglich konzentrieren konnte.

Der Zug raste mit dreihundert Kilometern pro Stunde durchs Land, und meine Gedanken versuchten, Schritt zu halten. *Normalerweise schickt man in so einer frühen Phase einer, ähm, Bekanntschaft doch keine gemeinsamen Selfies, oder?* Aber in diesem Moment fühlte ich mich weit entfernt von allem, was ich bisher als *normal* betrachtet hatte. Ich wollte Anna teilhaben lassen – und Lukas schien dasselbe Bedürfnis gegenüber Chris zu haben. Es war, als ob wir Zeugen brauchten. Zeugen für etwas, das sich wichtiger anfühlte, als ich es mir eingestehen wollte.

Bei unserer Ankunft in Marseille wartete bereits das Hotel-Shuttle auf uns. Wir fuhren über die Nebenstrecke nach Cassis, mit kurzen Blicken auf das azurblaue Meer und die zerklüfteten Felsen. Als wir schließlich auf die steile Zufahrtsstraße einbogen, eröffnete sich uns das traumhafte Panorama: der kleine Ort und der Hafen, und oben auf den Klippen thronte unser Hotel. Es war so wunderschön, wie ich es in Erinnerung hatte. Zeitlos elegant und umgeben von Pinien und üppigen Sträuchern, je näher wir kamen.

»Wow«, brachte Lukas seinen ersten Eindruck auf den Punkt.

Und »Wow« dachte ich auch in meinem Zimmer, gestaltet in einem eleganten, südfranzösischen Stil. Das Blau von Bett und Sessel kontrastierte mit dem hellen Holz der Möbel, und die luftigen Vorhänge verstärkten die entspannte Atmosphäre. Vom Balkon aus sah ich hinüber bis zum *Cap Canaille*, Europas höchster Klippe. Einen Moment lang blieb ich auf dem Balkon stehen und genoss einfach das Geräusch der Wellen. Dann nahm ich eine schnelle Dusche und machte mich auf den Weg zur Hotelterrasse, wo Lukas und ich uns zum Abendessen verabredet hatten.

Die Sonne verschwand langsam hinter den Klippen und tauchte den Himmel in ein perfektes Farbenspiel aus Orange und Blau. Ich rahmte diesen Anblick mit meinen Händen, als könnte ich ihn einfangen und zu Hause an die Wand hängen. *Ein Rahmen …* genau das war es, was dieser Abend bot. Er war der ideale Rahmen für ein Abendessen, weit entfernt von jeglichem geschäftlichen Kontext und all den Rollen, die wir spielten. Bei der Arbeit trug ich edle Businessoutfits und eine strenge Hochsteckfrisur. Für meine üblichen Dates griff ich zu Kleidern und High Heels. *Und jetzt?* Flache Sandalen, ein Neckholder-Top und eine bunte Palazzohose. Nach der schnellen Dusche hatte ich meine Haare offen gelassen, etwas, das ich normalerweise nur in meinen vier Wänden tat – ganz unbedacht. Doch als ich Lukas' Blick spürte, fühlte ich mich plötzlich, als hätte ich vergessen, eine Rüstung anzulegen.

Er strahlte eine Ruhe und Gelassenheit aus, die ich kaum nachvollziehen konnte. Heute war alles um uns herum anders, aber *er* schien damit im Reinen, während *ich* spürte, wie meine Selbstsicherheit ein Stück weit bröckelte. Und das, obwohl ich doch sonst immer den Ton angab.

»Es ist schön, dich mit offenen Haaren zu sehen. Das lässt dich … weicher wirken«, sagte er, als wir uns setzten.

»Danke.« Meine Antwort kam automatisch, aber mein Verstand war noch damit beschäftigt, zu analysieren, ob das überhaupt ein Kompliment war. Ich fuhr mir mit den Fingern durch die Haare und beschloss, meine ungewohnte Unsicherheit mit Humor zu überspielen. *Was auch sonst.*

»Ich muss gestehen, dass ich andere Komplimente gewohnt bin. Erst bin ich geschrumpft, jetzt verweichliche ich. Nicht gerade der beste Start ins Wochenende, oder?«

»Oh doch.« Lukas schenkte mir über den Tisch hinweg ein Lächeln, das gleichermaßen beruhigend wie aufregend war. »Heute Morgen warst du die gestylte Businessfrau in High Heels, mit streng zurückgebundenen Haaren. Und jetzt sehe ich dich in flachen Schuhen, mit diesen lebendigen Haaren, die sich so frei bewegen wie deine Gedanken. Du wirkst so viel weicher.« Er machte eine kurze Pause und ließ seine Worte wirken. »Das zeigt, wie facettenreich du bist. Wie das Meer: mal ruhig, mal wild, aber immer mit Tiefgang. Und wunderschön.«

Ein einziger Gedanke dominierte plötzlich meinen Kopf: *Oh oh oh.* Ich war sprachlos. *Das war also dieses moralisch-gefestigte Dating, von dem er scherzhaft gesprochen hatte? Es gefiel mir. Sehr. War das kitschig? Nein. Doch. Vielleicht.* Aber es war gut, sehr gut. Es dauerte einen

Moment, bis ich meine Stimme wiederfand. Ich nahm einen großen Schluck Wasser, und als ich schließlich in Lukas' Augen blickte, war da ein eigenartig tiefes Gefühl.

»Weißt du«, begann ich schließlich leise und versuchte dabei, die Fassung zu bewahren, »meist höre ich so etwas wie: Gut siehst du aus. Tolles Kleid. Oder andere plumpe Floskeln. Oberflächliche Komplimente, verbunden mit Erwartungen.« Jetzt, wo ich es aussprach, klang das ganz schön traurig. »Aber deine Worte ... sind anders. Ehrlich. Danke.«

Ich spürte, wie ich langsam wieder die Kontrolle über meine Gedanken gewann, zumindest über meine äußere Fassade, wenn auch nicht über die Situation. Doch es schien, als hätte mein Mundwerk sofort wieder seinen eigenen Willen.

»Apropos Erwartungen, wir haben ja keine, nicht wahr, Lukas?«

»Nein, nein«, antwortete er mit diesem typischen Grinsen. »Aber übrigens ... gut siehst du aus. Tolles Top.« Ich grinste. Sein Humor war definitiv ein Pluspunkt, einer, der mich mehr und mehr für ihn einnahm.

Wir vertieften uns in die Speisekarte und beschlossen schließlich, eine Meeresfrüchteplatte zu teilen. Dazu bestellten wir Rosmarinkartoffeln und eine Flasche *Coteaux d'Aix*.

»Bist du eigentlich ursprünglich aus London?«, fragte ich neugierig, als er mir einschenkte.

»Nein, ich bin in der Nähe von Dover aufgewachsen. London kam erst mit dem Studium, und irgendwie bin ich dann geblieben.«

»Dover ... da bin ich mal mit der Fähre angekommen.« Und ich erinnerte mich lebhaft an das beeindruckende Panorama der Kreidefelsen. »Aber ich muss gestehen, ich bin direkt weitergefahren.«

»Dann schuldest du Dover wohl noch einen Besuch«, entgegnete er mit einem Lächeln, das andeutete, dass ihm dieser Gedanke gar nicht so ungelegen käme.

»Ja, wer weiß. Man kann bestimmt gut die Schiffe beobachten, oder?«

»Das war tatsächlich eines meiner großen Hobbys als Kind. Ich konnte stundenlang Schiffe beobachten. Der Blick über den Ärmelkanal hinüber zur französischen Küste hat wohl meine Reiselust geweckt.«

Seine Augen leuchteten bei der Erinnerung, und ich verlor mich kurz in der Vorstellung eines kleinen Jungen voller Sehnsucht nach der weiten Welt. Der Gedanke ließ mich lächeln – eine Seite von ihm, die ich bisher bislang nicht gesehen hatte.

Er kehrte in die Gegenwart zurück und lenkte das Gespräch auf unser aktuelles Ziel. »Ich muss gestehen, dass ich positiv überrascht bin von diesem Hotel. Meist bin ich ja nur geschäftlich unterwegs, aber dieses Mal …« Sein Blick wanderte kurz in die Ferne, und der Satz blieb unvollendet. »Weißt du, eigentlich hat meine Familie auch eine Verbindung zum Gastgewerbe. Meine Eltern betreiben ein kleines Hotel an den Klippen von Dover. Nichts Großes, aber ziemlich traditionell. Sehr … englisch.«

»Oh, wirklich? Erzähl mehr.«

Er nahm einen Schluck Wein, bevor er antwortete. »Rate mal. Was stellst du dir unter *sehr englisch* vor?«

Ich ließ meiner Fantasie freien Lauf. »Dicke Teppiche – auch im Badezimmer. Florale Muster. Antike Möbel, schwere Vorhänge, die das Licht aussperren, und ein Kamin in jeder Ecke. Natürlich gibt es Nachmittagstee mit silbernen Kannen auf weißen Tischdecken. Und überall Porträts von euren Vorfahren, die einen streng anschauen.« Ich grinste und hoffte ihm zuliebe, dass ich weit daneben lag.

Er lachte. »Wir haben tatsächlich einige dieser Elemente, aber es ist nicht ganz so extrem.«

»Klingt nach einem schönen Familienbetrieb. Warum arbeitest du nicht dort?«

Eine Spur von Resignation klang in seiner Stimme mit. »Meine Eltern sperren sich gegen jede Neuerung, jeden meiner Vorschläge. Wenn du *Aurum* schon für eine Zeitkapsel hältst, würdest du bei uns die Hände über dem Kopf zusammenschlagen. Ich habe vor Jahren beschlossen, mich daraus zurückzuziehen, um den Frieden zu wahren. Klappt nicht immer. Aber lass uns nicht in Familienangelegenheiten abdriften. Wir wollen den Abend genießen.«

»So ist es«, stimmte ich zu, und um die Stimmung wieder zu heben, beschloss ich, den gegrillten Pfirsich mit Vanilleeis zu bestellen. Lukas ließ sich von meiner Wahl anstecken und tat es mir gleich.

»Was haben wir denn morgen vor?«, fragte er, während wir gespannt auf das Dessert warteten.

Oh, allein bei dem Gedanken daran, was diese Gegend bei Tageslicht bot, spürte ich die Vorfreude.

»Ich hoffe, du hast Wanderschuhe und Badesachen eingepackt?«

»Ja, alles dabei.«

»Perfekt, dann steht unserer Wanderung nichts im Wege. Aber das Hotel bietet auch Bootstouren an, falls du lieber auf dem Wasser unterwegs bist?«

Dieser Blick ... Ich musste schon lachen, bevor der Scherz kam, der sich ankündigte.

»Ah, hätten wir dann die Wahl zwischen einem Segel- und einem Motorboot? Vielleicht ein Ruderboot oder … ein Schwanen-Tretboot? Und wird uns auch ein Menü an hochwertigen Sonnencremes gereicht?«

Ich rollte mit den Augen und schüttelte leicht den Kopf. »Mach dich ruhig lustig. Was würdest du sagen, wenn ich dir erzähle, dass wir sogar Proviant für Tagesausflüge zusammenstellen dürfen? Ein Picknickrucksack, ganz nach unserem Geschmack?«

Seine Augen leuchteten auf, als hätte ich gerade einen verborgenen Schatz erwähnt.

»Das klingt fantastisch. Darf *ich* das Picknick zusammenstellen? Gibt es Unverträglichkeiten oder Dinge, die du nicht magst?«

»Nein, ich lasse mich gerne überraschen«, sagte ich, amüsiert über seine unerwartete Begeisterung für die Planung eines Picknicks.

Wir blieben noch eine Weile auf der Terrasse sitzen. Der Himmel war voller Sterne, das Meeresrauschen vermischte sich mit dem Zirpen der Grillen, und die Zeit schien stillzustehen. Wir tranken noch einen *Pastis*, und ich spürte, dass der Abend endete.

»Ich gehe jetzt schlafen. Die Wanderung bei der Hitze morgen wird sicher anstrengend«, sagte ich schließlich und stand auf. Lukas tat es mir gleich und kam langsam um den Tisch herum.

»Gut, ich werde noch eben unseren Picknickrucksack konfigurieren«, entgegnete er mit einem Lächeln, bei dem ich mich zusammenreißen musste, um nicht gleich heute diese kleine Challenge mit Anna zu verlieren. Wir standen uns gegenüber, und plötzlich knisterte es förmlich in der Luft. Sterne, Meer, Grillen – das ganze Postkartenpanorama um uns herum rückte in den Hintergrund, als sich unsere Blicke trafen.

»Es war wirklich ein schöner Abend«, sagte Lukas leise.

»Ja, das stimmt.« Meine Antwort war kaum hörbar. Ich konnte die Spannung förmlich spüren, die knisternde Erwartung. Und mein Herz schlug schneller, weil ich – ja, klar – wusste, was kommen würde. Lukas hob eine Hand, strich eine meiner Haarsträhnen zur Seite, als wäre sie besonders interessant.

»Da ist etwas«, sagte er langsam, »was ich schon die ganze Zeit loswerden wollte.«

Ich hielt die Luft an. *Was gab es denn jetzt bloß zu sagen? Das war doch jetzt eher ein … nonverbaler Moment, oder?*

»Das ist ein wirklich tolles Top«, murmelte er schließlich mit einem verschmitzten Grinsen.

Ich war für einen Sekundenbruchteil sprachlos. *Was für ein charmanter Spinner.* Ich lachte, und noch bevor ich irgendwas sagen konnte, beugte er sich vor und drückte mir einen sanften Kuss auf die Lippen. Dieser Kuss war vorsichtig. Und bedeutungsvoll. Und die Art, wie er den ganzen Moment mit Humor eingewickelt hatte, machte ihn umso besser. Ein charmanter Spinner eben.

»So, jetzt darfst du gehen, Sophie.« *Souh-fieee.*

»Oh, vielen Dank für die Erlaubnis«, erwiderte ich und konnte das Lächeln nicht mehr aus meinem Gesicht verbannen. Mit einem letzten, verstohlenen Blick über die Schulter drehte ich mich um und ging in mein Zimmer.

Kaum hatte ich die Tür hinter mir geschlossen, schlüpfte ich aus den Sandalen und ließ mich aufs Bett fallen. Bevor ich mich dem Chaos in meinem Kopf stellen konnte, griff ich nach meinem Handy und tippte eine Nachricht an Anna.

»So. Bin auf meinem Zimmer. Alleine.«

Die Antwort kam sofort. Vermutlich war meine Wochenendberichterstattung ihre spannendste Abendunterhaltung.

»Okay, für heute hast du gewonnen. Los, Details, bitte ...?«

Ich erinnerte mich an Lukas' Worte und tippte zurück.

»Ich bin offiziell geschrumpft und anscheinend eine vielschichtige Schönheit.«

»Hä? Kontext! Klingt nach einem Kompliment erster Klasse?«

»Ganz genau. Und scheinbar stehen mir offene Haare besser als gedacht«, fügte ich mit einem zufriedenen Grinsen hinzu.

Annas kurzes »Aha« kam prompt, aber ich zögerte. Die nächsten Worte könnten das Ganze noch realer machen, als es ohnehin schon war.

»Und wir haben uns geküsst. Also ganz flüchtig, nichts Wildes. Total moralisch gefestigt, natürlich.«

»Ach was, ich wusste, du würdest die Fahne schwenken«, kam ihre triumphierende Antwort. Aber ich war noch nicht bereit, mich ihr geschlagen zu geben.

»Das gilt nicht, Anna. Ein kleiner Kuss, und er ging von ihm aus. Kapituliert habe ich erst, wenn der Kuss *von mir* kommt – und dann rede ich von einem richtigen, nicht von so einem moralisch gefestigten Küsschen.« Es fühlte sich an wie ein alberner Versuch, ihren Triumph zu schmälern, aber ich wollte nicht zu schnell aufgeben.

»Wie auch immer. Morgen Nacht wirst du jedenfalls nicht allein sein ...«, schrieb sie, gefolgt von einem Kuss-Emoji.

Das hoffte ich doch. Aber den Abend würde ich nach *meinen* Spielregeln gestalten.

13

Ich schlief wie ein Stein, bei gekipptem Fenster, bis mich die Morgensonne, hupende Autos und laute Stimmen vom Hafen weckten. Es war Markttag. Der Anlieferungsverkehr störte mich nicht – in Paris war es auch laut, aber hier klang der Lärm einfach fröhlicher, lebendiger. Ich sah aus dem Fenster. Es war erst sieben Uhr. Da Lukas und ich uns erst später verabredet hatten, beschloss ich, den Markt zu erkunden.

Mit einem Kaffee und Croissant in der Hand setzte ich mich auf die Hafenmauer und beobachtete das bunte Treiben. Ich schlenderte über den Markt, kaufte *Calissons*, Mandeln und Leinenkissenbezüge. *Warum?* Keine Ahnung. Ich hatte nicht mal ein Sofa, aber das war mir egal. Typisch für mich. Meine Schwäche für schöne Dinge führte manchmal zu impulsiven Käufen.

In meiner Kindheit wäre das undenkbar gewesen. Wir hatten kein Geld, aber Mama schaffte es trotzdem, aus wenig ein kleines Paradies zu zaubern. Als ich noch ganz klein war, baute sie mir zum Mittagsschlaf oft ein »Zauberzelt« aus Stühlen, Decken und Kissen. Wahrscheinlich waren das meine ersten Ausflüge in die Welt des Designs – kein Wunder also, dass ich heute bei schönen Stoffen schwach wurde.

Auf dem Rückweg zum Hotel schoss mir plötzlich ein Gedanke durch den Kopf: *Hätte Mama Lukas wohl gemocht?* Nie hatte ich die Gelegenheit gehabt, ihr jemanden vorzustellen. Ihre übermäßige Vorsicht stand dem im Weg. Aber das Schicksal hatte mich gezwungen, mein Leben auf mich allein gestellt zu gestalten.

Ich tat das Gegenteil von dem, was ihre Predigten mir vermitteln wollten. Und anstatt mich zurückzuziehen, genoss ich das Leben in all seinen Farben. Schließlich konnte es jederzeit enden. *Ist doch so.*

Ein Therapeut hätte jedenfalls seine wahre Freude an mir. Und Anna. Sie würde jetzt lästern: *das Leben in allen Farben? Na klar, Sophie – braun, schwarz und zwischendurch auch mal blond. Wahre Vielfalt!* Ich schüttelte schmunzelnd den Kopf und beschleunigte meinen Schritt.

Nach einer schnellen Dusche packte ich meinen Wanderrucksack und schlüpfte in mein Outfit. Shorts, Funktionstop und Bandana. Definitiv kein üblicher Date-Look. Aber war das Wandern ein Date? *Ja,* entschied ich. Denn wenn gestern Abend Date Nummer eins war, unsere Wanderung Nummer zwei … dann würde das bevorstehende Abendessen Date Nummer drei sein. *Und das dürfte dann selbst moralisch gefestigte Menschen auf ein gemeinsames Zimmer führen, richtig?*

Lukas blätterte in einer Hotelbroschüre und lächelte, als ich die Treppe hinunterkam. Schon von Weitem spürte ich, dass ein Scherz in der Luft lag. Ich kannte diesen Blick inzwischen nur zu gut. »Guten Morgen, Sophie, tolle Wanderschuhe.«

Aha. So nahtlos knüpfte er also an unseren Kuss vom Vorabend an. Ich konnte das Kribbeln auf meinen Lippen förmlich spüren. *Wäre das jetzt der Moment für einen weiteren Kuss?* Nein, noch nicht. Ich entschied mich dagegen.

»Pass auf, dass der Gag sich nicht abnutzt, Harding.«

»Keine Sorge, mir fällt sicher noch etwas anderes ein. Gehen wir?« Mit seiner Hand flüchtig auf meinem Rücken verließen wir das Hotel und machten uns auf den Weg.

Schon bald kamen wir an den fast fjordähnlichen Naturhafen von *Port Miou* mit den vielen kleinen Segelschiffen. Lukas blieb stehen und zeigte auf ein Boot, das etwas abseits im Wasser schaukelte. »Siehst du das ganz kleine Segelboot dort drüben? Das weiße mit der blauen Reling und dem Außenbordmotor?«, fragte er begeistert. »Es sieht aus wie das Boot meines Opas in Dover. Wir hatten so viele schöne Ausflüge damit.«

»Das klingt schön«, sagte ich. »Wie hieß es?«

Lukas grinste. »*The Rosie Belle*, nach meiner Großmutter.«

»Wie süß. Und wie würde Opa Hardings Enkel sein Boot nach einer Frau benennen?« Ich stupste ihm meinen Ellbogen in die Seite, nach einem Kompliment fischend.

Er überlegte kurz. »Also ich denke, *The Sassy Sophie* wäre eine gute Wahl.« *Oh ja*, das gefiel mir. Die freche Sophie in stürmischer See.

Lachend gingen wir weiter. Die Wanderwege wurden bald schmaler und schlängelten sich durch eine atemberaubende Landschaft. Wilde Kräuter dufteten in der Mittelmeersonne und steile Klippen boten spektakuläre Blicke auf das azurblaue Meer. Mehrmals blieb ich stehen, nur um den Moment zu genießen. Lukas ging es genauso.

Unsere Wanderung führte uns allmählich näher an die Klippen heran. »Das ist unglaublich, Sophie. Eine mediterrane Variante meiner Heimat. Allerdings hat Dover nicht so viele kleine Buchten wie hier. Wahnsinn.« Er gestikulierte begeistert, als würde er den Verlauf der Buchten in der Luft nachzeichnen. »Kommen wir irgendwie ans Wasser?«

Fast hätte ich gefragt, wer dieser enthusiastische Mann war und was er mit meinem zurückhaltenden Kollegen gemacht hatte.

Stattdessen lächelte ich über seine Begeisterung und richtete meinen Blick auf den Weg, um den Abzweig nicht zu verpassen.

»Ein bisschen Geduld, Harding«, antwortete ich.

Da die bekannteren Buchten am Wochenende überlaufen waren, hatte ich eine ruhigere Stelle im Sinn. Der Abstieg auf einem schmalen Pfad, der sich zwischen Buschwerk und schroffen Felsen schlängelte, war anspruchsvoll. Stellenweise musste man sich mit den Händen abstützen, so unwegsam war das Gelände. Aber ich liebte es, und Lukas scheinbar auch.

Doch plötzlich verlor ich den Halt, als mein Fuß an einer Wurzel hängen blieb. Ich stolperte und prallte gegen einen Felsbrocken. Lukas half mir sofort auf die Beine. »Alles okay?« Ich nickte und zwang mich zu einem Lächeln. »Ja, alles gut. Danke.«

»Lass mal sehen.« Dieser blöde Stolperer war mir zu peinlich, also hob ich abwehrend die Hand.

»Nein, nein. Es ist wirklich alles okay. Nur mein Ego hat einen Kratzer abbekommen.«

Als wir weitergingen, bemerkte ich, dass mein Knie blutete, doch ich ignorierte es. Was ich aber nicht ignorieren konnte, war eine weitere unerwartete Tatsache. »Lukas … du hältst immer noch meine Hand«, bemerkte ich amüsiert.

Ich spürte, wie er lächelte, auch wenn ich ihn nicht ansah. »Sicher ist sicher. Dir scheint in Wanderschuhen einfach die Trittsicherheit deiner High Heels zu fehlen.«

Er ließ nicht los, während wir den restlichen Abstieg meisterten. *Irritierend.* Eine Hand zu halten war doch eigentlich eine unnötige Abhängigkeit. *Versuchte Freiheitsberaubung.* Doch jetzt war es irgendwie süß – und ich beschloss, diese kleine Berührung einfach zu genießen.

Schließlich erreichten wir das Wasser. Ich setzte mich, zog meine Schuhe aus und begann, mein Knie zu betrachten.

»Sophie, du blutest«, stellte Lukas erschrocken fest und hockte sich zu mir. »Warum hast du nichts gesagt?«

»Was hätte ich denn da mitten auf dem Trampelpfad machen sollen? Ich mach' das nur eben sauber.« Ich tauchte meine Beine bis zu den Knien ins Salzwasser. Es brannte, aber was mich mehr störte, war mein Missgeschick. *Das wird ziemlich bescheuert aussehen in dem sexy Kleid,* ärgerte ich mich. *Am besten verstauche ich mir dazu noch den Fuß und trage Turnschuhe. Blöd, blöd, blöd.* »In meinem Rucksack ist ein Erste-Hilfe-Etui. Kannst du mir bitte ein Pflaster daraus geben?«, bat ich. »Es sollte ganz oben im Reißverschlussfach liegen.«

Mir fiel auf, dass ich den Inhalt lange nicht mehr überprüft hatte. Hoffentlich waren die Pflaster noch in gutem Zustand. Doch als Lukas das Etui öffnete, zog er als Erstes eine kleine Tüte Gummibärchen heraus und sah mich amüsiert an. *Shit.*

»Na ja, für den Fall eines Kreislaufnotfalls …«, flunkerte ich und versuchte mich zu erinnern, wie die da hineingelangt waren. Die Erinnerung kam wieder, als er als Nächstes ein Fläschchen Seifenblasen zutage förderte und laut lachte.

»Das nenne ich mal ein kreatives Notfallset. Seifenblasen?«

Oh je … die Reste aus dem Goodie-Bag von diesem verrückten Festival letztes Jahr hatten sich in die Erste-Hilfe-Tasche verirrt. *Hoffentlich war da nichts noch Peinlicheres bei. Die Aufgabenwürfel aus dem Trinkspiel vielleicht? Oh bitte nicht …*

»Das … äh … ist von einer Party übrig geblieben«, stammelte ich.

»Was ist das für eine Party, auf die man eine Erste-Hilfe-Tasche mitnimmt und mit Seifenblasen zurückkommt?«

»Eine gute«, antwortete ich trocken. »Es war ein Festival. Ich habe dort mit ein paar Freundinnen gecampt. Und jetzt gib mir endlich ein Pflaster«, drängte ich ungeduldig. *Ich sollte wirklich regelmäßiger meine Taschen aufräumen.*

Lukas nahm eins aus der Verpackung und reichte es mir. Ich klebte es auf mein Knie und strich es glatt.

»Wir müssen wirklich mal über dein Notfallmanagement reden«, witzelte er. »Aber machen wir das Beste daraus. Möchtest du lieber Trostgummibärchen, oder soll ich dich ein bisschen mit den Seifenblasen ablenken?«

Ich rollte mit den Augen und versuchte, die Peinlichkeit zu überspielen.

»Ich nehme die Seifenblasen«, gab ich mit gespielter Verärgerung zurück und riss ihm das Fläschchen aus der Hand. »Aber langsam wird das hier wirklich albern.«

Er sah das scheinbar anders, setzte sich neben mich auf den Boden, nahm die Gummibärchen und hielt sie mir hin.

»Weißt du, die könnten ja magische Heilkräfte haben. Vielleicht sollte ich dich doch damit trösten.«

Also, jetzt war es aber auch mal gut.

»Die Trostgummibärchen kannst *du* essen, wenn du heute Abend allein deinen Champagner trinkst, Harding«, blaffte ich.

»*Touché.* Ich hör' ja schon auf.« Mit einem breiten Grinsen hob er die Hände zur Kapitulation.

»Gut. Vielleicht sollten wir uns lieber dem Picknickrucksack widmen, bevor ich noch mehr Unsinn in *meinem* Rucksack finde«, schlug ich vor.

»Lass mich das machen. Halte du mal kurz dein Knie still.«

Er bestand darauf, und so beschäftigte ich mich mit den Seifenblasen, die ich lachend und schön abwechselnd zum Wasser und in Lukas Gesicht zauberte.

Doch er ließ sich nicht beirren. Im Schatten einer Pinie breitete er ein Picknick aus, das wirklich keine Wünsche offenließ: frisch gebackenes Baguette, verschiedene Käsesorten, Cracker mit einem passenden Dip, Weintrauben, mit Mandeln gefüllte Oliven und hoteleigene Limonade. Für den süßen Abschluss zog er *Macarons* aus einer kleinen Kühlbox, als wäre es das Selbstverständlichste der Welt, solche Köstlichkeiten auf einer Wanderung dabei zu haben. Ich war begeistert.

»Also mal ehrlich, Lukas«, sagte ich schmunzelnd und schnappte mir eine Olive, »du behauptest, dass du lieber in London lebst, aber dein Geschmack ist eindeutig französisch.«

Wir sprachen über alles und nichts. Ich aß noch ein *Macaron*, trank einen Schluck Limonade, beobachtete das Spiel von Licht und Schatten der Bäume, sah aufs Meer. Mit einer Hand spielte ich gedankenverloren mit Piniennadeln. Anders ausgedrückt: Es war einer dieser Momente, in denen ich mit allen Sinnen in meinem Element war.

»Weißt du, so etwas wie *Macarons*, Feinkost oder gar Champagner … das alles war für mich früher undenkbar. Mein Zuhause war weit entfernt von solchen Dingen.« Ich lächelte leicht, nachdenklich, aber auch stolz auf den zurückgelegten Weg. »Materielles ist mir auch heute nicht so wichtig, auch wenn ich mir heute vieles leisten kann. Ja, okay, ich habe eine Schwäche für tolle Stoffe. Aber es sind solche Momente hier – gutes Essen, gute Gesellschaft … und das an schönen Orten wie diesem«, ich machte eine kleine Pause und blickte ihm dann direkt in die Augen, »Dafür lebt man, oder?«

Lukas nickte nachdenklich und schaute aufs Wasser. »Das stimmt. Ich glaube, ich hatte das kurz vergessen. Ich hatte in den letzten Jahren eher das Gefühl, dass alle Türen zuschlugen.«

»Warum?«, fragte ich neugierig. So wie er lebte, standen ihm doch alle Türen offen. Er schien zu überlegen, ob er weitergehen sollte, rang sich aber dazu durch.

»Meine Ex. Sie hatte unser ganzes Leben durchgeplant. Haus, Heirat, Kinder. Alles in festen Bahnen. Das machte keinen Spaß mehr. Das klingt jetzt vielleicht oberflächlich. Aber das war zu viel für mich. Ich habe mich getrennt und den Job gewechselt. Neustart.«

Wie ich, irgendwie.

»Wie lange wart ihr zusammen?«

»Drei Jahre.«

»Wie alt bist du?«

»Vierunddreißig.«

»Das ist ein Alter, in dem viele sesshaft werden, oder?« Ich konnte mir ein Schmunzeln über mich selbst nicht verkneifen. *Na, das sagt die Richtige.*

»Ja, das stimmt wohl. Aber es passte einfach nicht. Also habe ich Schluss gemacht, bevor es noch komplizierter wurde. Besser als später, mit Kindern und einem Darlehen, oder?« Er stockte und sah mich an. »Das lässt mich jetzt sicher wie einen Idioten aussehen.«

»Warum? Weil du deine eigenen Vorstellungen vom Leben hast? Das kann mich nicht schocken, Lukas. Außerdem sind wir hier, um uns kennenzulernen. Richtig?«

»Richtig.«

»Ja, dann gehört das wohl dazu. Also, wann war diese Trennung?«, hakte ich nach.

»Vor anderthalb Jahren.«

»Dir steht die Welt also schon eine ganze Weile wieder offen?«

»Hat sich nicht so angefühlt.« Sein Blick wurde weicher, als er mir tief in die Augen sah. »Jetzt aber schon«, sagte er leise. »Du und deine Art, das Leben zu feiern – mit Meetings zwischen Stoffmustern liegend und Seifenblasen im Rucksack.« Er zog mich sanft näher und schloss mich in seine Arme. »Du bringst meinen inneren Projektentwickler ganz schön ins Schwitzen.«

»Das Leben ist zu kurz, um es nicht zu feiern«, murmelte ich.

Vielleicht ist es auch zu kurz, um vor dem zurückzuschrecken, was wirklich zählt. Einen Moment lang drehte ich mich fast instinktiv um, als würde Anna irgendwo hinter mir stehen und mir diesen Satz zuflüstern. Aber nein, das war wohl mein eigener Gedanke gewesen. Diese Erkenntnis kroch langsam, aber unaufhaltsam, aus dem Zentrum meines Kreislaufsystems empor. Also aus dem *Herzen*, um es endlich mal beim Namen zu nennen.

Denn das hier ging weit über bloße körperliche Anziehung hinaus: *Ich, Sophie Brand, war tatsächlich verliebt. Und wie. Zack.* Im Alltag hätte mich diese Erkenntnis vermutlich in die Flucht geschlagen. Aber hier und jetzt, an diesem Wochenende, ließ ich los. Ich gab mich geschlagen. *Endlich.*

»Wie spät ist es?«, fragte ich unvermittelt. Lukas sah auf sein Handy.

»Halb zwei, wieso?« *Halb zwei.* In Paris losgefahren waren wir um zwei. *Na großartig.* Anna hatte gewonnen.

»Deshalb«, sagte ich nur, griff sanft in seinen Nacken, zog ihn näher und küsste ihn. Seine Hände legten sich um meine Taille, als der Kuss intensiver wurde. *Sophie Brand geht in Runde zwei k.o.,* dachte ich schmunzelnd. Lukas sah jetzt fast ein wenig verwirrt aus.

»Ich weiß zwar nicht, was das mit der Uhrzeit zu tun hat, aber ich beschwere mich nicht«, flüsterte er.

123

»Gut«, grinste ich. »Und jetzt lass uns schwimmen gehen.«

Ich zog mein Shirt und meine Shorts aus, unter denen ich den Bikini trug, und ließ mich lachend ins Wasser fallen. Kaum hatte ich ein paar Züge gemacht, hörte ich es hinter mir platschen. Das Salzwasser spritzte, als Lukas neben mir auftauchte, mich sofort in seine Arme zog und mir ins Ohr flüsterte.

»Ups, jetzt hat die Welle dich einfach zu mir gespült, Sophie.« *Souh-fieee*. Als wäre mein Name das Verführerischste auf Erden. Wir küssten uns, das Wasser drehte uns sanft im Kreis. Kann sein, dass ich meine Beine um seine Hüften schlang und ihn noch näher zog. Ich konnte nicht anders. *Langsam, Sophie*, schimpfte etwas in mir, ich sollte es ihm doch etwas schwerer machen, oder? Aber die neue Gattung wilder Schmetterlinge, die sich in mir ausbreitete, war einfach zu überwältigend.

Nur gut, dass das Wasser uns ein wenig abkühlte, dachte ich, während mein Körper andere Pläne hatte, als die Sache *cool* anzugehen. Doch es kühlte nicht genug. Nicht nur ich geriet außer Atem – auch bei Lukas konnte ich einen Hauch … Enthusiasmus fühlen. Ein triumphierendes Grinsen konnte ich gerade noch unterdrücken. Bevor ich jedoch weiter in diese Gedankenwelt abdriften konnte, ließ uns eine weitere Welle taumeln. Ich verschluckte mich an einem großen Schluck Salzwasser und schwamm prustend ans Ufer zurück, um mich in der Sonne trocknen zu lassen – und verbat mir dabei, auch nur einen Blick auf Lukas' Badehose zu werfen. Vor allem, als er sich verdächtig schnell ein Handtuch schnappte.

Ich schloss die Augen und genoss die Wärme auf meiner Haut. Es gab nicht viele Momente, in denen ich emotional angreifbar war, in denen ich wirklich an meine Mutter dachte. Jetzt war so einer. Schon zum zweiten Mal heute. Sie war immer so vorsichtig gewesen, hatte ihre Gründe gehabt. Und ich stellte mir vor, dass *sie* mein Knie gegen den Fels gelenkt hätte, nur um mich zu schützen, dass *sie* mir das Salzwasser verpasst hätte, damit ich auf der Hut blieb. Der Gedanke ließ mich lächeln und trieb mir gleichzeitig eine Träne ins Auge. Meine Hand wanderte zu meinem Tattoo, das der Bikini nur teilweise verdeckte. Lukas legte sich neben mich, stützte den Kopf auf und grinste.

»Soll ich nachsehen, ob dein Erste-Hilfe-Set Tequila und Zitrone enthält? Passt zu dem ganzen Salz, das du geschluckt hast.«

Ich lachte. »Würde ich glatt nehmen.«

Er sah mich fragend an, als ich die Träne wegwischte und über das Tattoo strich. Dann wählte er die direkte Variante: »Was bedeutet das Tattoo?« Mir fehlten die Worte, und mein Blick wanderte zum Himmel.

»Darf ich?« Die Frage war offensichtlich, ob er das Tattoo berühren durfte. Ich nickte. Sanft strich er über den Kompass auf der Haut. Seine Berührung war leicht, aber sein Blick schwerer. »Du musst es mir nicht erzählen, Sophie.«

Nein, das musste ich nicht. Und dennoch war ich einen Moment lang versucht, etwas zu sagen – irgendwas. Doch als ich in diese wunderbar blauen Augen sah, wurde mir klar, dass ich es nicht konnte. »Nicht heute«, flüsterte ich schließlich, mehr zu mir selbst als zu ihm. Trotzdem war es ein leises Zugeständnis, das ich von mir selbst kaum kannte.

Die Schmetterlinge in meinem Bauch gaben lautstark zu verstehen, dass es Zeit für eine andere Richtung war. »Und jetzt Hände weg vom Gebäck, Harding«, raunte ich spielerisch und setzte mich hin. Okay, einen schlagfertigen Reim fand ich im Englischen nicht so schnell, aber mein »Keep off the pastries« hatte den gewünschten Effekt. Lukas' Mundwinkel zuckten, bevor er breit grinste.

»Oh, ich dachte, das Gebäck wäre zum Teilen da. Aber wenn du meinst, dass es zu heiß ist, um angefasst zu werden, muss ich wohl warten, bis es abkühlt.«

»Das, mein Lieber, wird nicht passieren. Aber wir können ja mal abwarten, ob es später Platz in der Menüfolge findet.«

»Keine Sorge, ich habe keine Eile. Ich genieße ja auch schon die Vorspeise«, spielte er bei der Metapher mit. »Ich bin geduldig.« Nun, da hatte er mir etwas voraus.

Wir packten unsere Sachen und machten uns ohne große Worte auf den Rückweg zum Hotel, genossen die Natur und die unvergleichlichen Aussichten, die sich immer wieder eröffneten.

»Möchtest du heute Abend wieder im Hotel essen, oder sollen wir in den Ort gehen?«, fragte Lukas, als das Hotel schließlich in Sichtweite kam.

»Lass uns versuchen, etwas am Hafen zu ergattern«, schlug ich vor. »Da gibt es einige schöne kleine Restaurants.«

»Klingt perfekt. Halb acht in der Lobby?«

»Ja, ist gut.«

»Dresscode: Funktionskleidung?« Spielerisch strich er über mein verschwitztes Funktionsshirt.

»Nein, Lukas. Zum Champagner erwarte ich eine gewisse Eleganz.« Ich klopfte ihm energisch auf die Finger, die noch den Stoff hielten.

»Du *erwartest*, Sophie? Deine Regel lautete doch *keine Erwartungen*?«

»Ups.« Ich verzog die Mundwinkel zu einem entschuldigenden Lächeln und zuckte leicht mit den Schultern.

»Du hast die Regeln gebrochen«, grinste er amüsiert und ein wenig herausfordernd. »Sie gelten damit auch für mich jetzt nicht mehr.«

Drei Regeln. Drei Regeln hatte ich für dieses Wochenende aufgestellt. Die wichtigste: keine Erwartungen. Und hier stand nun Lukas, fest entschlossen, diese Regel mit seinem charmanten Lächeln und entspannten Auftreten einfach zu ignorieren.

# 14

Zurück im Hotel gönnte ich mir die gebuchte Spa-Behandlung und ein paar ruhige Momente in meinem Zimmer. Schließlich griff ich zum Telefon und rief Anna an, um Bericht zu erstatten.

»Na, was hab' ich gesagt? Keine vierundzwanzig Stunden.«

Ich seufzte. »Ja, du hattest recht. Die Frage ist, was in … *sechsunddreißig* Stunden sein wird. Ich hoffe nur, dass es dann nicht kompliziert wird.«

»Weißt du was, Sophie? Ich wünsche dir jetzt einen wunderschönen Abend. Der Rest wird sich schon finden, okay?«

Sie hatte recht. Erst das Vergnügen, den Rest verschob ich auf später. *Kompliziert* konnte warten.

Das burgunderfarbene Kleid saß wie eine zweite Haut – ein absoluter Volltreffer. Ein Hauch Make-up, ein locker gebundener Zopf und, als besonderes *It-Piece*, ein frisches Pflaster am Knie. Ich war bereit für den Abend und schlüpfte in meine High Heels, die mir sofort das gewohnte Selbstbewusstsein verliehen. Lukas wartete bereits in der Lobby.

»Du siehst umwerfend aus«, sagte er ohne Zögern. »Jetzt fühle ich mich fast underdressed.«

Ich lachte. Genau so hatte ich mir diesen Moment vorgestellt, als ich das Kleid in Hamburg anprobiert hatte: ein charmantes Kompliment, ein kleiner Scherz und das berauschende Gefühl, für jemanden unwiderstehlich zu sein. Ich genoss jede Sekunde.

Aber auch er musste sich nicht verstecken – beigefarbene Chinos und ein figurbetontes, weißes Hemd mit blauen Akzenten.

Ein klassischer Look, aber ausgesprochen attraktiv. Mit einem Anflug von Provokation eröffnete ich mein Spiel:

»Danke. Nach all der Sonne habe ich mir noch etwas Gutes getan. Eine wohltuende After-Sun-Behandlung von den äußerst geschickten Händen des Spa-Personals. Ich bin wirklich verwöhnt worden, und der Tag ist noch nicht zu Ende.« Ich ließ die Worte im Raum stehen und beobachtete gespannt seine Reaktion.

»Kein Wunder, dass du so entspannt aussiehst«, antwortete er mit einem Lächeln. »Aber du scheinst es zu genießen, mich ein wenig unter Druck zu setzen, nicht wahr?«

Ich lächelte nur vielsagend und ließ die Stille zwischen uns sprechen.

Wir verließen das Hotel und schlenderten Seite an Seite durch die belebten Gassen der malerischen Altstadt. Immer wieder bemerkte ich, wie Lukas zu mir hinübersah.

»Du ziehst alle Blicke auf dich«, sagte er und griff nach meiner Hand, als ein Passant mir ein Lächeln zuwarf. »Vielleicht sollte ich besser zeigen, dass du in Begleitung bist.«

»Revier markieren, Harding? Nicht zu voreilig. Ich hoffe, du weißt, dass ich nicht so leicht zu zähmen bin.« Er lachte leise und schüttelte den Kopf.

»Oh, ich markiere gar nichts. Ich dachte nur, es wäre einfacher, uns durch die Menge zu manövrieren.«

»Na gut«, erwiderte ich und drückte seine Hand unwillkürlich etwas fester.

Wir fanden einen freien Tisch in einem kleinen Bistro mit Blick auf den Hafen. Bei Antipasti und einer Flasche Weißwein unterhielten wir uns locker und unbeschwert. Doch beim Hauptgang tastete sich Lukas weiter vor.

»Wie bist du eigentlich auf dieses Hotel gekommen?«

Mein Zögern dauerte nur einen Moment, dann begann ich zu erzählen.

»Ich habe Cassis während eines Ferienjobs nach meinem Semester in Paris entdeckt und mich sofort in die Gegend verliebt. Das *Refuge des Calanques* habe ich dann mit meinem Ex besucht – dem *Zwieback*.« Ich drehte die Serviette gedankenverloren in meinen Händen.

»Was hat euch getrennt? Lass mich raten, er hatte synthetische Bettwäsche?«

Ich lachte laut auf. »Das wäre tatsächlich ein Grund gewesen. Nein, *Mister Zwieback* nahm die Sache mit der Exklusivität nicht ganz so ernst.« Die Worte kamen mir überraschend leicht über die Lippen, obwohl die Erinnerung einen leicht bitteren Nachgeschmack hinterließ. *Dass mir so etwas hatte passieren können …*

»Das tut mir leid.« Er klang aufrichtig, aber ich wollte das Gespräch nicht in diese Richtung lenken.

»Wirklich?«, schmunzelte ich provokativ.

»Ja, natürlich tut es mir leid, dass er dich verletzt hat. Aber das Leben geht weiter, oder?«

»Absolut. Also, lass uns Daniel danken, dass er sich mit dieser Janine vergnügt hat und dabei erwischt wurde.« Ich hob mein Glas und grinste. »Hat mir die Trennung um einiges erleichtert.« Lukas sah mich überrascht an, doch ich sprach weiter, bevor er etwas erwidern konnte. »Ich hab einfach meine Lieblingsdecke geschnappt und bin gegangen. Kein Drama, kein Geschrei – einfach ein stilvoller Abgang. Obwohl, ich hab ihr noch schnell den Tipp gegeben, dass Daniel eine kleine Vorliebe für *Dirty Talk* hat. Nett von mir, oder?«

Ohne mit der Wimper zu zucken, hob Lukas sein Glas. »Auf deinen Stil. Respekt, Sophie.«

Als er das Glas an seine Lippen brachte, lächelte ich unwillkürlich. »Du lässt dich wirklich nicht so leicht aus der Fassung bringen, oder?«

Er schüttelte den Kopf, und da war wieder dieses leichte Zucken seiner Mundwinkel – ein Hauch kontrollierter Belustigung, kaum wahrnehmbar. »Das ist nur Fassade. In Wahrheit gehe ich gerade Deutschvokabeln durch. Allerdings stand *Dirty Talk* nicht im Lehrplan.« *Ach, mal sehen, ob ich da würde aushelfen können.*

Die Geschichte über Daniel zog jede Menge anderer Erinnerungen mit sich, und ich ließ mich spontan in ein Meer meiner kunterbunten Liebesabenteuer fallen. Ich erzählte von dem Date, bei dem er den ganzen Abend nur von seiner Ex-Frau sprach, von dem angeblichen Single, der verheiratet war und drei Kinder hatte – *absolutes No-Go* – und von dem Yogalehrer in Goa, dessen exzessiver Einsatz von Räucherstäbchen mich fast in Ohnmacht und schnell in die Flucht trieb. Und dann war da noch das kleine Abenteuer mit dem Typen, der eine Obsession für High Heels hatte.

»Er hat sich an meinem Absatz verletzt – selbst schuld. Er bestand darauf, dass ich die Stilettos im Bett anbehalte«, beendete ich lachend, während Lukas das Gesicht verzog, als hätte er in eine Zitrone gebissen. Seine unvoreingenommene Neugier auf meine Geschichten brachte eine Leichtigkeit in unser Gespräch, die ich selten so genossen hatte. Ihm schien das alles tatsächlich nichts auszumachen.

Schließlich brachte der Kellner das Dessert. »Et voilà, für das junge Glück«, sang er fröhlich und stellte die Teller vor uns ab. Ich warf Lukas einen verspielten Blick zu.

»Wie süß.«

»Vielleicht nicht mehr ganz so jung«, antwortete er und erntete dafür von mir einen bösen Blick, »aber heute Abend ziemlich glücklich.«

»Genau. Heute Abend«, stimmte ich zu und spielte mit meiner Gabel. »Denn wir haben ja gesagt: *keine Erwartungen.*«

»Keine Erwartungen«, bestätigte er feierlich. »Aber wer weiß, was passiert?«

»Keine Erwartungen *aber* ist nicht ganz fair, Lukas.« Ich tadelte ihn spielerisch und zielte mit meiner Gabel auf ihn, woraufhin er sich direkt verteidigte.

»Es ist doch nicht verboten, wenn ich versuche, dich für mich zu gewinnen, oder?«

Ich gebe zu, sein Lächeln war ansteckend. Und ich gebe zu, es war ihm schon längst gelungen. Trotzdem würde ich nicht auf einen meiner liebsten Programmpunkte verzichten.

»Na gut. Nicht verboten. Aber wenn das so ist, dann musst du jetzt mein Date-Interview durchstehen.« Mein persönliches Highlight bei Dates. Manchmal war danach schon Schluss, manchmal brachte es den Abend erst richtig in Schwung.

Lukas hob die Hände in gespielter Kapitulation. »Jetzt bekomme ich Angst, aber ich bin bereit. Frag mich – unter der Bedingung, dass du die gleichen Fragen beantwortest.«

»Einverstanden. Fangen wir locker an. Was wolltest du werden, als du ein kleiner Junge warst?«

»Astronaut. Und du?«

»Ich war nie ein kleiner Junge.«

»Sehr witzig.«

Gut, okay, ich würde auch antworten.

»Ich wollte immer schon Häuser einrichten. Weiter. Wenn du für einen Tag jemand anderes sein könntest, wer wäre das?«

»Barack Obama. Der Mann hat die Welt geführt, und dabei so viel Würde und Humor behalten. Das wäre eine Perspektive, die ich gerne mal hätte. Und du?«

»Hm … Amal Clooney. Sie hat eine beeindruckende Karriere hingelegt. Und wegen George.«

»Weil er guten Kaffee trinkt?«

»Klar, natürlich nur deshalb«, lachte ich. »Aber jetzt wird's spannend. Wenn du dir eine Superkraft aussuchen könntest, die in … intimen Momenten nützlich wäre, welche wäre das?«

Eine Frage, die immer wieder interessante Antworten hervorbrachte. Ich war gespannt.

»Fragst du das bei *jedem* Date?« Ich nickte. »Na gut, mal überlegen. Vielleicht die Fähigkeit, Gedanken zu lesen? Es wäre faszinierend, genau zu wissen, was den anderen wirklich anmacht.«

»So wie Mel Gibson in *Was Frauen wollen*?«

»Genau, so in der Art.«

»Ein ehrenwerter Gedanke, aber bei mir eine verschwendete Superkraft, Harding. Ich bin durchaus in der Lage, zu sagen, was ich will.«

Sein Blick wurde weicher, als ob ihm gerade eine neue Erkenntnis gekommen wäre.

»Weißt du, ich glaube, das ist *deine* Superkraft – deine Direktheit. In einer Welt voller unausgesprochener Worte ist deine Fähigkeit, offen zu kommunizieren, etwas ganz Besonderes.«

Ach, da war es wieder, eins dieser Komplimente, die sich tief in meine Seele bohrten.

»Danke«, sagte ich leise, wirklich berührt von dieser Beobachtung, und nahm einen Schluck Wein. Er schaffte es mit geschickter Leichtigkeit, mein Spiel zu spielen und den Spieß umzudrehen. Zeit, kurz durchzuatmen.

»Harmlosere Frage: Was ist dein Lieblingsbuch?«

Kurioserweise stolperten Männer oft darüber, und innerlich stellte ich mich schon auf *Die Biografie von Barack Obama* ein. Doch Lukas überraschte mich.

»*Die Reise zum Mittelpunkt der Erde*. Mein Großvater hat mir das vorgelesen, als ich noch ein Kind war. Und deins?«

Ich beschloss, ihm eine ebenso unerwartete Antwort zu geben.

»*Stolz und Vorurteil*. Geistreicher Wortwitz fasziniert mich.«

Lukas' überraschte Miene war unbezahlbar.

»*DU* stehst auf *Mister Darcy*?«

Ich tat empört. »Hältst du mich für eine Frau, die einen Typen wie *Darcy* sucht? So ein grüblerischer, wortkarger Typ, der immer so tut, als wäre der Rest der Welt unter seiner Würde? Ganz sicher nicht. Mir gefällt nur die intellektuelle Auseinandersetzung mit der unkonventionellen Elizabeth Bennet.«

»Na gut, ich hätte eher etwas Moderneres erwartet, vielleicht die *Biografie von Michelle Obama*. Aber die Parallele zwischen Miss Brand und Miss Bennet sehe ich durchaus.«

Dann beugte er sich vor, als wollte er mir ein Geheimnis anvertrauen. »Mein zweiter Vorname ist übrigens eine kleine Hommage meiner Mutter an Jane Austen«, flüsterte er und suchte meinen Blick, als wollte er sicherstellen, dass ich die Anspielung verstand. Als die Bedeutung seiner Worte bei mir ankam, konnte ich mir ein lautes Lachen nicht verkneifen, so laut, dass die Leute am Nebentisch sich zu uns umdrehten.

»Du heißt Lukas ... *Fitzwilliam* Harding? Wie *Fitzwilliam Darcy*? Ist das dein Ernst?«, brach es aus mir heraus.

»Leider ja. Auch wenn wir gerade geklärt haben, dass du nicht auf Darcy stehst.« Seine Augen funkelten amüsiert. Ich lehnte mich ein Stück vor und erwiderte seinen Blick.

»Hm, vielleicht würde ich bei *einem* Fitzwilliam eine Ausnahme machen.« Ich stützte mein Kinn auf die Handfläche und ließ ihn nicht aus den Augen. »Aber nur, wenn er mich genug zu überzeugen weiß.«

»Herausforderung angenommen, Miss B.« Da schwang ein Hauch von Ernsthaftigkeit in seinem spielerischen Ton mit. Und für einen Moment spürte ich ein Kribbeln, das sich von Kopf bis Fuß ausbreitete – und besonders an einer interessanten Stelle dazwischen. Ich setzte mich wieder aufrecht hin. Es war langsam Zeit, mein Interview zu beenden.

»Gut, Fitzwilliam, noch eine Schnellfeuerrunde, und du hast es geschafft. Spontane, kurze Antworten, bitte.« Ich war bereit für das große Finale.

»Kochen oder essen gehen?«, fragte ich.

»Essen gehen. Ich kann nicht wirklich kochen.«

»Ich auch nicht.«

»Perfect Match.«

»Bier oder Wein?«

»Bier. Bis ich philosophisch werde. Und du?«

»Champagner.«

»Das war keine Option«, beschwerte er sich.

»Mein Quiz, meine Regeln, Fitzwilliam.«

»Verstanden, Frau Brand.«

Ich beschloss, die Spannung noch ein wenig zu steigern: »Oben oder unten?«

Lukas verschluckte sich beinahe an seinem Wein, fing sich aber schnell.

»Was ist denn *das* für eine Frage?«

»Eine gemeine«, zwinkerte ich.

Er dachte kurz nach, räusperte sich dann theatralisch.

»Sagen wir einfach, als *Project Developer* gehe ich immer dorthin, wo das Projekt am meisten Zuwendung braucht.«

»Keine kurze Antwort«, lachte ich. »Aber eine verdammt gute.«

Während Lukas sich amüsierte, dachte ich, dass es immer besser ist, die Erwartungen von Anfang an zu klären. Warum im Unklaren bleiben, was man will? Gute Beziehungen – egal welcher Art – erfordern Offenheit, und Lukas schien bereit, mitzuspielen. *Sehr vielversprechend.*

»Licht an oder aus?«

Er stutzte kurz, dann verstand er, worauf ich hinaus wollte.

»An. Wahre Schönheit sollte sich nicht im Dunkeln verstecken«, sagte er mit einem warmen Lächeln. »Dein Zug, Sophie.«

»Mondschein«, erwiderte ich leise. »So wie heute Abend.«

Für einen Moment sahen wir uns einfach nur an. Die Spannung knisterte in der Luft.

»Letzte Frage: Trägst du Shorts oder Briefs?« Der einzige Grund für diese Frage war, zu provozieren. Zu testen. Aber an diesem Punkt schien ich ihn kaum noch schocken zu können.

»Schau doch nach«, konterte er mit einem herausfordernden Grinsen.

»Ach, eine direkte Einladung?« Ich ließ meinen Blick bedeutungsvoll über die belebte Terrasse schweifen. »Vielleicht etwas zu gewagt für den öffentlichen Raum.«

»Vielleicht später?« Sein Lächeln vertiefte sich.

»Vielleicht. Herzlichen Glückwunsch, du hast das Interview mit Bravour überstanden.« Ich tat so, als würde ich einen Haken auf meiner imaginären Bewertungsliste machen.

»Ich bin erleichtert. Dann ist es nur fair, Sophie, wenn ich dir auch eine Frage stelle. Hast du dich für Schwarz oder Rosa entschieden?« Seine Stimme war ruhig, aber der Blick verriet, dass er genau wusste, was er tat.

»Schau doch nach.« Mein Ton war eine Spiegelung seines, während ich mich leicht nach vorn beugte, die Spannung bewusst auf die Spitze treibend. Lukas' Grinsen breitete sich selbstbewusst auf seinen Lippen aus. Er sagte nichts, doch seine Augen taten es.

Dann überraschte er mich mit einer charmanten, aber unmissverständlichen Initiative. »Ich denke, wir sollten jetzt gehen. Was meinst du?«

»Einverstanden«, antwortete ich leise. *Respekt* – der Moment gehörte ihm.

Als der Kellner kam, wollte ich die Rechnung teilen, doch bevor ich auch nur den Mund öffnen konnte, hatte Lukas bereits Fakten geschaffen.

»Sophie, ich musste einfach bezahlen«, erklärte er, als der Kellner sich entfernte. »Wir können doch nicht das traditionelle Bild hier in Südfrankreich stören. Hast du nicht bemerkt, wie er uns den ganzen Abend besondere Aufmerksamkeit geschenkt hat? Stell dir vor, du würdest bezahlen – der arme Mann wäre völlig aus der Fassung gebracht. Als Engländer stehe ich sowieso unter genauer Beobachtung. Wir wollen doch keinen internationalen Zwischenfall riskieren.«

Ich konnte nicht anders als zu schmunzeln. »Na gut, vielen Dank«, gab ich nach. »Um die Ordnung in Cassis nicht zu stören. Aber das nächste Mal bin ich dran.«

Er lächelte zufrieden. »Einverstanden.«

Wir erhoben uns unter den wachsamen Augen des Kellners, der uns mit einem fröhlichen *Bonne soirée* verabschiedete.

»Schau nur, er lächelt, als hätte er gerade die Welt gerettet. Eine gute Tat am Tag …«, scherzte Lukas und legte seinen Arm ganz selbstverständlich um meine Taille, seine Hand vielleicht etwas tiefer als nötig. Der Kellner blickte uns wohlwollend nach, aber meine Aufmerksamkeit war ganz bei Lukas.

»Denkst du, neue gute Taten sind dann erst nach Mitternacht wieder zu erwarten?«, fragte ich leicht provokant, während wir langsam Richtung Hotel schlenderten.

»Mal sehen. Aber, weißt du, du hattest recht, der Hotelservice hier lässt keine Wünsche offen.« Seine Finger strichen sanft über meinen Rücken, und seine Worte machten mich neugierig.

»Was hast du vor?«

»Wart's ab«, lächelte er geheimnisvoll.

»Na gut. Lass mich ruhig zappeln«, zwinkerte ihm zu. »Aber Vorsicht, das kann ich andersherum auch ziemlich gut.«

Ich schob seine Hand von meinem Rücken und verschränkte meine Finger mit seinen, als das Hotel langsam in Sicht kam.

15

Als wir durch die leere Hotellobby gingen, bemerkte ich, wie die Rezeptionistinnen bei unserem Anblick tuschelten. Vielleicht stand uns der weitere Verlauf des Abends auf die Stirn geschrieben. Oder sie hatten etwas mit dem »ausgezeichneten Hotelservice« zu tun, den Lukas so lobte. Wie auch immer. Wir steuerten auf sein Zimmer zu – immerhin wartete dort der Champagner, der zu unserer Buchung gehörte.

Kaum hatten wir den Raum betreten, ließ ich meinen Blick über das Ambiente schweifen. Meine Finger glitten über die feinen Leinenvorhänge und die weichen Polster der Sessel. Die Einrichtung war eine wirklich gelungene Mischung aus moderner Eleganz und südfranzösischem Charme. Doch das eigentliche Highlight war das Eckfenster mit dem Panoramablick. Lukas beobachtete mich die ganze Zeit mit einem amüsierten Lächeln.

»Ich hoffe, das Zimmer entspricht deinen Designvorstellungen?«, fragte er und legte seine Brieftasche auf das Sideboard.

Ich nickte und bemühte mich, sachlich wie mein berufliches Ich zu klingen. »In der Tat. Muss schön sein, hier aufzuwachen. Vielleicht sollten wir die Zimmer tauschen.«

Er zog einen Mundwinkel nach oben, als ob er etwas erwidern wollte. Doch stattdessen nickte er in Richtung Balkon. »Komm, lass uns rausgehen.«

Überrascht blieb ich stehen, als er die Balkontür öffnete. Romantische Gesten waren eigentlich nicht mein Ding, aber ich musste zugeben: Die Szene beeindruckte mich. *Wieso um alles in der Welt war dieser Mann seit anderthalb Jahren Single?*

Der Champagner wartete in einem Eiskübel, umgeben von flackernden Windlichtern – so weit, so vorhersehbar. Doch daneben stand ein Eimer mit Seifenlauge und zwei Stäben – für große Seifenblasen, wie man sie von Straßenfesten kennt.

Was für ein netter Gag. Was für eine süße Geste. Ich wusste nicht, wie er auf meinen Humor reagieren würde, aber ich riskierte es. »Seifenblasen? Ernsthaft?« Vielleicht lachte ich etwas zu laut. »Du hast definitiv ein Talent, Eindruck zu schinden, Harding. Lass mich raten: Du möchtest dich ganz nah hinter mich stellen und mir zeigen, wie es geht. Und wenn wir dann so nah beieinander sind ...«, ich grinste, »... kommt der nächste Schritt.«

Lukas blieb unbeeindruckt und lächelte nur. »Nette Idee. Aber ich improvisiere lieber.« Sein Blick wanderte kurz zum Eimer, dann wieder zu mir. »Das war eigentlich nur ein kleiner Hoteltest. Und du hast recht, der Service hier ist wirklich außergewöhnlich. Meine Bitte war vielleicht etwas ungewöhnlich, aber sie wurde ohne Zögern erfüllt.«

»Was für ein Glück.«

Schmunzelnd tauchte ich die Stäbe in den Eimer. Lukas schenkte uns den Champagner ein und ich versuchte mich an einer Seifenblase. Es war schwieriger als bei den kleinen Varianten, aber nach ein paar Versuchen schwebte eine schimmernde Kugel über dem Geländer und zerplatzte in der Luft. Mein Blick folgte ihr in die Nacht hinaus, über die glitzernden Lichter von Cassis, das ruhige Meer und den weiten Sternenhimmel.

Zufrieden schlüpfte ich aus meinen High Heels und wackelte erleichtert mit den Zehen. Lukas betrachtete meine nun deutlich geringere Größe und hob amüsiert eine Augenbraue.

»So gefällst du mir noch besser«, bemerkte er und reichte mir ein Glas.

»Ich weiß, ich weiß«, erwiderte ich gespielt genervt und nahm es entgegen. »Geschrumpft, aber nicht verweichlicht.« Mit übertriebener Sorgfalt überprüfte ich meinen Zopf, um zu sehen, ob lose Strähnen herausgefallen waren.

»Du bist nicht kleiner geworden, nur näher an meinem Herzen.«

Also, das war jetzt wirklich ein wenig kitschig. »Lektion zehn in *Flirten für Fortgeschrittene*«, spöttelte ich lächelnd, in der Hoffnung, dass es nicht falsch ankam. »Aber wirklich süß«, fügte ich schnell hinzu, zog ihn sanft zu mir und gab ihm einen langsamen, zärtlichen Kuss. Er griff nach meiner Taille, doch ich schob ihn wieder ein Stück weg. »So, und jetzt will ich endlich diesen Champagner trinken und noch mehr Seifenblasen machen.« Entschlossen hob ich mein Glas, bereit, den Moment zu genießen.

Lukas sah mich amüsiert an, vielleicht auch ein wenig gequält.

»Sophie, du weißt nicht, wie schwer es ist, bei deinen Spielchen mitzuhalten.«

»Keine Sorge, das schaffst du schon noch einen Moment«, entgegnete ich mit einem frechen Grinsen. »Schließlich war es deine Idee mit den Seifenblasen, oder?«

Wir setzten uns und ließen unseren Blick über den Mond und die letzten Streifen am Horizont schweifen. Der Champagner tat sein Übriges, und während mein Glas langsam den Tiefstand erreichte, fand die Spannung zwischen uns ihren Höhepunkt.

»Also, diese Balkonszene, Lukas Fitzwilliam Harding, die hast du wirklich meisterhaft inszeniert«, bemerkte ich in einer Mischung aus Scherz und Ernst. Aber es stimmte doch.

Es war, als hätte er den perfekten Untertitel für unser Wochenende geschrieben: *Sophie & Lukas – Champagner, Kerzen, Seifenblasen.* Das konnte nur ein Erfolg werden.

Die nächsten Worte rissen mich aus meinen Gedanken: »Schön, dass dir mein Drehbuch gefällt. Aber jetzt schreibst du es weiter.«

Er stand auf und lehnte sich ans Balkongeländer.

So so. Der entscheidende Schritt lag also bei mir. Der moderne Mann – vorsichtig, darauf bedacht, keine Grenze zu überschreiten, ohne mein klares Einverständnis.

»Ach ja?«, sagte ich, leicht berauscht vom Champagner. »Also gut.« Ich ging auf ihn zu und stolperte über meine abgestellten High Heels. *Sexy, Sophie,* schimpfte ich innerlich.

»Sehr elegant, Frau Brand.«

»Sei still«, flüsterte ich und küsste ihn, dieses Mal ohne Zögern. Seine Hände wanderten über meinen Rücken, zu meinem Po, zurück zu meinem Rücken, wo sie etwas unschlüssig am Reißverschluss verharrten. Es war Zeit, Tatsachen zu schaffen.

»Ist das Kleid nicht toll? Seide und Viskose«, flüsterte ich und ließ meine Finger spielerisch über den Stoff gleiten.

»Mmmhh. Schön, aber meine Gedanken sind weit weg von dem Stoff, so luxuriös er auch sein mag.« Er war vielmehr damit beschäftigt, meinen Hals zu küssen.

»Weit weg? Schade.« Ich ließ eine kurze Pause entstehen, bevor ich leise nachsetzte. »Weil ich mir letztens beim Kauf ganz genau vorgestellt habe, wie du es mir ganz langsam ausziehst. Wirklich schade, wenn deine Gedanken woanders sind.«

Damit hatte das Kleid jetzt doch wieder seine Aufmerksamkeit.

»Im Ernst? Jetzt ist es definitiv mein Lieblingskleid.« *Na also.*

»Nun, würdest du mir bitte aus dem Kleid helfen, Lukas? Ich will keine Seifenlauge darauf haben, und wir wollten doch unbedingt noch mehr Seifenblasen machen.« Seine Finger strichen sanft über meinen Rücken und Nacken.

»Nur damit ich das richtig verstehe: Ich soll dir hier draußen dein Kleid ausziehen, damit wir *Seifenblasen* machen können?«

Ich zog seinen Hemdkragen hoch, als wollte ich eine Weiche in seinem Verhalten stellen.

»Du bist wirklich durch und durch konventionell, Harding«, ärgerte ich ihn. »Ja, hier im Mondlicht. Niemand ist hier außer uns. Und du hast selbst gesagt, wahre Schönheit muss sich nicht verstecken.« Mein Blick glitt über die Balkone um uns herum, die friedlich und leer in der Abendluft lagen. Außer uns schien niemand hier draußen zu sein. Milchglaswände schirmten uns ab. Alles war still. Sein Zögern verwandelte sich in ein Lächeln.

»Okay«, flüsterte er. Behutsam zogen seine Finger den Reißverschluss nach unten. Der Stoff glitt langsam von meinen Schultern und landete lautlos auf dem Boden. Seine Finger folgten dem fallenden Kleid und hinterließen ein Prickeln auf meiner Haut. Er trat einen Schritt zurück und ließ seinen Blick langsam über mich gleiten.

»Wow, Sophie.« *Souh-fieee.* Es war die Art, wie er meinen Namen sagte – weich, mit einem Hauch von Besitzanspruch, der mich völlig verrückt machte.

Ich schmunzelte. »Hast du alles schon im Bikini gesehen.«

»Ja, aber da war ich zu sehr damit beschäftigt, meine Selbstbeherrschung zu wahren. Jetzt? Keine Chance.«

Er trat ganz nah an mich heran, zog mich an sich, und ich spürte, was er meinte – seine Selbstbeherrschung hatte sich offenbar längst verabschiedet. Ein triumphierendes Kribbeln durchzog mich, das ich gerade noch hinter einem Schmunzeln verbergen konnte. Sein Atem streifte mein Ohr, während er mit einem geschickten Griff das Haargummi aus meinen Haaren zog. Die Locken fielen auf meine Schultern, bewegten sich leicht im Wind. »So sehe ich dich am liebsten. Einfach wunderschön.« Er ging einen Schritt zurück und ließ seinen Blick langsam über mich wandern. Das Lächeln wurde breiter. »Mit dem lädierten Knie ein bisschen wie eine sexy Amazone, die zu allem wild entschlossen ist.«

»Hast du jetzt Angst vor mir?«, fragte ich lachend.

»Vielleicht ein bisschen«, sagte er. »Aber ehrlich gesagt … ich mag das Risiko.«

Diese Worte, diese Blicke, gepaart mit der kühlen Luft auf meiner Haut, ließen meine Sinne kribbeln. Ich fühlte mich lebendig, sexy und ein bisschen beschwipst. Hier stand ich, draußen auf dem Balkon, in meiner schönsten Unterwäsche und mit einem hässlichen Pflaster auf dem Knie, in der lauen provenzalischen Nacht. Es war ein Moment, in dem ich meine eigene Verrücktheit auslebte und gleichzeitig testete, ob Lukas, den ich immer scherzhaft als konventionell bezeichnete, das mittragen konnte. Und wie ich schnell feststellte, tat er es – zumindest bis zu einem gewissen Grad.

Er griff nach dem Eimer mit der Lauge und wir begannen, Seifenblasen in den Nachthimmel zu schicken. Oder besser gesagt, ich zauberte die schillernden Kugeln und er stellte sich dicht hinter mich. »Improvisierst du?«, scherzte ich, als seine Hände sanft über meinen Oberkörper glitten, meine Taille, zu meiner Hüfte, zwischen meine Schenkel. Mein Körper reagierte auf seine Berührungen, doch ich ließ mich nicht ablenken – diesen Moment wollte ich voll auskosten. Blase um Blase stieg in den Nachthimmel, bis ich mich bei einer besonders schönen von Lukas löste. Über das Geländer gebeugt, verfolgte ich fasziniert den Flug meiner Kreation.

»Pass auf, da unten sind Leute«, warnte er leise. *Na und*, dachte ich. *Wer würde sich schon an einer Frau in Unterwäsche stören?*

Ich lachte und schüttelte den Kopf. »Ach, Harding, du bist so süß, wenn du besorgt bist.«

»Ich möchte nur nicht, dass jemand da unten etwas sieht, das nur für meine Augen bestimmt ist.«

»Das klingt fast ein bisschen besitzergreifend.« Was als Beschwerde gedacht war, wurde zum Seufzen, als seine Lippen wieder meinen Nacken streiften. »Aber ausnahmsweise finde ich es süß.«

»Und ich liebe deine Verrücktheit, aber wir müssen nicht die ganze Stadt daran teilhaben lassen.«

Ich lehnte mich in seine Umarmung. »Na gut, Harding. Du hast gewonnen.« Doch kaum lockerte er seine Arme, machte ich einen schnellen Schritt zum Geländer und drehte mich schwungvoll im Kreis. »Aber du weißt, ich bleibe frei wie ein Schmetterling – verrückt und wild.« Ich kicherte, als sich alles leicht zu drehen begann. Der Champagner ließ meinen Kopf in den Wolken schweben. Ich lachte lauter als beabsichtigt, ein bisschen zu ausgelassen vielleicht. Aber das war mir egal – ich fühlte mich unaufhaltsam. *Hoffentlich, nur, war der Champagner bald leer.*

Lukas zog mich wieder zu sich, sanft, aber bestimmt. »Alles klar, wilder Schmetterling, aber sich halbnackt über ein Balkongeländer zu lehnen, ist vielleicht nicht die beste Idee. Ich möchte nicht, dass du es später bereust.«

Ach ja? Ich hielt seinem Blick mit einem Hauch Trotz stand.

»Oh, glaub mir. Ich weiß, was ich tue. Und wenn du wirklich Zweifel daran hast, solltest du jetzt ein Gentleman sein, Fitzwilliam, und mich bis zu meiner Tür begleiten – aber keinen Schritt weiter.« Ich machte einen kleinen Knicks.

Für einen Moment sah er aus, als hätte ich ihn aus dem Gleichgewicht gebracht, und ich schimpfte innerlich mit mir selbst. *Sophie, das war vielleicht etwas gemein.* Die Spitze galt schließlich denen, die nicht so rücksichtsvoll waren. Lukas hatte das nicht verdient.

Ich lachte auf, küsste ihn sanft und schüttelte den Kopf. »Also, Lukas, vielleicht sollten wir uns jetzt nach drinnen verlagern«, flüsterte ich und begann, langsam sein Hemd aufzuknöpfen.

»Das sollten wir. Du machst mich wirklich fertig, Sophie.«

Mit einer Hand griff er den Champagnerkübel und führte mich mit der anderen ins Zimmer. Ich schloss die Tür zur Welt hinter uns und er stellte den Kübel ab. Sofort begann ich, sein Hemd weiter aufzuknöpfen. Doch dann stoppte er mich, hielt meine Hände einen Moment lang fest und sah mir tief in die Augen. »Nun, Sophie, nachdem du dafür gesorgt hast, dass mir da draußen heiß und kalt wurde …«

Ich war auf alles gefasst – aber nicht auf das, was als Nächstes geschah. Bevor ich reagieren konnte, griff er in den Champagnerkübel und drückte zwei Hände voller halb geschmolzener Eiswürfel gegen meine Taille.

»Lukas!«, quietschte ich, als die Kälte sich schockartig über meinen Körper ausbreitete. »Das ist so unfair!«

Er lachte leise und zog mich an sich. »Kleine Rache. Dafür, dass du mich da draußen so provoziert hast. Außerdem bist du dank dieser kleinen Kältebehandlung definitiv wieder nüchtern genug, um bewusst deine Entscheidungen zu treffen«, grinste er. Seine Hände glitten langsam über meinen Rücken und das Eis schmolz auf meiner Haut. »Und wenn du möchtest, kann ich dich ja nun wieder wärmen.«

Mit einem sanften Lächeln ließ er die letzten Eiswürfel fallen. Ich spürte, wie seine Hände in mein Haar griffen und mich noch enger an sich zogen.

»Du verrückter Schmetterling«, flüsterte er zwischen Küssen, seine Stimme voller Verlangen.

»Charmanter Spinner«, erwiderte ich lächelnd, als wir uns aufs Bett sinken ließen, in die weichen, luxuriösen Kissen und Decken, die mich für einen Moment ablenkten. *War das Kaschmir? Oder vielleicht ein besonders hochwertiger Baumwoll-Satin?* Ich strich gedankenverloren darüber, doch dann spürte ich Lukas' Hände – zielstrebig und unwiderstehlich. Mit einer einzigen Berührung machte er deutlich, dass diese Kissen nichts waren im Vergleich zu dem, was in diesem Moment wirklich zählte.

Mein leises Stöhnen vermischte sich mit seinem Atem, als er sich der schwarzen Spitze zuwandte. »Die Wahl, die ich getroffen habe … sie steht dir wirklich ausgezeichnet.« Er zeichnete die Konturen der Spitze sanft mit seinen Fingern auf meinem Körper nach. »Aber ich fürchte, sie wird nicht lange an dir bleiben.«

Und dann, ohne dass wir es aussprechen mussten, wussten wir beide, dass es an der Zeit war, die Spielereien beiseitezulegen. Weg waren Frau Brand und Herr Harding, weg die freche Sophie und der *konventionelle* Lukas. Keine Arbeit, keine Scherze, keine Masken mehr. Nur wir beide, ganz bei uns, in einer Harmonie, die mich mehr als nur ein bisschen verblüffte. Denn das hier war nicht wie all die anderen Male. Es fühlte sich bedeutsamer an. Vertrauter. Echter.

Später lag ich da, eingekuschelt in seine Arme, und dachte nach. Die Art, wie er mich festhielt – als würde er in diesem Moment nichts anderes auf der Welt wollen, als genau hier zu sein – fühlte sich fast zu gut an, um wahr zu sein.

»Das war anders«, sprudelte es leise aus mir heraus, ohne dass ich es laut hatte sagen wollen.

»Ist das gut oder schlecht?« Da war eine leise Unsicherheit in seiner Frage. *War das missverständlich?* Ich drehte mich langsam zu ihm um, hob meinen Kopf und sah ihm in die Augen.

»Ehrlich, Lukas«, begann ich mit einem Grinsen, »wenn es *anders schlecht* gewesen wäre, hätte ich jetzt wohl einen *Oscar* verdient. Aber nein.« Ich fuhr ihm mit den Fingern durch die Haare, zog sein Gesicht näher zu mir. »Ich fake nicht.«

Sein Lächeln war fast erleichtert, und er drückte mich noch fester an sich.

»Gut zu wissen«, sagte er mit einem Kuss gegen meine Haut.

Ja. Gut zu wissen. Und egal, was die Zukunft bringen würde, eins stand fest: *Diese Nacht* war noch lange nicht vorbei.

»Lukas …?«

»Hm?«

»Ich will nicht wie ein verwöhntes Kind klingen, aber …« Ich genoss meine kurze Pause, ehe ich fortfuhr. »Darf ich nochmal?«

»Jederzeit«, flüsterte er lächelnd und küsste mich – und ich hatte das unbestimmte Gefühl, dass wir gerade den Anfang von etwas Großem feierten. *Wenn ich nur den Mut hätte.*

16

Das Geschrei der Möwen und das Tuckern der Fischerboote, die den Hafen verließen, rissen mich viel zu früh aus dem Schlaf. Draußen brach der Tag an, während im Zimmer Stille herrschte. Lukas schlief noch, sein Atem ruhig und gleichmäßig. Vorsichtig drehte ich mich zu ihm um und betrachtete ihn einen Moment. Im Schlaf sah er aus wie ein kleiner Junge nach einem großen Abenteuer, mit zerzaustem Haar und einer Hand immer noch um meine Taille, als hätte er selbst im Schlaf Angst, ich könnte ihm entwischen.

Mein Blick blieb bei der leeren Champagnerflasche auf dem Nachttisch hängen. Den letzten Rest hatten wir im Bett getrunken, zwischen Küssen, Lachen und ... all den anderen schönen Momenten. Ich schloss die Augen und ließ die vergangene Nacht Revue passieren, obwohl mein Kopf sich schwer anfühlte. Zu viel Wein, zu viel Champagner und viel zu wenig Schlaf – und trotzdem fühlte ich mich erstaunlich gut.

Während ich überlegte, wie ich mich sanft aus seinen Armen lösen könnte, öffnete er plötzlich die Augen und sah mich verschlafen an. »Guten Morgen.«

»Hey«, murmelte ich und kuschelte mich wieder an ihn.

»Wie fühlst du dich?« Er strich mir sanft über den Rücken und klang noch ganz heiser vom Schlaf.

»Müde. Aber gut. Sehr gut. Und du?«

»Auch. Und du bist tatsächlich noch hier.«

»Yep.« Ich erwiderte sein Lächeln, aber mein Kopf fühlte sich trüber an, als mir lieb war. *Kaffee. Ja, Kaffee wäre jetzt gut.* Und was er als Nächstes sagte, ließ diesen Wunsch noch dringlicher werden.

»Sophie. Was bedeutet das, mit uns? Was jetzt?«

Moment mal. Er hatte kaum die Augen geöffnet, und doch brannte ihm dieses »Was jetzt?« unter den Nägeln? Ich versuchte, die Frage zu verarbeiten.

»Jetzt? Brauche ich erst mal Kaffee«, antwortete ich halb scherzhaft.

Er verdrehte gespielt genervt die Augen. »Für Kaffee sorge ich gleich, versprochen. Aber ernsthaft«, fuhr er fort und strich mir durch die Haare. »Ich hatte die ganze Nacht Angst, dass du dich davonschleichst. Ich konnte nicht richtig schlafen.«

»Also gerade hast du's.« Ich schüttelte leicht den Kopf. *Hatte er das wirklich befürchtet? Nach so einer Nacht?*

»Sophie, du hast mir doch erzählt, dass das deine Art ist. Und ich will nicht, dass wir einfach auseinanderdriften. Ich weiß, *keine Erwartungen* und so, aber es fällt mir schwer.«

Ich hatte ihn also ganz schön verunsichert. Das sollte mich nicht überraschen, aber ... *Wer spricht denn direkt nach so einer Nacht von »Was jetzt?« und »Auseinanderdriften?«*

»Lukas, es war eine wunderschöne Nacht.« Ehrlich gesagt wusste ich nicht, wie ich den Satz fortführen sollte. Oder wollte. Aber das musste ich auch nicht.

Denn der Projektentwickler in ihm übernahm schon wieder das Wort: »Genau. Und deshalb möchte ich wissen, ob es nur *eine* war. Oder, wie ich hoffe, sehr viel mehr.«

Sehr viel mehr? Ja, ich war definitiv verliebt. Und nicht nur für dieses Wochenende, sondern für etwas mehr. Aber was hieß denn bitte direkt *sehr viel mehr?* Ich räusperte mich, versuchte meine Gedanken zu ordnen. »Lukas, du meinst eine *Beziehung?*«

Ich fragte, nur um sicherzugehen, dass ich ihn richtig verstand. Er nickte.

Eine Beziehung? Nur, weil wir einmal – okay, dreimal – miteinander geschlafen hatten? Mir wurde flau. Lag es am Alkohol – oder an der plötzlichen Erkenntnis, dass ich es tatsächlich wollte? Daniel war kein überzeugendes Beispiel für Ernsthaftigkeit gewesen. Aber Lukas war anders. Vielleicht war es an der Zeit, der Ernsthaftigkeit eine echte Chance zu geben.

»Ja, aber Lukas, ich habe wirklich keine Ahnung, wie man eine richtige Beziehung führt.«

Ich sah, dass mein Einwand bei ihm keine Wirkung zeigte.

»Mir gefällt *Ja, aber.* Das ist deutlich besser als *Nein*«, lächelte er. »Weißt du, wir müssen ja nicht alles sofort wissen oder perfekt machen. Wir lernen es einfach zusammen. Was meinst du?«

Lernen. Einfach. Ich zog die Decke dichter um mich, nur um zu bemerken, dass Lukas nun ohne daneben saß und mich mit diesem typischen Grinsen ansah.

»Ist das eine Taktik, mich loszuwerden?«

Mit einem gespielten Seufzen hob ich die Decke an, und er schlüpfte prompt darunter, um mich sofort wieder in seine Arme zu ziehen. *Stopp*, dachte ich. *Nicht so schnell.*

»Du änderst die Spielregeln, Harding«, warf ich ihm vor.

»Nein, ich bin nur ehrlich. Ich denke, wir befinden uns in einer dynamischen Situation, die eine Neubewertung erfordert.« Sein Ton klang so sachlich, als wären wir in einem Meeting. Trotz meiner Anspannung musste ich schmunzeln.

»Und was, wenn ich keine Lust auf Neubewertung habe?« Ich verschränkte trotzig die Arme vor der Brust.

151

»Hör mir zu, Sophie. Okay, *keine Erwartungen*. Es ist nur ein Vorschlag. Ich bin wirklich kein Beziehungsexperte. Meine Karriere stand immer an erster Stelle. Das bereue ich auch nicht – sonst wäre ich jetzt nicht hier mit dir. Aber ich habe das Gefühl, ich muss heute etwas tun, damit du nicht wie ein aufgeschreckter Schmetterling davonfliegst. Damit wir uns zwischen London, Paris und der Arbeit nicht verlieren. Was denkst du?«

Tja, was dachte ich? *Kann ich Anna anrufen?* Das war mein erster Gedanke. Der zweite drehte sich um den dringend benötigten Kaffee. Und der dritte? Dass Lukas auf unwiderstehliche Weise … einladend wirkte. Ich zwang mich, klar zu denken.

»Was ich denke? Ich frage mich, warum du so direkt vorgehst. Ein einfaches weiteres Date wäre vielleicht der logischere nächste Schritt.«

»Nein. Hier und jetzt habe ich die Möglichkeit, dich persönlich zu überzeugen. Wenn uns der Alltag einholt und du wieder in deinem Hosenanzug und den High Heels steckst, die dich so unglaublich sexy und unerreichbar machen …«, flüsterte er und ließ den Satz unvollendet, zog mich sanft in eine liegende Position und beugte sich über mich, als wolle er mich küssen. Ich spürte, wie mein Körper auf seine Nähe reagierte, und hörte die innere Stimme, die rebellierte: *Er will dich jetzt nicht wirklich mit noch mehr Sex von einer Beziehung überzeugen, oder?*

Doch ehe ich weiter darüber nachdenken konnte, streckte er seinen Arm aus und griff über mich hinweg zum Telefon auf der anderen Bettseite. Er wählte die Rezeption.

»Zweimal das große Frühstück. Mit extra starkem Kaffee.« Dann drehte er sich mit triumphierendem Blick zu mir um. »Überzeugt?«

Als wäre das Frühstück die Antwort auf alle unsere Fragen. Ich konnte nur lächelnd den Kopf schütteln. »Ohne meinen Kaffee sag ich gar nichts mehr«, erwiderte ich und kuschelte mich tiefer in die Kissen. Lukas strich mir sanft über den Rücken und begann dann, mit einer meiner Locken zu spielen.

»Okay, Soph.« *Soph? Waren wir jetzt bei Kosenamen?* Leicht irritiert von dieser zärtlichen Geste fragte ich mich, ob ich jemals zuvor jemanden so nah an mich herangelassen hatte – jemanden, der mich so mühelos aus meiner wohl gehüteten Distanz lockte. Bevor ich den Gedanken zu Ende führen konnte, übermannte mich die Müdigkeit und ich nickte für einen Moment ein.

Das Klopfen an der Zimmertür riss mich aus meinen Träumen. Lukas hatte sich etwas übergezogen und nahm an der Tür den kleinen Servierwagen entgegen, während ich mir die Decke bis unters Kinn zog, um mich vor potenziell neugierigen Blicken zu schützen. Sorge unbegründet – der Service war so diskret wie aufmerksam.

»Also, entweder ziehst du dich wieder aus, oder du gibst mir ein T-Shirt«, forderte ich, als Lukas zum Bett zurückkam. Dieses plötzliche textile Ungleichgewicht zwischen uns gefiel mir nämlich überhaupt nicht.

»Eine berechtigte Forderung.« Mit einem amüsierten Grinsen zog er sein T-Shirt über den Kopf und warf es mir zu. »Hier, damit das Gleichgewicht wiederhergestellt ist.« Sein Grinsen wurde breiter. »Aber ich behalte die Hosen an, zumindest bis nach dem Frühstück.«

Dankbar schlüpfte ich in das weiche Shirt und nahm den Kaffee entgegen, während Lukas das üppig beladene Tablett im Bett platzierte: Croissants, Baguette, Marmelade, Käse, Obst – es fehlte an nichts. Eine Kanne Kaffee für den Nachschub fand ebenfalls Platz neben dem Bett. *Einfach perfekt*, dachte ich, eingehüllt in

Qualitätsbaumwolle, umgeben vom Duft frischen Kaffees, dem Meeresrauschen und diesem wunderbaren Mann an meiner Seite. Während ich genüsslich zum Croissant griff und es in die Marmelade tunkte, begann ich, seinem Wunsch in meinem Kopf eine Chance zu geben. *Nicht eine Nacht. Nicht ein paar mehr und dann weitersehen. Wir sprechen hier gleich von einer festen Beziehung. Damit ich mich nicht aus dem Staub mache. Na ja, gut. Ich werde weiter zuhören.*

»So. Ich bin wach. Reden wir weiter. Du kannst mich mit nichts mehr schocken, Harding«, behauptete ich, überzeugt, dass ich recht hatte.

»Sicher?«, grinste er. »Darf ich es trotzdem probieren?«

»Bitte.« Ich zuckte mit gespielter Gleichgültigkeit die Schultern.

»Also gut. Nur so eine Idee. Wir sind zwei Profis im Job, aber keine Fachkräfte für … emotionale Bindung. Warum nutzen wir nicht unsere Stärken, um unsere Schwächen zu kompensieren? Wir gründen unsere Beziehung wie ein Geschäftsprojekt. Strategisch.«

Zack. Als wären wir in einem Strategiemeeting, und dieser Vorschlag das Normalste der Welt.

»Strategisch?«, wiederholte ich, unschlüssig, ob ich amüsiert oder skeptisch sein sollte.

»Ja, genau«, erklärte er. »Wir definieren Ziele, legen Grundregeln fest und geben uns die Freiheit, zu explorieren und anzupassen. Es könnte uns genau die Struktur geben, die wir benötigen, um dieses … neue Terrain zu navigieren.«

Für einen Moment war ich sprachlos, dann lachte ich laut auf. *Meinte er das ernst?* Ich suchte nach Anzeichen von Zweifel oder Unsicherheit in seinen Augen. Fand jedoch keine. Nur ruhige Entschlossenheit. Typisch Lukas. Er setzte an, etwas zu sagen, doch ich hob die Hand, um ihn zu unterbrechen.

»Einen Moment mal«, murmelte ich. Ich brauchte einen Augenblick, vielleicht ein paar mehr, um meine Gedanken zu ordnen, damit sie sich brav in Zweierreihen aufstellen und in Worte fassen ließen. Ich dachte an mein Leben in Paris – erfolgreich, ja, aber jenseits der Arbeit oft einsam. Es war vielleicht Zeit, das zu ändern. Ohne konstante Sozialkontakte und mit Anna weit weg in ihrer stabilen Beziehung, was auch in Ordnung war. Prioritäten ändern sich im Leben. *Warum nicht auch bei mir? Denn ganz ehrlich?* Nach diesem Wochenende hatte ich keine Lust mehr auf meine üblichen Eskapaden. Und Lukas würde sich nie mit einer Rolle wie Nick zufriedengeben. Aber ich … wollte Lukas, so viel stand an diesem Morgen fest. Und deshalb atmete ich tief ein und ließ meine Gedanken auf ihre verbale Reise gehen.

»Gut«, sagte ich leise. »Okay. Wir können es versuchen. Explorieren und navigieren. Ich meine, das klingt ja immerhin fast romantisch.«

Lukas' Augen leuchteten auf, und er zog mich fest in seine Arme.

»Na endlich«, flüsterte er mit einem zufriedenen Lächeln. »Ich dachte schon, ich müsste dich mit noch mehr Seifenblasen bestechen.«

Ich lachte leise. »Das hätte vielleicht auch funktioniert.«

Bei einer zweiten Tasse Kaffee begann unser kreatives Brainstorming.

»Wir brauchen klar definierte Regeln und eine solide Grundlagenforschung«, schlug ich vor. Nachdem ich den Gedanken einmal zugelassen hatte, sprudelten meine Ideen nur so hervor. Vielleicht versuchte mein Verstand aber insgeheim auch nur, das Ganze *ad absurdum* zu führen. »Eine Analyse von Stärken,

Schwächen, Chancen und Risiken.« Lukas schrieb auf seinem Tablet mit.

»Genau, eine *SWOT-Analyse*. Außerdem«, fuhr er fort, »müssen wir unser soziales Umfeld außerhalb der Arbeit verstehen.«

»*Meilensteine*«, murmelte ich. »Welche Ziele wir kurz- und langfristig erreichen wollen.« Hatte ich wirklich gerade *langfristig* gesagt?

»Und *Performance Reviews*, um unseren Fortschritt zu überwachen«, fügte Lukas hinzu, pausierte kurz und sah mich an. »Wir müssen schließlich wissen, ob wir auf dem richtigen Weg sind, oder?«

»Absolut«, erwiderte ich schmunzelnd und zog seinen Arm enger um mich. »Wir werden ganz schön viele Meetings brauchen.«

Sofort purzelten meine Gedanken in alle möglichen Richtungen. Meetings, in diesem Projekt, schrien nicht gerade nach *Business* oder *Business Casual. Vielleicht sollte ich mal wieder shoppen gehen, zum Beispiel in diesem Laden mit den großen Flügeln und den verführerischen Stoffen?* Ich kicherte bei der Vorstellung.

»Was ist so lustig?«

»Ach nichts«, antwortete ich und schenkte ihm einen vielsagenden Blick. Ich nahm seine Hand und ließ sie sanft an meinem Körper abwärts gleiten, um sicherzustellen, dass er den Wink verstand. »Hab nur beschlossen, dass du bei unseren Meetings keine Krawatte brauchst.« Seine Hand verselbständigte sich unter meinem – oder vielmehr seinem – Shirt.

»Verstehe. Das könnte mir gefallen, Soph.«

Ich zog die Augenbraue hoch und hielt seinem Blick stand.

»*Soph?* Sind wir wirklich schon bei Kosenamen, *Fitzwilliam?*«

»Tut mir leid, es ist nur …« Sein Blick wurde sanfter, und er strich liebevoll eine Strähne aus meinem Gesicht. »Eine kleine Abgrenzung der toughen, klugen Sophie aus dem Büro zu der, die all das immer noch ist, aber jetzt so entspannt in meinem Bett liegt, mit offenen Haaren, meiner Hand unter und Marmelade auf meinem Shirt.«

»Ups«, grinste ich und warf einen Blick auf das kleine Malheur. »Ich behalte es einfach, damit du es nicht waschen musst.«

»Das ist sehr großzügig von dir«, entgegnete er mit einem amüsierten Schmunzeln.

Im weiteren Verlauf des Morgens beschlossen wir, unseren Aufenthalt in Cassis mit einer *Absichtserklärung* zu krönen. Es war eine absurde Mischung aus Logik und Herz, die uns gleichermaßen zum Lachen und Nachdenken brachte. Wir saßen dort, im gemütlichen Bett eines Luxushotels, umgeben von den Überresten eines dekadenten Frühstücks, und diskutierten den groben Rahmen und die wesentlichen Details unseres ungewöhnlichen Vorhabens. Dabei wurde mir klar, dass dies bedeutender war als jeder meiner bisherigen Entschlüsse, sogar als mein Umzug nach Paris.

Wir ahnten nicht, wie entscheidend ein einzelner, flapsiger Aspekt unserer Absichtserklärung für unsere Beziehung noch werden würde.

....

Absichtserklärung zwischen Sophie Brand & Lukas Fitzwilliam Harding

Artikel 1: Grundlagen der Partnerschaft
1.1 Gemeinsame Ziele
Die Partner werden gemeinsame und individuelle Ziele festlegen und regelmäßig neu bewerten.
1.2 Vertrauen und Respekt

Vertrauen und Respekt bilden das Fundament dieser Beziehung.

1.3 Raum für Individualität

Es wird Wert darauf gelegt, dass beide Partner ihren persönlichen Interessen nachgehen können, um ein gesundes Gleichgewicht zwischen gemeinsamer Zeit und persönlichem Freiraum zu schaffen.

Artikel 2: Verpflichtungen der Partner

2.1 Unterstützung

Beide Partner verpflichten sich, einander in sämtlichen Lebenslagen zu unterstützen – beruflich wie privat.

2.2 Kommunikation

Offene Kommunikation gilt als Eckpfeiler dieser Partnerschaft. Kommunikation erfolgt auf Augenhöhe. Diese Verpflichtung bleibt bestehen, unabhängig davon, ob Sophie High Heels trägt oder nicht. Bei hitzigen Diskussionen dient das Safeword »Seifenblase« als Zeichen, dass eine Grenze überschritten wird und als Erinnerung an die Unbeschwertheit, die stattdessen sein könnte.

2.3 Regelmäßige Überprüfung und Anpassung

Der aktuelle Stand der Beziehung wird bei regelmäßigen »Review-Meetings« besprochen. Diese werden idealerweise bei einem entspannten Dinner oder einem Glas Wein abgehalten.

2.4 Business-First-Klausel

Beide Partner erkennen an, dass berufliche Verpflichtungen gelegentlich Vorrang haben. In solchen Fällen besteht ein gegenseitiges Verständnis dafür, dass diese Priorisierung temporär ist und nicht als Vernachlässigung der Beziehung gedeutet wird.

Artikel 3: Besondere Vereinbarungen

3.1 Persönliche Präferenzen

- Sophie: Keine verniedlichenden Spitznamen wie »Baby« oder dergleichen. Akzeptabel sind unter vier Augen neben »Sophie« folgende Begriffe: »Soph« oder

»Aurum Queen« – Letzteres jedoch nur, wenn Lukas gleichermaßen die Anrede »Fitzwilliam« akzeptiert.

- Lukas: Wünscht, dass Sophie ihre Haare gelegentlich auch im Alltag offen trägt. Nur nicht in schwierigen beruflichen Meetings mit gegensätzlichen Standpunkten. Dies wäre manipulativ.

3.2 No-Gos

- Gemeinsame Nächte in Bettwäsche, die nicht mindestens aus 100 % reiner Baumwolle besteht. Keine Kompromisse im Hinblick auf Komfort!
- Hormonelle Verhütung. Verhütung ist nicht nur Frauensache. Sophie wird nicht in ihren Hormonhaushalt eingreifen lassen. Natürliche Hormonschwankungen machen mehr Spaß.

3.3 Exklusivität

Beide Partner dürfen sich in der Welt frei bewegen, scherzen und flirten. Während es gestattet ist, sich im metaphorischen Sinne »Appetit zu holen«, findet das eigentliche »Mahl« aber nur zwischen den Unterzeichnern statt.

3.4 Kaffeeklausel

Jegliche Versuche der Kommunikation vor dem ersten Kaffee werden nicht als bindend angesehen und können eine spätere Wiederholung des Ansprechversuchs erforderlich machen.

Artikel 4: Umgang mit Fluchtverhalten

4.1 Frühwarnsystem

Beide Partner verpflichten sich, auf Anzeichen von Stress und Überforderung zu achten und diese frühzeitig anzusprechen. Sollte insbesondere Sophie das Bedürfnis verspüren zu fliehen, wird dies als Zeichen für notwendige Veränderungen oder Gespräche betrachtet und nicht als persönliches Versagen.

Artikel 5: Sanktionen

5.1 Besitzergreifendes Verhalten

Sollte Lukas Anzeichen von übermäßiger Eifersucht oder Klammern zeigen, behält sich Sophie das Recht vor, sich ausdrücklich und sichtbar in der Öffentlichkeit so zu verhalten, wie es ihm nicht gefällt, um ihm eine Lektion zu erteilen.

5.2 Konventionalität

Lukas behält sich das Recht vor, Sophie ohne Vorwarnung ins nächste Gewässer zu werfen, wenn sie ihn »durch und durch konventionell« nennt.

Artikel 6: Strategische Skalierung der Partnerschaft

Beide Parteien bekennen sich dazu, die Intensität und Tiefe ihrer Beziehung behutsam zu steigern. Dies umfasst eine allmähliche Zunahme der gemeinsam verbrachten Zeit sowie schrittweise [sic Lukas] beziehungsweise eventuell [sic Sophie] die Zusammenführung der Lebensräume, stets unter Berücksichtigung beruflicher Verpflichtungen.

Artikel 7: Schlichtungsklausel

In schweren Krisen darf einer der Partner zur Schlichtung auffordern. Schlichtungsort ist 'Le Refuge des Calanques'. Als Schlichter fungieren die engsten Freunde, Christopher Matthew Bates und Anna Christina Maurer. Ziel ist es, durch ihre Vermittlung eine faire Lösung zu finden, die das Wohl beider Partner berücksichtigt.

Artikel 8: Inkrafttreten und Dauer

Diese Vereinbarung wird mit einem Kuss besiegelt und gilt unbefristet. Sollten beide Partner einvernehmlich beschließen, dass ihre Wege sich trennen, erfolgt dies mit Würde und Respekt vor den Gefühlen des anderen. Und vielleicht bei einem letzten gemeinsamen Glas Champagner.

_____   _____

Sophie Brand   *Lukas Fitzwilliam Harding*

17

Als der Plan stand und der Kaffee getrunken war, blieb uns nichts anderes übrig, als uns dem Unvermeidlichen zu stellen – der Rückkehr in den Alltag.

»Wenn ich gewusst hätte, was uns erwartet, hätten wir bestimmt ein paar Tage mehr eingeplant«, scherzte ich und legte meinen Kopf noch einmal auf Lukas' Brust. *Aurum*, das Projekt … und die neugierige Anouk schossen mir durch den Kopf.

»Lukas ...?«

»Ja?«

»Wir sprechen vorerst mit niemandem bei der Arbeit über uns.«

»Mach dir keine Sorgen, Soph. Erst, wenn wir beide bereit sind.«

Hatte ich etwas anderes von ihm erwartet? Wohl kaum. Trotzdem fühlte ich mich erleichtert.

»Genau. Oder spätestens, wenn Anouk tratscht. Aber wir sind Profis, nicht wahr, Harding?«

»Oh, absolut, Frau Brand. Eiskalte Profis.«

Sein Tonfall brachte mich zum Schmunzeln. Die Arbeit würde kompliziert genug sein, aber der Gedanke, dass wir dieses kleine Geheimnis teilten, hatte seinen ganz eigenen Reiz.

Mit einem tiefen Atemzug beschloss ich, mich zurück in die Realität zu bewegen. Mein erster Schritt führte mich in das luxuriöse Badezimmer. Die riesige Dusche war viel zu schade für schnelle Körperpflege, daher verwandelte sie sich an diesem

Morgen in den Schauplatz ... nennen wir es einer intensiven gemeinsamen Wellness-Session. Schließlich huschte ich, mit einem zufriedenen Lächeln und Lukas' Kuss auf den Lippen, in seinem Bademantel zurück auf mein Zimmer, um zu packen.

Die Rückfahrt gestaltete sich angenehm entspannt. Während der *TGV* durch die Landschaft in Richtung Paris raste, war Lukas in sein Smartphone vertieft. Ich ließ den Blick aus dem Fenster schweifen, betrachtete die vorbeiziehenden Felder und kleinen Dörfer und nickte immer wieder kurz ein. Gerade als wir Lyon passierten, durchbrach das Klingeln von Lukas' Handy die Stille. Er seufzte leise und warf einen resignierten Blick aufs Display, bevor er den Anruf entgegennahm.

»Hallo, Mum.« Seine Stimme klang liebevoll, doch ich hörte eine Spur von Resignation mitschwingen. Kaum hatte er das Wort »Mum« ausgesprochen, prasselte schon eine Flut von Fragen auf ihn ein – so laut, dass ich jedes Wort mühelos verstehen konnte. Sie hatte seinen Status gesehen – Fotos aus den *Calanques*.

»Lukas, was ist mit dir los? Du bist doch sonst immer nur noch geschäftlich unterwegs! Ein Hinweis auf einen Urlaub wäre nett gewesen, oder? Du sagst uns ständig, du hättest keine Zeit, uns zu besuchen! Und jetzt sehe ich diesen Status? Wo bist du? Wie lange? Und vor allem – mit wem?«

Er warf mir einen Blick zu, der irgendwo zwischen Verlegenheit und Verzweiflung lag.

»Kein Urlaub, Mum, nur ein Wochenendtrip. Ich bin schon auf dem Rückweg. Ich war in Südfrankreich ...« Er machte eine kleine Pause, als müsse er sich auf das vorbereiten, was er gleich sagen würde. »Allein? Nein.« Er sah mich an, und ich nickte ihm ermutigend zu. »Nein, nicht allein, Mum. Ich bin mit ... jemand Besonderem hier.«

Am anderen Ende herrschte für einen kurzen Moment Stille.

»Das wurde aber auch Zeit! Die Wilsons haben mich erst am Wochenende gefragt, ob du immer noch Single bist. Aber vergiss nicht, stell die Arbeit bloß nicht wieder über alles. Du weißt ja, wie es das letzte Mal geendet hat.«

Ich musste grinsen, als ich sah, wie Lukas' Gesichtsausdruck immer gequälter wurde. Das Gespräch hatte längst die Grenze zur Absurdität überschritten, doch es war klar, dass seine Mutter es nur gut meinte.

»Mum, bitte ...« Doch sie ließ ihn gar nicht ausreden.

»Ein nettes Mädchen verdient es, an erster Stelle zu stehen! Vergiss das nicht!« Lukas warf mir einen verzweifelten Blick zu. Ich formte ein kleines Herz mit meinen Fingern und hielt es ihm entgegen.

Er schmunzelte und zwinkerte mir zu, bevor er ruhig, aber bestimmt antwortete: »Mum, Sophie sitzt direkt neben mir, und ich bin mir ziemlich sicher, dass sie jedes Wort hört, so laut wie du sprichst.«

Souh-fieee. Jetzt kannte sie also schon meinen Namen. Bei mir löste das ein leichtes Herzklopfen aus – am anderen Ende war es kurzes Schweigen, gefolgt von einem unsicheren: »Oh. Entschuldige. Ich wollte nicht ... Ich meine, passt gut aufeinander auf, ja?«

Lukas schüttelte den Kopf und stieß ein halb amüsiertes, halb resigniertes Lachen aus. »Ja, Mum. Keine Sorge.«

Ich rollte mit den Augen und grinste. Was hatten die Hardings nur mit diesem ständigen *Aufpassen*? Als er auflegte, sah ich ihn lachend an.

»Na dann pass mal gut auf mich auf … Ich stehe an erster Stelle, das ist dir doch wohl klar, Lukas Fitzwilliam Harding!«

Er schüttelte genervt den Kopf. »Ich lebe schon fast mein halbes Leben nicht mehr bei ihnen und trotzdem bekomme ich solche Anrufe.« Mein Lachen verstummte, als er den nächsten Satz sagte, ohne zu wissen, welche Wirkung er auf mich haben würde. »Mütter. Du weißt ja, wie sie sind.«

Es traf mich wie ein Schlag. Der alte Schmerz, den ich so gut verdrängt hatte, bahnte sich plötzlich wieder seinen Weg.

»Nein, eigentlich weiß ich das nicht mehr.«

Sein Gesichtsausdruck wechselte sofort von fragend zu betroffen, als ihm klar wurde, dass er in ein Fettnäpfchen getreten war. Ich seufzte tief. Wenn ich mich wirklich auf ihn einlassen wollte, würde dieses Thema wohl unvermeidlich aufkommen – aber nur in kleinen Dosen. Homöopathisch, sozusagen.

»Meine Mutter starb, als ich in der Ausbildung war«, sagte ich leise. »Deshalb habe ich meine Ausbildung abgebrochen. Es hat mich komplett aus der Bahn geworfen. Seitdem … na ja, wenn ich ein Wochenende weg war oder nicht nach Hause kam, hat sich niemand mehr Sorgen gemacht. Nur Anna. Zum Glück.«

Ja, zum Glück hatte ich Anna, die mich hin und wieder einnordete. Wer weiß, wo ich sonst gelandet wäre. Bei all den Abenteuern, mit denen ich mir verzweifelt beweisen wollte, dass ich die Kontrolle hatte, hätte ich sie vielleicht irgendwann vollständig verloren – und mich gleich mit.

»Und dein Vater?«, fragte er vorsichtig. Sehr vorsichtig. Ich spürte, dass er bereits ahnte, dass das Gespräch an dieser Stelle zu Ende sein würde.

»Darüber will ich nicht sprechen.« Meine Worte klangen schärfer, als ich es beabsichtigt hatte. Aber das war ein Teil von mir, den ich selten – eigentlich nie – jemandem offenbarte.

»Ich verstehe«, sagte er leise, mit einer Wärme in der Stimme, die mir zeigte, dass er es zumindest versuchte, auch wenn er es nicht wirklich verstehen konnte. »Das erklärt deine Stärke, Soph. Dass du so früh und so lange auf dich allein gestellt warst. Dein Tattoo … für sie?«

Ich nickte und fühlte mich ein wenig verloren in den Gefühlen, die plötzlich in mir aufstiegen. Lukas schien zu spüren, wie ich darum kämpfte, die Tränen zurückzuhalten. Ich konnte mich nicht erinnern, wann ich das letzte Mal wirklich geweint hatte – und ich wollte es auch jetzt nicht zulassen. Zum Glück drängte er nicht weiter, sondern ließ seine Hand sanft über meinen Rücken gleiten. Nach ein paar Minuten spürte ich, wie die Anspannung in meinen Schultern nachließ. Lukas bemerkte es, sah mich an – und ich musste unwillkürlich lachen, noch bevor er überhaupt etwas sagte. *Drei, zwei, eins* – ich zählte den Scherz-Countdown in meinem Kopf.

»Weißt du was? Wenn du möchtest, könnte meine Mutter anfangen, sich auch um *dich* zu sorgen. Sie hat ein echtes Talent dafür, glaub mir. Ihre Sorge reicht definitiv für zwei.«

Genau so einen Spruch hatte ich erwartet.

»Hmm, das klingt verlockend, aber ich glaube, so etwas gehört erst in die fortgeschrittene *Skalierungsphase* unseres sowieso schon ambitionierten Projekts«, erwiderte ich mit einem Augenzwinkern. »Zuerst sollten wir unsere Basis festigen, bevor wir externe Stakeholder einbeziehen.«

Es tat erstaunlich gut, eine *Beziehung* – was für ein Wort für mich – auf diese Weise zu betrachten, dieses Businessjargon zu verwenden. Damit klang dieses Neuland für mich wie etwas, womit ich mich den ganzen Tag befasste. Ein beruhigendes Gefühl.

»Ein valider Punkt. Wir müssen sicherstellen, dass unsere Basis stabil ist, bevor wir das Projekt auf die nächste Stufe heben.« Nun war er wieder ganz der Projektentwickler – und trotz des Scherzes spürte ich eine tiefe Dankbarkeit für dieses beiläufige Angebot.

Die Landschaft zog weiter an uns vorbei, und die Müdigkeit holte mich langsam ein. Wir hatten kaum geschlafen. Und obwohl ich versuchte, wach zu bleiben, fiel mein Kopf schließlich doch zur Seite und landete an Lukas' Schulter. Sein Arm legte sich wie selbstverständlich um mich.

Ich wachte erst auf, als ich seine Stimme hörte.

»Hey.« Verschlafen blinzelte ich und sah den *Gare de Lyon* vor mir. Lukas küsste mich sanft und murmelte »Bienvenue à Paris« – mit diesem drolligen britischen Akzent, der mich immer zum Lächeln brachte.

Für einen Moment genoss ich noch die Nähe – unaufdringlich, einfach nur da. *Wie hatte ich je glauben können, dass mir so etwas nicht fehlte? Vielleicht hatte ich wirklich etwas verpasst. Aber jetzt war ich hier, und das zählte.* Mit diesem Gedanken stand ich auf. Wir packten unsere Sachen und stiegen aus.

Kaum standen wir uns gegenüber, liefen die Gedanken weiter: *Wie konnte ich ihn jetzt schon vermissen, wo er vor ein paar Tagen doch nur ein unverbindlicher Flirt gewesen war?* Er musste nach London. Und ich? Ich musste … keine Ahnung, was. Begreifen, was das hier war. Was es mit mir machte. Aber eines war klar: Ich wollte mich nicht lange verabschieden.

»Wann kommst du wieder nach Paris?«, fragte ich, obwohl ich mir nicht sicher war, ob ich die Antwort wirklich hören wollte. Er spielte gedankenverloren mit dem kleinen Anhänger an meiner Reisetasche.

»Lass mich morgen mal meine Termine prüfen. Wann hast du denn Zeit für einen Trip nach London?«

»Lass mich meine Termine prüfen«, spiegelte ich und zog ihn zu einem langen Kuss heran.

»Pass auf dich auf«, flüsterte ich grinsend. »Und grüß deine Mum von mir. Vergiss nicht, ihr zu sagen, dass du sicher zu Hause angekommen bist. Sonst macht sie sich noch Sorgen.«

»Ich werde dich vermissen, Soph«, lachte er und umarmte mich noch einmal fest. »Aber keine Sorge, ich halte dich bei der Arbeit mit Zahlen und Budgetplänen auf Trab. Dann bekommst du sicher noch die Gelegenheit, eine kleine Abneigung gegen mich zu entwickeln.« Nach einem letzten Kuss drehte er sich um und verschwand in der Menge.

Ich blieb noch einen Moment stehen und starrte auf mein Handy. Mehrere Nachrichten von Anna warteten darauf, gelesen zu werden. Von »Und …?« über »Du hast natürlich Besseres zu tun, als mir zu schreiben« bis hin zu »Lebst du überhaupt noch, oder ist Harding doch ein perverser Psychopath???«

Mist, ich hätte ihr wirklich früher antworten sollen. Ich würde sie später anrufen. Auf dem Weg zurück in meine Wohnung und in den Alltag tippte ich nur eine kurze Nachricht:

»Melde mich gleich. Bin auf dem Weg zur *Métro*. Was für ein Wochenende! ♡«

Kaum hatte ich die Nachricht abgeschickt, klingelte mein Handy. *Natürlich.* »Na endlich! Ich dachte schon, du wärst entführt worden! Wie war's mit der Moral?«

»Anna, ich glaube, ich bin jetzt offiziell in einer Beziehung.«

Hatte ich das wirklich gerade gesagt?

»Oh mein Gott! Was? Du, in einer Beziehung? Warte mal, ich glaube, ich muss mich hinsetzen.«

»Ja, ja, sehr witzig«, antwortete ich schmunzelnd.

»Wie hat er das angestellt? Er muss verdammt überzeugend gewesen sein, wenn du dich darauf eingelassen hast.«

»Überzeugend? Nun ... ja.«

»*Ja?* Mehr gibst du mir nicht? Komm schon!«

»Anna, ich bin auf dem Weg zur *Métro*. Weißt du, nicht ganz Paris muss die pikanten Details erfahren.« Ich lächelte. »Sagen wir einfach, es war ein Abend voller prickelndem Champagner und schillernder Bläschen, die eine nach der anderen in den Nachthimmel stiegen.«

Ich machte eine kurze Pause, um die Spannung zu steigern, ehe ich weitersprach. »Und dann gab es da noch diese verlockende Freiheit auf der Haut. Unter den Augen eines englischen Hüters der Moral.« Ich konnte mir genau vorstellen, wie Anna jetzt die Augenbrauen hochzog.

»Wirklich jetzt, Sophie. Was zur Hölle ist da passiert?«

Ich lachte leise. »Ach, sagen wir einfach, es wurde heiß und kalt.«

»Du machst mich fertig.«

»Witzig, das hat Lukas auch gesagt.« Ich grinste. »Vielleicht erzähle ich dir den Rest, wenn wir uns sehen. Oder ich lasse deiner Fantasie freien Lauf.«

Lächelnd legte ich auf und stellte mir vor, wie Anna jetzt vor Neugier fast platzte. Ein paar Details würde ich ihr sicher verraten. Aber unsere kleine strategische Planung? Die behielt ich lieber vorerst für mich.

18

Unser Start in die Realität war alles andere als ideal. Von allen möglichen Zeitpunkten im Jahr hatten wir uns ausgerechnet den schlechtesten ausgesucht, um unser »sehr viel mehr« zu beginnen. Gleich nach der ersten Woche musste Lukas für zehn Tage nach New York – natürlich mit Abflug am Wochenende. So verloren wir gleich *zwei* Wochenenden, an denen wir uns vielleicht hätten sehen können. Zurück in England, stand für ihn noch eine lang geplante Familienfeier an. Nicht so mein Fachgebiet. »Du kannst natürlich mitkommen«, schlug er vor. Mein spontanes »Oh Gott, nein« war Antwort genug – und rückblickend hätte ich es etwas diplomatischer formulieren können. Lukas blieb stoisch ruhig, und ich fragte mich, wie man so viel Nachsicht mit jemandem wie mir haben konnte. *Anna* nannte es prompt *Liebe. Ich* schmetterte ihren Kommentar schroff ab. So weit waren wir dann doch noch nicht, oder?

Ich musste zugeben, es war ziemlich clever von Lukas, mich so *mir-nichts-dir-nichts* in dieses ernsthafte Beziehungsprojekt hineinzuziehen. Denn mal ehrlich? Nach einem lockeren, ungezwungenen Wochenende, gefolgt von wochenlanger räumlicher Distanz, hätte ich ohne konkreten Plan sicher sofort das Interesse verloren – wie ein Schmetterling, der zur nächsten Blüte flattert. So hatte Lukas es in einem unserer Ferngespräche scherzhaft ausgedrückt – und ich ihn für diesen frechen Kommentar prompt mit einer Woche Sexentzug »bestraft«. Kein Problem, er war ja ohnehin weit weg. Andernfalls hätte ich mir wohl eine andere Strafe einfallen lassen müssen. Ich war schließlich nicht wie jene Mütter, die ihren aufmüpfigen Kindern androhen, eine Feier zu verlassen, wenn sie selbst am meisten feiern wollen.

Unsere Telefonate hielten uns auf Kurs. Chats und kleine Alltagsfotos halfen auch. Aber so sehr ich das genoss, schlichen sich wieder die Fragen ein. War das wirklich das Richtige für mich? Eine Beziehung, und dann auch noch auf Distanz? War das Knistern zwischen uns stark genug, um die Distanz zu überbrücken? Vielleicht hatte uns Cassis einfach zu sehr berauscht.

Besonders an anstrengenden Tagen wuchs meine Skepsis. Einer dieser Tage war der Montag vor unserem ersehnten Wiedersehen. Wie so oft war ich die Letzte im Büro. Unser spontaner Videocall kam mir da gerade recht, besonders nach einer hitzigen Auseinandersetzung mit einem Fliesenleger. Er hatte die sündhaft teuren Fliesen in unserer Vorzeigesuite völlig falsch verlegt, sodass ich ihn fünf Quadratmeter wieder entfernen ließ – und dabei mindestens ebenso viele französische Flüche über mich ergehen lassen musste. Ich beschloss, den Ärger beiseitezuschieben und den Tag mit einem Lächeln zu beenden. Lukas erschien auf dem Bildschirm, und es war fast absurd, wie sehr mich der Anblick seiner lässig-entspannten Haltung und dieses konzentrierten Blickes zugleich beruhigte und aus dem Konzept brachte.

Er saß an seinem Schreibtisch und aß etwas, das ich nicht gleich erkannte.

»Was gibt's Leckeres?«, fragte ich ohne formelle Begrüßung.

Genüsslich nahm er einen weiteren Bissen. »Chicken Tikka Masala Bowl.«

Das klang so typisch nach London, dass ich beschloss, mir auf dem Heimweg ein Baguette, Käse und eine Flasche Rotwein zu holen – schließlich war das hier Paris, und ein bisschen Klischee im Alltag konnte sicher nicht schaden.

»Bin heute kaum zum Essen gekommen«, fuhr er fort. »Und du? Noch im Büro um diese Uhrzeit?«

»Ja, offensichtlich. Genau wie du.«

»Stimmt, aber du bist mir eine Stunde voraus.«

Ich zuckte mit den Schultern. »Viel zu tun. Hatte einen kleinen Krieg mit einem Fliesenleger. Jetzt hält er mich für eine *Connasse*. Ich weiß nicht, wie gut dein Französisch ist, aber das ist definitiv nicht als Kompliment gemeint. Und es war noch das Netteste.«

»Autsch. Ein Grund mehr, den Feierabend einzuläuten, oder?«

»Ach, zu Hause wartet niemand auf mich. Es sei denn, du zählst die Kissen auf meinem Bett. Übrigens, sie sind sehr bequem.« Ich warf ihm einen, wie ich hoffte, verführerischen Blick zu. Lukas lehnte sich zurück, legte die Gabel beiseite und grinste.

»Das will ich doch hoffen. Ich werde sie durchzählen, sobald ich in Paris bin.«

»Apropos *zählen*«, sagte ich lächelnd. »Wann darf ich denn mit dir *rechnen*?«

»Ich fliege morgen nach Zürich. Von dort kann ich übermorgen direkt nach Paris kommen. Und bis Sonntag bleiben. Fragt sich nur, ob Anouk mir ein Mitarbeiterzimmer reservieren sollte?«

»Quatsch. Oder glaubst du, Anouk zieht Schlüsse, wenn du keins nimmst?« Wie ich Anouk kannte, würde sie das definitiv tun.

»Vielleicht schon. Aber das geht sie nichts an, oder?« Ein kurzer Moment Stille, dann: »Ich freue mich so auf dich, Sophie. Telefon und Kamera sind einfach kein Ersatz. Obwohl ... dieser große Bildschirm hier hat schon seine Vorteile. Du siehst großartig aus, in Full-HD.« Er zeichnete mit dem Finger mein Gesicht auf dem Bildschirm nach. Ich schloss die Augen und stellte mir vor, wie seine Finger wirklich meine Haut berührten. »Du fehlst mir, Soph.«

»Du mir auch«, sagte ich leise. Die Worte klangen noch ungewohnt, aber sie waren so wahr. »Also, sollen wir Pläne für das Wochenende machen? Oder igeln wir uns ein?«

Das war natürlich eine Suggestivfrage. Und sie verfehlte ihre Wirkung nicht. Ich mochte die Richtung, in die Lukas antwortete.

»Vielleicht ein entspannter Abend auf dem Sofa, mit einer Flasche Wein und etwas weniger Geschäftlichem als deinem aktuellen Outfit? Obwohl es dir fantastisch steht. Ist das Bio-Seide?«

Ich grinste. »Hör auf, mich zu verschaukeln, Harding. Was das Sofa betrifft … Ich habe keins. Wir müssen uns notgedrungen mit dem Bett begnügen«, sagte ich leise und grinste breit in die Kamera. *Begnügen? Vergnügen,* korrigierte ich mich in Gedanken.

Plötzlich öffnete sich die Tür zu Lukas' Büro und ein Kollege trat ein. Sofort straffte sich Lukas und schaltete in den Geschäftsmodus. »Gut, Frau Brand, das klingt nach einer validen Lösung. Einen Moment bitte.« Er warf mir einen entschuldigenden Blick zu. *Ach je,* wenn er eine Krawatte zur Hand gehabt hätte, hätte er sie sich sicher schnell gebunden. Ein leiser Scherz konnte da nicht schaden. »Valide Lösung? Reden wir noch von meinem Bett?«

Lukas' Mundwinkel zuckte, doch er behielt seine professionelle Fassade. Zum Glück schien sein Kollege nichts bemerkt zu haben.

»Kommst du noch mit in den Pub?«, hörte ich den Kollegen fragen. »Lauren und Kate sind auch dabei.«

»Heute nicht, Steve. Ich bin noch im Gespräch.« Er wollte ihn offensichtlich schnell loswerden.

Kaum schloss sich die Tür, musste ich lachen. »Du hast sicher einen interessanten Eindruck hinterlassen, wie du da so mit dem Bildschirm geflirtet hast.«

Er lehnte sich zurück und verdrehte die Augen. »Im besten Fall denkt Steve, dass ich eine Brille brauche.«

»Und im schlimmsten Fall sind Lauren und Kate enttäuscht, weil du nicht mitkommst«, sagte ich mit einem provokanten Grinsen, während ich ihn beobachtete. Jetzt fragte er sich bestimmt, ob ich eifersüchtig war. Doch »Keine Sorge«, erwiderte er gelassen. »Beide haben jemanden, der sie tröstet.«

Ich hätte ihm gern versichert, dass Eifersucht überhaupt nicht mein Stil war. Aber bevor ich etwas sagen konnte, traf mich ein anderer Gedanke: Wie wenig ich eigentlich über seine Leben wusste.

»Erzähl mal, was steht in Zürich an?«, fragte ich also stattdessen, und Lukas freute sich sichtlich über mein Interesse.

»Wir führen ein neues Finanzabwicklungssystem ein, um den bargeldlosen Zahlungsverkehr in den Hotels zu optimieren. Die Softwarefirma sitzt in Zürich.«

»Bargeldlos? Ich finde, Bargeld gehört ins Portemonnaie, Harding. Nicht überall wartet eine Traumfrau mit Kleingeld in der Tasche.« Die Anspielung auf unsere erste Begegnung ließ ich mir nicht entgehen. »Aber zieh das ruhig durch. Ich will ja keine Konkurrenz an der Bargeldfront.«

»Ich bin nicht an Konkurrenz interessiert. Nur an *unserem* Projekt.« Er machte eine kurze Pause. »Apropos … wie wäre es, wenn wir unseren Plan weiterentwickeln?«

Ich seufzte. »Beim Frühstück im Bett klang das alles viel einfacher.«

»Das stimmt. Vielleicht sollten wir das wirklich in einer gemütlicheren Atmosphäre besprechen.«

»Definiere *gemütlich*, Harding. Du hast doch ein Händchen für romantische Settings. Glaubst du, du kannst Champagner und Seifenblasen noch toppen?«

Ich ließ meinen Finger spielerisch über den Saum meiner Bluse gleiten und sah ihn herausfordernd an. Sein Blick folgte meiner Bewegung.

»Ich könnte die englische Variante ausprobieren. Tee und ein Spaziergang im Regen?«

»Interessanter Vorschlag, Harding. Zumindest bringst du mich zum Lachen – das ist wohl deine größte Stärke.«

»Ach, starten wir gerade eine Stärken-Schwächen-Analyse?«

»Vielleicht.«

»Gut. Ich fange an. Deine Direktheit, Soph – das ist definitiv eine Stärke. Obwohl sie manchmal auch zur Schwäche wird, wenn du mich damit in den Wahnsinn treibst.«

»Ach, du wirst noch lernen, damit umzugehen. Mehr fällt dir nicht ein?«

»Dein Ehrgeiz.«

»Und …?«

»Dein dreister Charme.«

»Dreister Charme? Das gefällt mir. Weiter …«

»Deine unglaubliche Ausstrahlung.« Er zeichnete eine kurvige Linie in die Luft und seine Augen funkelten amüsiert.

»Jetzt hast du das Bild perfekt abgerundet«, sagte ich zufrieden und zwinkerte ihm zu. »Und jetzt zu dir. Du strahlst immer solch eine unerschütterliche Geduld und Ruhe aus. Und dann ist da noch diese … charmante, *durch und durch konventionelle* Art.« Ich lachte und tippte auf den Bildschirm. »Schade, dass du mich jetzt nicht ins Wasser werfen kannst, oder?«

Er versuchte, einen finsteren Blick aufzusetzen, konnte aber sein Grinsen nicht verbergen.

»Das kann ich nachholen. Unsere Vereinbarung hat schließlich keine Verfallsfrist für solche Maßnahmen.«

Ich hob meine Hände in gespielter Abwehr. »In Ordnung, streiche *konventionell*. Bleiben wir einfach bei *charmant*.« Ich schickte ihm einen flüchtigen Kuss durch die Kamera. »Aber diese *SWOT-Analyse* bringt uns auch nicht wirklich weiter, oder?«

Wir schwiegen. Alles, was ich mir wünschte, war, dass er jetzt hier bei mir wäre.

Warum zur Hölle war Beamen immer noch Science-Fiction?

In dem Moment klingelte mein Telefon.

»Das ist Anna«, stellte ich fest. »Ich rufe sie später zurück.«

»Anna. Den Namen höre ich so oft – ich glaube, ich muss sie bald kennenlernen«, überlegte Lukas laut.

»Und ich deinen Chris. Vor allem wegen dieser Sache in Hamburg. Ich kann immer noch nicht glauben, wie ihr zusammen betrunken diese Nachrichten ausgeheckt habt.«

»Was hältst du davon, wenn wir sie jetzt einfach in dieses *Meeting* einladen? Jetzt, wo wir so praktisch vor unseren Bildschirmen sitzen. Dann können wir ihnen auch gleich von ihren Rollen in unserer Absichtserklärung erzählen. Oder hast du Anna schon eingeweiht?«

»Nein, habe ich nicht«, grinste ich. »Anna war viel zu sehr mit der Vorstellung eines romantischen Abends in Cassis beschäftigt. Aber keine Sorge, die pikanten Details habe ich für mich behalten.« Na ja, nicht wirklich alle. Also eher kaum welche.

»Gut, lass uns die beiden anrufen. Mal sehen, ob sie gerade Zeit haben.«

Ich wählte Annas Nummer, während Lukas Chris kontaktierte – beide waren zu Hause. Also startete ich ein neues Videomeeting und schickte ihnen die Einladung.

Und so öffneten sich zwei neue Fenster auf dem Bildschirm: Anna aus Hamburg und Chris – irgendwo in der Nähe von London, keine Ahnung wo genau. Doch statt Chris sah ich zuerst ein kleines Mädchen im Schlafanzug, das neugierig ganz nah an die Kamera herankam und laut »Hiiiii Lukas!« rief.

Lukas' Gesicht hellte sich sofort auf. »Hi Gemma«, sagte er liebevoll. »Wie geht's dir, Sweetie?«

Verblüfft beobachtete ich die Szene. Wie süß und selbstverständlich er auf sie einging, überraschte mich. Und zwar *nicht* positiv. Mir fiel auf, dass eine wichtige Klausel in unserer Vereinbarung fehlte: *keine Kinder. Punkt.*

Zwei Arme zogen das Mädchen weg und eine gestresst wirkende Frau erschien kurz vor der Kamera. »Sorry. Ähm, hallo zusammen.« Sie verschwand so schnell, wie sie aufgetaucht war.

Und dann war da Chris, gemütlich in einem Sessel sitzend, ein schlafendes Baby im Arm. »Becky lässt sich entschuldigen, Gemma muss ins Bett.«

Anna schmolz dahin, noch bevor sie überhaupt eine Begrüßung zustande brachte. »Wie alt ist der Kleine denn?«, fragte sie, völlig hingerissen, und trat damit bei mir eine Gedankenlawine los. *Oh Gott, hatte sie gerade ihren Eisprung, oder was? Interessierte sie sich plötzlich für Familienplanung? Sie war doch erst … oh. Vierunddreißig. Okay, das war ja dieses Alter, in dem sowas passierte, oder? Doch Anna … wirklich?*

»Jonah ist acht Monate alt. Und heute will er nur auf den Arm. Erster Zahn«, erklärte Chris und wandte sich an Lukas. »Sag mal, stellst du mir heute gleich *zwei* Freundinnen vor?« Chris grinste breit in die Kamera, und für einen Moment erinnerte er mich an Lukas. Ich konnte mir die beiden besten Freunde in ihrer Jugend lebhaft vorstellen – wie sie zusammen die Lehrer in den Wahnsinn trieben oder geheime Pläne schmiedeten. Schon jetzt mochte ich Chris.

»Chris, das ist Anna, Sophies beste Freundin. Sophie ist auf dem anderen Bildschirm«, erklärte Lukas sachlich.

»Freut mich, Chris.« Ich winkte freundlich in die Kamera.

Es folgte eine kurze Vorstellungsrunde, und kaum waren die Namen ausgetauscht, begann Chris, seinen Kumpel auf die Schippe zu nehmen.

»Sophie, Respekt. Ich habe Lukas seit der Schule nicht mehr so verliebt erlebt.«

Anna ließ sich nicht lange bitten.

»Ich habe Sophie noch *nie* verliebt erlebt. Respekt, Lukas«, fügte sie mit unverhohlenem Zynismus hinzu. Innerlich rollte ich mit den Augen. *Danke, Anna, wirklich sehr hilfreich.*

»Also, ähm«, versuchte ich schnell das Thema zu wechseln, »danke, dass ihr so kurzfristig Zeit gefunden habt.«

»Die Alternative wäre gewesen, Gemma ins Bett zu bringen, also danke ich euch.« Chris wiegte das Baby zufrieden im Arm, doch im Hintergrund hörten wir eine energische Becky: »Morgen übernimmst du, Bates.«

»Sie meint es ernst, wenn sie mich beim Nachnamen nennt«, murmelte Chris und verzog das Gesicht. »Also los, was ist das hier für ein Meeting heute?«

Lukas schmunzelte, bevor er das Wort ergriff.

177

»Nun ja, als unsere besten Freunde möchten wir euch etwas erzählen.« Er begann sachlich. »Es mag ungewöhnlich klingen, aber wir haben beschlossen, unsere Beziehung auf eine etwas unkonventionelle Weise anzugehen – mit einer Absichtserklärung und einigen … strategischen Überlegungen.«

Anna sah erstaunt in die Kamera, als hätte sie etwas völlig Absurdes gehört. Hatte sie ja auch. Das brachte mich dazu, ein unsicheres »Ta-da!« mit einer ausschweifenden Geste hinzuzufügen.

Chris hob überrascht die Augenbrauen. »Strategische Überlegungen? Klingt interessant.«

Anna hingegen runzelte die Stirn. »Absichtserklärung? Also, ich fand Seifenblasen und Eiswürfel irgendwie reizvoller.« Innerlich verfluchte ich mich dafür, Anna jemals so viele Details über diesen Abend verraten zu haben.

»Ups.« Ich warf Lukas einen entschuldigenden Blick zu, doch er wirkte nur amüsiert.

»Anna scheint ja bestens informiert zu sein.«

Ich brachte ein übertriebenes Lächeln zustande, während ich die Zähne zusammenbiss.

»Wovon redet ihr?«

Chris blickte verwirrt zwischen uns hin und her.

»Anna, musste das sein?«, zischte ich, aber Lukas fiel mir ins Wort.

»*Netflix und Chill*, Chris. Nur eben das Upgrade – mit Seifenblasen und einem Schluck Champagner.«

»*Netflix und Ch*... Ach so. Verstehe.« Chris hob abwehrend die Hände. »Ich glaube, mehr will ich wirklich nicht wissen. Also, zurück zur Strategie?«

»Ja. Warum nicht? Wir wollen alles richtig machen«, erklärte ich mit einem Hauch von Unsicherheit. War das wirklich so abwegig?

»Wir beide haben nicht gerade das beste Händchen für Beziehungen bewiesen«, ergänzte Lukas trocken, woraufhin Chris ein leises »Ach was« murmelte – und prompt einen genervten Blick von Lukas kassierte.

»Deshalb möchten wir es dieses Mal strategisch angehen und unsere Beziehung Schritt für Schritt festigen. Und *ihr beide* spielt dabei eine entscheidende Rolle.« *Zack.* Damit hatten wir die Aufmerksamkeit unserer beiden Zuhörer. »In unserem Grundsatzdokument steht, dass ihr als Vermittler fungiert, falls es einmal zu einer Krise kommen sollte.«

Anna brach in lautes Lachen aus. »Chris, wir sollten schnell Nummern austauschen. Sophie und eine Beziehung? Da könnte bald Schlichtung nötig sein.«

Ihre Worte trafen mich härter, als ich erwartet hatte. Um meine Verwirrung zu verbergen, wechselte ich ins Deutsche. »Was soll das, Anna? Ich verstehe deine Reaktion nicht.«

»Tut mir leid, Sophie, aber das klingt einfach nicht nach *dir*. Klar freue ich mich für dich, wirklich. Aber du warst doch immer die Königin der Unverbindlichkeit, und jetzt machst du auf einmal schriftliche Vereinbarungen? Das ist ein ziemlicher Sprung.« Sie schien nachzudenken. »Na ja, so betrachtet passt das dann irgendwie doch zu dir.«

Trotzig zuckte ich mit den Schultern. »Anna, bitte.«

»Ladies, wir sind hier ein bisschen verloren...« Lukas schaltete sich sanft ein. Sowohl er als auch Chris hatten natürlich kein Wort verstanden.

»Anna, das ist mir wirklich wichtig.« Mein Blick flehte sie an, und nach einem Moment seufzte sie und gab nach. »Na gut, wenn ihr meint, dass das klappt. Ich bin gespannt.« Sie wechselte ins Englische. »Natürlich unterstütze ich euch.«

»Du bist die Beste«, dankte ich ihr erleichtert.

»Weiß ich«, kam ihre trockene Antwort. Dann sah sie Lukas mit einem bedeutungsvollen Blick an. »Lukas, nur damit du's weißt: Sophie ist impulsiv, stur wie ein Esel und hat das Talent, Konflikten entweder auszuweichen oder sie so richtig herrlich eskalieren zu lassen. Das solltest du im Hinterkopf behalten.«

»Das mit dem *impulsiv* habe ich schon erleben dürfen«, erwiderte er mit einem amüsierten Lächeln.

Nun schaltete Chris sich wieder ein. »Und wenn wir schon dabei sind, euch Strategen auf die Realität vorzubereiten: Lukas ist definitiv zu karriereorientiert und manchmal ein bisschen zu pragmatisch. Außerdem spielt er miserabel Darts – aber immerhin hat er einmal ins Schwarze getroffen.« Grinsend tat er so, als würde er sich mit einem imaginären Pfeil ins Herz schießen.

Lukas schmunzelte. »Scheint, als sollten wir uns in Kommunikation üben«, stellte er in meine Richtung fest.

»Ja, und wenn das mit Sophie mal hakt, hilft nur eine Kuscheldecke«, fügte Anna trocken hinzu.

Ich verdrehte die Augen, während Lukas so tat, als würde er sich Notizen machen. »Danke für den wertvollen Hinweis, Anna.«

»Gern geschehen.« Da war sie wieder, meine beste Freundin – mit ihrem Humor und ihrer unerschütterlichen Unterstützung, so wie ich sie kannte und brauchte. »Also, wann darf ich das junge Glück live erleben?«, fragte sie schließlich.

»Ich habe dir schon oft genug angeboten, nach Paris zu kommen, Anna. Wie wär's, wenn wir uns alle in Paris treffen?«

Chris sprang sofort darauf an. »Ja, klar! Vielleicht können wir die Kinder unterbringen und ich bringe Becky mit. Ich meine ... Paris! Zeit für uns ...«

Ich lächelte, und Lukas tat es mir gleich. Doch hinter meinem Lächeln ratterten die Gedanken. Sicher spricht man darüber nicht in einer so frühen Phase. Aber für mich stand längst fest: Ich wollte keine Kinder. Die Frage war nur, ob ich das frühzeitig ansprechen sollte – mit dem Risiko, dass Lukas sich distanzierte. Oder sollte ich es lieber unausgesprochen lassen, nur um die Dinge später noch komplizierter zu machen?

Aber mal ehrlich: *Kinder?* Es tut weh, sie ins Leben zu bringen, es tut weh, sie loszulassen. Und am Ende tut es ihnen weh, dich zu verlieren. Sicher, Gemma, Jonah und all die anderen Kinder dieser Welt waren wundervoll. Okay, vielleicht nicht *alle*. Aber bei all dem Schmerz schien es mir nicht fair, eigene Kinder in diese Welt zu setzen. Also: *Nein.* Ganz klar.

Ein leises Knacken riss mich aus meinen Gedanken. Ich hatte unbewusst auf einem Bleistift herumgekaut – und ihn dabei tatsächlich durchgebissen.

»Alles in Ordnung, Soph?«, fragte Lukas.

Nein. »Ja. Natürlich. Kommt alle nach Paris. Wir finden sicher einen Termin. Anna, du bringst natürlich Stefan mit. Chris, ich kenne ein Top-Hotel mit frisch renovierten Zimmern«, scherzte ich. Lukas griff meinen Gedanken auf.

»Oh ja, die *Green Aurum Queen Suite* ist zwar noch nicht fertig, aber die Prestige-Zimmer sind perfekt, um euch ein bisschen Luxus zu gönnen. Die Innenarchitektin hat wirklich einen sexy Stil. So sehr, dass ich mich selbst bei ihr einquartieren werde«, grinste er.

Chris stöhnte hörbar auf und fuhr sich frustriert durch die Haare. »Sexy Stil? Klingt wie ein Traum. In meinem Leben gibt es im Moment nur Arbeit, Windeln und die Songs aus *Frozen*. Wenn ich Glück habe, schaffe ich vielleicht noch eine Folge meiner Lieblingsserie, bevor ich völlig erschöpft ins Bett falle.«

Nach einigen weiteren Scherzen verabschiedeten sich Anna und Chris aus dem Videomeeting, beide sichtlich erfreut über die Aussicht auf eine kleine Flucht aus dem Alltag. Lukas lehnte sich zurück und lächelte mich an. »Na, das ist ja gut gelaufen.«

Ich gähnte und streckte mich. »Ja. Aber ich glaube, ich sollte mich langsam auf den Weg nach Hause machen.«

»Okay, vielleicht gehe ich doch noch auf ein Bier in den Pub.«

»Mach das. Gute Nacht.«

»Schlaf gut, Soph.«

Später, als ich bereits im Bett lag, schickte Lukas mir eine Nachricht:

SWOT Analysis Brand & Harding Project

Stärken: Ehrlichkeit, Humor, gegenseitige Unterstützung, eine unglaubliche körperliche Anziehung ♡

Schwächen: Distanz, unterschiedliche Zeitpläne, beide ziemlich planlos in Sachen Beziehung

Chancen: Gemeinsame Projekte, tiefere Verbindung mit enormem Wachstumspotenzial

Risiken: Kommunikationsprobleme, Missverständnisse

Fazit: Ein starkes Team mit viel Potenzial und heißer Chemie ♡

Schmunzelnd schrieb ich zurück: »Präzise Analyse, Harding. Ich freue mich schon auf unser nächstes Meeting. Schlaf gut! «

19

Als ich ein paar Tage später nach einer kurzen Inspektion des Baufortschritts mein Büro betrat, hatte ich ein kleines Déjà-vu. Ein dampfender Kaffeebecher erwartete mich auf dem Schreibtisch. Eine Notiz mit einem Smiley war daran befestigt:

At your service, Aurum Queen :-)

Mein Geheimagent war zurück – im Dienste Ihrer Majestät. Ein breites Grinsen schlich sich auf mein Gesicht, und durch die geöffnete Tür zum Vorzimmer fing ich Anouks neugierigen Blick auf. »Lukas hat den Kaffee gebracht. Du sollst zu ihm kommen.«

Ob sie die Notiz gelesen hatte? Ich tat mein Bestes, mir nichts anmerken zu lassen.

»Ja, wir müssen ein paar Dinge besprechen. Ich gehe gleich mal rüber.«

Mit dem Becher in der Hand schritt ich locker an ihr vorbei zu Lukas' geteiltem Büro am Ende des Flures. Kaum war ich eingetreten, schloss ich die Tür hinter mir. Er stand auf und kam um den Schreibtisch herum auf mich zu.

»Hey«, sagte ich leise und strich nervös meine Bluse glatt. *Nervös? Warum eigentlich?* Wir hatten schon über Budgets gestritten, ein ganzes Wochenende zusammen verbracht. Uns nackt gesehen. Und … so weiter. Aber sein »Hey« mit einem warmen Lächeln brachte mich aus dem Konzept. Ich hätte es wissen müssen – er hatte diese Fähigkeit, mich aus der Fassung zu bringen, ohne es überhaupt zu versuchen.

»Okay, Harding, kurz und schmerzlos, bevor wir sentimental werden«, sagte ich grinsend und kniff ihn ohne Vorwarnung in die Seite. Er sah mich irritiert an, doch es dauerte nur einen Augenblick, bis er in schallendes Lachen ausbrach – ein Klang, der alles andere als kollegial war. *Hoffentlich hörte uns niemand.*

»Entschuldige, aber ich musste sicherstellen, dass du wirklich hier bist.«

Er trat den Beweis mit einem Kuss an. »Ich bin hier. Und ich hab' dich vermisst«, flüsterte er.

»Ich dich tatsächlich auch.«

»Tatsächlich?« Er lachte. »Klingt, als hättest du es nicht erwartet.«

»Na ja, es hat mich vielleicht ein bisschen überrascht.« *Tatsächlich* hatte es das. Egal, wie locker ich auch tat.

»Das klingt ja sehr nüchtern. Und ich dachte, wir hätten hier einen großen Wiedersehensmoment.«

»Soll ich noch mal raus und wieder rein?«

»Auf keinen Fall.« Stattdessen zog er mich für einen weiteren Kuss näher. Und noch einen. Seine Hand wanderte auf meinen Rücken, glitt unter den Stoff. Gut fühlte sich das an, aber …

»Später, Harding. Anouks neugierige Augen und Ohren warten nur wenige Meter von hier entfernt.« Es fiel mir schwer, den Moment zu unterbrechen, aber es musste wohl sein. »Ich erzähle dir jetzt ein paar Minuten vom Projektfortschritt, dann gehe ich wieder. Und nach der Arbeit – du hast ja meine Adresse. Gib mir einen Vorsprung, bevor du mir mit deiner Reisetasche folgst.«

»Abgemacht. Aber ich zähle die Stunden.«

Ich kehrte an meinen Schreibtisch zurück und nippte an meinem Kaffee. Die Tür zum Vorzimmer blieb offen und Anouks neugierige Blicke trafen mich immer wieder. Glücklicherweise blieb sie stumm. Ihr Glück. Und mein Glück. Denn ich hatte absolut keine Lust, ihr eine Lektion darüber zu erteilen, dass mein Privatleben nicht ihre Angelegenheit war. Ich hatte genug anderes zu tun, also stürzte ich mich in die Arbeit und ließ die Stunden vorbeiziehen, bis ich endlich nach Hause konnte.

Zum gefühlt hundertsten Mal überprüfte ich mein Spiegelbild. Die Küche war aufgeräumt, das Bett frisch bezogen, eine Flasche Wein stand bereit. Ich trug ein schlichtes Hoodie-Kleid und hatte die Haare offen, wie er es so sehr mochte. Mein Gott, ich fühlte mich wie ein Teenie vor dem ersten Date – nur dass ich diesen Moment damals nie erlebt hatte. Weil … *ach, egal.*

Die Klingel riss mich aus meinen Gedanken. Da stand er, mit diesem unverwechselbaren Lächeln und der kleinen Reisetasche in der Hand. Für vier Tage und Nächte.

»Hey«, sagte er, und sein Lächeln wurde noch breiter.

»Hey«, antwortete ich, und mein Herz schlug schneller.

»Komm rein«, wollte ich sagen, aber stattdessen machte ich nur eine einladende Geste mit der Hand. Er betrat die Wohnung und ließ seinen Blick schweifen.

»Wie du siehst, habe ich das Potenzial der Räume noch nicht ganz ausgeschöpft«, erklärte ich mit einem leichten Schulterzucken. Die Einrichtung war zwar immer noch spärlich, aber mit ein paar persönlichen Akzenten hatte ich die Räume so gestaltet, dass ich mich wohlfühlte. Meine geliebten Kissen und Decken lagen auf dem Bett und auf dem kleinen Vintage-Sessel, den ich kürzlich auf dem Flohmarkt gefunden hatte. Die neuen, viel zu langen Vorhänge fielen bis auf den Parkettboden. Ich hatte überlegt, sie zu kürzen, aber irgendwie gefielen sie mir so. Meine eigenen Bilder und Fotos schmückten die Wände.

»Ehrlich gesagt, ich finde es perfekt«, sagte Lukas und sah sich in der Wohnküche um. »Es fühlt sich alles wirklich nach dir an.«

»Ach ja? Und wie fühle ich mich an?« Die Frage kam fast automatisch.

»Lass mich überlegen … warm und weich, elegant und lässig – genau wie du, deine Wohnung und dieses Kleid, das dir übrigens fantastisch steht«, sagte er und ließ seine Finger spielerisch an der Hoodie-Kordel entlanggleiten, ehe sie meinen Hals berührten. Ich lächelte in Erwartung eines Kusses, aber er grinste nur und öffnete neugierig die Tür zum Wandschrank.

»Wonach suchst du?«, fragte ich leicht verwirrt und folgte seinem Blick.

»Den Barista, den du dir hier irgendwo versteckt hältst.« Er zog mich an sich, unsere Arme verschränkten sich hinter dem Rücken des anderen, und wir begannen, uns langsam durch die Wohnung zu bewegen.

»Ach, der Barista. Ich habe ihm eine alte Socke geschenkt, damit er seine Freiheit genießen kann.«

Lukas schaute mich einen Moment lang verständnislos an.

»Hast du etwa nie *Harry Potter* gelesen? Was bist du denn für ein Engländer?«, scherzte ich. »Jetzt mal ehrlich, wie kannst du nicht wissen, wie man einem Hauself die Freiheit schenkt?«

»Wir können uns ja irgendwann mal die Filme ansehen. Aber nicht jetzt«, antwortete er mit einem verschmitzten Lächeln und gab mir einen kleinen Kuss.

»Nein, jetzt nicht«, stimmte ich zu und versuchte, ernst zu bleiben. »Möchtest du etwas essen?«

Die Antwort war mir eigentlich klar, schließlich hatte er es inzwischen geschafft, mich sanft aus der Wohnküche in Richtung Schlafzimmer zu schieben.

»Wir essen später«, murmelte er und ließ seine Lippen meinen Hals entlangwandern. Das war mir nur recht.

»Ach ja, stimmt. Wir wollten meine Kissen zählen«, scherzte ich.

»Zähl ruhig, wenn du magst«, flüsterte er. »Aber ich bezweifle, dass du dabei auf eine Zahl kommst, die höher ist als zwei, bevor ich dich ablenke.«

»Also wirklich, Lukas!«, protestierte ich gespielt empört. »Wo ist der englische Gentleman?«

»Hm. Vielleicht in *Hogwarts*? Oder wie heißt das noch mal?« Er begann, sich an meinem Kleid zu schaffen zu machen … und die Stunden verschwammen irgendwo zwischen zunehmend unordentlichen Kissen und Decken, mit etwas Essen und einer Flasche Wein – und der Gewissheit, dass uns bis Sonntag niemand stören würde.

Am nächsten Morgen gingen wir diskret zeitversetzt zur Arbeit, erledigten unsere Aufgaben, bis wir uns am Abend zu einem Spaziergang an der Seine aufmachten. Es hatte kurz geregnet, ein kleines Sommergewitter, das die Luft mit diesem unverkennbaren Duft zurückließ, den nur ein Sommerregen bringen kann. Wieder drängten sich die Menschen am Ufer, und wir schlenderten bis zum *Jardin des Tuileries*, dem Park vor dem *Louvre*. Mit einem Glas Wein von einem Büdchen in der Hand wischten wir eine Bank trocken und ließen uns nieder.

»Es ist erstaunlich, wie anders Paris wirkt, wenn man mal nicht den ganzen Tag am Schreibtisch sitzt«, bemerkte ich und nahm einen Schluck. »Ich vergesse manchmal, wie schön die Stadt wirklich ist.«

»War Paris schon immer dein Traum?« Lukas sah mich aufmerksam an.

Ich schwenkte mein Glas und dachte kurz nach.

»Nein. Ein Job wie dieser war mein Traum. Und die Welt zu sehen. Paris ist großartig, aber ich hätte den gleichen Job auch in Sydney angenommen.«

»Rastlos wie ein Schmetterling«, grinste er und hob meinen freien Arm wie einen Flügel in die Höhe, ehe er ihn sanft wieder sinken ließ und meine Hand nahm. »Aber vielleicht landet der Schmetterling nun irgendwo mit mir«, sagte er frech grinsend und umschloss auch mein zweites Handgelenk. »Wo auch immer. Mal sehen, oder?«

»Vorsicht, Harding, nicht besitzergreifend werden«, entgegnete ich und zog meine Hände mit gespieltem Tadel weg. Doch mein Blick wurde ernst. »Ja, wo auch immer. Davon habe ich ernsthaft keine Vorstellung«, gestand ich und starrte auf den Wein in meinem Glas.

»Dein Vertrag ist auf zwei Jahre befristet. Und dann?«

»Dann suche ich mir ein neues Abenteuer.« *Autsch. Abenteuer* war vielleicht nicht die beste Wortwahl, wenn man versuchte, sich in Ernsthaftigkeit zu üben. Schnell wechselte ich das Thema: »Und du?«

»Ich sehe mich auch nicht unbedingt bis zur Rente im selben Job.«

»Und wo siehst du dich geografisch? In London?«

»Vielleicht.«

»Harding, das ist verrückt. Wie sollen wir uns gemeinsame Ziele setzen, wenn wir nicht einmal individuell wissen, was wir wollen?« Ich sah ihn direkt an und konnte nicht verhindern, dass meine Stimme ein wenig ungeduldig klang. »Außerdem ist das doch wirklich Zukunftsmusik.«

Er grinste und hob gelassen die Schultern. »Nur Smalltalk, Soph. Aber wenn wir über Business und langfristiges Investment sprechen, bist du definitiv meine bevorzugte Option.«

»Na schönen Dank«, lachte ich, und beinahe wäre mein Glas zu Boden gefallen, als Lukas beide Arme um meine Taille schlang und mich näher zu sich zog.

»Hey, Vorsicht«, ermahnte ich spielerisch, stellte das Glas auf den Boden, schob meine Beine über seine Knie und legte meinen Kopf an seine Schulter. Seine Hand strich sanft über meinen Arm, während ich mich an ihn kuschelte. Ein älteres Paar auf der Nachbarbank warf uns einen warmen Blick zu und ich lächelte zurück.

Doch Lukas ließ das Thema Zukunft nicht los. »Vielleicht lassen wir uns einfach von unseren beruflichen Herausforderungen leiten und sehen, wohin sie uns gemeinsam führen?«

»Keine schlechte Idee«, stimmte ich zu, doch ein Grinsen huschte über mein Gesicht. »Ich hatte schon befürchtet, du würdest so etwas sagen wie: *Mit vierzig habe ich ein Reihenhaus, meine Frau bleibt bei den drei Kindern zu Hause und wir haben zwei Corgis...* Da hätte ich mich an dieser Stelle verabschiedet. War schön mit dir.«

Ich machte Anstalten aufzustehen, aber Lukas hielt mich lachend fest. Es war ein kleiner Test, um seine Reaktion auf die *K-Frage* herauszufinden – *Kinder*. Und wie so oft brachte er mich zum Lachen. »Hier geblieben. Hast du was gegen Hunde?«

»Nein, Hunde sind okay. Aber gegen klischeehafte Lebensentwürfe habe ich definitiv etwas.«

Ich hielt das erst einmal für deutlich genug. Lukas zog spielerisch an einer Strähne meines Zopfs.

»Ach, wenn mir Klischees lieber wären, wäre ich bei meiner Ex geblieben.«

Ich schlug ihm leicht auf die Finger, grinste und ließ mich wieder in seine Arme ziehen.

»Dann bin ich ja froh.«

Aus dem Augenwinkel bemerkte ich, wie die alte Dame neben uns die Hand ihres Mannes drückte. So eine einfache Geste, so viel dahinter. Lukas hingegen war mir in Gedanken schon wieder einen Schritt voraus.

»Lass uns mal den Beziehungsmarkt analysieren«, schlug er vor. »Schau mal, da vorn. Die beiden – sieht aus, als hätten sie einen ziemlich schlechten Tag.«

Ich drehte mich um und wusste sofort, wen er meinte. Glück sah anders aus. Sie hatte die Arme verschränkt, er starrte frustriert auf sein Handy. Mit dem Rücken zueinander. *Warum waren sie überhaupt zusammen hier?*

»Klares Kommunikationsdefizit«, stellte ich trocken fest.

Umgeben von Paaren, Familien und einsamen Spaziergängern konnte ich nicht anders, als mir die verrücktesten Fragen zu stellen: *Wie viele von denen hier waren wirklich glücklich? Wer blieb nur aus Gewohnheit beim anderen? Wer genoss insgeheim seine Freiheit? Und wer suchte verzweifelt nach Mr. oder Mrs. Right? Und am wichtigsten – warum zum Teufel nahm ich das alles so ernst?* Ich war doch sonst nicht die, die sich über das Liebesleben anderer Leute den Kopf zerbrach.

»Lukas, worüber hast du dich mit deiner Ex am meisten gestritten?« Wenn wir schon bei Beziehungsanalysen waren – würde es bei uns ähnliche Konflikte geben? Er musste nicht lange überlegen.

»Wo bist du? Wann kommst du? Das wurde irgendwann ihr Mantra. Versteh mich nicht falsch, es war nicht immer so, aber zum Schluss. Und sonntags mussten wir immer zu ihren Eltern. Das wurde mir zu eng.«

Ein Glück, dass Elternbesuche bei uns wohl kein Streitpunkt sein würden. »Ich glaube, sie wollte einfach zu schnell zu viel.«

»Du meinst, zu schnell wie *nach der ersten Nacht einen Zukunftsplan schmieden*? Die Ironie ist dir bewusst?«

Lukas lachte. »*Touché.* Du hast recht. Wahrscheinlich lag es einfach an mir. Irgendwie wusste ich wohl, dass sie nicht die Richtige war.« *Die Richtige.* Der Blick, den er mir dabei zuwarf, traf mich tief im Inneren. Genau deshalb musste ich das schnell mit einem Lachen abfedern.

»Da habe ich ja Glück gehabt. Wie hieß sie?«

»Charlotte.«

»Habt ihr noch Kontakt?«

»Nicht wirklich. Ich weiß, dass sie in einer neuen Beziehung ist und nach Winchester gezogen ist. Das ist alles.« Er schwieg einen Moment, dann schaute er mich an. »Möchtest du sie kennenlernen?«

»Wen, *Charlotte*???« Wahrscheinlich sah ich ihn an, als wäre er völlig verrückt.

»Nein, tut mir leid. Gedankensprung. Ich meinte meine Eltern.«

»Deine Eltern? Wie kommst du jetzt von Charlotte auf deine Eltern?«

»Keine Ahnung, irgendwie hat mich der Gedanke an Charlottes Eltern und das ewige Sonntagsessen daran erinnert. Und plötzlich fiel mir ein, wie selten ich meine eigenen Eltern besuche. Mein Gehirn macht manchmal solche Sprünge.«

Er zog mir das Haargummi aus den Haaren und fuhr mit seinen Fingern durch meine Locken. Es war fast schon unser kleines Ritual, und jedes Mal brachte es mich zum Lächeln. Doch dann zuckte ein plötzlicher Gedanke durch meinen Kopf:

Was, wenn es irgendwann vorbei ist? Würde ich jedes Mal an ihn denken, wenn ich ein neues Haargummi kaufe? Ich schüttelte innerlich den Kopf. So weit würde es doch nicht kommen. Und falls doch … na ja, dann müsste ich eben den alten Zopf abschneiden. *Ach, Sophie, hör auf.* Energisch schnappte ich ihm das Haargummi aus den Fingern und zog es über mein Handgelenk, als wolle ich das Gespräch über diese dunklen Gedanken symbolisch beenden.

»Soph, in ein paar Wochen habe ich Geburtstag. Ich hoffe, dass du spätestens dann nach London kommst. Und dann wird es schwer, meine Eltern nicht einzuladen.«

»Oh, okay.« *Seltsam. Wie wenig wir voneinander wussten.*

»Lukas, ich glaube, wir müssen mal eine kleine Inventur für unser *Beziehungsprojekt* machen. Ich weiß nicht mal, wann du Geburtstag hast – da haben wir eindeutig Nachholbedarf.« Ich richtete mich auf und sah ihn gespielt ernst an.

»Fünfter September. Was willst du sonst noch wissen?«

»Hast du Geschwister?«

»Nein.«

»Allergien?«

»Katzenhaare.«

»Wie heißen deine Eltern?«

»John und Margaret«, antwortete er, mit einem leichten Schmunzeln. »Sag mal, geht's dir gut, Soph?«

»Werden sie mich mögen?«

Da war es, bevor ich es stoppen konnte. Mein Unterbewusstsein hatte entschieden, dass das jetzt gefragt werden musste, vorbei an allen Filtern. Wahrscheinlich sah ich ihn jetzt auch noch ein bisschen zu erwartungsvoll an.

»Moment mal, bin ich hier im Kreuzverhör?« Er lachte und zog mich näher. »Sie werden dich lieben, Soph. Meine Mutter kann es kaum erwarten, dich kennenzulernen.«

Ich versuchte mich zu entspannen, den Anflug von Panik zu ignorieren, der kurz aufblitzte.

»Na ja, warum nicht?«, sagte ich schließlich zögerlich. Die Eltern eines Partners kennenzulernen, war definitiv Neuland für mich. Könnte daran liegen, dass man bei mir nie von *Partner* hatte sprechen können. Aber wenn es gut lief, wäre das ein großer Schritt in unserem Beziehungsprojekt – ein echter Meilenstein.

»Sehr gut«, lächelte er, und sein Arm legte sich beruhigend um meine Schultern. »Haben Sie noch weitere Fragen, *Detective?*«

Ich ließ meinen Blick wieder über das unglückliche Paar schweifen. Ihre Gesichter waren wie versteinert, die Spannung zwischen ihnen greifbar, von Liebe keine Spur.

»Ja. Gibst du denen da eine Chance?«

»Eher nicht ...« Ich auch nicht. *Und ich in so einer Situation? Ich wäre längst über alle Berge.*

In diesem Moment drehte sich der ältere Herr auf der Bank neben uns um. Er musste um die achtzig sein und sprach uns auf Englisch an. Offenbar hatten sie uns zugehört.

»Sie haben recht, die beiden da drüben haben wohl wirklich keinen guten Tag.«

Seine Frau nickte zustimmend. »Ja, das kommt vor. Ist nicht immer einfach.«

Lukas lächelte freundlich. »Auch aus England?«

»Ja«, sagte der Mann mit einem Lächeln. »Ich habe ihr immer versprochen, sie nach Paris zu bringen. Hat nur sechzig Jahre gedauert, aber jetzt sind wir hier – zum Hochzeitstag.«

»Herzlichen Glückwunsch!«, entfuhr es mir, vielleicht ein wenig zu ehrfürchtig. *Sechzig Jahre mit dem gleichen Partner?* Das war gleichzeitig beeindruckend, beängstigend und irgendwie … wunderschön.

Lukas stand auf und wandte sich charmant an das Paar. »Herzlichen Glückwunsch! Dürfen wir Ihnen ein Glas Wein anbieten, um darauf anzustoßen?« *Ach, Lukas* – immer so höflich und zuvorkommend, wenn ich ihn nicht gerade aus der Fassung brachte. Der Mann nickte, und seine Frau war von Lukas' Charmeoffensive offensichtlich angetan.

»Sehr gerne. Ein Wein klingt perfekt.«

Lukas holte noch zwei Gläser, die beiden stellten sich als Ed und Suzie vor – und als wir alle anstießen, spürte ich fast so etwas wie Rührung aufkommen. *Na toll,* dachte ich, *jetzt werde ich auch noch sentimental.*

»Wie haben Sie das geschafft? Sechzig Jahre, das klingt wie eine Ewigkeit«, fragte ich verblüfft und nahm einen Schluck Wein, als könnte er meine Verwirrung mildern. *Sechzig Jahre? Korrigiere: Das IST eine Ewigkeit! Schnappatmung incoming.* Der Wein war definitiv nicht stark genug. Lukas strich mir amüsiert über den Rücken. *Wollte er mich beruhigen?*

»Alles in allem gar nicht so schwer«, meinte Ed mit einem Schulterzucken. »Man gewöhnt sich aneinander. Und man lernt, nicht alles zu ernst zu nehmen.« *Gewöhnen? War das der Trick?* Ich war mir nicht sicher, ob ich lachen oder weglaufen wollte.

Suzie nickte zustimmend. »Ja, manchmal muss man einfach ein Auge zudrücken.« Sie seufzte und sah ihn auf eine Weise an, die mir irgendwie bekannt vorkam – vielleicht, weil ich diese Art von Blick auch schon mal genutzt hatte. »Aber keine Sorge, wir streiten immer noch.«

»Ja, vor allem über die kleinen Dinge«, fügte Ed hinzu. »Wenn ich mal wieder etwas vergessen habe, um das sie mich gebeten hat. Aber die großen Herausforderungen, die sind doch das, was zählt, oder?«

»Ja. Wie den Müll rauszubringen, in deinem Fall, Ed«, scherzte sie und er erntete ein Augenrollen. Ich mochte die beiden sofort. *Rein hypothetisch*, wenn ich im hohen Alter mit jemandem zusammen wäre – sagen wir mal mit Lukas – dann wollte ich mit ihm genauso locker scherzen können wie die beiden.

»Humor ist wichtig, oder?«, fragte ich lächelnd.

»Absolut, Liebes«, bestätigte Suzie mit einem wissenden Nicken. »Wie lange sind Sie schon zusammen?«

»Oh«, antwortete ich. »Erst seit ein paar Wochen.«

In den großen Maßstäben der Geschichte war das kaum mehr als der Flügelschlag eines Schmetterlings. Ein Fliegenschiss. Ein Sandkorn in der Wüste. Eine Seifenblase in der Meeresbrise. Plötzlich erschienen mir unsere kleinen Bemühungen winzig und unbedeutend.

»Vielleicht«, begann Lukas pragmatisch wie immer, »haben Sie ein paar Tipps für uns, wie man so lange zusammenbleibt?«

Ed nahm einen Schluck Wein und lächelte. »Man muss ehrlich sein, auch wenn es weh tut. Aber manchmal hilft es trotzdem, erst einen Spaziergang zu machen und nicht alles gleich zu klären.«

»Oh, ehrlich sein kann ich«, warf ich mit einem Kichern ein und hob die Hand. Der Wein begann, meine Zunge zu lockern.

Lukas quittierte mit einem trockenen »Yep.« Ich schlug ihm spielerisch gegen das Bein und lachte, als mir auffiel, dass wir uns tatsächlich gerade wie ein altes Ehepaar verhielten.

Wir unterhielten uns eine Weile und lauschten den Anekdoten aus Suzies und Eds Ehe. Als sie sich schließlich verabschiedeten, legte Lukas seinen Arm um mich, und wir sahen ihnen schweigend nach.

Sechzig Jahre. Die längste Beziehung, die ich kannte, war wahrscheinlich die von Annas Eltern. Stabilität war für mich immer ein fremdes Konzept gewesen, und der Gedanke daran machte mich nervös. Punkt 4.1 unseres Beziehungsprojekts kam mir in den Sinn: *Umgang mit Fluchtverhalten.* War das alles zu intensiv für mich? *Quatsch, Sophie*, schimpfte ich innerlich und beschloss, dieses gemeinsame Wochenende einfach zu genießen. Ich drehte mich zu Lukas und gab ihm einen fast trotzigen, fordernden Kuss.

»Wofür war *der* denn?«, fragte er überrascht.

»Der war dafür, dass wir nicht so viel über die Zukunft reden sollten. Lass uns einfach das Wochenende genießen. Okay?«

»Deal. Nur wir zwei, nur hier und jetzt.«

Und so beschlossen wir, dass unsere weiteste Zukunftsplanung fürs Wochenende maximal bis zur nächsten halben Stunde gehen sollte. Lange schlafen, ausgiebig frühstücken, über den Flohmarkt von *Saint-Ouen* schlendern und abends gut essen. Am Sonntag ließen wir es dann genauso entspannt angehen. Und als wir uns am Nachmittag schließlich verabschieden mussten, merkte ich, dass mir Lukas dieses Mal noch ein kleines bisschen mehr fehlen würde als beim letzten Mal. Das Hier und Jetzt verwandelte sich langsam in etwas Größeres – etwas, das ich längst nicht mehr so leicht mit einem »War nett« abtun konnte. Es war eben ein »sehr viel mehr«. Nicht, dass ich das laut zugeben würde.

 **20**

Meine nächste Geschäftsreise führte mich nach Rom – ins dortige *Aurum*-Hotel, das unter Denkmalschutz stand. Das bedeutete nicht nur Verhandlungen mit den Behörden, sondern auch endlose Abstimmungen mit einem Architekten. Währenddessen war Lukas in Barcelona, auf einem Branchentreffen, das ihn genauso auf Trab hielt. Uns blieben also wieder nur Videocalls und Nachrichten. Doch der Gedanke an das kommende Wochenende in Paris ließ mich durchhalten. Endlich wieder Zeit für uns – na ja, fast. Denn das erste Treffen mit unseren Freunden stand ebenfalls auf dem Plan.

Lukas kam bereits am Donnerstagmittag in Paris an, doch aufgrund meiner endlosen Meetings war es nach achtzehn Uhr, als er schließlich mein Büro betrat. Anouk war schon im Feierabend, Frédéric im Urlaub und Elise gerade gegangen. Die Etage war still, die Tür hinter uns geschlossen.

»Hey«, sagte ich und schlang meine Arme stürmisch um seinen Hals.

»Komm her«, flüsterte er, zog mich dicht an sich und hob mich schwungvoll hoch, sodass ich plötzlich auf dem Schreibtisch saß. Unsere Begrüßung entgleiste schneller, als ich »berufliche Distanz« sagen konnte. Zugegeben, ich hatte meinen Erfahrungshorizont schon an einigen ungewöhnlichen Orten erweitert, aber der Arbeitsplatz stand eigentlich nicht auf meiner *Bucket List*, dachte ich, während seine Hand meinen Oberschenkel aufwärts wanderte. Und vor allem: *Was war nur mit meinem sonst so zurückhaltenden*

Fitzwilliam los? Hin- und hergerissen zwischen Verlangen und Kontrolle fragte ich mich, was hier gerade passierte.

»Lukas«, begann ich und spielte mit seinen Hemdknöpfen, »ich freue mich, dass du wieder da bist, aber das hier ist wirklich nicht der richtige Ort für eine … Wiedersehensfeier.« Mein Ton war eher eine halbherzige Warnung. »Und außerdem – das ist nicht fair. Du führst mich so in Versuchung, aber als *ich* unschuldig auf einem Balkon in meiner Unterwäsche stand, hast *du* sofort den Moralapostel gespielt.«

Sein Lachen, ganz aus der Nähe, war wie Musik in meinen Ohren nach zwei Wochen Distanz. Einen Moment lang ließ ich mich völlig von dem Klang einlullen. Bis ich ein leises Ratschen wahrnahm. »Oh, nicht doch«, murmelte ich und sah nach, woran meine Strumpfhose hängengeblieben war, als Lukas sich daran zu schaffen gemacht hatte. »Na toll«, schimpfte ich, obwohl es nicht allzu streng klang. »Jetzt habe ich eine Laufmasche.«

Ich griff unter meinen Hintern und zog einen Vertrag hervor, dessen scharfkantige Hülle meine nicht gerade günstige Feinstrumpfhose ruiniert hatte. »Verdammt.« Das bezog sich gleichermaßen auf die zerstörte Strumpfhose wie auf den Vertrag. »Fast hätten wir den Vertrag zerknittert. Der muss heute noch raus.«

Lukas schüttelte lachend den Kopf und zog seine Hände zurück. »Na, wenn das mal kein Zeichen ist. Ein Liefervertrag als Liebestöter.«

»Ja«, entgegnete ich trocken, »das wird nur noch von Eheverträgen übertroffen.«

Genau in diesem Moment klopfte es an der Tür. Ich hörte ein kurzes »Sophie?«, doch ehe wir reagieren konnten, öffnete sich die Tür bereits und Elise trat ein.

Lukas reagierte sofort und stellte sich vor mich, während ich aufsprang und versuchte, meine Strumpfhose und meinen Rock wieder in Form zu bringen. Schließlich musste meine Mitarbeiterin ja nicht unbedingt einen Blick auf meine Laufmasche erhaschen. Oder Schlimmeres. Obwohl – unter dem Rock trug ich einen neuen Slip aus feinstem Seiden-Satin, cremefarben mit schwarzer Stickerei. *Warum bloß kamen mir selbst in einem solchen Moment Materialbeschreibungen in den Sinn?* Psychologisch gesehen versuchte mein Hirn vermutlich, die Peinlichkeit zu überspielen. Edle Materialien waren wohl mein persönlicher Anti-Stress-Ball. Aber der half gerade nicht viel. Gott, war mir das peinlich. Und Elise offensichtlich auch.

»Oh.« Sonst war sie so souverän, doch jetzt schien sie nicht zu wissen, wohin mit ihrem Blick. Ihre Wangen nahmen eine unübersehbare Röte an. »Sorry. Ich wollte nur mein Tablet holen. Hab's vorhin hier liegen lassen«, stammelte sie, griff hektisch nach dem Gerät auf dem Besprechungstisch und drehte sich zum Rückzug um.

»Elise, es ist nicht das, wonach es aussieht«, setzte ich an. *So ein Blödsinn.* Elise war schließlich alles andere als dumm. Aber insgeheim musste ich mir eingestehen, dass ich so einen Satz immer schon mal hatte sagen wollen – die Situation war in jedem Fall einfach zu absurd.

Lukas strich sich verlegen durch die Haare. »Na ja«, begann er mit einem sarkastischen Lächeln, »es ist genau das, wonach es aussieht. Da gibt es wohl nichts zu deuten.«

Unwillkürlich spürte ich, wie jetzt auch mir die Röte ins Gesicht stieg – ein absolut seltenes Ereignis.

»Okay, ja«, gab ich schließlich zu. »Aber behältst du das bitte für dich, Elise?«

Sie schmunzelte, offenbar nun eher amüsiert als peinlich berührt von der Situation.

»Klar, kein Problem.« Schnell schloss sie die Tür hinter sich und verschwand mit einem leisen Kichern. Lukas zog mich sanft an sich und küsste mich auf die Stirn.

»Nur *einmal* verliere ich die Kontrolle …«, murmelte er frustriert, und deutlich mehr mit sich selbst als mit mir im Gespräch. Ich zuckte mit den Schultern und holte tief Luft, während ich allmählich meine Fassung zurückfand.

»Elise wird's wohl überleben. Sie hat immerhin Sinn für Humor.«

Er lehnte sich zurück, verschränkte die Arme vor der Brust und musterte mich mit einem Blick, der mir in dem Moment viel zu selbstsicher erschien – fast, als wüsste *er* längst, wie das Gespräch ausgehen würde. »Soph, ich finde, wir sollten unsere Beziehung jetzt öffentlich machen.« Obwohl wir das Thema schon mehrmals gestreift hatten, fühlte es sich an, als hätte er gerade einen unsichtbaren Teppich unter meinen Füßen weggezogen.

»Lukas …« Ich zögerte, unsicher, wie ich fortfahren sollte. »Das ist ein großer Schritt«, murmelte ich und stopfte hektisch meine Bluse in den Rock. »Meinst du, das wird gut aufgenommen?« *Und was, wenn es schiefging? War das Drama dann vorprogrammiert?*

»Früher oder später wird es sowieso rauskommen. Denkst du wirklich, Elise wird das für sich behalten? Morgen weiß Anouk Bescheid, wenn Elise nicht schon heute zum Telefon greift. Und ehrlich gesagt, ich könnte es ihr nicht mal verübeln.« Prompt ließ er seine Finger wieder Richtung Rock wandern. Ich schlug lachend mit einem Möbelkatalog nach ihm, der zufällig neben mir lag.

»Schluss jetzt, Harding. Mal ernsthaft. Wenn wir das öffentlich machen, setzen wir uns sofort allem aus – den Blicken, dem Gerede, den möglichen Reaktionen der Geschäftsführung …«

Lukas fing den Katalog ab und zog mich näher. »Aber überleg mal: Wäre es nicht besser, wenn wir die Kontrolle darüber haben, wie, wem und wann wir davon erzählen? Was hältst du davon, wenn wir morgen gemeinsam zu Bernard gehen?«

Ich sah ihn an. Den Mann, der jetzt wieder die Ruhe selbst war – so herrlich kontrolliert und professionell. Eigenschaften, die ich anfangs belächelt hatte, die mir aber inzwischen vertraut und wichtig geworden waren. Je länger ich darüber nachdachte, desto klarer wurde mir, dass ich genau das brauchte. *Ihn brauchte.* Aber nicht nur so, wie ich Männer sonst gebraucht hatte.

»Okay, Zeit für eine *Performance Review*, Harding. So etwas wie gerade darf nicht mehr vorkommen, klar?«

»Kein zweiter Versuch für ein kleines Schreibtisch-Abenteuer? Was für eine Office-Romanze ist das denn?« Er lachte leise. Ich versuchte, ihm einen bösen Blick zuzuwerfen, aber er sah zu amüsiert aus, um es ernst zu nehmen. »War ein Scherz, Soph.« Er hob die Hände in einer unschuldigen Geste.

»Wir beschränken uns aufs Homeoffice«, zwinkerte ich. »Und nenn mich im Büro nicht *Soph*.« Nenn mich *Souh-fieee*, ergänzte ich gedanklich. Wie ich diesen Klang liebte, wenn er das sagte.

»Okay, Frau Brand.« *Hm.*

»Und noch etwas: Ich will keine bevorzugte Behandlung. Wir lassen uns nicht in sachlichen Diskussionen von Gefühlen ablenken.« Das meinte ich diesmal wirklich ernst.

»Als Beweis streiche ich dir morgen einen Teil deines Budgets, wenn du willst.« Grinsend legte er seine Arme um meine Taille und zog mich näher.

»Finger weg«, kicherte ich, »von mir und vom Budget.« Ich trat einen Schritt zurück und sah ihn entschlossen an. »Okay, also gut. Morgen sprechen wir mit Bernard.« Ich atmete tief durch. »Das ist dann tatsächlich ein Meilenstein.«

Zufrieden knöpfte Lukas den obersten Knopf meiner Bluse zu. Andersherum wäre es mir lieber gewesen, aber diese Geste – so vertraut und liebevoll – hatte auch etwas Beruhigendes. Seine Hand ruhte einen Moment lang auf meinem Brustbein.

»Läuft doch alles soweit gut mit unserem Plan, oder?« Irgendetwas schien ihn zu beschäftigen. Einen Moment lang schwiegen wir beide. »Weißt du, Sophie Brand«, begann er zögerlich, »ich glaube, dass ich dich ...«

Oh nein. Ein L-Wort formte sich auf seinen Lippen. *War er wirklich auf dem Weg, DAS zu sagen? Hier, im Büro, mit einem zerknitterten Liefervertrag auf dem Tisch?* Das überforderte mich komplett. *Zu viel, zu schnell, zu ... real.*

Er schien den Gedanken in meinen Augen zu lesen, oder vielleicht merkte er es an der leichten Panik in meinem Lächeln. Für einen winzigen Moment blieb er stumm, dann ließ er das unausgesprochene L-Wort fallen und griff geschickt zu einem anderen: »Lass uns nach Hause fahren.«

Gut so. Denn, mal ehrlich, das wäre ein bisschen viel gewesen, oder? Vielleicht war ich tatsächlich dabei, all das Gefühlschaos nachzuholen, das die meisten als Teenager durchmachen. Ich hatte das damals übersprungen. Und jetzt? Jetzt fühlte ich mich plötzlich wie eine Anfängerin.

»Los, ich hab da so eine Idee für ein Homeoffice-Meeting«, holte er mich aus meinen Gedanken zurück und grinste dabei verschmitzt.

»Ah ja? Was ist der Dresscode?« Dankbar für den Wechsel im Ton schnappte ich mir meine Tasche und freute mich über die Aussicht auf ein paar unkomplizierte Glücksgefühle.

»Dresscode? Less is more.« Lukas nahm meine Hand, die ich sofort wieder losließ, als wir auf den Flur traten, um das Hotel zu verlassen.

Der Abend endete letztlich eher gemütlich, bei einer Flasche *Sauvignon* und einem englischen *Ale* – ich hatte für beides gesorgt – begleitet von einer alten Komödie. Die Tatsache, wie wohl ich mich fühlte, bestärkte mich in meinem Entschluss, im Büro die Bombe platzen zu lassen. Wir taten ja nichts Verbotenes. Und es fühlte sich richtig an.

Am nächsten Morgen gingen wir deshalb gemeinsam durch die Tür zu Jacques Bernards Büro. An den holzvertäfelten Wänden hingen alte Gemälde mit französischen Landschaften. Stilvoll, aber konservativ. Ich hoffte, diese Bilder waren kein Hinweis auf seine möglicherweise konservative Einstellung zu Beziehungen am Arbeitsplatz. Ein massiver Schreibtisch dominierte den Raum. Bernard blickte auf, schob sich seine Brille zurecht und sah uns überrascht an. »Frau Brand, Herr Harding«, begrüßte er uns. »Guten Morgen. Ich wusste nicht, dass wir heute ein gemeinsames Meeting haben.«

Lukas nickte, und seine Hand ruhte kurz auf meiner Schulter, ehe er sich auf einen der schweren Stühle vor dem Schreibtisch setzte. Ich nahm neben ihm Platz.

»Guten Morgen, Monsieur Bernard. Es gibt etwas, das Sophie und ich Ihnen mitteilen möchten.« Er atmete tief durch. »Wir möchten ehrlich mit Ihnen sein«, begann er. »Sophie und ich sind seit kurzer Zeit in einer Beziehung. Uns ist bewusst, dass das

Fragen aufwerfen könnte, aber wir versichern Ihnen, dass unsere Arbeit darunter nicht leiden wird.«

Bernard hob überrascht eine Augenbraue und lehnte sich in seinem Stuhl zurück. »Das hier ist keine Finanzpräsentation, Harding. Sie sprechen von einer Beziehung, nicht von einer Geschäftsanalyse.« Seine Augen wanderten von Lukas zu mir, dann wieder zurück. »Vielleicht sollten Sie sich bei diesem Thema etwas weniger formell ausdrücken.« Also damit hatte ich nicht gerechnet. Und es machte ihn durchaus sympathisch. Trotzdem ahnte ich, dass mir dieses Gespräch nicht gefallen würde. »Lassen Sie mich Ihnen als jemand, der seit über vierzig Jahren glücklich verheiratet ist, einen Rat geben: Eine Frau möchte hören, wie wichtig sie Ihnen ist, nicht nur, dass Ihre Arbeit nicht unter ihr leidet.«

»Natürlich, Monsieur Bernard. Sophie ist die außergewöhnlichste Frau, die ich je getroffen habe. Meine Gefühle für sie sind stark – und ich hoffe, dass es ihr genauso geht. Das ist vielleicht unser größtes Projekt, und ich werde mich mit der gleichen Ernsthaftigkeit um sie kümmern wie um meine beruflichen Projekte.«

Projekt? Kümmern? Ich schluckte. Lukas meinte es gut, natürlich, aber trotzdem fühlte sich das Ganze seltsam an. Es war, als würden Bernard und er verhandeln – über mich. Es war nicht mein Stil, einfach still daneben zu sitzen, doch in diesem Moment fiel es mir schwer, mich einzumischen.

Bernard dagegen nickte sichtlich zufrieden. »Das ist schon besser«, sagte er und lehnte sich wieder vor. »Lassen Sie mich Ihnen eine Geschichte erzählen.« Er legte die Hände auf den Schreibtisch und fuhr fort. »Ich habe meine Frau ebenfalls bei der Arbeit kennengelernt. Sie war Rezeptionistin bei *Aurum*, und ich war ihr Chef. Es wurde viel geredet. Ähnliches könnte Ihnen ebenfalls

bevorstehen. Aber Sie befinden sich auf der gleichen Hierarchie-
ebene. Das macht es leichter.«

Wenn wir auf einer Ebene waren, warum redete dann keiner mit mir?
Meine Irritation wuchs, doch ich hielt den Mund.

Bernard machte eine kurze Pause und richtete seinen Blick
direkt auf Lukas. »Ich muss mich dennoch absolut darauf verlassen
können, Harding, dass Sie Frau Brands Arbeit gewissenhaft und
neutral überwachen.«

»Selbstverständlich«, antwortete Lukas prompt.

»Gut. Wenn das so ist – Sie beide haben in den vergangenen
Wochen hervorragende Arbeitsergebnisse geliefert. In Anbetracht
der Tatsache, dass Sie vermutlich etwas abgelenkt waren, bin ich
tatsächlich sogar beeindruckt. Aber glauben Sie mir, auch Sie
werden Ihre Konflikte erleben. Ich darf darum bitten, dass diese
dann nicht ins Team getragen werden.« Er stand auf und reichte
uns beiden die Hand. »Danke, dass Sie mich informiert haben. Ich
wünsche Ihnen beiden alles Gute.«

Als wir das Büro verließen, warf Lukas mir einen zufriedenen Blick
zu, während wir den Flur entlanggingen. »Das lief doch ganz gut,
oder?«

Ganz gut? Ich blieb abrupt stehen. »Lukas, das war ... unangenehm.«

»Was meinst du?« Er schien ehrlich überrascht. »Bernard schien
doch zufrieden zu sein.« Ich atmete tief durch und versuchte, meine
Gedanken zu ordnen.

»Das ist nicht der Punkt«, sagte ich, den Ärger unterdrückend,
der langsam in mir hochkochte. »Es fühlte sich an, als hätten du
und Bernard über mich gesprochen, als wäre ich ...«, ich suchte
nach den richtigen Worten, »... ein Projekt, das ihr beide managen

müsst. Als ob meine Rolle darin besteht, bewertet und überwacht zu werden, während ihr die Entscheidungen trefft.«

Lukas runzelte die Stirn. »Sophie, das war nicht meine Absicht. Ich wollte nur, dass Bernard versteht, wie ernst ich es meine.«

»Unangenehm«, wiederholte ich, meine Stimme härter, als ich es vielleicht beabsichtigt hatte. Ich verschränkte die Arme und sah ihn an. »Ich lasse nicht über mich sprechen, als wäre ich ein Teil deiner beruflichen Agenda.«

»Also, ich verstehe dich nicht ganz. Aber gut, es tut mir leid.«

Na das war halbherzig. Und für mich schienen sich damit all meine Bedenken zu bewahrheiten. Ich schnaubte. »Du verstehst es nicht? Na großartig.« Ich spürte, wie sich der Frust in mir weiter aufbaute. »Wie auch immer. Lass *mich* bitte das Gespräch mit Elise und Anouk führen, okay?«

»Glaub mir, das ist mir sogar lieber«, sagte er mit einem Grinsen und zog mich in eine Umarmung. *Wie konnte er jetzt so gelassen sein?* Tatsächlich bewirkte er bei mir das Gegenteil. Denn plötzlich brodelte in mir der Entschluss, ihn spüren zu lassen, wie ich mich gerade gefühlt hatte.

Wir betraten mein Büro und Lukas lehnte sich betont lässig an den Schrank.

Oh, Harding, du ahnst nicht, was gleich auf dich zukommt, dachte ich, als Anouk und Elise sich auf die Stühle vor meinem Schreibtisch setzten, wissend, dass etwas im Busch war. Ich begann, langsam auf und ab zu gehen. »Also, es gibt da etwas, das ich mit euch besprechen muss. Es betrifft eine neue Partnerschaft. Eine sehr ... intime Partnerschaft, wenn man so will.« Ich warf Lukas einen Blick zu, dessen Lässigkeit gerade zu bröckeln begann. *Gut so.* Natürlich wussten Anouk und Elise sofort, worauf das hinauslief. Doch zu meiner Freude spielten sie das Spiel perfekt mit.

»Oh?« Anouk setzte ihre unschuldigste Miene auf. »Worum geht's denn genau?«

»Nun, wie ihr wisst, geht es im Geschäftsleben immer darum, die richtigen Allianzen zu schmieden, Synergien zu nutzen und die besten Verbindungen zu pflegen.« Lukas sah aus, als ob er lieber irgendwo anders wäre.

»Synergien, sagst du?« Anouk lehnte sich zurück und hob die Augenbraue, als sei sie schon beeindruckt. »Das klingt sehr vielversprechend.«

Ich nickte. »Absolut. Es geht um eine Partnerschaft, die auf Respekt, Vertrauen und einer gemeinsamen Zielsetzung basiert. Es könnte zu intensiven Verhandlungen kommen, aber das sollte kein Problem sein.« Ich betonte *Respekt* besonders deutlich.

Lukas räusperte sich und versuchte, wieder das Wort zu ergreifen. »Sophie ...«, setzte er an, aber ich schüttelte den Kopf und hob die Hand.

Anouk schmunzelte. »Und wie sieht die langfristige Strategie dieser Partnerschaft aus? Expansion geplant?«

»Gute Frage, Anouk«, nickte ich. »Es hängt natürlich von der Probezeit ab. Solide Evaluierung ist alles.« Jetzt war es die *Probezeit*, die ich deutlich überbetonte.

»Okay, Sophie, ich glaube, ich habe es verstanden«, versuchte Lukas, die Kontrolle zurückzugewinnen, aber ich war noch nicht fertig.

»Aber natürlich«, sagte ich mit einem Lächeln. »Ich wollte nur sichergehen, dass wir alle auf Augenhöhe sind.« *Augenhöhe.* Ich sah ihn an und zog das Wort in die Länge.

Elise rang sich ein Grinsen ab. »Na dann, Glückwunsch zu eurer ... neuen Partnerschaft. Klingt nach einer klassischen Win-win-Situation.«

»Absolut.« Ich ließ mich auf meinen Stuhl fallen und verschränkte selbstbewusst die Arme. »Und keine Sorge, Harding, wir werden sicherstellen, dass diese Partnerschaft für alle Beteiligten lohnend bleibt.«

Als die Tür hinter Anouk und Elise ins Schloss fiel, konnte ich mir ein breites Grinsen nicht verkneifen. »Na, wie fühlt man sich als Randfigur?«

Lukas seufzte, schüttelte den Kopf und erwiderte schließlich das Lächeln. »Du hattest deinen Spaß, oder?«

»Und ob. Aber das war eine Lektion, okay?«

Er legte seine Hand auf meine Taille, zog mich näher zu sich. »Verstanden.« Dann gab er mir einen Kuss, den ich dankend annahm, der aber wieder gefährlich zu eskalieren drohte. Ich schob ihn ein Stück von mir weg.

»Das war der letzte Ausrutscher im Büro, versprochen«, murmelte er grinsend und verließ den Raum, wobei ich ihm noch ein »Wer's glaubt, wird selig« hinterher murmelte.

Der Rest des Tages gehörte der Arbeit, bevor wir uns schnell auf den Weg zu mir nach Hause machten, um unsere Freunde zu begrüßen. Wir wagten uns ans Kochen – mit mäßigem Erfolg, aber zumindest war das Ergebnis essbar. Der Abend hingegen war ein voller Erfolg. Ich mochte Chris und Becky sofort, und auch Anna, Stefan und Lukas schienen schnell einen Draht zu finden.

»Also Lukas, da hast du dir ja ganz schön was vorgenommen«, lachte Anna nach einer halben Flasche Wein.

Lukas sah sie interessiert an. »Inwiefern?«

»Mit Sophie diesen Plan durchzuziehen. Weißt du, in der Uni hatte Sophie ein Bild in ihrem Zimmer mit einem Fisch auf einem Fahrrad. *A woman needs a man like a fish needs a bicycle.* Obwohl sich das natürlich immer nur auf echte Beziehungen bezog. Nicht auf flüchtige ... Fahrradausflüge.«

»Anna!«, lachte ich und versuchte, das Thema zu wechseln.

Lukas ließ sich jedoch nicht beirren. »Ich glaube, Sophie findet langsam Gefallen an längeren Fahrten«, konterte er mit einem selbstzufriedenen Grinsen.

Ich kuschelte mich in seinen Arm und schmunzelte. »Schön gesagt.« Ja, ich fand tatsächlich langsam Gefallen daran. Nur hoffte ich, dass keiner von uns vom Fahrrad fallen würde, um bei der Metapher zu bleiben.

Chris lehnte sich zurück und warf eine neugierige Frage in den Raum. »Kennst du schon Lukas' Eltern?«

»Ich komme nach London, wenn Lukas Geburtstag hat. Dann werde ich sie kennenlernen«, antwortete ich und bemerkte, wie ich bei der Vorstellung leicht nervös wurde.

»Oh, dann müsst ihr unbedingt zu ihnen fahren«, schob Chris nach. »Du wirst das Haus lieben. Ich wollte als Kind schon immer mit den Hardings tauschen.«

»Später mal«, mischte sich Lukas ein. »Vielleicht sieht sie sich erst an, wo ich *heute* wohne, und dann mein Elternhaus, Chris.«

»Feiert doch Weihnachten bei seinen Eltern«, schlug Becky vor. »Lukas' Mutter hat ein wahnsinniges Händchen für Weihnachtsschmuck. Du wirst dich fühlen wie in der großen Halle von *Hogwarts*.«

»Was habt ihr nur alle mit *Harry Potter*?«, lachte Lukas.

Die Unterhaltung driftete locker dahin, aber plötzlich überkam mich eine unangenehme Schwere. *Weihnachten.* Seit dem Tod meiner Mutter hatte ich das Fest praktisch ignoriert. Ich war quasi das weibliche Pendant zum *Grinch*, fand Anna. Nur zweimal hatte ich gefeiert, und das allein ihr zuliebe mit ihrer Familie. Ansonsten nutzte ich die Feiertage, um in Länder zu reisen, wo Weihnachten am besten keine Rolle spielte. Anna warf mir einen wissenden Blick zu. Sie wusste, wie schwer es für mich sein konnte, diese angeblich »schönste Zeit des Jahres« in einem familiären Umfeld zu verbringen. Vielleicht war es an der Zeit, Lukas mehr zu erzählen. Über das, was mich belastete, und warum Weihnachten für mich solch ein sensibles Thema war. *Aber nicht heute.*

Chris und Becky verabschiedeten sich kurz darauf, und Lukas nutzte die Gelegenheit, seinem Kumpel noch einen kleinen Seitenhieb zu verpassen. »Genießt die kinderfreie Nacht. Wisst ihr noch, wie man das macht, oder braucht ihr eine Anleitung?«

Ein Grinsen machte sich auf seinem Gesicht breit und ich merkte, dass das wohl ein Bier zu viel gewesen war. Ich sah Becky an und rollte leicht mit den Augen. Chris ließ das nicht auf sich sitzen. »Wenigstens bin ich seit Jahren mit derselben Frau zusammen. Spricht für mich, oder?«, gab er extra selbstgefällig zurück.

»Oder sie ist nur zu müde, um sich zu beschweren«, konterte Lukas trocken.

Chris öffnete den Mund, um etwas zu erwidern, aber Lukas legte ihm schnell eine Hand auf die Schulter. »Nur Spaß. Ich denke, wir wissen alle, was wir an dir haben.« *Ach, Jungs.* Wahrscheinlich hatten die beiden sich früher regelmäßig auf dem Schulhof in die Haare gekriegt – und trotzdem waren sie heute unzertrennlich. Becky hingegen wirkte nicht besonders begeistert von ihrer Dynamik und schien das Thema lieber wechseln zu wollen. »Das Zimmer ist übrigens wunderbar, Sophie. Danke nochmal an euch beide.«

»Sehr gerne. Genießt es und schlaft aus. Das Frühstück ist aufs Zimmer bestellt. Ihr müsst es nur abrufen, wann ihr wollt.«

Becky umarmte mich fröhlich. »Wie schön, dass Lukas dich gefunden hat.«

Ich lächelte, aber innerlich tat sich ein kleiner Knoten auf. Denn es ging nicht mehr nur um Lukas. Mir wurde klar: *Wenn das mit uns scheitern sollte, würde ich mehr als nur ihn verlieren. Ich hätte neue Freunde zu verlieren. Oh Mann.*

»Gut, dann sehen wir uns morgen Mittag, okay?«, mischte sich Anna ein, die sich mit Stefan ebenfalls auf den Weg machte. Wir hatten das übliche Touristenprogramm geplant: eine Fahrt auf der Seine und abends ein Restaurantbesuch.

»Lukas ist wirklich der Richtige für dich«, flüsterte sie mir noch im Gehen zu. »Reiß dich zusammen, Sophie. Keine kalten Füße, okay?« Ein flaues Gefühl breitete sich in mir aus. Es war offensichtlich, dass Anna an mir zweifelte. Sie hatte recht – das hier war ernst.

»Das war doch ein gelungenes Kennenlernen«, meinte Lukas später, als wir im Bett lagen und den Abend Revue passieren ließen.

»Ja, Chris und Becky sind toll.«

Er drehte sich zu mir und sah mich mit einem nachdenklichen Blick an. »Ich hoffe, ich überfordere dich nicht. Ich meine, meine Eltern ... Du sahst vorhin ein wenig gestresst aus, als Chris und Becky über sie sprachen.«

Ich holte tief Luft. *Ehrlich währt am längsten, oder?* »Lukas, ich freue mich, deine Eltern kennenzulernen. Aber Familienfeste ... das ist für mich nicht so einfach. Erwarte bitte nichts von mir, wenn es auf Weihnachten zugeht.« Ich konnte spüren, dass er versuchte, meine Worte zu verarbeiten. Aber vermutlich konnte er es nicht ganz nachvollziehen. Seine Hand glitt beruhigend über meinen Rücken.

»Okay«, sagte er schließlich leise. Ein einziges Wort. Trotzdem blieb es für mich ein Rätsel. *War das »Okay« Verständnis? Oder ein Hauch von Genervtheit? Oder vielleicht einfach nur ein Versuch, mich nicht zu verunsichern?* Ich wusste es nicht. Ich hatte mir nie Gedanken darüber machen müssen, wie viel Verständnis man von jemandem erwarten darf. Ich würde es wohl lernen müssen. Und ich hatte die leise Vorahnung, dass auch bei Lukas Grenzen existierten.

Ich kuschelte mich enger an ihn, während meine Gedanken weiterkreisten. *Weihnachten* ... Es war noch Wochen entfernt, aber schon jetzt wusste ich, dass dieses »schönste Fest des Jahres« mich an meine eigenen emotionalen Grenzen bringen würde.

 *21*

Die Fahrt mit dem *Eurostar* nach London war kurzweiliger als so manche *Métro*-Fahrt quer durch Paris. Und um einiges bequemer – mal abgesehen von der Passkontrolle. Lukas wartete schon am Bahnhof *St. Pancras* auf mich, die Hände lässig in den Hosentaschen. In den vergangenen Wochen hatten wir unseren eigenen Rhythmus gefunden. Er legte seine regelmäßigen Meetings in Paris so, dass wir uns jedes zweite Wochenende sehen konnten. Und nun besuchte ich ihn zum ersten Mal in London.

»Willkommen, deutsche Invasorin«, begrüßte er mich mit einem verschmitzten Grinsen.

Ich lachte, schlang meine Arme um ihn und antwortete mit einem langen, tiefen Kuss. »Bereit zur friedlichen Übernahme.«

Mit meiner Weekender-Bag über seinem Arm schlenderten wir Hand in Hand durch das belebte *Camden* zu seiner Wohnung. Sie lag in einer kleinen Seitenstraße, in einem alten Backsteingebäude – einem umgebauten Lagerhaus – und bestand aus einem offenen Wohnzimmer mit Kochzeile, einem kleinen Schlafzimmer und einem Bad. Alles in allem nicht größer als meine Wohnung.

Lukas' Stil war, sagen wir, *eklektisch*. Industrieparkett, ein schlichtes weißes Bücherregal und ein graues Cordsofa. Aber die Hingucker waren der massive Esstisch vor der schwarzen Küchenzeile und die alten *Windsor Chairs* – Klassiker mit gedrechselten Beinen und geschwungener Rückenlehne. Dazu – als gewagter Stilbruch – eine Stehlampe in Form einer überdimensionalen Glühbirne und eine kleine rote Telefonzelle als Barschrank.

»Interessanter Stilmix. Aber bei den alten Möbeln bist du ein echter Engländer«, kommentierte ich und strich dabei über die geschwungenen Stühle. »Guter Geschmack, Harding. Abgesehen vielleicht von dieser imposanten Giga-Glühbirne hier.«

»Oh, und auf die bin ich besonders stolz«, grinste er und deutete dann mit mehr Ernsthaftigkeit auf die Holzmöbel. »Aber diese Schätze hier habe ich meinen Großeltern zu verdanken. Alles Erbstücke aus den Jahrzehnten, in denen sie unser Hotel betrieben haben.«

»Die sind in einem bemerkenswerten Zustand, wenn sie so alt sind, wie ich vermute«, stellte ich beeindruckt fest und betrachtete einen der Stühle genauer. Ich ging in die Hocke, um die Verstrebungen aus der Nähe zu inspizieren.

Wie so oft beobachtete mich Lukas mit einem leicht belustigten Ausdruck. »Da, wo die herkommen, gibt es noch mehr. Der Dachboden bei meinen Eltern ist ein wahrer Möbelfundus.«

»Du willst mich doch nur beeindrucken«, warf ich ihm vor.

»Mit Erfolg, oder?«

Anstelle einer Antwort zuckte ich nur mit den Schultern, schenkte ihm aber ein anerkennendes Lächeln. *Ein Dachboden voller alter Möbel?* Das klang wie mein persönliches Spieleparadies. Definitiv einen Besuch wert – bei passender Gelegenheit.

Mein Blick fiel auf ein altes Schwarz-Weiß-Foto an der Wohnzimmerwand. Es zeigte ein wunderschönes, altes Gebäude, im Hintergrund die Klippen von Dover. Das Haus war mehrstöckig, aus hellem Stein, mit mehreren Kaminen und hohen Sprossenfenstern, die symmetrisch die Fassade zierten. Ein schlichtes Nebengebäude schloss sich an, umgeben von üppigen Rosenbüschen.

»Ist das euer Hotel?«

»Ja.«

»Da hast du aber mal untertrieben. Es ist wunderschön.«

»Warte, bis du es von innen siehst. Heute ist es wirklich angestaubt.«

»Aber dennoch beeindruckend.«

Ich betrachtete es genauer. Lukas stellte sich neben mich.

»Nach dem Krieg kauften meine Großeltern das alte Haus für kleines Geld. Es war ziemlich heruntergekommen, aber sie haben es in ein erfolgreiches Hotel verwandelt. Später übernahmen meine Eltern.« Er zeigte auf das Nebengebäude. »Dort bin ich aufgewachsen. Meine Großeltern wohnten dann im Haupthaus, in einer Einliegerwohnung, die wir heute als Ferienwohnung vermieten.« Sein Finger deutete auf zwei Figuren vor dem Hauseingang. »Das sind meine Großeltern. Das Foto wurde kurz vor der Geburt meines Vaters aufgenommen.«

Fasziniert starrte ich das Bild an, bis Lukas' Stimme mich aus meinen Gedanken riss. »Ich mache uns mal einen Kaffee«, verkündete er.

»Tu das. Aber mit perfektem Milchschaum, bitte«, scherzte ich und ließ mich auf das Sofa fallen.

Gedankenverloren griff ich nach der Kuscheldecke. Wunderbar weich – vermutlich eine Mischung aus Kaschmir und Merinowolle. Ich kuschelte mich ein und ließ meinen Blick weiter durch die Wohnung wandern.

Lukas setzte sich nach einem Moment zu mir und reichte mir einen Kaffeebecher. »Gefällt dir die Decke? Ich habe sie extra für dich gekauft. Damit du dich hier wohlfühlst.«

»Extra für mich hast du so einen guten Geschmack entwickelt?«, fragte ich und hob eine Augenbraue.

Er zog grinsend an meinem Zopf. »Die von dir so bewunderte Aktentasche und meine Wahl der Freundin beweisen doch meinen Geschmack, oder nicht?«

»Gut, gut, Punkt für dich«, lachte ich und schüttelte meine Haare aus seinem Griff. »Ob mir die Decke gefällt? Sie ist perfekt. Und ehrlich gesagt könnte ich mich daran gewöhnen, so verwöhnt zu werden.«

Er stellte seinen Becher ab und legte einen Arm um meine Schultern, sein Gesicht plötzlich ganz dicht an meinem. »Ich wäre ja auch schön blöd, wenn ich nicht alles tun würde, damit du hierbleibst. Ich will doch nicht, dass du mir wieder davonfliegst.« Nein, das hatte ich wirklich nicht vor.

Dank der zusätzlichen Stunde Schlaf, die der Zeitunterschied meinem Biorhythmus großzügig spendierte, startete ich dynamisch in den Freitag bei *Aurum London* und begann, erste Pläne für die Umgestaltung des Standorts zu schmieden. Nach der Arbeit bestellten wir Pizza und schauten auf dem Sofa eine Serie. Ich kuschelte mich entspannt an Lukas, spürte seine warme Haut und musste lächeln. Wer hätte gedacht, dass *ich* mal so viel Spaß daran entwickeln würde, einfach nur zusammen auf dem Sofa zu liegen, ohne dass es gleich Richtung Schlafzimmer gehen musste? So eine konventionelle Pärchenaktivität – und ich fand es auf eine überraschend einfache Weise erstaunlich befriedigend. Doch kaum war der Fernseher aus, stellte Lukas aus dem Nichts eine Frage, die mich aus dieser Ruhe riss. »Warum Innenarchitektur?«

Ich stutzte. Dann lachte ich. »Weil der Papstjob schon vergeben war?«

Er verdrehte die Augen, doch ich sah den ernsten Ausdruck in seinem Gesicht und spürte, dass ihm die Frage wirklich wichtig war. Er formulierte sie neu. »Ich meine, ich habe immer das Gefühl, dass das mehr als nur ein Job für dich ist?«

Er hatte absolut recht. Eine kurze Welle der Anspannung überkam mich. Aber eigentlich ... war der Grund für meine Berufswahl ja ein sehr schöner. Ich seufzte leise.

»Ich habe ja diese Faszination für Textilien«, begann ich zögernd. »Wie sich Stoffe anfühlen, wie das Licht mit den Materialien spielt ...« Ich überlegte, das Thema fallen zu lassen, und zuckte nur mit den Schultern. »Deshalb, vielleicht.«

Aber Lukas ließ nicht locker. Er sah mich ruhig an, aber der Tonfall seiner Worte machte mir klar, dass er nach einer ehrlichen Antwort verlangte. »Erzähl mir mehr.«

Na gut. Ich schloss kurz die Augen und ließ mich in die Erinnerung fallen.

»Eine meiner frühesten Erinnerungen ist, wie meine Mutter mir immer ein *Zauberzelt* baute, um mich zum Mittagsschlaf zu überreden. Sie nahm Stühle, Decken und unzählige Kissen, bis es richtig gemütlich wurde. Ich erinnere mich genau an die verschiedenen Stoffe, wie sie sich weich anfühlten und in Falten lagen, und an das Licht, das durch die Decken und die kleinen Lücken schimmerte. Die verschiedenen Farben, das warme Gefühl – und im Hintergrund das leise Klappern von Geschirr, wenn Mama die Küche aufräumte. Ich muss noch sehr klein gewesen sein, aber dieses Bild habe ich bis heute klar vor Augen, in den Ohren und unter den Fingern.« Ich kuschelte mich enger an. »Das war das pure Gefühl von Geborgenheit.« Der Gedanke daran ließ mich über die Decke streichen, die er für mich gekauft hatte. »Weißt du, ich verdanke meiner Mutter so viel.« Die nächsten Worte murmelte ich mehr zu mir selbst, aber nicht leise genug. »Ich verstehe bis heute nicht, wie sie mich so lieben konnte.«

Lukas sah mich besorgt an. »Was meinst du denn damit?«

Mist, das hätte ich besser für mich behalten. »Ach, vergiss es.«

Er verschränkte seine Finger mit meinen und musterte mich sichtlich besorgt. Doch er fragte nicht weiter nach. »Okay, Soph.«

Ich schüttelte den Kopf, um die düsteren Gedanken abzuschütteln, und kehrte in die Gegenwart zurück.

»Heute versuche ich einfach, diesen Zauber für andere zu schaffen. Ein schönes Hotelzimmer soll doch eine Flucht aus dem Alltag sein, oder?«

Lukas zog mich noch näher zu sich.

»Es ist schön, dass du so viel Persönlichkeit in deine Arbeit einbringst. Hast du jemals daran gedacht, ein eigenes Projekt in Angriff zu nehmen?«

Ich lachte leise. »Selbstständigkeit? Puh, ich weiß nicht.«

Das Thema schien damit beendet, doch meine Bemerkung über meine Mutter schien ihm dagegen *keine* Ruhe zu lassen. »Also, falls du irgendwann mehr über deine Familie sprechen willst – ich bin hier, okay?«

»Okay«, nickte ich und beschloss, wenigstens ein kleines Detail zu verraten. »Iris. Sie hieß Iris, meine Mutter.« Ich seufzte, lächelte dann und sah ihn an. »Und jetzt darfst du mich bitte von meinen trüben Gedanken ablenken.«

Lukas' Mundwinkel zuckten, aber er sagte nichts. Stattdessen zog er mich mit einer sanften, aber entschlossenen Bewegung auf seinen Schoß. Sein Blick blieb an meinem grauen Schlabberpulli hängen. »Ich wollte dir schon den ganzen Abend sagen, dass dieser Pulli eine interessante Wahl ist.« Sein Ton war belustigt, aber sein Blick sagte etwas völlig anderes.

»Interessant? Das ist mein liebstes Feierabend-Outfit.« Ich hob eine Augenbraue. »Gefällt er dir nicht?«

»Doch, doch, er steht dir ausgezeichnet«, flüsterte er und ließ seine Hände unter den Stoff gleiten. »Aber ich denke, wir könnten was anderes probieren.«

Ich verdrehte die Augen, zog den Pulli langsam über den Kopf und ließ ihn achtlos fallen. »So besser?«

»Schon viel besser.« Seine Lippen trafen meinen Hals, wanderten langsam über mein Schlüsselbein. Das mit der Ablenkung funktionierte wirklich prima.

»Warte, jetzt bin ich dran«, murmelte ich atemlos und schob meine Hände unter sein Shirt. »Das hier ist schließlich ein Geben und Nehmen.«

Er lachte leise. »Und ich dachte schon, heute würde *Netflix* mal ganz ohne *Chill* enden.«

Mit einer schnellen Bewegung zog ich ihm das Shirt über den Kopf, legte meine Hände um seinen Nacken und sah ihm tief in die Augen.

»Ist das etwa eine Beschwerde?«

»Ganz im Gegenteil.«

Vielleicht war es das gemütliche Bett, vielleicht diese neue Geborgenheit, die Lukas mir gab. Oder es lag an der bevorstehenden Begegnung mit seinen Eltern. Jedenfalls geschah später an diesem Abend etwas, das ich nie erwartet hätte: Ich beschloss, das zu tun, wovor ich mich immer gefürchtet hatte. Zu erzählen. Von meinem »Vater«.

Das Licht im Raum war gedämpft, draußen hörte man leise vorbeifahrende Autos. Ich lag in Lukas' Armen, Haut an Haut, seine Hand strich beruhigend über meine Taille. In dieser Dunkelheit und Stille fühlte es sich plötzlich *richtig* an, ihm zu erklären, warum ich war, wie ich war. Oder besser gesagt, warum ich *überhaupt* war.

»Weißt du«, begann ich zögernd, fast flüsternd, »einer der Gründe, warum ich mich vor Beziehungen scheue, ist vermutlich dieser Moment hier. Diese *Nähe*.« Ich hob den Blick und sah in seine Augen, die mich aufmerksam musterten. »Versteh mich nicht falsch, ich könnte mich gerade nicht besser fühlen. Aber … ich konnte mir nie vorstellen, bestimmte Fragen über meine Herkunft zu beantworten.«

Lukas sah mich sanft an. »Du musst nicht, Soph.«

»Doch, ich muss.« Ich zwang mich zu einem kleinen Lächeln. »*Artikel eins* unserer Partnerschaft: Vertrauen und Respekt. Ich sollte nicht immer so ausweichen.« Ich atmete tief durch und sprach weiter, bevor der Mut mich verlassen konnte. »Als ich anfing, eigene Wege zu gehen, war meine Mutter … übervorsichtig. Wirklich extrem. Sie ließ mich nie auf Partys gehen oder so. Ich war deshalb schon fast eine Außenseiterin.« Ich sah, wie Lukas eine Augenbraue hob, als könne er sich das kaum vorstellen. »Ich verstand es damals nicht, und wir stritten oft deswegen.« Er drückte meine Hand leicht. »Ich war wütend auf sie, weil sie nie über meinen Vater sprach. *Nie. Gar nicht.* Ich warf ihr sogar vor, ich würde lieber bei *ihm* leben wollen … einem Mann, den ich nicht einmal kannte. Aber sie nahm meine ganze Teenager-Wut einfach stoisch hin.« Ich spürte die Tränen, kämpfte aber noch dagegen an. Lukas' Griff um meine Hand wurde fester. »Selbst als ich achtzehn wurde und sie mir nichts mehr vorschreiben konnte, blieb sie so schrecklich mahnend. Vielleicht sogar noch schlimmer. Also hielt ich mich weiter von Partys und Jungs – oder dann Männern – fern.« Jetzt kam der schwierige Teil. Mein Magen verkrampfte sich. »Als ich in der Ausbildung war, starb sie bei einem Unfall.«

Ich räusperte mich, um weitersprechen zu können. »Sie war mit einer Freundin unterwegs, kurz vor Weihnachten. Blitzeis auf der Autobahn. Sie wurden von einem Lastwagen erfasst.« Die Erinnerung an diesen Tag jagte mir eine Gänsehaut über den Rücken. »Ich war gerade dabei, Plätzchen zu backen, als die Polizei plötzlich vor unserer Tür stand.« Ich atmete tief durch. »Es ist wie in einem Film. Du siehst diese Gesichter und weißt sofort, was passiert ist, bevor sie auch nur ein Wort sagen.« Ich hörte mich schluchzen, doch es gelang mir, mich wieder zu sammeln. *Keine Tränen.* Lukas zog mich behutsam an seine Brust und hielt mich einfach fest, ohne etwas zu sagen.

»Mama starb, aber ihre Freundin überlebte«, fuhr ich schließlich fort. »Ein paar Wochen später besuchte ich sie. Sie konnte mir die ganze Zeit kaum in die Augen sehen, aber irgendwann … ich weiß nicht, ob sie es aus Mitgefühl oder aus Schuldgefühlen tat – sie fand, ich sollte endlich wissen, warum ich meinen Vater nie gekannt habe.«

Lukas verschränkte seine Beine mit meinen und schob sanft seinen Fuß über meinen – ein langsames Streichen, das sicher beruhigend wirken sollte. Mir aber nicht viel helfen würde bei meinen folgenden Sätzen. »Mamas Freundin erzählte mir von dem Sommer nach ihrem Abi«, setzte ich leise fort. »Über Umwege waren sie zu einer Party in einem Studentenwohnheim eingeladen. Mamas Freundin kam nicht, weil ihr das Fahrrad gestohlen worden war. Handys gab es nicht. Mama wartete, kam mit anderen ins Gespräch. Sie stieß mit ein paar Leuten an, tanzte, trank noch etwas. Jemand muss ihr etwas ins Glas getan haben, denn das bisschen Alkohol hätte niemals so einen Filmriss verursacht.« Ich spürte, wie Lukas den Atem anhielt, während er mit seinem Daumen sanft über meine Handfläche strich. »Zwei Stunden später kam sie benommen in einem der langen Gänge des Wohnheims zu sich. Ihre Kleidung saß komisch, sie erinnerte sich an einen verschwitzten Geruch und ein verschwommenes Gesicht. Keine sichtbaren Verletzungen – aber es war offensichtlich, was passiert war.« Meine Stimme zitterte leicht, doch ich fuhr fort. »Zwei Studentinnen, die sie auf dem Flur trafen, halfen ihr, ein Taxi zu rufen – sie dachten einfach, sie sei betrunken. Mama erzählte ihnen nichts. Sie fuhr einfach nach Hause.«

Ich schloss für einen Moment die Augen. »Sie war nicht naiv. Aber in den Achtzigerjahren war das Bewusstsein für *Date Rape Drugs* sicher noch nicht so ausgeprägt wie heute. Wenn es welche waren. Im besten Fall war es *nur* zu viel Alkohol und mein … *Erzeuger* jemand, der den Zustand meiner Mutter einfach *ausgenutzt* hat. Im schlimmsten Fall war es aber *vorsätzlich*. Und ich denke, wir beide wissen, was am wahrscheinlichsten ist.«

Ich zuckte fast zusammen, als Lukas' leise Stimme mich aus der Vergangenheit holte. »Ist sie nicht …?«

Ich schüttelte den Kopf und lehnte mich an ihn. »Zur Polizei? Nein. Wir wissen doch, wie solche Anzeigen selbst heute noch im Sande verlaufen. Ein paar Wochen später stellte sie jedenfalls fest, dass sie schwanger war. Ihr Traum vom Studium war erledigt. Meine Großeltern unterstützten sie, so gut sie konnten. Sie starben aber, als ich noch in der Grundschule war.« Ich lachte, aber gleichzeitig liefen die Tränen. »Mama hat danach Teilzeit in einer Bäckerei gearbeitet. Daher wohl meine Liebe zu Backwaren.«

Jetzt brachen alle Dämme. Meine nächsten Worte ertranken beinahe in einer Mischung aus Schluchzen und Härte. »Sie hätte mich hassen können, Lukas. Aber das hat sie nicht. Im Gegenteil, sie hat alles für mich getan. Und wenn ich ehrlich bin – *ich* hätte abgetrieben. Ich *würde* abtreiben. Und ich könnte es keiner Frau in ihrer Situation verdenken.« Meine Stimme brach endgültig. »Ich habe ihr Leben zerstört, und trotzdem hat sie mich geliebt. Und jetzt ... jetzt ist sie tot, und ich liege hier zwischen edlen Stoffen und habe alles, was sie nie haben konnte.«

Ich konnte den Schock in Lukas' Gesicht sehen. Spürte seine Arme fest um mich, seine leise Stimme in meinem Ohr, während mir die Tränen über das Gesicht liefen. Es dauerte, bis ich mich beruhigte, aber er ließ mir die Zeit. Kein Druck. Kein Drängen.

Ich sah nicht auf die Uhr. Natürlich nicht. Aber so lagen wir da, bestimmt eine halbe Stunde, vielleicht länger. Ich weinte, er hielt mich. Es fühlte sich absurderweise gut an. Und genau diese Tatsache ließ mich noch mehr weinen. Denn tief in mir fragte ich mich: *Verdiene ich ihn überhaupt?*

Als ich schließlich aufsah, traf mich sein besorgter Blick. Da wurde mir klar, dass ich, wenn ich schon so weit gegangen war, auch den letzten Teil loswerden musste.

»Nur wegen der kleinen Lebensversicherung meiner Mutter konnte ich überhaupt studieren«, begann ich. »Nur deshalb mache ich heute das, wovon ich immer geträumt habe. Und trotzdem kann ich nicht aufhören, das Gefühl zu haben, dass ich ihr Leben ruiniert habe, Lukas. Ohne mich hätte sie vielleicht das Leben gehabt, das sie sich gewünscht hatte.«

Lukas blieb still. Ich wusste, dass meine Schlussfolgerung schwer zu verstehen war – irrational sogar – aber für mich fühlte sie sich so echt an.

»Ich glaube«, fuhr ich fort, »dass ich aus zwei Gründen Beziehungen immer so abgelehnt habe. Erstens, weil ich niemals jemandem den Weg versperren möchte, so wie ich es bei ihr getan habe. Und zweitens ...« Ich zögerte einen Moment, bevor ich weitersprach. »Weil ich nie wieder riskieren werde, dass jemand mein

Leben so kontrolliert, wie sie es getan hat – auch wenn sie es aus Liebe tat. Ich will selbst für mich entscheiden. Über mich entscheiden. *Immer.*« Ich sah ihm in die Augen und wartete. Ein Moment der Stille. Doch bevor er etwas sagen konnte, nahm ich ihm den Wind aus den Segeln. »Und bevor du jetzt das Offensichtliche sagst – ich weiß, dass das irrational klingt.«

Ich konnte förmlich sehen, wie er nach den richtigen Worten suchte, und dann sprach er, wie ich es am meisten an ihm schätzte: klar, ruhig und ohne Pathos. »Ich denke, den Teil, in dem ich dir sage, dass du nichts dafür kannst, und dass sie dich geliebt hat, können wir skippen, oder?«

Kein übertriebenes »Hey, alles wird gut«, kein kitschiger Kuss auf die Stirn. Einfach nur Lukas in seiner pragmatischen, typischen Art. Und genau das ließ mich kurz lächeln.

»Bei allem, was du tust«, fuhr er fort, »versuchst du, dich doch nur auf deine Art zu schützen. So ungewöhnlich dein Verhalten für andere auch wirken mag – ich glaube, ich verstehe das jetzt. Aber *beziehungsunfähig*? Sophie … nein. Sonst wärst du nicht hier bei mir.«

Hatte er recht? Vielleicht hatte ich meine Mauern zu hoch gezogen. Vielleicht war ich nicht so *kaputt*, wie ich insgeheim immer dachte. Diese Erkenntnis traf mich unerwartet stark, und ich fand keine Worte. Aber vielleicht brauchte ich in diesem Moment auch keine.

»Ich bin froh, dass ich dich habe«, flüsterte ich, ehe ich schließlich mit festerer Stimme weitersprach. »Aber, weißt du, ich habe viel über meine Kindheit nachgedacht. Über das *sich Aufopfern* und die Sorgen. Und den Schmerz, jemanden zu verlieren. Und ich muss klarstellen: Ich will niemals Kinder haben. Wenn wir also über gemeinsame Ziele sprechen, dann enden diese für mich genau hier.«

Ich wusste, das klang hart. Aber ich musste es aussprechen, bevor es später komplizierter wurde. Natürlich war das für ihn eine Menge auf einmal. Kein Wunder, dass er zunächst nicht antwortete. Verständlich. Es war keine Kleinigkeit. Doch als er schließlich sprach, war seine Antwort schlicht: »Okay.«

Ich stockte. »Okay, wie in *Okay, das war's?*« Meine Stimme klang leiser, als ich beabsichtigt hatte.

Ohne Zögern schüttelte er den Kopf und zog mich fester an sich. »Nein, Soph. Natürlich nicht. Klar, ich habe immer gedacht, dass Kinder irgendwann dazugehören. Aber weißt du … vielleicht sollten wir es mit der ganzen Strategie und all den Plänen nicht übertreiben. Für heute ist *okay* wirklich einfach *okay*. Der Rest … der Rest wird sich zeigen. Okay?«

War es wirklich so einfach? Vielleicht. Vielleicht auch nicht. *Wir könnten uns trennen, und er würde irgendwann mit einer anderen Kinder haben. Oder er würde später gar keine wollen. Vielleicht änderte ich meine Meinung, oder es klappte einfach nicht.* Der Gedanke an all diese Möglichkeiten brachte meinen Kopf zum Rasen.

»Sophie?« Seine Stimme riss mich aus dem Gedankenkarussell.

»Ja?«

»Bei allem Selbstschutz – vielleicht ist es an der Zeit, die Kontrolle ein wenig loszulassen. Einfach zu sehen, was passiert.«

Seine Worte klangen auf eine sanfte Art bestimmt, als hätte er für uns beide gerade eine Entscheidung getroffen. Was tatsächlich ziemlich mutig war. Doch erstaunlicherweise antwortete ich nach einem tiefen Atemzug: »Okay.«

Er lächelte und strich mir eine Haarsträhne aus dem Gesicht. »Das Wichtigste ist doch, dass wir uns haben, oder? Alles andere ist zweitrangig.«

Ich sah ihn an, und diesmal war mein »Okay« mehr als nur ein Zugeständnis. Es war echt. Begleitet von einem echten Lächeln. Und mit diesem Lächeln spürte ich, wie sich die Stimmung zwischen uns veränderte. Lukas' Blick bekam dieses typische Grinsen, das ich so gut kannte. *Was jetzt?*

»Weißt du, was du jetzt brauchst?« Er stand auf und begann, alle Decken zusammenzusuchen, die sein Haushalt hergab. Ich sah ihm neugierig zu. »Du brauchst ein Zauberzelt.«

Als wäre das die natürlichste Sache der Welt. Ich beobachtete, wie er Stoff zwischen der Deckenlampe und der Schranktür befestigte, Stühle heranschleppte und mit Kordeln hantierte. Er war so konzentriert bei der Sache, dass ich mir ein Grinsen nicht verkneifen konnte.

»Die Kordel muss straffer gezogen werden, sonst stürzt dir das ganze Konstrukt ein«, rief ich lachend und stand schließlich auf, um einzuschreiten. »Lass mal die Expertin ran.« Ich stabilisierte die Konstruktion mit ein paar gezielten Handgriffen. Das Ergebnis war einfach, strahlte aber eine gewisse Gemütlichkeit aus.

»Ich gebe zu, das hat was«, sagte ich anerkennend und rückte noch ein Kissen zurecht.

»Sehr schön«, stimmte er zu. »Aber, wenn ich ehrlich bin, war das auch ein bisschen eigennützig. Ich wollte dich einfach wieder lachen sehen, Soph.«

»Na, wenn das der Plan war, dann hast du es geschafft«, antwortete ich.

Und so lag ich da. Warm, geborgen, ohne Tränen und ohne Geheimnisse, die noch auf meiner Seele lagen. Lukas' Gesicht war nur Zentimeter von mir entfernt, seine Haare zerzaust, seine Augen voller Zärtlichkeit. Liebevoll. *Liebe-voll.* Ich ließ das Wort in meinem Kopf kreisen, sezierte es, bis seine Bedeutung ganz klar wurde.

Voll von Liebe. Sophie, das ist echt, hörte ich meine leise innere Stimme. *Lass es doch mal zu.*

»Lukas«, begann ich leise.

»Ja?«

»Auch wenn du erst gleich Geburtstag hast, glaube ich, dass ich jetzt schon etwas für dich habe.«

»Meinst du etwa, du kannst mein Zelt noch toppen?«

Ich ließ ihn einen Moment zappeln, genoss die Spannung in seinem Blick, bevor ich die Worte aussprach, die gesagt werden wollten: »Lukas, ich … ich glaube, ich liebe dich.«

Für einen Moment war es still. Dann brach seine Stimme die Spannung, ganz in seiner ruhigen, typischen Art. »Gut, dass du das sagst. Ich hatte schon befürchtet, wieder den ersten Schritt machen zu müssen.« Er zog mich näher an sich, und der Humor in seinem Ton wich purem Lukas'schem Ernst. »Ich liebe dich auch, Sophie Brand.«

Ich liebe dich. Unglaublich, wie drei so kleine Worte das Leben auf den Kopf stellen können. Wie in einem dieser kitschigen Romane, die ich normalerweise nie zu Ende las. Und jetzt war ich selbst mittendrin. *Na, wunderbar.* Stopp. Nein, wirklich: *wunderbar!* Ich atmete tief durch und lachte. »Na, das ist wohl unser größter Meilenstein bisher, oder? In unserem kleinen … *Joint Venture?*«

»Definitiv. Unser bisher erfolgreichster Deal. Darauf sollten wir anstoßen.« Er stand auf und kehrte einen Moment später mit einer Flasche Champagner zurück. »Für einen besonderen Anlass. Warum also nicht jetzt?«

Ich warf einen Blick auf den Wecker neben dem Bett und stellte erschrocken fest, dass ich die Zeit aus den Augen verloren hatte. »Oh, Mist, es ist ja schon *nach* Mitternacht. Lukas, dein Geburtstag … *Happy Birthday!*«

Ach, verdammt. Dass ich den Moment verpasst hatte. Ich tat so, als würde ich Konfetti werfen, und gab ihm einen tiefen Kuss.

»Danke, Soph.«

Wir stießen an, der Champagner perlte im Glas, während wir weiterredeten. Über meine Mutter, meine Jugend, seine Jugend. Über die Dinge, die uns geprägt hatten.

»Rate mal, was ich nach dem Tod meiner Mutter gemacht habe?« Jetzt, wo die Grenzen gefallen waren und ich gemütlich in den Kissen lag, sprudelten die Worte einfach heraus. Seine Antwort wartete ich gar nicht erst ab. Er würde es sowieso nicht erraten. »Ich war traurig, wütend und fühlte mich komplett verloren.« Meine Finger spielten gedankenverloren mit der Bettdecke. »Ich hatte nie einen ersten Freund oder so etwas Romantisches. Ein paar Wochen nach Mamas Beerdigung hatte ich einen One-Night-Stand auf einer Party. Mein nüchterner, freier, spontaner Entschluss. Einfach so. Es war, als wollte ich meine ganze Erziehung über Bord werfen. Es ihr heimzahlen, für ihre Übervorsicht, für all das, was sie mir nie erzählt hatte.« Meine Stimme wurde leiser. »Vielleicht war es Trauer, vielleicht Trotz. Aber es fühlte sich glücklicherweise gut an. Na ja, und daraus wurde schnell ein Muster. Ich beschloss, das Leben völlig ungezwungen zu genießen – aber immer zu meinen Bedingungen. Immer in *Kontrolle*.«

Ich erwartete, dass das vielleicht schwer nachvollziehbar sein würde und setzte mit unverhohlener Selbstironie nach: »Ta-da! Und deshalb bin ich, wer ich bin. Voilà, *Souh-fieee*.« Mit übertriebenem Drama breitete ich die Arme aus und betonte meinen Namen genau so, wie ich es bei ihm immer liebte.

Es war, als hätte ich ein komplexes Rätsel gelöst – die Worte flossen mühelos weiter. »Weißt du«, sagte ich, als mir ein besonderes Detail klar wurde, »du bist der erste Mann, mit dem ich in einem – sagen wir mal – weniger nüchternen Zustand geschlafen habe.«

Grinsend stützte er sich auf den Ellbogen und sah mich an. »Das nehme ich als Kompliment, nehme ich an?«

»Ja, das solltest du. Aber du hast auch deutlich gemacht, dass jede Entscheidung bei mir lag. Deine Eltern haben dich gut erzogen, Harding.«

»Nun, das kannst du ihnen ja nachher sagen«, schlug er belustigt vor und strich mir eine Haarsträhne aus dem Gesicht.

Ja, das wäre mal eine Eröffnung: »Hallo, ich bin Sophie, und euer wohlerzogener Sohn hat mich davon abgehalten, mich alkoholisiert und halb nackt über ein Balkongeländer zu lehnen, bevor wir dreimal ...« Vielleicht würde ich doch lieber beim »Hallo« bleiben und danach das englische Wetter kommentieren.

22

Wir trafen Lukas' Eltern in einem Café in *Covent Garden*. Sie wollten ihren Besuch in London mit einem Theaterbesuch verbinden. Ein neutraler Ort für unser erstes Treffen, mit genügend Hintergrundgeräuschen, um peinliches Schweigen zu vermeiden – genau das Richtige für mich.

Unruhig rührte ich in meinem *Chai Latte* und versuchte, meine Gedanken zu ordnen. Seit dem Aufstehen zog Lukas mich mit meiner Nervosität auf. Ich bestritt es vehement, aber es war nicht von der Hand zu weisen. Ich wippte ungeduldig mit den Füßen.

»Hast du dir gerade vier *Espressi* intravenös verabreicht?«, fragte er scherzhaft und küsste mich. »Mach dir keine Sorgen, Sophie. Meine Eltern werden dich lieben.«

Wirklich? Gut, was kann da schon schiefgehen? Oh, tausend Dinge. Ich könnte meinen Chai Latte über den Tisch schütten – oder, noch schlimmer, über seine Mutter. Man könnte mich missbilligend mit seiner braven Ex Charlotte vergleichen. Vielleicht würden sie es nicht gutheißen, dass ich Deutsche bin. Oder ich könnte meine Meinung im falschen Moment nicht für mich behalten. Vielleicht würden wir uns einfach nicht mögen. Die Liste schien endlos.

Die Tür öffnete sich und ein großer, grauhaariger Mann trat ein, der Lukas wie aus dem Gesicht geschnitten schien. Hinter ihm folgte eine schlanke, resolute Frau mit einem wachsamen Blick, dem nichts zu entgehen schien.

»Da sind sie«, flüsterte Lukas, stand auf und ging ihnen entgegen. Seine Mutter umarmte ihn fest und flüsterte ihm etwas ins

Ohr, das ihn zum Schmunzeln brachte. »Happy Birthday, mein Junge«, wünschte sein Vater ihm mit einem kräftigen Klaps auf den Rücken.

»Mum, Dad, das ist Sophie«, stellte Lukas mich schließlich vor.

John Harding lächelte freundlich und streckte mir die Hand entgegen. »Sophie, schön, dich kennenzulernen.«

»Freut mich auch, Mr. und Mrs. Harding.« Ich merkte, wie förmlich ich klang. *Na großartig.* Vor einem Raum voller Führungskräfte blieb ich stets gelassen – aber vor den Eltern meines Freundes verwandelte ich mich in ein nervöses Wrack.

»Ach, nenn uns doch einfach John und Margaret«, erwiderte John mit einem warmen Lächeln. Margaret musterte mich neugierig, aber keineswegs unfreundlich.

Ihr nächster Satz ließ mich jedoch erahnen, von wem Lukas seine Zurückhaltung wohl *nicht* geerbt hatte. »Lukas hat uns ein bisschen von dir erzählt, Sophie, aber ich wette, die besten Geschichten hat er ausgelassen.« *Oh, das wollte ich sehr hoffen.*

»Mum, bitte …« Lukas warf mir einen entschuldigenden Blick zu, den ich mit einem Lächeln quittierte.

Wir bestellten und ich spürte, wie meine Anspannung allmählich nachließ. Vielleicht hatte ich mir das alles doch schlimmer ausgemalt, als es war.

»Dein Geschenk haben wir zu Hause gelassen«, scherzte Margaret. »Damit du uns mal besuchen kommst.« Aber dann reichte sie Lukas doch ein Päckchen.

»Danke, Mum. Ich hab's verstanden«, sagte er mit einem liebevollen Augenrollen.

Als die Bestellung gebracht wurde, packte er das Geschenk aus: ein Hemd und ein Poloshirt, genau sein Stil. Im Stillen nahm ich mir vor, ihn später aufzuziehen, dass seine Mutter ihm immer noch die Klamotten aussuchte. Die Nervosität, die mich zuvor noch begleitet hatte, war mittlerweile verflogen. Je mehr wir sprachen, desto leichter wurde das Gespräch – und ich merkte, wie ich mich in dieser lockeren Familienrunde zunehmend entspannte.

»Ich hätte nie gedacht, dass unser Sohn einmal so viel im Ausland unterwegs sein würde«, stellte John fest. »Weißt du, Sophie, dein Englisch ist ja fast perfekt ...«

»Na ja, geht so«, winkte ich ab, doch John sprach schon weiter.

»Lukas aber hatte es nicht immer leicht mit Fremdsprachen. Ich erinnere mich an einen Sommer, als er draußen im Garten saß, mit Blick auf den Ärmelkanal, und seine Französischvokabeln lernte. Er war so frustriert, dass er jedes Mal, wenn er ein Wort nicht wusste, französische Schimpfwörter übers Meer rief.«

Margaret lachte laut. »Es war zum Brüllen. Da saß er und schrie *Merde!* in Richtung Calais. Und ich hoffte in dem Moment nur inständig, dass wir keine französischen Gäste im Haus hatten.«

Lukas rieb sich verlegen den Nacken. »Ja, und sitzen geblieben bin ich am Ende trotzdem.«

Der Gedanke an einen kleinen, wütenden Lukas, der Schimpfwörter über den Ärmelkanal rief, war einfach zu süß. Ich konnte mir lebhaft vorstellen, wie er mit gerunzelter Stirn und einem entschlossenen Blick dort saß. Doch bevor ich weiter darüber nachdenken konnte, richtete Margaret ihre Aufmerksamkeit wieder auf mich.

»Sophie, erzähl uns doch ein bisschen von dir. Lukas sagt, du bist in Hamburg aufgewachsen? Ich war noch nie dort. Es ist bestimmt sehr schön. Wohnt deine Familie noch dort?«

Oh. Ein Thema, das ich unbedingt vermeiden wollte. Nach der letzten Nacht hatte ich das Gefühl, dass meine ganze Geschichte immer noch gefährlich emotional unter der Oberfläche brodelte.

Die Vorstellung, vor Lukas' Eltern plötzlich in Tränen auszubrechen, machte mich unruhig. Ich spürte, wie sich meine Schultern verkrampften.

»Ja, genau«, begann ich zögernd. »Ich bin in Hamburg aufgewachsen. Bei meiner Mutter.« Ich entschied mich für den direkten Weg, um das Thema sofort im Keim zu ersticken. »Sie ist tot.«

»Oh. Das tut mir schrecklich leid …«, sagte Margaret sichtlich erschrocken, während John ein betroffenes Gesicht machte.

Noch bevor Margaret weitersprechen konnte, sprang Lukas mir zur Rettung bei. »Aber du hast immer davon geträumt, die Welt zu sehen, stimmt's, Soph?«

Ich nickte, dankbar für den Rettungsring. »Ja, genau. Deshalb habe ich auch immer brav meine Vokabeln gelernt«, zwinkerte ich, um die Stimmung aufzulockern.

Margaret lächelte erleichtert und offensichtlich auch dankbar für den Themenwechsel. »Das klingt wunderbar. Ich finde es großartig, wenn junge Menschen so neugierig auf die Welt sind. Trotzdem hoffen wir natürlich, dass Lukas auf lange Sicht in England sesshaft wird. Das viele Reisen ist doch auf Dauer nichts. Und wie ist das bei dir, Sophie?«

Lukas griff unter dem Tisch nach meiner Hand und drückte sie beruhigend. »Mum, ich denke, das gehört jetzt nicht hierher.«

John schien das auch so zu sehen und warf Margaret einen kritischen Blick zu.

»Ja, tut mir leid.« Eine kleine Pause entstand. »Lukas, ich habe gehört, dass Charlotte demnächst heiratet und auf das Grundstück ihrer Eltern zieht.«

Lukas murmelte etwas wie »Ich hoffe, er ist genauso begeistert davon wie sie.« John lachte und ich atmete tief durch, bemüht, mich nicht von der Sesshaftigkeitsdebatte und der nicht ganz so subtilen Erwähnung von Charlotte aus der Ruhe bringen zu lassen.

John sprang helfend ein. »Lukas hat gesagt, du bist Innenarchitektin bei *Aurum*?«

Dankbar für den erneuten Themenwechsel nickte ich und begann, von früheren Projekten zu erzählen und von dem, das Lukas und mich zusammengeführt hatte.

»Oh, das klingt ja spannend«, warf Margaret ein. »Lukas sagt immer, wir sollten mal etwas Neues wagen. Aber ich finde, unser Hotel lebt gerade von diesem traditionellen englischen Stil. Den sieht man heutzutage viel zu selten.«

Der Stolz in ihrer Stimme war unüberhörbar. Ich bemerkte, wie Lukas einen Moment lang schwieg, bevor er leise »Warum wohl …« murmelte.

Ernsthaft? Ich hoffte inständig, dass Margaret das nicht gehört hatte. Da war er also, der Konflikt, den Lukas schon angedeutet hatte – zwei völlig unterschiedliche Visionen für ein und dasselbe Hotel. Aber es müsste doch einen Weg geben, beide Ansichten zu verbinden.

»Viele traditionelle Elemente lassen sich wunderbar mit modernen Designs kombinieren«, schlug ich diplomatisch vor. »Zum Beispiel Lukas' alte *Windsor-Stühle* – die passen doch perfekt zu seiner modernen Küche.«

Margaret zog die Augenbrauen zusammen. »Moderne Designs wirken oft so kalt.«

»Nicht unbedingt«, erwiderte ich und versuchte, eine passende Brücke zu schlagen. »Stell dir eine gemütliche *Chaiselongue* vor, die vor einer modernen Bücherwand steht – das würde doch eine tolle Kombination abgeben, oder?« Ich wusste ja, wie sehr sie Bücher liebte, und hoffte, sie mit diesem Bild zu erreichen. Lukas warf mir einen wissenden Blick zu, als wüsste er genau, was ich versuchte. Vielleicht hatte es doch seine Vorzüge, mit einem Kollegen zusammen zu sein – er kannte meine Argumentationstechniken mittlerweile fast zu gut. Gerade jetzt war das von Vorteil. In anderen Momenten? Vielleicht weniger.

Margaret überlegte kurz. »Aber wäre das noch authentisch?«

»Es geht darum, das Beste aus beiden Welten zu verbinden«, versuchte ich, die Brücke zu untermauern.

»Also ich weiß nicht, ob unsere Stammgäste das akzeptieren würden.«

Nun schaltete sich Lukas ein. »Mum, die Auslastung ist stark rückläufig. Deine Stammgäste sind bald alle tot. Wir brauchen neue.«

»Lukas!«, riefen Margaret und ich fast synchron, wobei ich noch »Fitzwilliam Harding!« mit scharfem Nachdruck hinzufügte.

John brach in schallendes Lachen aus. »Lukas, Junge, du redest dich gerade um Kopf und Kragen.«

Lukas schaute verblüfft zwischen uns hin und her. »Offensichtlich«, murmelte er und hob die Hände, als wollte er sich ergeben.

»Nun, Sophie, du hast sicher einige gute Punkte«, gab Margaret widerstrebend zu. »Aber für uns macht das keinen Sinn. Wir werden das Hotel sowieso in den nächsten Jahren verkaufen müssen, da Lukas es nicht übernehmen möchte. Wozu also noch investieren?«

»Mum, bitte nicht heute«, warf Lukas mit leicht gereiztem Ton ein, und John seufzte leise.

Und ich? Ich spürte den Drang, die Stimmung zu retten.

»Na ja, wenn das so ist, wären ein paar geschickte Renovierungen erst recht eine gute Investition«, erklärte ich mit echtem Enthusiasmus. Ich mochte solche Projekte. »Es ist tatsächlich so, dass schon kleine Maßnahmen den Verkaufspreis eines Hauses um bis zu fünfzehn Prozent steigern können. Vielleicht lohnt es sich doch, darüber nachzudenken.«

Lukas bestellte noch eine Runde Kaffee und Margaret sah derweil schweigend aus dem Fenster. Die Luft zwischen ihnen war dick wie ein englischer Badezimmerteppich – schwer und irgendwie unnötig. Zum Glück ergriff John das Wort, offenbar genauso entschlossen wie ich, die drohende Stille in etwas Harmloseres zu verwandeln.

»Ihr müsst uns wirklich bald besuchen kommen, ihr beiden. Sophie, vielleicht kannst du uns dann vor Ort ein paar Tipps geben.«

Margaret sah ihn kurz an, ehe sie sich mit einem Lächeln an mich wandte. »Ja, Sophie, kommt uns besuchen. Dann kannst du dir selbst ein Bild machen und sehen, dass Lukas übertreibt. Traditionell muss nicht gleich schlecht sein.«

Lukas lehnte sich skeptisch zurück und schüttelte den Kopf.

»Na, fantastisch. Mum hört dir nach fünf Minuten mehr zu als mir in den letzten fünf Jahren.«

»Lukas!«, riefen Margaret und ich wieder fast gleichzeitig aus, was uns alle zum Lachen brachte. Die Hardings waren mir definitiv sympathisch, trotz ihrer Neugier, die sich als Nächstes auf unser Kennenlernen lenkte.

Lukas erzählte, wie er mich von dem gemeinsamen Wochenende überzeugt hatte, und ich erzählte begeistert von Cassis, dem wunderschönen Hotel und der Umgebung.

Margaret sah mich erstaunt an. »Eine spontane Reise. So viel Initiative hätte ich unserem Sohn gar nicht zugetraut. Er war früher immer so schüchtern.«

Ich grinste. Das war also ihre kleine Retourkutsche für seine Sprüche über das Hotel.

»Sagen wir mal so: Sophie hat mich ziemlich gut aus der Reserve gelockt«, erklärte Lukas, und ich warf ihm einen amüsierten Blick zu. *Das war ja nun wirklich nicht so schwer gewesen.*

»Als hätte ich das gemusst, Lukas. Immerhin warst *du* derjenige, der nach meiner Nummer gefragt hat.«

»Nachdem du dich mehr oder weniger zum Abendessen eingeladen hast.«

»*Eingeladen?* Nur zum Kaffee. Das Essen hätte ich schon selbst bezahlt.«

Seine Eltern verfolgten schmunzelnd unseren kleinen Schlagabtausch.

»Ich sehe schon, ihr zwei passt wirklich gut zusammen«, meinte Margaret.

Lukas zog mich fest in seinen Arm. »Na ja, Sophie hat wohl ein Talent dafür, mein Leben ein bisschen interessanter zu machen.«

»Und Lukas ...« Ich suchte kurz nach den richtigen Worten, ehe ich ihn anlächelte. »Er bringt eine Ruhe in mein kreatives Chaos, die ich nie erwartet hätte.« Es war die ehrlichste Beschreibung, die mir einfiel, um uns und die Veränderung in mir zu erklären. Klang aber fast ein bisschen kitschig. Also schob ich mit einem Zwinkern nach: »Man könnte sagen, er hat mich ein bisschen sortiert.« Ich grinste breit. »Tja, und damit nochmal: *Happy Birthday!*«

»Danke, Soph«, flüsterte er mit einem Lächeln, das nur für mich bestimmt war. »Du bist auch echt mein Lieblingsprojekt.«

Es folgte ein Kuss, bei dem ich mich kurz fragte, ob er vor den Eltern angemessen war, aber sie lächelten uns nur glücklich an.

Als wir uns schließlich verabschiedeten, umarmte mich Margaret fest. »Kommt uns besuchen, Sophie. Lukas macht das viel zu selten. Aber jetzt hat er ja dich, die ihm die Entscheidungen abnimmt.« Ein Zwinkern zu mir und ein Seitenblick zu Lukas, und dann ließ sie mich los.

John drückte meine Hand mit beiden Händen. »Es war wirklich schön, dich kennenzulernen. Ich hoffe, wir sehen uns bald wieder.«

»Das hoffe ich auch«, entgegnete ich und sah ihnen nach, als sie das Café verließen.

Lukas sah mich neugierig an. »Siehst du, war doch gar nicht so schlimm, oder?«

»Nein, eigentlich war es ganz schön. Ich glaube, für dich war's schlimmer als für mich«, lachte ich und stupste ihn in die Seite.

»Ja, kann schon sein, aber das nehme ich gerne in Kauf.«

Ja, vieles hätte schiefgehen können. War es aber nicht.

Doch der Tag war noch lange nicht vorbei. Direkt im Anschluss machten wir uns auf den Weg zu Chris und Becky – dem vermeintlich *entspannteren* Teil, dachte ich naiv. Aber die Entspannung sollte nicht lange halten. Die beiden hatten keinen Babysitter gefunden, also feierten wir Lukas' Geburtstag bei ihnen zu Hause, in ihrer schicken Doppelhaushälfte im *Tudorstil* – mit Garten und zwei Parkplätzen. Purer Luxus im Großraum London. Das Anwaltsbusiness schien gut zu laufen.

Im Haus selbst herrschte allerdings das pure Chaos. Überall lagen Spielzeug und Spucktücher, und mittendrin tobte die zugegebenermaßen süße Gemma um uns herum, bis sie schließlich ins Bett musste. Lukas, als Patenonkel, ließ es sich nicht nehmen, ihr die Gute-Nacht-Geschichte persönlich vorzulesen. Ich saß im Wohnzimmer und konnte mir ein breites Grinsen nicht verkneifen, als ich durchs ganze Haus hörte, wie er einen Drachen nachahmte – und Gemma vor lauter Lachen kaum zur Ruhe kam.

»Gemma liebt Lukas«, stellte Becky lächelnd fest.

»Ja, er ist wirklich ein toller Patenonkel«, fügte Chris hinzu.

Und dann kam sie. *Die Frage.* Die Frage, die irgendwann immer kommt. Spätestens, wenn eine Frau auf die dreißig zugeht. Und erst recht, wenn sie, wie ich, die dreißig überschritten hat:

»Und Sophie, was ist mit dir? Willst du auch Kinder?«

Zack. Meine Laune kippte wie ein Fahrrad auf losem Schotter. Warum denken bloß alle, es sei völlig in Ordnung, einer Frau diese Frage zu stellen? Als ob es das natürlichste Smalltalk-Thema der Welt wäre. Wie antwortet man darauf am besten? Option eins: ausweichen, irgendeine hohle Floskel. Option zwei: Chris direkt in seine Schranken weisen. Aber ich entschied mich für Option drei – die ruhigste, aber auch deutlichste Ansage, die mir einfiel.

»Danke, dass du dir so große Sorgen um meinen Körper machst. Aber ich denke nicht, dass ich diesen Gesprächsfaden weiterführen möchte.«

Becky warf Chris sofort einen scharfen Blick zu. »Christopher Bates! Wie kannst du nur so eine Frage raushauen?« Chris hob verteidigend die Hände, als hätte er gerade die Fernbedienung statt einer Granate hochgeworfen.

»Sorry, ich wollte doch nur fragen.«

»Stell dir vor, jemand hätte *dir* nach ein paar Wochen Beziehung so eine Frage gestellt«, fuhr Becky fort und fixierte ihn mit einem Blick, der keine Ausrede duldete. »Dich hätte ich echt mal sehen wollen.«

Chris murmelte eine halbherzige Entschuldigung und quittierte Beckys Schienbeinstoß mit einem leisen »Autsch«.

Genau in diesem Moment kam Lukas, wie immer mit perfektem Timing, wieder ins Wohnzimmer. »Was hab ich verpasst?«

»Chris sorgt sich um dein Genmaterial«, erklärte ich lauter als nötig.

Chris sah betreten zur Seite. »Sorry, ich hab Sophie nur gefragt, ob ihr zwei eigentlich Kinder wollt.«

»Typisch Chris, immer mitten ins Fettnäpfchen.« Lukas setzte sich neben mich und legte einen Arm um mich. »Du musst ihn verstehen, Soph. Chris ist überfordert mit seiner Vaterrolle und hofft, dass alle anderen im selben Boot sitzen.« Dann wandte er sich direkt an Chris. »Manchmal bist du echt peinlich, Bates.«

Chris hob entschuldigend die Hände. »Ja, tut mir leid. War wirklich nicht böse gemeint. Wisst ihr, vermutlich passt es für euch sowieso besser, mit dem Trolley in der einen und dem *Grande Hafermilch Extra-Hot Triple-Shot Salted Caramel Latte* mit einem Hauch Zimt in der anderen Hand um die Welt zu jetten.«

Lukas lachte laut, und auch ich konnte mir jetzt ein Grinsen nicht verkneifen.

Becky seufzte und murmelte ein »Chris, wirklich …«, doch dieser ließ sich nicht beirren.

»Was denn? Wo ich so darüber nachdenke, sehe ich euch beide eben eher in der Businesslounge als auf dem Spielplatz.«

»Unser Spielplatz ist eben ein anderer«, antwortete Lukas, zog mich noch näher an sich und küsste meinen Nacken »Ägyptische Baumwolle statt Sandkasten. Und du bist nur neidisch, weil du nicht mitspielen darfst.«

Becky stieß Chris lachend in die Seite. Chris hob erneut die Hände in Verteidigungsstellung. »Okay, okay, ich hör schon auf. Ihr seid auf jeden Fall ein tolles Paar.«

So ging es weiter, mit mehr Bier, Wein und den scheinbar üblichen Sticheleien zwischen Chris und Lukas, die Becky und mich zu amüsierten Blicken veranlassten. Es war schon weit nach Mitternacht, als wir schließlich aufbrachen.

»Und? Wie geht's jetzt mit euch weiter?«, fragte Becky, als sie mich zum Abschied umarmte. »Sehen wir dich bald wieder, Sophie?«

Ein Thema, um das Lukas und ich herumschlichen. Die kommenden Wochen bis zum Jahresende würden unseren neu entdeckten Rhythmus tatsächlich ordentlich durcheinanderbringen.

»Ich werde für einige Wochen in New York sein, aber der genaue Plan steht noch nicht fest.«

»Ach, dann spätestens zu Weihnachten, oder? Da kommst du doch bestimmt?«

»Das haben wir noch nicht besprochen.« Ich warf Lukas einen vorsichtigen Seitenblick zu. »Ich schätze, das hängt davon ab, wie die Dinge in New York laufen.«

Oder ob ich es schaffe, den Grinch in mir in Schach zu halten – den Teil von mir, der Weihnachten am liebsten aus dem Kalender streichen würde.

 23

Mit jedem Kilometer, den das Flugzeug an Höhe gewann, wuchs mein innerer Zwiespalt – einerseits die Vorfreude auf New York, andererseits das traurige Gefühl, Lukas viele Wochen lang nicht zu sehen. Ich starrte aus dem Fenster und sah, wie London unter mir immer kleiner wurde. New York war zentral für das Projekt, also blickte ich nach vorn. Wir hatten beschlossen, alle Maßnahmen bei *Aurum NYC* in einem einzigen, kompakten Schritt anzugehen. Zwischen Europa und New York zu pendeln war natürlich zu teuer und nicht nachhaltig. Also würde ich bis kurz vor Weihnachten durchgängig dort bleiben, in der Hoffnung, alles rechtzeitig fertigzustellen.

Früher hätte mich jede Reise uneingeschränkt begeistert. Aber jetzt, da ich – *ich!* – tatsächlich in einer Beziehung war, fühlte sich alles anders an. Die Distanz zwischen Paris und London war machbar, aber der Atlantik stellte eine völlig neue Herausforderung dar.

Der Abschied war mir deshalb noch schwerer gefallen, als ich es erwartet hatte. *Ich*, die berufliche Perfektionistin und langjährige Meisterin der emotionalen Zurückhaltung, hatte in unserer letzten gemeinsamen Nacht kaum ein Auge zugetan. Immer wieder waren mir die Tränen gekommen, selbst als wir miteinander schliefen. Lächelnd dachte ich im Flugzeug an diesen absurden Moment zurück:

Ich hatte London für den Abflug gewählt und so verbrachte ich noch das Wochenende bei Lukas. Er gab sich alle Mühe, kochte sogar und scherzte, das solle mir den Abschied erleichtern. Sogar

Kerzen hatte er gekauft – das ganze romantische Tamtam, das ich immer für überbewertet gehalten hatte. Schönes Ambiente war mein Job, und Kerzen hatten für mich in der Liebe keinen höheren Stellenwert als im Alltag. *Liebe* ... ein Gefühl, das ich endlich zuließ. Und das machte den Abschied umso schwerer:

Wir lagen im Bett. Lukas über mir. Wir waren ... sozusagen mitten im Geschehen, als er plötzlich stutzte und mir besorgt in die Augen sah. »Hey, was ist denn los?«, fragte er leise und wischte mir eine Träne von der Wange, wodurch sie erst richtig zu fließen begannen.

»Ach, mir geht's gut«, behauptete ich. »Ich bin nur ein emotionales Wrack. Ich kann mich einfach nicht uneingeschränkt auf New York freuen, und das ärgert mich. Alles nur wegen dir, Harding«, schimpfte ich und ließ meinen Frust mit der Faust an seiner Brust aus.

Er grinste, strich mir die Haare aus dem Gesicht und küsste eine Träne weg. »Sollen wir besser aufhören?«

Ich schüttelte den Kopf, während die Tränen weiterliefen, und begann hysterisch zu lachen. »Spinnst du? Ich vermisse dich jetzt schon, vermisse ... *uns* jetzt schon. Nein, mach weiter.«

Er sah mich irritiert an, halb besorgt, halb amüsiert. »Weißt du, du bist das einzige emotionale Wrack, das ich kenne, das gleichzeitig weinen, stöhnen und schlagen kann.«

Dieser Blick, diese liebevoll-belustigte Mischung, mit der er all meinen Launen immer geduldig begegnete, ließ mich innerlich durchatmen.

»Ich bin eben gut im Multitasking. Können wir jetzt bitte ... weitermachen?«, flüsterte ich und gab seiner Hüfte mit meinen Händen einen leichten Impuls.

Er zweifelte sichtbar an meiner Zurechnungsfähigkeit. Doch dann tat er, was ich wollte, und es gelang mir, den bevorstehenden Abschied dann doch für einen Moment auszublenden.

Als das Flugzeug seinen Kurs über den Atlantik nahm, richtete ich meine Gedanken auf die kommenden Wochen. Der Herbst war ideal für Renovierungen im Hotelbetrieb, aber unser Zeitplan war extrem ehrgeizig: Suiten, Lobby und Restaurant sollten gleichzeitig bis Weihnachten umgebaut werden – fast unmöglich.

An *Thanksgiving* würde die Baustelle tagelang stillstehen, und im Dezember stieg das Gästeaufkommen in New York deutlich an. Ich hatte vorgeschlagen, die Arbeiten auf Januar zu verschieben, doch meine Bedenken stießen auf taube Ohren. Stattdessen sollte das Hotel sein fünfundzwanzigstes Jubiläum mit einem großen Empfang am Neujahrstag feiern. Es war kaum machbar, aber die Entscheidung stand. Also blieb mir nichts anderes übrig, als das Beste daraus zu machen – und die Beeinträchtigungen für die Gäste so gering wie möglich zu halten.

Die ersten Tage in New York fühlten sich an, als wäre ich in einem Film gelandet. Die Wolkenkratzer, das ständige Hupen, die endlosen Menschenströme – die Hektik war so faszinierend wie überwältigend. New York, die Stadt, die niemals schläft – kein Wunder bei dem ganzen Koffein. Gefühlt lief jeder mit einem Kaffee in der Hand durch die Straßen. Mich eingeschlossen.

Vielleicht war es der Koffeinschub, vielleicht die Aufregung der Großstadt – jedenfalls trieb ich das Projekt mit aller Kraft voran. Und es waren die kleinen Erfolge, die mich immer wieder beflügelten: ein fertiggestelltes Zimmer, positives Feedback, ein gelungenes Detail. Doch trotz dieser beruflichen Bestätigungen fielen mir die Abende allein schwer. Jetzt verstand ich, wie schwierig es wirklich war, Karriere und Beziehung zu vereinbaren. Ich wusste, dass Lukas' letzte Beziehungen auch daran gescheitert waren – und die Sorge, dass uns dasselbe Schicksal drohte, ließ mich in meinem kleinen Zimmer abends nicht los.

Lukas hatte nicht übertrieben – die Mitarbeiterzimmer waren wirklich beklemmend. Meins lag im ersten Stock, gleich neben der Lieferantenzufahrt und in der Nähe einer Feuerwache, die gefühlt im Dauereinsatz war. Sauber, modern und funktional. Aber ein scharfer Kontrast zu der verschwenderischen Eleganz, die ich tagsüber zu erschaffen versuchte.

Es war spät am Nachmittag, als ich nach einem langen Arbeitstag in mein Zimmer zurückkehrte. Wir hatten gerade die lärmintensivsten Arbeiten in der Lobby abgeschlossen – der alte Boden war endlich herausgestemmt. Die Folgearbeiten würden Zeit in Anspruch nehmen, aber weniger Lärm und Schmutz verursachen. *Wenn wir bis Thanksgiving das Gröbste geschafft haben*, dachte ich vorsichtig optimistisch, *können wir trotz der Einschränkungen in der Weihnachtszeit zufriedene Gäste empfangen.*

Ich gönnte mir eine ausgiebige Dusche, um den Staub und den Stress abzuwaschen. Eingewickelt in eines der flauschigen Hotelhandtücher ließ ich mich aufs Bett fallen und griff nach meinem Handy. Ich rief Lukas an und schaltete die Kamera ein. Er lag schon im Bett.

»Habe ich dich geweckt?«, fragte ich leise und wünschte mir in diesem Moment nichts sehnlicher, als bei ihm zu sein.

»Nein, ich war noch wach.« *Na ja,* das bezweifelte ich, so wie er gähnte. »Du siehst ... erfrischt aus«, kommentierte er mein Outfit mit einem schläfrigen Grinsen und einem weiteren Gähnen. Ich hatte ihn *ganz sicher* geweckt, also beschloss ich, dass ich für die

Störung etwas gutzumachen hatte – und ihm eine kleine Show gönnen konnte.

»Ja, total erfrischt. Und schau mal, dieses Handtuch.« Ich zog es spielerisch ein Stück höher und ließ meine Finger lasziv über den Saum gleiten. Sein Blick folgte wie hypnotisiert meiner Hand, und ich konnte nicht widerstehen. »Das fühlt sich herrlich weich an. Tolles Material. Vielleicht lasse ich es noch ein bisschen an ... oder?«

Prompt wurde sein Blick etwas wacher. »Ehrlich gesagt, ich hätte ja andere Pläne für dieses Handtuch.«

»Ach, du und deine Pläne«, lachte ich und begann, von meinem Tag zu erzählen. Dabei spielte ich weiter mit der Kamera, hielt sie am Rand des Handtuchs oder so ausgerichtet, dass er einen Blick auf meine nassen Locken erhaschen konnte. Es war offensichtlich, dass es ihm immer schwerer fiel, dem Gespräch zu folgen.

»Soph«, sagte er schließlich, »spielst du mit mir?«

»Ich? Niemals ... Wovon redest du?« Ich hob eine Augenbraue und lockerte etwas den Knoten, der das Handtuch an meinem Oberkörper hielt.

»Doch, das tust du. Ich will mitspielen. Lass das Handtuch fallen.« Seine Stimme war sanft, beinahe ein Flüstern.

»Warum denn das?« Ich tat unschuldig und spielte weiter mit dem Saum.

»Komm schon, lass es einfach fallen.«

»Wie heißt das Zauberwort?«

Nun stellte *er* sich dumm.

»Hm ... *Schmetterling*?«

»Also wirklich, Harding. Was sagt der Gentleman?«

»Lass das Handtuch fallen ... *Sofort*?«. grinste er.

Ich zog den Knoten provokant enger, und er lachte.

»*Bitte*, Sophie, lass das Handtuch fallen.«

Na, das entwickelt sich interessant, dachte ich erfreut und ließ den Knoten los. Das Handtuch glitt zu Boden und ich genoss seinen intensiven Blick auf meiner Haut.

Wie hatten Fernbeziehungen früher bloß ohne moderne Technik überlebt? Ich ließ Lukas an meinem Gedanken teilhaben, während ich mich zurücklehnte. »Ich hoffe, du weißt das zu schätzen. Früher hätten wir uns noch schwülstige Briefe schreiben müssen.«

»Ich danke dem Erfinder des Smartphones«, antwortete er theatralisch. »Aber stell dir vor, ich würde dir so einen kitschigen Brief schreiben. Vielleicht so etwas wie ...«, er räusperte sich dramatisch, »Meine liebste Sophie, wie sehr wünsche ich mir, dich in meinen Armen zu halten und dich mit Küssen zu überschütten.«

»Zum Glück leben wir im Zeitalter der Videotelefonie«, konterte ich trocken, ließ mich tiefer auf das Bett sinken und hielt die Kamera so, dass er nur einen verschwommenen Ausschnitt von meiner nackten Schulter und meinem Schlüsselbein sehen konnte. Gerade genug, um etwas Neugier zu wecken.

»Lukaaaas?«, fragte ich mit einem spielerischen Lächeln.

»*Souh-fieee?*«, antwortete er mit einem leichten Lachen, das von seinen Worten bis zu seinem Blick reichte.

»Was denkst du, gefällt dir der Ausschnitt?« Ich schwenkte die Kamera langsam zurück auf mein Gesicht und grinste.

»Gefährliche Frage«, murmelte er und lehnte sich gegen das Kopfteil. »Aber danke für die kleine Show. Was meinst du ... wie wäre es, wenn wir dir auch etwas Freude bereiten?«

»Ach ja? Willst du mir etwa Blumen schicken?«

»Ähm, nein, nicht ganz.« Sein Lächeln verlor den spielerischen Ton, wurde aber intensiver, wärmer. »Ich dachte eher ... jetzt, hier, über den Videocall.«

Ich hob eine Augenbraue. »Freude bereiten?«

»Warum nicht ... liegst du bequem?« Und plötzlich änderte sich die Energie zwischen uns.

»Jetzt bin ich aber gespannt, was du dir ausgedacht hast, Projektentwickler.« Ich positionierte das Handy so, dass er mich gut sehen konnte, legte mir ein Kissen unter den Kopf und streckte mich gemütlich aus. »Und jetzt?«

Lukas' Blick wurde dunkler, seine Stimme ein wenig tiefer. »Wenn ich jetzt bei dir wäre, würde ich genau wissen, wo ich anfangen müsste.« Seine Worte waren eindeutig, aber getragen von dieser typischen, charmanten Zurückhaltung – genau die Mischung, mit der er es immer wieder schaffte, mich um den Verstand zu bringen. Doch gerade deshalb beschloss ich, ihn noch ein wenig zappeln zu lassen.

»Oh, das klingt verlockend«, flüsterte ich zurück. »Aber was habe ich jetzt davon?«

Er lachte leise. »Vielleicht kannst du dir vorstellen, dass *deine* Hand jetzt *meine* ist?«

»Ach so.« Ich schlug mir gespielt die Hand vor die Stirn. »Manchmal bin ich wirklich schwer von Begriff.«

Langsam folgte ich seiner Einladung und sah, wie *seine* Hand unter der Decke verschwand. *Ah ja.* Ich spürte, wie die Luft zwischen London und New York förmlich knisterte. *Was sind schon fünfeinhalbtausend Kilometer,* dachte ich schmunzelnd, *wenn man kreativ ist und einen so pragmatischen Freund hat?*

Ich hielt mein Gesicht ganz nah an die Kamera, während meine Finger begannen, sich über meinen Körper zu bewegen. »Weißt du, Lukas«, begann ich, »dieses Projekt hier braucht dringend deine Expertise. Wie wäre es mit einer Geschäftsreise nach New York? Du könntest alles persönlich überwachen.«

»Wirklich?«, fragte er, seine Stimme tief und amüsiert. »Und was genau sollte ich dort ... überwachen?«

Ich gönnte ihm einen weiteren, etwas intimeren Kamerawinkel. »Ach, weißt du ... meine *Key Performance Indicators*, vielleicht?«

»Soph ...«, schmunzelte er leise, »Ich werde eine Dienstreise für eine *Performance Review* nicht rechtfertigen können. Aber ... deine Performance, oder sollte ich besser sagen, deine *Compliance* ... die können wir auch jetzt testen. Ich hätte deine-meine Hand nämlich gerne ein wenig ... *tiefer*.«

Ich sah ihn herausfordernd an. »Meinst du, dieser Videocall übers Hotel-WLAN ist sicher? Nicht, dass ein IT-Typ sich gerade köstlich amüsiert.«

Er lachte leise. »Keine Sorge, das IT-Sicherheitskonzept war das Erste, das im Rahmen der Modernisierung umgesetzt wurde. Wir sind so sicher, wie man nur sein kann.«

»Gut zu wissen. Dann können wir ja bedenkenlos weitermachen. Also ... *tiefer*.« Ich wiederholte das Wort bewusst betont und griff provokativ nach meinen Füßen.

Lukas rollte mit den Augen, seine Mundwinkel zuckten. »Du treibst mich noch in den Wahnsinn«, flüsterte er, seine Stimme nun fordernder.

Ach, na gut, Zeit für mehr Ernsthaftigkeit.

»Okay, und was genau soll ich tun?«, fragte ich verführerisch.

»Zeig mir, wie du von mir berührt werden möchtest.«

»Oh, ein Fernlehrgang für dich?« Ich konnte es einfach nicht lassen, ihn noch ein wenig zu provozieren, auch wenn ich seinen Wunsch schon längst erfüllte.

»Ganz genau. Und ich werde gut aufpassen.«

Ich schloss die Augen und ließ mich ganz auf das Spiel ein, versuchte, die Distanz zwischen uns auszublenden und seinen leisen

Anweisungen zu folgen. Die Minuten vergingen, bis die Spannung zwischen uns ihren, na ja, Höhepunkt erreichte. Doch die Realität hatte ihre eigenen Pläne. Ein lautes Martinshorn drang durch das offene Fenster, gefolgt von den Motoren der Feuerwehrwagen gegenüber. Die Welt, die ich für einen Moment hatte vergessen können, schob sich unbarmherzig zurück in den Vordergrund. Ich öffnete die Augen und traf auf Lukas' Blick – nachdenklich, ein wenig ernst, als ob auch er darüber nachdachte, wie nah und gleichzeitig fern wir uns gerade waren.

»Was, wenn ich mir einfach ein langes Wochenende freinehme?«, überlegte er laut. »Über *Thanksgiving*. Wir beide zusammen in New York? Oder vielleicht ein Kurztrip nach Florida?«

»Das klingt verlockend«, murmelte ich, immer noch euphorisiert von unserem kleinen Videoabenteuer.

»Miami Beach?«, fragte er. »Sonne, Meer und du im Bikini. Oder ohne.«

»Guter Plan. Lass uns das machen.«

Einen Moment lang sahen wir uns einfach nur an, ohne etwas zu sagen. So nah und so fern.

»Ich vermisse dich«, gestand er leise.

»Ich dich auch. Aber Florida klingt wirklich toll.« Ich versuchte, meine Stimme fest und optimistisch zu halten. »Nicht mehr lange, Lukas, dann sehen wir uns.«

Aber dazu kam es nicht. Zwei Tage vor *Thanksgiving* rief er mich um vier Uhr morgens an. Ich spürte sofort, dass etwas nicht stimmte.

»Was ist los?«, fragte ich, noch halb schlafend.

»Mein Vater hatte gerade einen Herzinfarkt.« Seine Stimme war brüchig und ich konnte hören, wie aufgelöst er war.

Mit einem Mal saß ich kerzengerade im Bett. »Wie schlimm ist es?« In meinem Kopf spielten sich bereits die schlimmsten Szenarien ab.

»Er ist auf der Intensivstation. Er ist einfach so zusammengebrochen, Soph, mitten beim Frühstück.«

Er weinte. Der unerschütterliche Lukas. Und ich? Ich hätte ihn so gern in den Arm genommen. *Verfluchter Atlantik.*

»Okay, ich storniere Florida und buche einen Flug nach London«, schlug ich vor.

»Nein, du kannst hier doch sowieso nichts tun.«

»Aber ich kann bei dir sein.« Meine Stimme war fest, entschlossen, ihm irgendwie zu helfen, auch wenn ich nicht genau wusste, wie.

»Soph, das würde ich mir wünschen, aber ich denke, ich muss einfach bei meiner Mutter bleiben.«

»Okay.« Mir war zwar klar, dass dies nicht der Moment war, um an mich zu denken. *Aber warum wies er mich so zurück?* Ich wollte ihn unterstützen. War das nicht das, was man in einer festen Beziehung tat? Vielleicht hatte ich doch keine Ahnung, wie man mit solchen Situationen umging. Jedenfalls fühlte ich mich hilflos. Aber hier ging es nicht um mich.

»Was sagen die Ärzte?«

»Sie glauben schon, dass er es schafft. Aber Mum ist völlig aufgelöst.« *Nicht nur sie.* Ich konnte hören, wie schwer ihm jedes Wort fiel. »Sei mir nicht böse wegen Florida, okay?«

»Natürlich nicht«, antwortete ich sofort, obwohl mir Tränen in die Augen stiegen. »Halt mich auf dem Laufenden und drücke deine Mutter fest von mir. Und deinen Vater, sobald du mit ihm sprechen kannst.«

Nach dem Gespräch konnte ich nicht mehr schlafen. Der Ozean zwischen uns fühlte sich plötzlich noch breiter an. New York, das Hotel, die Karriere – all das schien bedeutungslos. Schließlich wusste ich genau, wie es sich anfühlt, einen Elternteil zu verlieren. Und Lukas' Vater war doch mit Mitte sechzig noch viel zu jung. Ich quälte mich durch den Tag und klammerte mich an jede Nachricht: Was die Ärzte sagten, wie es seiner Mutter ging – und dass er kurz zu seinem Vater durfte. Zum Glück gaben die Ärzte später Entwarnung. Man hatte John einen Stent gesetzt, er würde sich schonen müssen, aber die akute Gefahr war vorerst vorbei.

Und *Thanksgiving* dann auch.

Ich war wütend auf mich selbst, weil ich nicht einfach ins Flugzeug gestiegen war. Und irritiert, dass Lukas nicht wollte, dass ich komme. *Klar, er war bei seiner Mutter, aber sollte er nicht trotzdem wollen, dass ich bei ihm bin? War das zwischen uns am Ende doch nur körperliche Anziehung? Nicht tief genug für echte Krisen?* Die Gedanken ließen mir keine Ruhe – und so war ich fast dankbar, mich in die Arbeit stürzen zu können.

Das Hotel bereitete sich unterdessen auf Weihnachten vor. Der Umbau der Lobby war auf der Zielgeraden und wir hatten den kleinen Bereich der Rezeption festlich geschmückt. Die skurrile Mischung aus festlichem Glanz und Staubschutzplanen passte zu meiner Stimmung. Weihnachtsshopping, die Eisbahn und der riesige Weihnachtsbaum am *Rockefeller Center* ließen mich kalt. Überall lief *Last Christmas* und raubte mir den letzten Nerv. Ein *Gingerbread Latte* aus der Kaffeebar unten im Hotel war mein einziges Zugeständnis an die Weihnachtszeit.

Dabei freute ich mich doch ein wenig auf das Fest – na ja, oder zumindest auf das Datum, an dem ich zu Lukas fliegen würde.

Doch je näher der Tag rückte, desto stärker nagten Zweifel an mir. *Hatte die Distanz uns verändert? Würden wir uns fremd vorkommen? Und wie würde es sein, auf seine Eltern zu treffen, die ihre eigenen Sorgen hatten?* Ich wollte mich nicht aufdrängen oder zur Last fallen. Und so klopfte mein altbekannter Fluchtreflex an – und ein kleiner Teil von mir dachte ernsthaft über eine alternative Weihnachtsplanung nach.

Und dann kam es zum Super-GAU. Drei Tage vor Heiligabend ruinierte ein Rohrbruch im fast fertiggestellten Restaurant das neue Parkett und die frisch tapezierten Wände. Das Wasser suchte sich seinen Weg in zwei der darunterliegenden Suiten und beschädigte nicht nur die Decken, sondern auch Möbel und Teppichböden. Die Handwerker versuchten, den Schaden einzudämmen, aber schnell wurde klar: Die erste Buchung für eine der Suiten musste storniert werden, und die weiteren Reservierungen zum Jahreswechsel standen auf der Kippe.

Gleiches galt für die Eröffnung des Restaurants. Trocknungsgeräte brummten unaufhörlich. Der Geruch von nassem Holz und Putz hing in der Luft. Aber bis Silvester musste alles fertig sein. Obwohl das Hotelmanagement mich drängte, mir wenigstens die drei Feiertage freizunehmen, stand mein Entschluss fest: Ich musste Lukas anrufen und ihm sagen, dass ich nicht kommen konnte.

Als er abnahm, hörte ich die Vorfreude in seiner Stimme. »Hey Soph, hast du schon gepackt?«

Ich schluckte schwer und bemühte mich, ruhig zu klingen. »Lukas, es tut mir so leid, aber ich ... ich kann nicht kommen.«

Eine lange Pause trat ein und ich spürte förmlich, wie er seine Enttäuschung zu verbergen versuchte.

»Warum nicht?«, fragte er schließlich leise.

Ich berichtete ihm von der Katastrophe, die uns zurückgeworfen hatte. »Hier ist noch so viel zu tun – die Trocknungsgeräte, Teppich verlegen, tapezieren, dekorieren. Ich kann nicht weg. Bitte, versteh das.«

Offensichtlich tat er das nicht. »Kannst du nicht über die Feiertage kommen und dann zurückfliegen?« Ein fordernder Unterton schwang mit.

»Ich weiß, wie wichtig das für uns ist, aber ich kann die Baustelle nicht verlassen. Du erinnerst dich an unsere Vereinbarung in Cassis? *Business first.* Wir hatten festgelegt, dass die Arbeit manchmal Vorrang hat.«

Stille. Die Sekunden zogen sich hin, und das Schweigen wurde unerträglich. Schließlich kam nur ein knappes »Okay.«

»Ich komme direkt im neuen Jahr«, schob ich schnell nach. »Dann holen wir alles nach. Es ist doch nur etwas mehr als eine Woche.« Aber es klang hohl, sogar für mich selbst.

»Ist das wirklich der einzige Grund?«

»Was meinst du?«, fragte ich nervös.

»Hast du kalte Füße? Wegen Weihnachten, meiner Familie. Wegen mir?«

»Nein, nein, natürlich nicht!«

Wieder Stille.

»Wenn du meinst. Na gut, Soph. Wir sprechen uns dann.«

Das Gespräch endete und ich fühlte sofort, dass ich einen gewaltigen Fehler gemacht hatte. Lukas war immer so verständnisvoll gewesen, aber es war offensichtlich, dass seine Geduld an dieser Stelle erschöpft war. Na ja, er hatte die letzten Wochen viel durchgemacht. *Ich sollte das vielleicht nicht überinterpretieren. Oder doch?* Ich legte das Telefon beiseite und starrte ins Leere.

Wie immer, wenn ich nicht weiterwusste, rief ich Anna an.

»Hey, schon gepackt?« Genau der Satz, den auch Lukas gesagt hatte. Prompt stiegen mir die Tränen in die Augen.

»Anna, ich ...«, begann ich, aber sie fiel mir sofort besorgt ins Wort.

»Was ist denn passiert?«

Ich versuchte, ruhig zu bleiben, und begann zu erzählen. Annas Urteil war deutlich.

»Du bist wirklich ein Phänomen, weißt du das? Du findest immer einen Weg, vor deinen Gefühlen davonzulaufen.«

Ich schluckte und versuchte, mich zu beherrschen. »Anna, das ist nicht fair. Das Projekt ist enorm wichtig. Ich hatte wirklich keine andere Wahl. Ich trage eine große Verantwortung.«

»Keine Wahl? Glaubst du wirklich, ich kaufe dir das ab? Du hast einfach nur Angst. Vor all dem, was mit einer ernsten Beziehung verbunden ist. Und vor Weihnachten.«

Ihre Worte trafen mich wie ein Schlag in die Magengrube.

»Das stimmt nicht!«, protestierte ich, obwohl ich wusste, dass sie recht hatte.

»Ach, komm schon, Sophie«, sagte sie sanfter. »Ich verstehe dich ja. Ihr habt euch wochenlang nicht gesehen. Erst war alles so intensiv, und dann kam die lange Distanz. Du bist verunsichert. Richtig?«

Ich zuckte mit den Schultern, obwohl sie mich nicht sehen konnte.

»Aber es ist wirklich wichtig, Anna. Wenn ich das Projekt nicht rechtzeitig abschließe ...«

»Ja, ja«, unterbrach sie mich. »Klar, dein Job ist wichtig. Aber musst du den Trocknungsgeräten an Weihnachten wirklich Gesellschaft leisten?«

Darauf hatte ich wirklich keine Antwort.

»Meinst du, das war's jetzt?«, flüsterte ich. »Ich bin so bescheuert.«

»Nein. Nicht zwangsläufig.« Anna machte eine kleine Pause. Vielleicht fühlte sie sich mit ihrem Latein bei mir am Ende. »Sophie, ernsthaft, bitte überlege dir gut, was du tust und wie es weitergeht. Was Lukas dir bedeutet, was du hier riskierst.« Ich hörte sie gähnen. »Und jetzt versuche bitte, dich zu beruhigen, okay? Weißt du, hier ist es schon weit nach Mitternacht und ich muss in ein paar Stunden raus ... Wir sprechen morgen darüber, ja? Das wird schon.«

»Okay. Gute Nacht«, sagte ich, legte auf und wischte mir die Tränen aus dem Gesicht.

Wollte ich mir wirklich einreden, dass ich an den Feiertagen wegen der Arbeit hierbleiben musste? Nein. Vielleicht hatte Lukas recht. Vielleicht hatte ich wirklich kalte Füße. Warum konnte ich nicht zugeben, wie schwer mir Weihnachten fiel? Warum hatte ich ihm nicht gesagt, dass mich der Gedanke an ein Familienfest überforderte? Vielleicht hätten wir gemeinsam eine Lösung gefunden. Stattdessen stand nun unsere Beziehung auf der Kippe.

Ich schrieb ihm eine Nachricht:

»Es tut mir so leid. Ich liebe dich.«

Er reagierte nicht sofort. Vielleicht schlief er schon. Aber dann sah ich, dass er die Nachricht gelesen hatte. Er tippte etwas, doch die Nachricht kam nicht. Minuten vergingen. Schließlich versuchte auch ich, zu schlafen.

Am nächsten Morgen hatte ich eine Antwort:

Soph,

unsere Vereinbarung war klar, und ich verstehe, wie wichtig deine Arbeit für dich ist. Aber ich habe das Gefühl, dass du dich manchmal dahinter versteckst – vielleicht sogar vor dir selbst. Weihnachten ohne dich ist ein Schlag, das gebe ich zu. Aber wichtiger ist, dass du für dich herausfindest, was du wirklich willst und was dich vielleicht zurückhält. Wenn dir der Abstand dabei hilft, dann ist es wohl der richtige Weg. Ich bin hier.
Love, Lukas

Ich las seine Nachricht zweimal, dann ein drittes Mal. Lukas war so … Lukas. Verständnisvoll, ruhig, und doch brachte er es immer wieder fertig, mich aus der Fassung zu bringen. »Was ich wirklich will«, wiederholte ich seine Worte leise. Als wäre das so einfach. Als wüsste ich es nicht längst – und trotzdem hatte ich uns soeben gefährlich nah an den Rand einer Klippe manövriert. Fast. *Fast?* Hoffte ich zumindest.

24

An Heiligabend streifte ich rastlos durch das Hotel. Die Lobby erstrahlte endlich in vollem Glanz. Der polierte Betonboden kontrastierte mit der warmen Nussbaumholz-Rezeption und den petrolgrünen Loungemöbeln. Große, rauchfarbene Glaskugellampen und gerahmte *Streetart*-Bilder setzten Akzente. Ein Weihnachtsbaum mit schwarzglänzenden *Aurum*-Kugeln sorgte für eine festliche Atmosphäre. Alles war perfekt. Ich sollte stolz sein. Glücklich. Aber die Festlichkeit zog an mir vorbei, wie ein Film, dessen Handlung ich nicht verstehen konnte. Ich fühlte mich losgelöst, als wäre ich nur eine Beobachterin, die all das von außen betrachtete, ohne wirklich dazuzugehören.

Lukas und ich hatten seit seiner Nachricht nicht mehr gesprochen. Ich hatte versucht, ihn zu erreichen, aber nichts. *Fast drei Tage!* Klar, er war auf dem Weg zu seinen Eltern gewesen, das wusste ich. *Aber … ignorierte er mich?* Der Gedanke brannte sich in meinen Kopf und ließ mich nicht los.

Ich musste ihm widersprechen. Dieser *Abstand* half mir nicht – gar nicht. Es machte alles nur schlimmer. Also griff ich zu meinem Handy, machte ein schnelles Foto vom Weihnachtsbaum und tippte darunter: »Meld dich bitte.« Ich starrte auf den Bildschirm, aber da kam nichts. Kein Anruf, keine Nachricht. Nur die Stille, die immer lauter wurde.

Mit jedem Moment, in dem mein Handy stumm blieb, wuchs meine Irritation. *Was, wenn er das mit dem Abstand wirklich ernst meinte?* Der Gedanke hinterließ ein Stechen, das fast körperlich weh tat. Es fühlte sich an, als würde ich in diesem perfekt geschmückten Hotel, das mir plötzlich so leer vorkam, ersticken. Unruhig zog ich durch die verlassene Baustelle. Der Geruch von Putz und nassem Holz hing noch immer in der Luft. Ich versuchte, Lukas erneut zu erreichen. Wieder vergeblich. Und mit jedem Moment wuchs meine Verzweiflung ins Unermessliche.

Schließlich beschloss ich, Chris und Becky anzurufen.

»Hallo Chris«, sagte ich, bemüht, meine Sorge zu verbergen. »Hast du zufällig etwas von Lukas gehört?«

»Ähm, nein. Warum fragst du?«

»Ich erreiche ihn einfach nicht und mache mir langsam Sorgen. Es ist so ungewöhnlich für ihn.«

»Oh, wirklich? Vielleicht ist er einfach nur beschäftigt.« In seiner Stimme lag ein seltsamer Unterton, den ich nicht einordnen konnte.

»Beschäftigt *womit*? Es ist Weihnachten. Er ist doch einfach bei seinen Eltern?«

»Na ja«, murmelte Chris. »Vielleicht ... sind sie in der Kirche?«

»Wie lange soll denn so ein anglikanischer Gottesdienst dauern?«, erwiderte ich irritiert. »Sprechen die da jede Bibelstelle durch?« Becky lachte im Hintergrund.

»Leute, ich meine es ernst!«

»Sophie, mach dir nicht so viele Sorgen«, sagte Chris beruhigend. »Er meldet sich bestimmt bald. Vielleicht hat er einfach keinen Empfang. Weißt du, in Dover kann man schon mal versehentlich ins französische Netz wechseln.«

»Ja und?« Da hätte ihn mein Anruf doch trotzdem erreicht. Und die davor.

Im Hintergrund hörte ich Jonah brüllen.

»Chris, kannst du ihn nehmen?«, rief Becky. *Wollte sie das Gespräch abkürzen?*

»Ich muss auflegen, Sophie. Aber wirklich, er wird sich schon melden. Frohe Weihnachten!«

»Frohe Weihnachten«, murmelte ich und legte auf.

Am liebsten hätte ich mir die Decke über den Kopf gezogen, und genau das tat ich früh am Abend. Aber der Schlaf wollte einfach nicht kommen. Am ersten Feiertag fühlte ich mich wie überfahren. Der Regen draußen verstärkte meine ohnehin unweihnachtliche Stimmung und ich verbrachte meine Zeit im Hotel, vertieft in Bauprotokolle und versunken in Selbstvorwürfen. *Frohe Weihnachten, Sophie*, dachte ich. *Dieses verdammte Fest hast du dir selbst geschenkt.* Tja, die Erkenntnis kam wohl etwas spät. Ich griff nach meiner Kaffeetasse, nur um festzustellen, dass sie schon wieder leer war. *Die wievielte eigentlich? Keine Ahnung.* Es klopfte an der Tür.

»Ja bitte«, rief ich, ohne vom Papierkram aufzuschauen, fest überzeugt, dass es nur eine Reinigungskraft sein könnte. »Der Papierkorb muss heute nicht geleert werden, vielen Dank.«

Einen Moment herrschte Stille, dann hörte ich eine vertraute Stimme. »Gut zu wissen. Aber eigentlich bin ich hier, um Weihnachten zu feiern. Und vielleicht noch für etwas Versöhnungssex.«

Ich erstarrte und ließ den Stift fallen. Mein Kopf schoss hoch, und da stand er. *Lukas?* Für einen Moment glaubte ich, meine Erschöpfung spielte mir einen Streich.

»Lukas? Du. Wie? Hier, jetzt?«, brachte ich hervor, obwohl das irgendwie keinen Sinn ergab.

Er schloss die Tür und kam langsam auf mich zu, sein typisches Lächeln auf den Lippen. Nur müder. Und längst nicht so gelassen wie sonst.

»Ja. Ich, hier, jetzt. Nachdem ich allein bei meinen Eltern aufgetaucht bin und nur schlechte Laune verbreitet habe, musste meine Mutter eingreifen.« Seine Stimme war leise. »Ich habe nur genörgelt, mein Essen kaum angerührt und den Baum kritisiert. Mum meinte, ich solle aufhören, mich wie ein Teenager zu benehmen und nach New York fliegen, um die Sache mit dir zu klären. Also bin ich zurück nach London und habe von dort den ersten freien Flug genommen. Musste nur eine Ewigkeit an den Schaltern warten, bis man endlich einen Platz für mich fand.«

Immer noch fassungslos stand ich auf und ging um den Tisch herum. »Hab ich dir schon gesagt, dass ich deine Mutter wirklich mag?«, hörte ich mich sagen, bevor ich ihm mit geballten Fäusten leicht gegen die Brust trommelte. »Aber du? Du hättest dich melden müssen! Weißt du, wie besorgt ich war?« Dann fiel ich ihm um den Hals. »Ich bin so froh, dass du hier bist.«

Er zog mich fest an sich, als wollte er mich nie wieder loslassen. »Ich auch. Dieser verfluchte Atlantik hat uns viel zu lange getrennt. Ab jetzt werde ich maximal den Ärmelkanal zwischen uns akzeptieren.«

Meine anfängliche Wut löste sich in unkontrollierbarem Schluchzen auf. Eine Weile standen wir einfach nur da. Ich spürte seine starken Arme, die mich festhielten, und sog all die kleinen Details auf, die ich so sehr vermisst hatte: Seine Angewohnheit, mit dem Daumen sanft über meinen Rücken zu streicheln. Das leichte Kratzen der Bartstoppeln an meiner Wange. Seine Stimme, die jetzt ganz nah an meinem Ohr war. »*Souh-fieee*. Nicht weinen.« Sein ruhiger Herzschlag, während mein eigenes Herz wie verrückt raste.

Wie sehr hatte ich diese Nähe vermisst, dieses Gesamtpaket aus Fleisch und Blut.

»Lukas Fitzwilliam Harding, ich bin so froh, dass du auf deine Mutter hörst.« Ich lächelte schwach.

»Sie ist halt die zweitwichtigste Frau in meinem Leben.« Er sah mich mit diesem prüfenden Blick an, den er immer hatte, wenn er etwas Ernstes hinter einem Scherz versteckte. »Und was die wichtigste angeht«, fügte er hinzu, »nicht, dass ich mich nicht wahnsinnig freue, dich zu sehen, aber ehrlich gesagt? In meiner Erinnerung sahst du besser aus.«

Ich zog eine Augenbraue hoch. »Du hast wirklich ein Händchen für ungewöhnliche Komplimente.«

»Na ja, du siehst völlig erschöpft aus, Soph. Hast du in den letzten Wochen überhaupt mal was gegessen oder geschlafen?«

Ich zuckte mit den Schultern. Die Wahrheit war, ich hatte mir kaum Pausen gegönnt. Mein Schulterzucken sprach wohl Bände. Lukas entwickelte sofort eine Strategie, ich konnte es sehen.

»Wir sollten die kommenden Tage gut nutzen, um deinen Akku wieder aufzuladen.«

»Ich habe nach den Feiertagen so viel Arbeit, Lukas.«

»*Nach* den Feiertagen«, korrigierte er. »Also nicht heute und nicht morgen. Fahr mal runter, Soph. Ich bin jetzt hier. Du kannst mich nicht wegschicken.«

Ich öffnete den Mund, um zu protestieren, aber ich merkte sofort, dass er recht hatte. »Das war auch nicht so gemeint. Wie lange bleibst du denn?«, fragte ich vorsichtig.

»Das hängt davon ab, wie lange *du* bleibst.«

»Ich habe auf den ersten Januar umgebucht.«

»Dann bleibe ich auch bis dahin. Ich habe mich noch nicht um einen Rückflug gekümmert.«

Ich spürte, wie die Anspannung langsam von mir abfiel. »Wenn du es so lange bei mir aushältst. Mein Bett ist grenzwertig schmal für zwei.«

»Keine Sorge, dafür gibt es eine Lösung.« Er machte eine bedeutungsvolle Pause. »Mir ist zu Ohren gekommen, dass die erste Buchung für eine neu renovierte Suite storniert wurde, nur weil im Wohnzimmer ein Trocknungsgerät steht?«

Ich fühlte mich kritisiert. Ich dachte, er zweifelte die Entscheidung an, die Buchung zu stornieren. Vielleicht war ich zu müde. Und meine Reaktion fiel entsprechend dünnhäutig aus.

»Es ist schließlich die *Executive Suite*. Die können wir wohl kaum in *dem* Zustand anbieten. Sie wird erst im neuen Jahr freigegeben.« *Punkt. Das war doch klar, oder? Aber warum grinste er so?*

»Sophie. Das Management hat deinen Einsatz bisher viel zu wenig gewürdigt.« Er machte eine dramatische Pause. »Weihnachten ausfallen zu lassen wegen eines Wasserschadens? Zuerst wollte ich meinen Frust über deine Absage an Steve auslassen. Wusstest du, dass ich ihn von früher kenne, als ich eine Weile in New York war?«

»Steve, der Manager hier am Standort? Nein, das wusste ich nicht.«

»Na ja, die Hotelwelt ist klein. Jedenfalls war ich noch frustrierter, als er mir sagte, dass die Absage ausschließlich deine Entscheidung war.«

»Es tut mir leid, Lukas.« Die Worte kamen leise. Ich fühlte mich schrecklich und wusste, dass wir darüber noch reden mussten. Aber nicht jetzt. *Bitte nicht jetzt.*

Zum Glück schien Lukas meine Entschuldigung im Moment nicht hören zu wollen.

»Steve hatte ein richtig schlechtes Gewissen, als er erfuhr, dass du meine Freundin bist. Er meinte, hätte er das gewusst, hätte er dir die Tasche gepackt und dich ins Flugzeug gesetzt. Als Dank für deinen Einsatz bietet er uns die Suite an – solange uns das Trocknungsgerät im Wohnzimmer nicht stört.«

»Weil ich deine Freundin bin?«, fragte ich skeptisch. »Nicht wegen meiner harten Arbeit?«

Lukas lächelte und schüttelte den Kopf. »Beides, Soph. Er weiß deinen Einsatz zu schätzen. Und vielleicht hat es ein klein wenig geholfen, dass du meine Freundin bist.«

Also würden wir den Rest des Jahres in einer luxuriösen New Yorker Suite verbringen? Das ergab alles keinen Sinn. Womit hatte ich das verdient, nachdem ich unsere Beziehung gefährdet hatte?

»Ich mache einen blöden Fehler und werde dafür so belohnt? Was passiert dann erst, wenn ich mich *richtig* verhalte?«, sagte ich verwundert und konnte ein Lachen nicht unterdrücken.

»Tust du doch meistens.«

»Na gut«, lachte ich, »ich hole nur kurz ein paar Sachen.«

25

»Diese Räume sind dir wirklich gelungen«, stellte Lukas fest, als wir die Suite betraten. Er ließ seinen Blick prüfend über die Einrichtung und das Dekor schweifen. »Die Möbel und Farben erinnern mich an *Aurum Paris*, aber die Deko? Die schreit direkt *New York*. Das ist wirklich beeindruckend.«

Ich konnte nicht anders, als stolz zu lächeln. »Ja, genau so war es gedacht. Unser *Corporate Design* mit den kleinen standortbezogenen Anpassungen. Es sind die Details, die den Unterschied machen, oder?« Mein Blick fiel auf die Ecke, in der das Trocknungsgerät laut brummte. »Und dieses schicke Teil hier ...« Ich ließ meine Hand wie in einer Werbepräsentation elegant vor dem Gerät auf- und abgleiten. »Wenn das nicht pure Eleganz ausstrahlt, dann weiß ich auch nicht.«

»Ja, definitiv die nächste große Design-Innovation. Vielleicht kombiniert mit einem ... Champagnerhalter?«

»Eine brillante Idee«, spielte ich mit. »Bald werden sie in allen Luxushotels stehen.«

Er schüttelte grinsend den Kopf, trat hinter mich und legte seine Hände um meine Taille. »Aber im Ernst, Soph. Es sieht wirklich großartig aus. Du schaffst es immer, aus einem Raum mehr zu machen als nur vier Wände.«

Gerade stellte ich meine kleine Tasche im Schlafzimmer ab, da klopfte es. *Hoffentlich keine Handwerker*, dachte ich. Ich konnte einfach nicht mehr.

»Ich habe uns etwas zu essen bestellt«, erklärte Lukas zu meiner Beruhigung und ging zur Tür.

Etwas zu essen? Das war schwer untertrieben, wie ich sofort feststellte. Der Zimmerservice brachte ein kreatives Weihnachtsmenü vom Feinsten herein. Ich las die Karte, die beilag:

»Lachs-Carpaccio, Maronenschaumsüppchen, Ente mit Orangen-Püree, Lebkuchen-Panna-Cotta mit glühweinmarinierten Beeren. Wow.« Eine Flasche Weißwein stand ebenfalls auf dem Servierwagen.

»Frohe Weihnachten«, wünschte uns der Mitarbeiter mit einem freundlichen Lächeln. »Das geht aufs Haus.«

»Richtig schlechtes Gewissen, Steve«, murmelte Lukas grinsend, als wir die Tür schlossen.

Ich wollte eigentlich etwas sagen, einen Scherz machen. Aber die Worte blieben mir im Hals stecken. *Weihnachten.* Und *ich* war hier in einer Luxussuite, bei gedämpftem Licht, Festtagsessen und … Lukas. Der Inbegriff von Gemütlichkeit. Abgesehen von dem Trocknungsgerät im Nebenzimmer. Irgendwie fühlte es sich so an, als hätte ich meinen inneren *Grinch* gerade widerwillig raus auf den Flur geschickt. Ein seltsames Gefühl von Erleichterung und Müdigkeit mischte sich in die Atmosphäre.

Aber das Brummen des Trockners im Wohnbereich war fast noch schlimmer als *Last Christmas* auf Dauerschleife, also beschlossen wir, unser Essen im Bett zu genießen.

»Auf unkonventionelle Weihnachten.« Wir stießen zwischen Tellern und Kissen an und fielen über das Essen her, während Lukas mir lachend noch einmal erzählte, wie seine Mutter ihn resolut zum Flughafen geschickt hatte. »Nächstes Mal tauchst du nicht ohne Sophie auf«, hatte sie ihm eingebläut.

»Also ehrlich«, stellte ich fest und löffelte mein *Panna Cotta*. »Das hätte ich am Jahresanfang alles nicht kommen sehen. Dich, deine Eltern … und all das hier.«

»Definitiv nicht.« Lukas zog mich sanft näher an sich.

»Vorsicht!« Ich hob mein Glas und achtete darauf, nichts zu verschütten. »Nicht, dass ausgerechnet ich das neue Betthaupt bekleckere.«

»Du hast doch selbst das Material ausgesucht. Vegane Orangenhaut, oder?«

Ich stellte das Glas gähnend auf dem Nachttisch ab. »Veganes Ananasleder, Harding. Und ja, du hast recht, es ist pflegeleicht.«

Er sah mich mit einem warmen Blick an. »Sophie, ich weiß, es ist noch früh, aber …« Wie so oft begann er, mir das Haargummi aus den Haaren zu ziehen. Wohin das meist führte, war mir klar. Diesmal jedoch lag ich falsch.

»Aber …?«, fragte ich erwartungsvoll.

»Wir sollten Zähne putzen.«

»Zähne putzen?« Ich konnte nicht anders, als zu lachen.

»Ja«, sagte er, seine Hand noch immer in meinem Haar. »Lass uns einfach schlafen. Ich bin vollkommen erledigt, und du doch auch.« Damit hatte er absolut recht.

»Schlaf klingt tatsächlich himmlisch.«

Und so nutzten wir als erste Gäste das große, neue Bett der Suite nicht für all das, was mein kreativer Kopf sich bei der Planung so schön für die Gäste ausgemalt hatte, sondern für etwas viel Besseres: einen ausgiebigen, erholsamen Schlaf.

26

Ein starker Kaffeeduft weckte mich schließlich. Draußen prasselte noch immer der Regen und ich hatte keine Ahnung, wie spät es war. Lukas stand mit einer dampfenden Tasse vor mir.

»Guten Morgen. Ich wollte mal prüfen, ob du noch lebst. Du hast elf Stunden geschlafen.«

Ich setzte mich auf und rieb mir die Augen. »Ernsthaft?« Ich nahm die Tasse entgegen. »Danke. Kaffee im Bett? Was für ein Verwöhnprogramm.«

Er grinste, und ich konnte sehen, dass er irgendetwas plante.

»Das ist erst der Anfang.«

»Ach ja? Was hast du noch auf Lager?«, fragte ich gähnend und nahm einen Schluck Kaffee. Lukas stellte seine Tasse zur Seite und schien kurz zu überlegen. »Okay, warum nicht jetzt.« Er beugte sich näher zu mir. »Setz dich gerade hin und schließ die Augen.«

»Wozu?«

»Vertrau mir einfach.«

Ich zog eine Augenbraue hoch, spielte aber mit, schloss die Augen und wartete gespannt.

»Du weißt, dass ich jetzt an viele Dinge denke, aber die meisten davon beinhalten weniger Kleidung«, scherzte ich.

»Geduld, Soph.« Ich hörte, wie er aufstand und zu seinem Gepäck ging. Es raschelte, und die Spannung wuchs.

»Ah, nützliche Utensilien in einem Geheimfach?« Ich hörte ihn leise lachen.

»Nicht ganz. Aber ich mag deine Denkweise.«

Dann spürte ich seine Finger sanft in meinem Nacken, etwas Zartes, Kühles auf meiner Haut.

»Du kannst die Augen wieder öffnen«, flüsterte er. Ich öffnete sie und sah hinunter: Um meinen Hals hing eine schmale Kette mit einem filigranen Anhänger – ein stilisierter Schmetterling, zart und dezent, und vor allem wunderschön.

»Frohe Weihnachten, Soph.«

Einen Moment war ich sprachlos, bis mir wenigstens drei Buchstaben einfielen. »Wow!« Damit hatte ich nicht gerechnet. »Lukas …«

Und dann fiel mir mein Geschenk für ihn ein – ein schnödes T-Shirt der *New York Giants*, weil er erwähnt hatte, dass er während seiner Zeit in New York oft bei den Spielen gewesen war. Verglichen damit, spielte die Kette in einer ganz anderen Liga.

»Ich glaube, mein Geschenk für dich hat jetzt offiziell verloren.« Ich versuchte, meine Rührung mit Humor zu überdecken. »Ich meine, es ist zwar praktisch und du kannst es anziehen, wenn du beim Pizzaessen kleckerst, aber …«

Er lachte und drehte den Schmetterlingsanhänger zwischen seinen Fingern. »Was immer es ist, keine Sorge, ich mag praktische Dinge. Aber ich dachte, das hier passt zu dir. Du weißt schon – der wilde Schmetterling.«

»Und der hier ist wunderschön«, bestätigte ich.

»Wie du. Nur, dass du nicht an der Kette hängst. Und fliegen kannst du so viel du willst, solange du wieder bei mir landest.«

Das war wirklich süß. An der Grenze zum Kitsch. Wenn nicht drüber. Aber in diesem Moment fand ich es perfekt. Als Antwort ließ ich meinen Körper für mich sprechen und setzte mich schwungvoll auf seinen Schoß. *Vielleicht können wir jetzt ja zu dem*

Programmpunkt mit dem Versöhnungssex übergehen, überlegte ich zufrieden.

»Also. Mein Geschenk für dich liegt unten in meinem Zimmer. Wir holen es einfach später.« Ich grinste verschmitzt. »Für den Moment hätte ich also nur … mich im Angebot. Auch nicht schlecht, oder?«

Lukas' Hände glitten sanft über meinen Rücken. »Mehr brauche ich nicht.«

»Prima«, scherzte ich. »Kleinen Moment, ich schaue mal, ob ich eine Schleife für mich finde.« Ich wollte aufstehen, um meine scherzhafte Idee umzusetzen, aber Lukas hielt mich sanft am Handgelenk fest. Sein Gesichtsausdruck wurde ernst, viel zu ernst für meinen Geschmack.

»Sophie, ich meine das ernst. Du bist wirklich alles, was ich mir wünsche.«

Okay, hier kam es also. Das Gespräch, vor dem ich mich gefürchtet hatte. In meinem Kopf nahm ich Wetten entgegen: Würde ich gleich komplett abblocken? Oder in Tränen ausbrechen? Die Chancen standen *fifty-fifty*. Ich war einfach nicht gut in so etwas.

Normalerweise … wäre es bei mir bekanntlich gar nicht erst zu einem Gespräch gekommen. Aus Gründen. Weil ich mich schon längst aus dem Staub gemacht hätte. *Tja.*

»Sophie, wir müssen darüber reden. Jetzt. Ich bin dafür um die halbe Welt geflogen. Also, was war los? Was *ist* los?«

Ich spürte, wie sich meine Muskeln unwillkürlich verhärteten.

»Es ist nicht so einfach, Lukas.«

»Offensichtlich«, erwiderte er sanft. »Aber es wird auch nicht einfacher, wenn du es ignorierst.«

Am liebsten hätte ich mich wieder in meinen Kokon aus Ironie und Witzen zurückgezogen. Aber dann spürte ich den

Schmetterlingsanhänger an meinem Hals, und etwas in mir gab nach. »Es war einfach alles ein bisschen zu viel.« Ich atmete tief durch. »Es tut mir leid. Ich weiß, es macht keinen Sinn, aber ich hatte tatsächlich Angst vor unserem Wiedersehen.«

Lukas runzelte die Stirn. »Angst? Wovor genau hattest du denn Angst? Wir haben uns doch so sehr darauf gefreut.«

»Genau das war das Problem.« Ich zögerte, ehe ich weitersprach. »Ich hatte Angst, dass die Realität nicht meinen Erwartungen entspricht. Dass wir uns entfremdet hätten. Die letzten Wochen waren so stressig – und ich hatte das Gefühl, dass ich mich nicht richtig auf alles einlassen kann. Urlaub, Weihnachten mit deiner Familie … auf dich.«

Lukas sah mich an, seine Stirn glättete sich, aber seine Verwirrung blieb. »Sophie, das ist doch … sorry, aber das ist doch … *Unsinn.*«

»Unsinn? Meine Gefühle sind *Unsinn*? Gewöhn dich besser daran, dass ich emotional nicht immer einem Strategiepapier folge!«

Er seufzte resigniert und legte eine Hand auf mein Bein. »Tut mir leid. So war das nicht gemeint. Ich frage mich nur, warum du nicht einfach mit mir gesprochen hast.«

»Vielleicht war ich überfordert«, antwortete ich, meine Stimme wieder etwas weicher. »Seit meine Mutter kurz vor Weihnachten starb, habe ich die Feiertage nie wieder gefeiert. Ich wollte das dieses Jahr ändern. Aber als dein Vater krank wurde, kam alles wieder hoch. Wie schnell man jemanden verlieren kann, der einem wichtig ist. *Dich,* vielleicht. Das hat mir Angst gemacht. Und dann der Wasserschaden – das war einfach zu viel.«

»Du dachtest, es wäre irgendwie anders zwischen uns, und hattest Angst, mich zu verlieren?« Lukas' Stimme klang sanft, aber fast ungläubig. »Das ist komplett … irrational.«

Ich hob die Arme und machte eine übertriebene Geste. »*Ta-da*. Willkommen in meinem Kopf.«

Lukas fuhr sich durch die Haare, wie er es immer tat, wenn er etwas nicht verstand.

»Du hättest wenigstens versuchen können, mir das zu erklären.« Nun, wie sollte er das verstehen? Ich verstand es ja selbst kaum.

»Ich wollte dich nicht noch mehr belasten«, versuchte ich zu erklären. »Du hattest genug Sorgen mit deinem Vater.«

»Ja, und dass du mir abgesagt hast, hat nicht wirklich für weniger Sorge gesorgt. Weißt du, wie es sich anfühlt, derart zurückgewiesen zu werden?«

»Ja, zufällig weiß ich das, Lukas.« Ich wurde ein wenig lauter. »So habe *ich* mich nämlich *auch* gefühlt, als du nicht wolltest, dass ich komme, als dein Vater im Krankenhaus lag.«

Er sah mich überrascht an, als hätte er das völlig anders wahrgenommen.

»Das war etwas ganz anderes. Ich musste bei meiner Mutter sein. Glaub mir, ich hätte dich lieber bei mir gehabt.«

Jetzt wo er das sagte, glaubte ich es ihm natürlich. Also atmete ich tief durch und entschied mich für die einzige Strategie, die mir in solchen Momenten half: Sarkasmus.

»Irrational?«, grinste ich und zeigte mit beiden Daumen auf mich.

»Ja. Und was haben wir jetzt davon, Sophie? Eine Beziehungskrise internationalen Ausmaßes, weil wir nicht richtig kommunizieren.« Er seufzte und sah mich an. »Dabei hatten wir uns doch vorgenommen, immer ehrlich zu sein. Das hier«, er deutete zwischen uns hin und her, »funktioniert nur, wenn wir reden. Auch über das, was wehtut.«

»Jetzt tu nicht so klug. Bei dir hat es doch auch nie funktioniert in der Vergangenheit.« Ich schnappte mir ein Kissen und schlug spielerisch nach ihm. Jetzt, wo ich mir alles von der Seele geredet hatte, fühlte ich mich leichter, und meine Kräfte kehrten langsam zurück.

»*Touché.*« Lukas hob die Hände in gespielter Kapitulation. »Aber vielleicht können wir diese Krise ja als Chance sehen?«

»Ja, lernen wir daraus.« Ich lehnte mich vor und drückte ihm einen Kuss auf die Lippen. »Und dann können wir endlich den Part mit dem Versöhnungssex angehen. Das wollte ich immer schon mal ausprobieren. Bisher ist es ja bei mir nie so weit gekommen.«

Lukas lachte und zog mich näher an sich. »Ich lerne schnell, keine Sorge. Also: kurzes *Review Meeting?* Los, leg dich hin.«

Wir kuschelten uns unter die Decke, Gesicht an Gesicht, und ich spürte, wie seine Nähe sich beruhigend auf meine Nerven legte.

Ich beschloss anzufangen. »Punkt eins: *Kommunikation.* Ich hätte früher mit dir sprechen sollen, statt es so weit kommen zu lassen.«

Er nickte, seine Stirn an meine gelehnt, und fuhr fort. »Punkt zwei: *Unterstützung.* Das heißt auch, Unterstützung anzunehmen.«

Ich begann, symbolisch mit meinen Fingern auf der Bettdecke zu notieren. »Okay, Punkt drei?« Ich dachte kurz nach. *»Qualitätszeit.* Wir haben in den letzten Wochen zu viel gearbeitet.«

Lukas grinste, als würde er das gerne sofort umsetzen. »Das klingt nach einem guten Plan. Und Punkt vier: Keine unausgesprochenen Probleme mehr.«

Ich spürte, wie die Anspannung zwischen uns nachließ. *Endlich.*

»Na dann, Zeit für die Umsetzung? Heute konzentrieren wir uns nur auf Punkt drei: Qualitätszeit.«

Ich war mir sicher, dass wir jetzt einfach genießen konnten, was vor uns lag. Aber schon wieder veränderte sich Lukas' Gesichtsausdruck. *Was denn jetzt noch?* Bevor ich reagieren konnte, griff er sanft meine Taille und rollte mich auf den Rücken, seine Augen fest auf meine gerichtet. Er stützte sich mit einem Arm neben mir ab. Seine andere Hand ruhte leicht auf meiner Hüfte.

»Soph«, flüsterte er ernst. »Ich weiß, wir sind erst ein paar Monate zusammen, aber bei all dem Stress und der Pendelei brauche ich jetzt eine klare Perspektive.« Er suchte nach den richtigen Worten. »Wenn ich an unsere … Vereinbarung aus Cassis denke – Sophie Brand, ich möchte unsere Beziehung auf das nächste Level bringen. Ich möchte ... skalieren.«

»Skalieren?«, dachte ich irritiert. *Ernsthaft, Harding?* Ich fühlte mich ein wenig überrollt, nicht nur von seinen Worten, sondern auch von seiner dominanten Körpersprache. Ich rappelte mich auf, setzte mich gerade hin und legte eine Hand auf seine Brust, um Abstand zu schaffen.

»Was auch immer du meinst, wir sollten das auf Augenhöhe besprechen, oder? Und vielleicht ein bisschen weniger *Ich Tarzan, du Jane?*« Ich lachte, um meine Spannung zu entschärfen.

»Ja, natürlich, sorry. Was ich meine ist, ich glaube nicht, dass es gut für eine Beziehung ist, sich nur an den Wochenenden zu sehen. Ich möchte auch den Alltag mit dir teilen.«

Meinte er … *zusammenziehen?* Ein Teil von mir rebellierte sofort. *Würde ich dadurch meine Unabhängigkeit verlieren? Wäre ich dann noch ich?* Aber er hatte recht. Langfristig brauchten wir eine gemeinsame Perspektive. Die Alternative wäre Stillstand.

»Wie soll das funktionieren?«, fragte ich schließlich und sah ihm in die Augen. »Es wäre ein riesiger Schritt, und einer von uns müsste sich auf jeden Fall stark anpassen.«

Lukas nahm meine Hand und hielt meinen Blick fest. »Fürs Erste könnten wir Bernard bitten, häufiger *remote* arbeiten zu dürfen. Dann könnte ich mehr in Paris sein. Und du vielleicht öfter in London?« Er zögerte kurz. »Mittelfristig ... ich meine, dein Projekt ist in einem Jahr abgeschlossen. Dann könnten wir über einen gemeinsamen Lebensmittelpunkt nachdenken. Es gibt so viele Möglichkeiten. Okay?«

Ich spürte, wie sich etwas in mir löste. *Ja, nach dem Projekt könnte alles anders sein.*

»Okay«, sagte ich schließlich leise.

»Okay.« Erleichtert zog er mich zu einem Kuss heran – und als ich die Augen schloss, spürte ich, wie meine Zweifel verblassten.

»Also, wenn das geklärt ist ... würde ich jetzt doch gerne mein Geschenk auspacken. Das hier«, murmelte er und zog mir mein Shirt über den Kopf.

»Na endlich«, schloss ich zufrieden und schob alle Konflikte beiseite. Die Anspannung war verschwunden, die Ablenkung war genau das, was ich jetzt brauchte. Es war alles ein bisschen viel. Aber auch irgendwie gut. Sehr gut.

Wir standen erst gegen Mittag kurz auf, um dem Zimmerservice für ein verspätetes Frühstück die Tür zu öffnen. Frisches Brot, Rührei und Obst – mit einem Blick auf die Baumwipfel des Parks, der Etagen unter uns lag. Es war immer noch zu warm für einen New Yorker Dezember und der Regen wollte einfach nicht aufhören. Aber das war uns gerade recht, so verpassten wir draußen wenigstens nichts.

Wieder gemütlich im Bett sitzend beschlossen wir, bei den Bates anzurufen. Becky nahm sofort den Videoanruf entgegen.

»Ach hey, ihr zwei! Frohe Weihnachten! Chris, kommst du mal? Wir dürfen am Glück deines besten Freundes teilhaben. Live aus dem Bett.« Sie lachte, während Chris ins Bild trat, grinsend wie immer.

»Na Sophie, siehst du, er hat sich gemeldet.« Ich konnte nicht anders, als zu lachen. Klar hatten die beiden das gewusst.

»Frohe Weihnachten«, rief Lukas. »Wie läuft's bei euch?«

»Chaotisch wie immer«, seufzte Chris. »Gemma ist völlig überdreht und Jonah staunt über die ganzen Lichter.«

»Kann ich Gemma kurz sprechen?« Nur Momente später erschien sie kichernd im Bild und Lukas erzählte ihr mit übertriebener Ernsthaftigkeit von einem Geschenk, das der Weihnachtsmann versehentlich in New York abgegeben hatte.

»Okay«, quietschte sie vor Aufregung, ehe sie wieder verschwand, vermutlich schon mit einem neuen Spielzeug beschäftigt.

»Also, wenn ihr von Wolke sieben zurück seid, kommt ihr uns bitte besuchen«, bat Becky.

»Also nie?« Lukas zog mich demonstrativ in einen langen Kuss.

»Nehmt euch ein Zimmer«, tat Chris gespielt genervt. »Oh, stimmt ja, habt ihr schon.«

Als Nächstes riefen wir Anna und Stefan an. Anna schien sichtlich erleichtert, mich in besserer Verfassung zu sehen. Ihr skeptischer Blick wich schnell einem zufriedenen Lächeln, als sie Lukas neben mir sah. Auch dieser Anruf endete in einem erleichterten »Frohe Weihnachten«. Der letzte Anruf galt Lukas' Eltern. Ich wünschte kurz ein frohes Fest und atmete innerlich auf, als das Telefonat vorbei war. Trotz aller Entspannung blieb da ein kleiner Knoten in meinem Magen.

»Ich will gar nicht wissen, was deine Eltern von mir denken. Weihnachten einfach so zu crashen.«

»Ich habe meiner Mutter gesagt, dass es eine schwierige Zeit für dich ist, ohne ins Detail zu gehen. Und *sie* hat mich immerhin zum Flughafen gejagt, damit ich zu dir fliege. Glaub mir, es ist okay, Soph. Wir besuchen sie im Januar.«

Der Nachmittag war schon weit fortgeschritten, als ich mich schließlich für ein Bad in der freistehenden Wanne mit Blick durch die großen Fenster auf Manhattan entschied. Ich genoss das warme Wasser und die Aussicht und fühlte mich wie ein neuer Mensch. In mein kleines Bad auf der ersten Etage hätte diese Wanne selbst hochkant nicht gepasst.

Lukas hatte nur kurz geduscht und sich bereit erklärt, uns noch weitere Verpflegung zu organisieren. Als er mit Muffins, einem *Gingerbread Latte* für mich und einem *Cappuccino* für sich zurückkam, lag ich schon wieder auf dem Bett, blätterte in einer Zeitschrift und genoss die Aussicht in die Bäume. Ich hatte jeden erdenklichen Komfort der von mir designten Suite aktiviert. Der Elektrokamin an der Wand flackerte gemütlich und die Ambientebeleuchtung tauchte den Raum in sanftes, beruhigendes Licht. Aus dem Surroundsystem kam leise Musik. Ich hatte einen flauschigen Hotelbademantel an und fühlte mich, als würde mein Akku sich wieder vier Balken nähern. Lukas reichte mir Muffin und Kaffee und setzte sich zu mir. Ich nahm einen Bissen, trank einen Schluck und ließ meinen Blick schweifen. Die Suite, die sanfte Musik, der perfekte Kaffee und der Mann, den ich liebte, an meiner Seite. Es war wie ein Moment aus einem Traum.

»Vielleicht ist das ein echtes Konzept«, murmelte ich nach einem Moment der angenehmen Stille und pickte einen Muffinkrümel von der Decke.

»Was meinst du?«

»Ich meine, es ist total egal, wo wir gerade sind. Alles, was wir brauchen, ist eine ruhige Umgebung wie diese, viel Komfort, Ambiente, Kaffee und gutes Essen. Wen interessiert da noch New York, Paris oder London? Wer wirklich Ruhe sucht, braucht nicht mal eine aufregende Stadt vor den Fenstern. Okay, vielleicht eine nette Aussicht … Aber für uns wäre es heute völlig egal, ob das da draußen Ulan-Bator ist. Oder Detroit. Oder …«

»Blackpool?«, schlug Lukas grinsend vor.

»So weit würde ich dann doch nicht gehen«, lachte ich und dachte an die trostlose nordenglische Küstenstadt, die vor langer Zeit mal der Hotspot für Ferien gewesen war. »Aber du verstehst, was ich meine.«

Lukas nickte nachdenklich. »Du hast recht. Das wäre wirklich ein Konzept. Ein *Hideaway* für gestresste Paare. Kein Schnickschnack, keine überfüllten Bars oder überteuerten Wellnessangebote.«

»Genau. Nur zwei Menschen in einer heilsamen Umgebung.«

»Vielleicht sollten wir das wirklich machen, Soph.«

»Was meinst du?«

»So einen Ort schaffen. Wir hätten doch die perfekte Expertise.« Sein Ernst überraschte mich weniger, als er es hätte tun sollen. Vielleicht, weil die Idee auf seltsame Weise schon in meinem Kopf herumschwirrte. Lukas war jedenfalls Feuer und Flamme.

»Mir ist egal, wo der Ort ist. Stadt oder Land, solange du dabei bist. Und vielleicht zehn Corgis.«

Ich lachte bei der Vorstellung von uns und zehn Corgis, aber der Gedanke nahm in meinem Kopf langsam Gestalt an, als wäre ich schon dabei, die ersten Designentwürfe zu skizzieren.

»Ein gemeinsames *Hideaway* für Paare«, dachte ich laut. »Wie das *Refuge des Calanques* oder so eine Suite hier. Ein Ort, an dem man wirklich abschalten kann. Am besten kein WLAN, kein Fernsehen. Einfach nur Ruhe, wo die Zeit stillsteht.« Ich sah es alles schon genau vor mir.

»Wir nennen es … *The Escape Rooms*«, schlug ich vor und freute mich über mein Wortspiel. »Wegen der Flucht aus dem Alltag.«

»Klingt gut, bis wir merken, dass uns lauter Familien für Kindergeburtstage buchen«, lachte Lukas und zog mich näher.

»*The Great Escape?*«, schlug ich vor. »*Oder Brand & Harding Suites?*«

»Klingt wie eine Anwaltskanzlei«, zog er mich auf. »Das muss doch atmosphärischer klingen.«

»*Luxury Retreat by Sophie & Lukas?*«

Er schien kurz nachzudenken, dann folgte der nächste Vorschlag. »*Harding's Hideaway.*«

»Na toll, und wo bin da ich?«

Er sah mich grinsend an. »Vielleicht haben wir irgendwann einfach denselben Namen …«

Mein Herz setzte für einen Moment aus, und ich zog die Arme um meine Knie. »Du spinnst doch. Hör auf mit solchen Witzen, Lukas.«

Er beobachtete mich einen Moment lang. »Keine Sorge, Sophie. Ich wollte dich nur ein bisschen schocken.«

Ich atmete tief durch und versuchte, meine Nerven zu beruhigen. »Bravo, *mission accomplished*«, murmelte ich, konnte aber ein Lächeln nicht unterdrücken.

»Im Ernst, Sophie. Egal unter welchem Namen, ich glaube wirklich, dass wir etwas Tolles zusammen aufbauen könnten.«

27

Es ist erstaunlich, wie viel Kraft man in nur zwei entspannten Tagen tanken kann. Kaum waren die Feiertage vorbei, hatte mich die Arbeit wieder fest im Griff: Ich dirigierte die Handwerker, improvisierte bei den letzten Details und sorgte dafür, dass am Ende alles reibungslos lief.

Lukas hatte zwar Urlaub genommen, um in New York zu sein, doch auch er konnte die Arbeit nicht ganz Arbeit sein lassen und nahm ein paar spontane Termine wahr. Den Rest der Zeit scherzte er, es sei einfacher, eine Lawine aufzuhalten, als mich von meiner Deadline abzubringen. Und es war seine Gelassenheit, die mir half, halbwegs entspannt zu bleiben.

Ab dem späten Nachmittag gehörte der Tag dann uns. Der Winter war eingebrochen und wir schlenderten durch das verschneite Manhattan, vom *Battery Park* ganz unten bis hoch zum *Central Park*. Zwei dicke Mäntel, zwei Kaffeebecher und zwei verschränkte Hände. Glücklicher hätte ich nicht sein können, besonders als dann auch die letzten Arbeiten pünktlich zu Silvester abgeschlossen waren.

Unsere Koffer standen schon gepackt bereit, als der Silvesterabend anbrach. Wir würden direkt am frühen Neujahrsmorgen die Suite räumen, auf das Jubiläum anstoßen und im Anschluss direkt zum Flughafen aufbrechen. Den Jahreswechsel aber hatten wir beschlossen, in der Suite zu verbringen – das schien mir viel einladender, als in der klirrenden Kälte mit zigtausend Fremden auf den Straßen zu stehen und einen schlechten Blick aufs Feuerwerk zu erhaschen.

Mit einem Glas zu viel in der Hand und einem Lächeln im Gesicht zog ich Lukas kurz vor Mitternacht auf unsere improvisierte Tanzfläche – das Bett.

»Komm, wir tanzen ins neue Jahr.«

»Qualitätstest für die Möbel?« Er grinste.

»Test deines Taktgefühls, Harding.« Ich schlang meine Arme um seinen Hals, während irgendein Achtziger-Partysong aus den Lautsprechern dröhnte. Ich legte meinen Kopf an seine Schulter und schloss die Augen. Wir drehten uns langsam im Kreis, stolperten und hielten uns lachend fest.

»Fünf Minuten bis Mitternacht«, sagte er trocken, während ich vor lauter Kichern kaum noch die Uhr im Blick behalten konnte. Doch plötzlich traf mich sein Blick – dieser Blick, der mein Herz jedes Mal zum Schmelzen brachte.

»Weißt du, was das Beste an diesem Jahr war?« Er ließ die Worte kurz im Raum stehen, als wollte er sicherstellen, dass sie wirklich bei mir ankamen. »Dass wir uns kennengelernt haben.«

Mir fiel nichts ein, was das hätte toppen können. Aber ich versuchte es trotzdem. Einer musste schließlich das letzte Wort haben, oder? Und das war immer noch ich.

»Stimmt, und das Beste im neuen Jahr wird ... irgendwas mit dir sein«, sagte ich schwankend. Mehr brachte mein leicht angetrunkener Kopf nicht mehr zustande.

Mein britischer Stratege war da schon weiter. »Ja, vielleicht, irgendwas wie zusammenziehen ...«, er unterbrach sich für einen Kuss, »...ein gemeinsames Projekt starten ...«, noch ein Kuss, »... oder vielleicht heirate ich dich einfach.«

Ich funkelte ihn entrüstet an. »Hör auf. Ich mach' so was nicht.«

Er brach in schallendes Gelächter aus. »Du tust ja so, als hätte ich dir gerade eine perverse SM-Praktik vorgeschlagen.«

Mein Kichern wurde zu einem Prusten, als ich ihm einen weiteren Kuss aufdrückte. »Ja, Ehe halt.«

»Oh Mann, das muss ich Chris erzählen.« Er schüttelte amüsiert den Kopf.

Ich nahm noch einen kräftigen Schluck aus meinem Glas. Ich spürte, wie der Alkohol mir zu Kopf stieg, packte Lukas am Kragen und zog ihn näher.

»Jetzt mal ernsthaft, Mister *Meine-Ex-wollte-zu-schnell-zu-viel*. Red nicht so einen Blödsinn.«

Er grinste breit, aber in seinen Augen blitzte für einen Moment etwas Ernsteres auf.

»Okay, lassen wir das. Aber ich bin sicher, es wird ein gutes Jahr«, sagte er, bevor er mich sanft küsste.

Und dann war es auch schon Mitternacht. New York explodierte vor unseren Fenstern zu einem großen Feuerwerk.

»Frohes neues Jahr, Soph.«

»Frohes neues Jahr, Lukas«, antwortete ich und zog ihn noch näher an mich.

Ich konnte mir kein besseres Ende und keinen besseren Anfang für die Jahre vorstellen.

Und so brachen wir auf – in unser erstes gemeinsames Jahr und zurück nach Europa.

Lukas startete das Jahr mit einem vollen Terminkalender: Kickoff-Meetings, Jahresgespräche und diverse Strategieplanungen. Bei mir begann es eher ruhig. Einen Teil des Januars verbrachte ich in London – Bernard hatte mir inoffiziell erlaubt, von dort aus zu arbeiten, zumindest gelegentlich. Vorerst. Wir sollten bei Gelegenheit noch die Personalabteilung zurate ziehen. Aber für den Moment fühlte es sich so an, als könnte ein gemeinsamer Alltag wirklich funktionieren.

Ende Januar machten wir uns schließlich auf den Weg, um das Wochenende bei Lukas' Eltern in Dover zu verbringen. Genauer gesagt, in *St. Margaret's at Cliffe*, wie Lukas präzisierte.

Der kleine Ort direkt oben auf den Klippen. Ich musste schmunzeln – schließlich hieß seine Mutter doch Margaret.

»Also, sollte ich irgendwann mal einen festen Wohnort finden, dann muss er mindestens *St. Sophie's* heißen«, scherzte ich, als wir im Zug saßen.

Lukas schüttelte den Kopf. »Ich muss dich leider enttäuschen, Soph. Eine Heilige wirst du wohl nicht mehr.«

»Oh, wirklich?« Mein Blick fiel auf den Streckennetzplan über uns. Coventry, Stafford … Stoke-on-Trent. Ich grinste.

»Wie wäre es dann mit *Sophie-on-Trent?* Klingt doch richtig britisch, oder?«

Lukas hob die Hände in gespieltem Entsetzen. »*Sophie-on-Trent?* Das klingt wie der Titel eines drittklassigen Schmuddelfilms. Ich halte dich besser fest, falls wir mal einem Typen namens Trent begegnen.« Lachend zog ich seinen Arm um meine Schultern und kuschelte mich an.

»Na gut, wie wäre es dann mit *Sophie-by-the-Sea?* Das passt doch.«

Lukas nickte zufrieden. »Das gefällt mir besser. Darf ich mich als Bürgermeister bewerben?«

»Darfst du.«

Die Zugfahrt dauerte nur eine Stunde, und John holte uns am Bahnhof ab. Er sah gut aus – vielleicht etwas gealtert, aber mit dem gleichen unerschütterlich freundlichen Blick.

»Und, wie war die Fahrt?«, fragte er, als er den Wagen startete.

»Kurzweilig«, antwortete ich lächelnd und schnallte mich an.

»Sophie ist neidisch auf Mum, dass ein Ort nach ihr benannt ist«, ergänzte Lukas.

John lachte herzlich und wir verfielen in angenehmen Small-talk. Während der kurzen Fahrt nach *St. Margaret's* konnte ich meinen Blick kaum vom Ärmelkanal abwenden.

»Die Aussicht ist wirklich beeindruckend«, bemerkte ich, als wir die Küstenlinie entlangfuhren.

»Ja«, antwortete John. »Das Meer hat eine ganz eigene Magie, nicht wahr?«

»Definitiv«, stimmte ich zu. »Ich bin zwar in Hamburg aufge-wachsen, aber die Elbe und die Alster können dagegen wirklich ein-packen. Kein Vergleich.«

Und nichts im Vergleich zu der Aussicht, die uns bei Lukas' Eltern erwartete. Das Hotel und das Nebenhaus lagen wirklich direkt an den Klippen. Als wir ausstiegen, roch ich sofort die frische, salzige Meeresluft. Der Kies der Auffahrt knirschte unter unseren Schuhen, als wir auf das Haus zugingen. Es sah genauso aus wie auf dem alten Foto aus Lukas' Wohnung, trotz der Jahrzehnte, die dazwischen lagen. Das alte Gebäude hatte einen wirklich zeitlosen Charme.

Margaret kam uns entgegen und nahm mich fest in den Arm. Erst dann war Lukas an der Reihe. *Okay, das ist ein Statement*, dachte ich. Zwar hatte ich keine Erfahrung mit Elternbesuchen, *aber wenn man vor dem eigenen Sohn umarmt wird, kann der Groll wegen des vermassel-ten Weihnachtsfests nicht zu groß sein, oder?*

Ich hielt einen Blumenstrauß in der einen Hand, meine Handtasche in der anderen. Meine kleine Weekender-Bag trug ich über der Schulter. Margaret warf einen strengen Blick auf Lukas.

»Lukas, lässt du Sophie wirklich ihre eigene Tasche tragen?«

»Wenn Sophie dir jetzt die Blumen gibt, hat sie ja eine Hand frei, Mum«, gab er grinsend zurück, mit den Händen demonstrativ in den Taschen. Man merkte sofort, dass die beiden sich regelmäßig Wortgefechte lieferten. Ich verdrehte die Augen und gab Margaret den Strauß.

»Danke für die Einladung, Margaret. Und Lukas, dein Ruf als Gentleman leidet gerade.«

Er warf mir einen belustigten Blick zu und nahm wortlos die Tasche.

»Keine Sorge, Fitzwilliam, wenn wir allein sind, darfst du den Gentleman vergessen«, flüsterte ich ihm zu, als wir auf die Tür zugingen. »Aber hoffentlich müssen wir dafür nicht in deinem alten Kinderzimmer improvisieren«, scherzte ich.

Denn wir hatten gar nicht darüber gesprochen, wo wir schlafen würden. *Das ist schließlich ein Hotel,* dachte ich, *wir würden doch sicher eines der Zimmer haben?* Margaret klärte diese Frage für uns, als hätte sie uns gehört. Oder, schlimmer noch, meine Gedanken gelesen — was ich inständig nicht hoffte.

»Ich habe euch ein Meerblickzimmer im Hotel fertig gemacht. Aber jetzt kommt erst mal rein.«

Das Nebengebäude, in dem Lukas aufgewachsen war, war nicht übermäßig groß. Die Einrichtung war altmodisch, aber stilvoll und gemütlich. Überall hingen Fotos von Lukas, die ich interessiert betrachtete: als kleiner Junge in Schuluniform, als Teenager mit Zahnspange. Ich konnte mir lebhaft vorstellen, wie er hier durch das Haus flitzte oder mit Chris im Garten Blödsinn machte.

Das Essen verlief zunächst entspannt, und zum Glück blieb unser Weihnachtsdrama unangesprochen. John und Margaret stellten mir interessiert Fragen über New York und wir erkundigten uns nach Johns Gesundheit. Er erzählte frustriert, dass er versuchte, jeden Tag spazieren zu gehen und weniger Kaffee zu trinken.

Ein Konzept, das Lukas sofort aufgriff, um zu sticheln.

»Vielleicht solltest du auch deinen Kaffeekonsum überdenken, Soph. In New York hast du es damit wirklich übertrieben.«

Mein Kaffee? Der stand nicht zur Diskussion.

»Oh, wirklich? Und wie willst du mich dann morgens ertragen?«, konterte ich lachend. Doch bevor ich weitermachen konnte, sprang Margaret mit ihrer ganz eigenen Interpretation unseres humorvollen Schlagabtausches ein.

»Heißt das etwa, ihr plant, zusammenzuziehen? Sophie, ziehst du zu Lukas? Das wäre ja wunderbar!«

Oh, das war jetzt ... eine sehr konservative Schlussfolgerung. Verdammt konservativ. Gut, wir hatten in New York über den gemeinsamen Lebensmittelpunkt gesprochen – für später mal – aber wieso wurde eigentlich vorausgesetzt, dass *sie* zu *ihm* zieht? Ich hatte schließlich auch meinen Standort, meine Karriere. Die Annahme kränkte mich irgendwie. Lukas merkte, wie meine Kerntemperatur anstieg, und antwortete diplomatisch. »Ganz so weit sind wir noch nicht, Mum. Aber keine Sorge, wir finden zu gegebener Zeit eine Lösung, die für uns beide passt.«

Margaret lächelte und ich versuchte, mich zu entspannen. Bevor ich weiter darüber nachdenken konnte, lenkte John das Gespräch auf die Politik.

»Nun, seit dem *Brexit* sind solche Dinge nicht mehr so einfach wie früher«, stellte er leise fest.

Das hätte mich stutzig machen können. Doch weder Lukas noch ich gingen wirklich darauf ein. Wir waren beide zu sehr in Gedanken versunken, um die Bedeutung seiner Worte vollständig zu erfassen. *Leider.*

Denn anstatt auf Johns Worte einzugehen, erlaubte sich Lukas gegenüber seiner Mutter erneut einen ordentlichen Fauxpas: »Welches Zimmer hast du für uns vorgesehen, Mum? Es sind doch bestimmt fast alle frei, oder?«

Margaret sah ihn entsetzt an.

»Lukas«, zischte ich leise. Das war wirklich eine unnötige Spitze.

»Wir haben einige Buchungen«, übernahm John schnell das Wort. »Andrew Morris aus der Nachbarschaft ist gestorben. Kennst du ihn noch, Lukas? Jedenfalls kommen viele Gäste von auswärts zu seiner Beerdigung und wohnen bei uns.«

»Na toll«, murmelte Lukas. »Es kann doch nicht sein, dass wir nur wegen einer *Beerdigung* Buchungen haben.«

Ich trat ihm unauffällig auf den Fuß. *Wie konnte er so taktlos sein?* So kannte ich ihn gar nicht. Es entstand kurz eine unangenehme Stille, bis John den Kopf schüttelte.

»Wer fährt denn schon im Winter ans Meer, Lukas? Das war früher doch auch nicht anders.«

»Das stimmt. Aber damals war die Auslastung im Frühjahr und Sommer deutlich besser, um das wieder zu kompensieren«, reagierte er frustriert.

»Wir können ja nichts für den *Brexit*«, verteidigte sich Margaret. »Es kommen viel weniger Franzosen. Oder für *Covid*. Oder für die Inflation. Weniger Leute machen Kurzurlaub. Und seinen Jahresurlaub macht doch schon längst niemand mehr hier in der Gegend.«

»Ja, und für diejenigen, die sich Kurzurlaub leisten können, sind wir nicht attraktiv genug. Oder sie finden uns gar nicht erst«, schimpfte Lukas. »Ich meine, es gibt noch nicht einmal eine Webseite. Wir müssen wirklich moderner werden.«

Nun wurde Margaret deutlich lauter. »Wieso sagst du immer *wir*? *Du* arbeitest bei einer Luxushotelkette und reist um die Welt. *Du* kritisierst uns immer, aber *selber* möchtest du das Haus auch nicht führen.«

»Weil ihr jede Änderung ablehnt. Andere Menschen wissen meine Ideen eben zu schätzen.«

»Wir hatten dieses Gespräch oft genug«, schloss Margaret in einem Ton, der signalisierte, dass jetzt Schluss damit war.

Ich beschloss einzugreifen. »Also ich finde, das Haus hat unglaublich viel Charme. Aber viel habe ich natürlich noch nicht gesehen. Margaret, würdest du mir vielleicht eine kleine Führung geben? Nur wir zwei, ohne diesen unhöflichen Mann hier?«

Ich warf Lukas einen strafenden Blick zu. Margaret tat es mir gleich – und John konnte sich ein Lachen nicht verkneifen.

»Das machen wir, Sophie. Gehen wir.«

Bevor ich aufstand, ließ ich Lukas leise wissen – wenn auch mit einem Zwinkern – was ich von seinem Verhalten gegenüber seiner Mutter hielt. »Und du, mein Lieber, nutzt die Zeit, um dir zu überlegen, wie du mir nachher beweist, dass du besser bist als das gerade.«

»Autsch«, murmelte er und sah hilfesuchend zu John hinüber, der nur grinsend mit den Schultern zuckte.

Das Haus steckte voller englischem Charakter. Im Eingangsbereich begrüßte mich ein kleiner Empfangstresen aus dunklem Holz, dahinter ein antikes Schlüsselbrett. Ich griff nach den klobigen Schlüsseln, die so anders waren als die kleinen

Plastikkärtchen, die ich kannte. Die Wände waren mit alten Schwarzweißfotos von Gästen und Landschaften geschmückt.

Die Fenster im kleinen Frühstücksraum waren alt und zugig, aber auch sie boten die atemberaubende Aussicht auf das Meer. Ich fragte mich langsam, ob es irgendeinen Raum gab, der das nicht tat. Die Tische waren eingedeckt mit klassischem Porzellan.

Ich war ich – und so konnte ich nicht widerstehen und strich mit den Fingern über die Tischdecken aus feinem Leinen.

Margaret beobachtete mich mit einem amüsierten Lächeln, genauso wie Lukas es immer tat, wenn ich die Umgebung mit allen Sinnen aufnahm. Vielleicht stritten sie sich ja deshalb so – weil sie sich ähnlicher waren, als man es auf den ersten Blick vermutete?

Eine breite, hölzerne Treppe führte in die oberen Stockwerke. Margaret öffnete eine Tür nach der anderen und zeigte mir verschiedene Zimmer. Keines war wie das andere.

Alle hatten Teppich und klobige Vorhänge, aber die Möbel waren aus unterschiedlichsten Zeiten. Aber eins hatten sie gemeinsam: Sie waren wirklich total altbacken. Wenigstens ein kleines *Touch-up* brauchten sie wohl alle. Und viele definitiv auch mehr als das.

Schließlich machten wir uns auf den Weg zurück zum Nebengebäude.

»Margaret, darf ich dir eine persönliche Frage stellen?«, tastete ich mich vorsichtig vor, nachdem ich betont hatte, wie gut mir das Hotel gefiel. Und es war nicht gelogen. Es hatte enormes Potenzial. Margaret nickte, und ich fuhr fort. »Warum ist Lukas so hart, wenn es um das Hotel geht? So kenne ich ihn nicht.«

»Lukas war schon immer ein Modernisierer«, begann sie nachdenklich. »Er wollte immer alles anders machen. Wir haben deswegen so oft gestritten. Für ihn gab es immer diese große weite Welt da draußen, die internationale Hotellerie – das war natürlich aufregender als das kleine Familienhotel an der Küste. Da konnten wir nie mithalten.«

Sie überlegte, ehe sie weitersprach. »Das habe ich irgendwann akzeptiert, und mittlerweile verstehe ich das auch. Aber er?« Sie schüttelte leicht den Kopf. »Er kommt immer wieder hierher und beginnt sofort, alles zu kritisieren. Er stellt infrage, wie wir das Hotel führen, als würde es ihn doch noch interessieren – als wäre da doch ein Teil von ihm, der sich mit diesem Ort verbunden fühlt. Aber sobald ein schwieriges Thema zur Sprache kommt, wird er … ja, hart, wie du sagst.« Sie seufzte wieder. »Aber warum sollten wir jetzt noch etwas ändern?«, fuhr sie fort und warf einen flüchtigen Blick zu mir. »Gerade jetzt, wo John krank geworden ist, sind unsere Prioritäten ganz woanders. Wir haben uns entschlossen, das Haus zu verkaufen, Sophie. Lukas weiß das. Warum sollten wir also noch investieren?«

Ich stutzte. Der Gedanke passte mir nicht, obwohl es mich nichts anging. Ich sollte ihr jetzt nicht mit verkaufsfördernden Renovierungen oder Designideen ankommen. Das wäre wirklich unangebracht. Aber eines wollte ich sie unbedingt wissen lassen:

»Margaret, nur, damit ihr das wisst: Lukas liebt dieses Haus. Das merkt man, wann immer es zur Sprache kommt. Oder zum Beispiel, wenn er in seiner Wohnung vor dem alten Foto steht.«

»Ich weiß, dass er es liebt, Sophie«, sagte sie leise. »Aber manchmal sind Liebe und Realität schwer unter einen Hut zu bringen.« *Oh, wem sagte sie das.*

Als wir die Küche betraten, fiel mein Blick sofort auf Lukas, der neben seinem Vater das Geschirr abtrocknete. Ganz offensichtlich hatte er ein schlechtes Gewissen. Ich zeigte ihm einen verstohlenen Daumen nach oben. Er zog eine Grimasse und tat so, als wische er sich dramatisch Schweiß von der Stirn. Ich schüttelte amüsiert den Kopf.

Situation gerettet.

Wir beendeten den Abend entspannt bei einem Glas Wein, ehe Lukas und ich uns auf den Weg zu unserem Zimmer im Haupthaus machten. Ein Traum in Blumenprint, Plüsch und rotem Teppich, der mich zunächst schmunzeln ließ. Doch kaum stand ich in der Raummitte, begann mein Kopf zu arbeiten. Innerlich zückte ich bereits meine Bleistifte und Marker und fing an, das Zimmer neu zu gestalten. Ohne den Teppich wäre der Raum schon ein völlig anderes Erlebnis.

»Was ist denn für ein Boden darunter?«, fragte ich, noch bevor ich die Tasche abgestellt hatte.

»Dielen, nehme ich an«, antwortete Lukas und lehnte sich grinsend gegen den Türrahmen. Er wusste genau, was jetzt kam. Ich nickte geistesabwesend, strich über den Sessel und riss die geblümten Vorhänge auf. Sie verbargen den wunderschönen Meerblick, was mich fast schockierte.

»Das hier muss weg«, sagte ich und drehte mich um.

Lukas verschränkte die Arme und zog eine Augenbraue hoch. »Sagt wer? Sophie, das ist nicht *Aurum Dover*.« Schade, eigentlich.

»Vielleicht nicht«, antwortete ich und musterte die Möbel, als hätte ich seine Bemerkung gar nicht gehört. »Aber stell dir das mal vor – ohne die schweren Gardinen und mit freigelegten Dielen ...«

Er kam näher und legte seine Hände auf meine Schultern in dem Versuch, mich zu erden. »Weißt du, ich dachte, wir würden den Abend entspannt ausklingen lassen, und jetzt bist *du* schon wieder im Designermodus.«

»Ich kann nichts dafür, wenn mich die Inspiration packt«, erwiderte ich nur, schob ihn zur Seite und musterte die Gardinen. »Meinst du, ich kann die Übergardine abnehmen? Sie versperrt total die Aussicht. Nur, um mal zu schauen. Ich bringe sie morgen wieder an.«

Lukas zuckte mit den Schultern. »Von mir aus. Aber wenn du jetzt anfängst, Möbel zu rücken, schlafe ich woanders.«

»Keine Sorge, *ich* rücke keine Möbel. *Du* rückst die Möbel.« Schon stand ich auf dem Stuhl und Lukas sah mir kopfschüttelnd dabei zu, wie ich die Gardinen abnahm.

»Könntest du bitte den Sessel dort ans Fenster stellen? Ich stelle mir den Platz viel schöner dafür vor.«

»Jetzt? Sofort?«, fragte er ungläubig.

»Ja, genau jetzt.« Ich war schon in Gedanken bei der neuen Anordnung. »Und den Tisch bitte ein Stückchen nach links.«

Lukas murmelte irgendetwas, aber ich schmetterte ihn ab. »Sei mal leise, ich muss den Raum auf mich wirken lassen.«

Er zog eine Grimasse, hob aber gehorsam den Sessel an. Ich sprang mit einem Schwung vom Stuhl und betrachtete das Ergebnis.

»Perfekt. Siehst du? Es ist viel besser so.«

Lukas klopfte sich ein paar Staubfäden von seinem Hemd. »Ja, aber wir dürfen nicht so einen Krach machen. Hier sind Beerdigungsgäste im Haus«, grinste er.

»Es sind nur Zimmer im ersten Stock vermietet. Deine Mutter hat mir unter uns freie Zimmer gezeigt.«

Jetzt verdrehte er die Augen. »Siehst du? Da haben wir es wieder. So ungeschickt. Warum hat sie ihnen nicht Zimmer weiter oben mit der besseren Aussicht gegeben, wenn sowieso alles frei ist?«

»Vielleicht sind die Gäste nicht mehr gut zu Fuß«, lachte ich. Die Situation war absurd, aber ich hatte dennoch das Gefühl, hier einen Schatz auszugraben. »Und wie wäre es, wenn wir das Bett noch ein wenig drehen?«

Lukas schaute mich kurz an, als wollte er meinen Ernst prüfen, dann zuckte er mit den Schultern. »Na klar, warum auch nicht? Ich meine, Hunde drehen sich auch immer im Kreis, bevor sie sich hinlegen. Also drehen wir das Bett vor dem Schlafen«, erwiderte er scherzhaft und machte sich ans Werk. »Vielleicht hast du Glück und meine Mutter tötet nur mich, wenn sie das alles sieht.«

»Ach, wart's ab«, murmelte ich und stellte mir die neue Wirkung vor, die der Raum morgen bei Tageslicht haben würde. »Wenn morgen früh das Licht direkt auf das Bett fällt, wirst du mich verstehen.«

Abschließend entfernte ich auch die untere Gardine, ein Deckchen von der schönen, alten Kommode und die Kissen mit Rüschensaum, die ich ordentlich in den Schrank legte.

Lukas stand neben dem Bett und sah mich belustigt an.

»Weißt du, ich bin fasziniert. Nicht nur von deiner Vision, sondern auch von deinem Kommandoton. Bist du jetzt fertig?«

»Vorerst, ja.«

Ich sah, wie sein Grinsen breiter wurde. *Oh, diesen Blick kannte ich.* »Dann ist es nur fair, wenn ich jetzt das Kommando übernehme.«

»Du und Kommando? Ich bin gespannt«, provozierte ich, aber er hatte scheinbar beschlossen, sich nicht aus dem Konzept bringen zu lassen. »Dann schieß mal los«, forderte ich ihn heraus.

»Sophie. Nummer eins: Shirt und Hose da, müssen weg. Die passen nicht mehr in das neue Design.«

Ich hob eine Augenbraue und stemmte die Hände in die Hüften. »Ach ja? Und was schlägst du stattdessen vor?«

»Wie wäre es mit … *nichts?* Passt perfekt zu jeder Einrichtung.«

Überrascht von seiner plötzlichen Direktheit, folgte ich erfreut seiner Anweisung.

»*Nichts?* Du hast aber Ansprüche, Harding.« Ich ließ das Shirt zu Boden fallen und quälte mich wenig elegant aus meinen Stretchjeans, was Lukas zum Schmunzeln brachte. Seine Augen verfolgten jede meiner Bewegungen.

»Schon besser. Nummer zwei«, fuhr er fort, als ich in meiner Unterwäsche vor ihm stand. »Das Haargummi. Weg damit. Es versperrt den Blick auf deine wunderschönen Haare.«

Ich seufzte. »Das ist so '*du*', weißt du das?« Trotzdem löste ich meine Haare, ließ sie über meine Schultern fallen und schüttelte sie einmal dramatisch, was ihn dazu brachte, zufrieden zu nicken.

»Anweisung Nummer drei«, seine Stimme war nun ein Flüstern, »du begibst dich auf das Bett. Ich muss doch mal sehen, wie die neue Anordnung des Raumes Licht und Schatten auf dich wirft.«

Ich lachte, genoss das Spiel und ging so verführerisch wie ich es konnte Richtung Bett, legte eine Hand auf den Bettpfosten und stutzte plötzlich. »Schau mal, Lukas, die geschnitzte *Tudor Rose* hier in dem Kirschholz, die ist ja wunderschön …« Er rollte mit den Augen und kam auf mich zu. »Ups«, sagte ich, »sorry, ich kann es einfach nicht lassen, oder?«

»Anweisung Nummer vier«, sprach er einfach weiter. »Hinlegen. Und deinen hübschen Kopf mit den Designvisionen endlich einmal abschalten.«

Ich folgte grinsend auch dieser Anweisung, ließ mich zurück in die Kissen sinken und schloss die Augen. »Alles klar. Was kommt als Nächstes?«

»Anweisung Nummer fünf«, flüsterte er, beugte sich über mich und begann, meinen Hals zu küssen, »keine Farben, keine Stoffe, keine Hölzer. Ich bin jetzt hier die einzige Textur, die zählt, okay?«

Die einzige Textur? Meine Gedanken flogen davon. *Welche Textur wäre das? Lukas-Leinen? Zu grob. Leder? Zu glatt. Kaschmir? Irgendwie edel. Ja, das passte. Oder … Samt. Weich, genau wie sein Blick. Oder wie sein Tonfall, wenn er Souh-fieee sagte.* Damit hätte er mich immer, wo er wollte.

Ich bemühte mich, nicht laut loszuprusten, und ahmte seinen Ton nach: »Nummer sechs. Nicht so laut sein, Lukas. Es sind Beerdigungsgäste im Haus.«

Ich sah, wie auch er sich bemühte, nicht zu lachen. »Letzte Anweisung«, flüsterte er, »Fallen lassen, Sophie.« *Souh-fieee.* Klar, da war es. Trotzdem – das letzte Wort gehörte mir. *Vielleicht.*

»Nummer sieben, du Verführungskünstler«, sagte ich mit einem selbstbewussten Lächeln, »vergiss nicht, wer hier wirklich das Sagen hat.«

»Wieso, meine Mum ist doch nicht hier? Zum Glück.« Er griff nach dem Verschluss meines BHs.

»Gut gekontert«, lachte ich. »Aber vielleicht sollten wir das mit den Kommandos jetzt mal sein lassen.«

»Yes, Ma'am.«

28

Osten. Volle Morgensonne. Genau, wie ich es mir gedacht hatte: Die ersten Strahlen fielen durch das Fenster und trafen perfekt auf mein Kissen. Es fühlte sich an, als hätte jemand die Lichtquelle millimetergenau justiert. Ich öffnete die Augen und das, was vor mir lag, war kein einfacher Meerblick – das war ein komplettes *Moodboard* in Blau: der kalte, klare Horizont, das tiefe Blau der Wellen – und mittendrin die Fähre, die sich wie ein perfekt platziertes Designelement ins Bild schob. Fast schon zu schön, um wahr zu sein. Ohne mich auch nur einen Millimeter zu bewegen, lag vor mir die gesamte Weite des Ärmelkanals in der Wintersonne. Die französische Küste war gerade noch erkennbar.

»Wow«, flüsterte ich überwältigt und merkte erst dann, dass Lukas ebenfalls wach war.

»Ja«, sagte er, deutlich gelassener als ich – gut, er war hier aufgewachsen –, »das habe ich auch gerade gedacht. Ich frage mich, warum das Bett nicht immer schon so stand.«

Wir genossen schweigend den atemberaubenden Blick, bis Lukas plötzlich aufstand. »Warte mal, bin gleich wieder da.«

Er schlüpfte in Jeans und T-Shirt und verließ den Raum. Ich kuschelte mich in die Kissen und träumte vor mich hin, bis er nach einem Moment zurückkam, zwei dampfende Becher Kaffee in der einen und ein Fernglas in der anderen Hand.

»Hier«, rief er und warf es mir zu. »Schiffe spotten. War eines meiner Hobbys früher.«

Ich fing das Fernglas auf und lachte. »Schiffe spotten? Ernsthaft?«

»Ja, ernsthaft«, antwortete er mit einem breiten Grinsen und legte sich wieder neben mich. »Probiere es aus. Es macht echt Spaß.«

Ich setzte das Fernglas an die Augen und schaute hinaus auf das Meer. Jetzt konnte ich Details der Fähre und die winzigen Menschen an Bord erkennen. »Okay, ich gebe zu, das ist ziemlich cool.«

So verbrachten wir die nächste Stunde. Ich schaute aufs Meer und entdeckte begeistert ein Schiff nach dem anderen. Lukas suchte auf einer Webseite nach Informationen zu jedem Schiff: Was es war, wo es herkam und wohin es unterwegs war. Es fiel mir schwer, den Blick vom Meer abzuwenden, aber der Gedanke an ein Frühstück überzeugte mich irgendwann dann doch.

Nach dem Frühstück zeigte Lukas mir die Gegend. Sie war atemberaubend, auch wenn es kalt und stürmisch war. Wir spazierten entlang der Klippen, durch den kleinen Ort. Vorbei an Lukas' alter Grundschule, vorbei an Chris' Elternhaus, hinunter zur Bucht. *Zwei Stunden? Drei Stunden?* Ich weiß es nicht. Jedenfalls war ich völlig durchgefroren, aber glücklich, als wir wieder am Hotel ankamen. Lukas hatte versprochen, ein paar Glühbirnen für seine Mutter zu wechseln – sie wollte John derzeit nicht auf eine Leiter steigen lassen. Ich hingegen machte es mir in der altmodischen, freistehenden Badewanne gemütlich. Ich genoss das heiße Wasser und konnte, wenn ich den Kopf ein wenig hob, wieder das Meer sehen. Anscheinend gab es hier kaum einen Ort, an dem das nicht ging. *Nicht schlecht,* dachte ich. Lukas war wirklich ein Glückspilz, in einer solchen Umgebung aufgewachsen zu sein. Der Blick allein ließ einen die Welt vergessen.

Natürlich konnte ich nicht widerstehen. Vor meinem geistigen Auge begann ich bereits, das Bad umzugestalten. *Die Fenster müssten größer sein, damit das Licht besser fällt. Der Teppich? Raus. Naturstein. Oder vielleicht Sichtbeton, je nach Konzept. Und das Zimmer? Bräuchte Schallschutz, damit die ... Beerdigungsgäste nicht von ... nächtlichen Aktivitäten gestört werden*, grinste ich und tauchte mit dem Kopf unter. *Sophie, hör auf zu spinnen*, ermahnte ich mich. *Das ist doch Utopie.* Doch der Gedanke ließ mich nicht ganz los.

Am Abend fuhren wir nach Dover und aßen in einem kleinen Pub. Zwar gab es dort nicht viel zu sehen, aber meine Gedanken kreisten ohnehin nur um den einen Ort. Das kleine Hotel. Dieses perfekte *Hideaway*, das ich in meinem Kopf längst umgebaut hatte.

Am nächsten Morgen lag Lukas noch im Bett und starrte auf sein Handy, als ich schon wieder im Sessel saß und mit dem Fernglas ein Kreuzfahrtschiff beobachtete, das die französische Küste entlangfuhr. *Was für ein herrlicher Ort, was für ein entspannter Zeitvertreib.* Ohne weiter darüber nachzudenken – oder vielleicht gerade deswegen – kletterte ich plötzlich aufs Bett, setzte mich auf Lukas' Hüften und beugte mich zu ihm hinunter.

»Lukas Fitzwilliam Harding, wir müssen über unsere Skalierung sprechen.«

»Was ist los, Sophie?«

»Lukas ...« Ich holte tief Luft. »Ich will ein Hotel von dir.«

Sein Gesicht war unbezahlbar. Eine Mischung aus Überraschung, Verwirrung und Belustigung. »Du willst ... *was?*«

Ich fing an zu lachen, halb nervös, halb schockiert von meinem eigenen Vorstoß. »Ich weiß, das klingt total verrückt, aber ... ja. Ich will ein Hotel von dir.«

Er schüttelte leicht den Kopf und lachte dann laut los. »Ach so. Ein Hotel. Und ich dachte schon, du willst ein Baby oder so!«

»Oh Gott, nein! Das ist noch viel abwegiger!« Ich lachte mit, versuchte aber auch, die Unsicherheit zu überspielen, die langsam in mir aufstieg. »Nein, ich meine das Hotel hier. Unser kleines *Hideaway* … ?«

Er sah mich neugierig an. »Meinst du das wirklich ernst?«

Mein Lachen verebbte. *War ich zu impulsiv?* Die Frage stellte ich mir schon oft, aber diesmal schien sie *wirklich* berechtigt. *Meinte ich das ernst?* Darauf musste ich wohl antworten, obwohl meine Füße im übertragenen Sinne plötzlich kälter wurden.

»Ich … ich weiß nicht. Vielleicht ja, vielleicht ist es nur der Zauber dieses Ortes. Stecken wir den Gedanken besser in eine Schublade und holen ihn in ein paar Jahren wieder hervor, okay?«, bot ich an und machte eine dynamische Handbewegung, wie um das Thema fortzuwischen. *Was war bloß in mich gefahren?*

Lukas' Blick blieb prüfend, aber die Fragezeichen in seinen Augen verschwanden nicht. »Na gut«, sagte er schließlich mit einem Grinsen, »ich trag's in den Kalender ein.«

Ich lehnte mich an seine Brust und spürte seinen beruhigenden Atem. »Vielleicht bin ich wirklich verrückt«, murmelte ich, »aber gib zu, genau dafür liebst du mich.«

Er lachte und zog mich näher zu sich. »Ja, genau dafür. Und für so vieles mehr.«

Für diesen Moment legten wir das Thema beiseite. Aber die Idee hatte sich in meinem Kopf eingenistet und ich wusste, dass sie nicht so leicht verschwinden würde. Was ich nicht wusste, war, wie sehr sie mich noch fordern würde.

 **29**

Margaret tötete weder Lukas noch mich. Ich brachte alle Kissen, Deckchen und Accessoires wieder an ihren Platz. Nur das Bett und den Sessel ließen wir an ihrer neuen Position. Die dicken Gardinen legten wir ordentlich gefaltet zur Seite. Nach dem gemeinsamen Frühstück beschloss ich beim Abräumen, Margaret die Änderungen im Zimmer zu beichten.

»Margaret, ich bin manchmal ein wenig impulsiv, wenn mich etwas begeistert.« Sie sah mich fragend an. »Die Aussicht hat mich so beeindruckt«, fuhr ich fort, »dass ich das Bett ein wenig verstellt und die Vorhänge abgenommen habe, damit man mehr davon sieht. Ich mache das gerne sofort rückgängig, es sei denn, du möchtest es dir mal anschauen ...?«

Man hätte eine Stecknadel fallen hören können, bevor Margaret antwortete. »Du kannst es mir ja mal zeigen, Sophie.«

John hielt sich diskret im Hintergrund und räumte die Küche auf, während wir drei ins Haupthaus gingen. Als wir das Zimmer betraten, musterte Margaret den Raum schweigend, prüfte jedes Detail – und ich beobachtete jede ihrer Bewegungen, suchte nach Anzeichen von Verärgerung. Doch da war keine sichtbare Reaktion. Gar keine. *Na gut, besser als sofortige Ablehnung,* dachte ich und wartete weiter ab. Natürlich erwartete ich, dass ihre Kritik *mir* gelten würde. Zu meiner Überraschung jedoch wandte sie sich an Lukas. »Lukas, nimm dir ein Beispiel an Sophie. Sie packt an, statt nur zu reden oder theoretische Konzepte zu schreiben.«

Das *im Gegensatz zu dir* schwebte unausgesprochen, aber mehr als deutlich im Raum.

Lukas blieb der Mund offen stehen. Mit dieser Kritik hatte er wohl kaum gerechnet, und er brauchte einen Moment, um sich zu fangen. Schließlich grinste er leicht verlegen. »Ja, das ist sie.«

Margaret wandte sich nun direkt an mich. »Ihr könnt es vorerst so lassen.«

Und mit diesen Worten verließ sie den Raum.

Lukas starrte mich ungläubig an, ehe er erleichtert lachte. »Soph, das war unerwartet – und ehrlich gesagt, ein kleines Wunder.«

»Nun, du weißt doch, ich habe ein Händchen für schwierige Kunden.« Aber, bei allem Selbstbewusstsein, atmete ich doch innerlich erleichtert auf.

»Vielleicht sollte ich dich öfter hierher bringen. Dein Talent beschränkt sich ganz offensichtlich nicht nur auf das Einrichten von Räumen, sondern auch auf das Wiederherstellen von Familienfrieden.«

»Gern geschehen. Aber du solltest deinen Eltern öfter danken, anstatt ständig zu provozieren.«

»Ich provoziere nicht ...«, setzte er an, stoppte aber, als ich ihm einen tadelnden Blick zuwarf, der sofort in ein Lächeln überging.

»Oh doch, das tust du.« Ich zog ihn in eine Umarmung. »Sei einfach froh, dass du deine Eltern hast.« Ich flüsterte die Worte und genoss den Moment. Diese Umarmung fühlte sich an wie eine Umarmung, die nach Hause führt. *Angekommen, Sophie*, dachte ich und wunderte mich leise über dieses Gefühl, das sich immer wieder noch ein bisschen stärker anfühlte.

»Du hast recht«, murmelte er in mein Haar, seine Stimme warm und leise. »Ich sollte wirklich dankbar sein. Weißt du, ich bin dankbar, dich zu haben. Wenn du willst, teile ich meine Eltern mit dir. Sie lieben dich sowieso.« Ich lächelte gegen seine Schulter und musste zugeben, dass das mittlerweile auf Gegenseitigkeit beruhte – mehr, als ich je gedacht hätte.

Am Nachmittag machten wir uns wieder auf den Weg zurück in unseren Alltag. Die Wintersonne tauchte das Haus in ein so perfektes Licht, dass es wie aus einer Tourismusbroschüre wirkte. *Man sollte wirklich diese Fenster erneuern*, dachte ich noch und ließ meinen Blick ein letztes Mal über die Fassade schweifen. Doch über meine verrückten Gedanken, das *Hotelbaby*, sprachen wir nicht – weder auf der Rückfahrt noch später, als wir wieder in unserem Hamsterrad angelangt waren. Ganz ließ mich die Idee jedoch nicht los.

Zurück in Paris nahm meine Arbeit an Fahrt auf. Mein Schreibtisch war überladen mit Unterlagen und Entwürfen, die nach Aufmerksamkeit schrien. Lukas hatte einige Termine, die ihn auf Reisen hielten, und so war es Mitte Februar, als wir uns endlich wiedersahen. Doch weder in London noch in Paris – sondern in Hamburg, zu Annas Geburtstag.

Wir reisten fast gleichzeitig an, und unser Wiedersehen am Flughafen hatte etwas von einer Filmszene. Die Schiebetüren öffneten sich – und da stand er. *Lukas*. Ich konnte meine überschwängliche Freude nicht zurückhalten und sprang ihm in die Arme. Er stolperte einen Schritt zurück, fing sich aber schnell und lachte laut.

»Whoa, langsam, Sophie.« Er schmunzelte, während ich mich an ihn klammerte. Einige Leute um uns herum schüttelten den Kopf, aber das war mir alles egal.

»Ich hab dich so vermisst«, flüsterte ich und lehnte mich ein wenig zurück, um ihm in die Augen zu sehen.

»Ich dich auch.« Er sah mich mit diesem sichtlich amüsierten Blick an, der mir immer das Gefühl gab, ein bisschen verrückt zu sein – auf die beste Art. »Aber wenn du mich nicht loslässt, verpassen wir Annas Geburtstag. Komm, lass uns gehen.«

Wir zogen also ins Gästezimmer bei Anna und Stefan ein und feierten zu viert in Annas fünfunddreißigsten Geburtstag hinein. Vor Jahren hatten Anna und ich beschlossen, nur noch halbe und volle Jahrzehnte zu feiern – dafür aber gründlich. Und bei gutem Essen und reichlich Wein war es einfach schön, zu sehen, wie sich Lukas so mühelos mit Anna und Stefan verstand.

»Ich wusste, er passt zu dir«, flüsterte Anna mir irgendwann mit einem Zwinkern zu, als Lukas Stefan gerade eine Geschichte aus seiner Studienzeit erzählte. Ich sah zu den beiden hinüber und lächelte. *Ja, wirklich.*

Für den Samstagabend hatte Anna Freunde und Familie eingeladen. Als ich früh am Morgen in die Küche kam, bot ich ihr sofort an, bei den Vorbereitungen zu helfen, doch davon wollte sie nichts wissen.

»Lukas und du seht euch so selten. Macht euch einen schönen Tag. Zeig ihm Hamburg«, sagte sie und zwinkerte. »Außerdem brauche ich ein paar Stunden Auszeit von euch beiden. Die Wände hier sind ziemlich dünn, weißt du.«

»Hey, da war gar nichts.« Ich verdrehte die Augen. Lukas hatte meine Avancen in der Nacht laut lachend abgewiesen – mit dem Hinweis, dass wir hier zu Gast waren. *Zu gut erzogen, der Mann. Total moralisch gefestigt halt.* Stattdessen hatten wir bis tief in die Nacht geredet und gelacht. *Nur geredet!* Ich verzog frustriert das Gesicht.

»Da war nichts. Leider. Er hielt das für unangebracht in eurem Gästezimmer.«

»Ach, und wenn schon. Wäre doch wie in alten WG-Zeiten.« Anna grinste, als würde sie mir kein Wort glauben.

In diesem Moment kam Lukas in die Küche, verschlafen und noch etwas zerzaust, und murmelte ein niedliches »Guten Morgen« auf Deutsch.

Anna drückte ihm sofort eine Tasse Kaffee in die Hand. »Hier, den wirst du brauchen«, sagte sie und zwinkerte mir über seine Schulter hinweg zu.

Lukas sah sie irritiert an. »Was hab ich verpasst?«

»Nichts, was du nicht hättest haben können«, flüsterte ich grinsend und nahm mir ebenfalls einen Kaffee.

»Was?« Er blinzelte verwirrt zwischen uns hin und her. Anna versuchte, ihr Lachen zu unterdrücken.

»Ach nichts. Wir haben Sightseeing vor uns«, sagte ich schnell und gab ihm einen kleinen Kuss.

»Na dann viel Spaß, ihr zwei«, wünschte Anna trocken.

Unser erster Halt war die Binnenalster, danach ging es in die historische Speicherstadt mit ihren engen Kanälen.

»Wirklich schön hier«, meinte Lukas, als wir überlegten, wo es als Nächstes hingehen sollte. »Aber das ist nicht das Hamburg deiner Kindheit, Soph, oder?«

»Nein.« *Oh nein, das war es wirklich nicht.*

»Zeig es mir.«

Zeig es mir. Was sollte ich ihm zeigen? Den Betonklotz, der so gar nichts mit *seinem* Elternhaus zu tun hatte? Den Schulhof, auf dem mich die anderen Mädels ausgegrenzt hatten, weil ich nicht mit auf Partys kam? Ich wollte dort nicht hin.

»Na ja. Es ist nicht besonders touristisch. Kein *St. Margaret's*«, gab ich zu bedenken. Das war noch vorsichtig ausgedrückt. Warum sollte ich ihm diesen Teil meiner Vergangenheit zeigen?

»Zeig's mir bitte«, sagte Lukas, und ich hörte eine Mischung aus Neugier und Mitgefühl in seiner Stimme.

Ich kämpfte mit mir. Die Vorstellung, mit Lukas diesen Ort zu betreten, war mir unangenehm. *Aber wir hatten uns Offenheit versprochen, richtig?*

»Na gut«, hörte ich mich schließlich sagen.

Und so stiegen wir in die Bahn und ließen uns dorthin bringen, wo ich nicht mehr gewesen war, seit ich nach dem Tod meiner Mutter in eine WG gezogen war. Viel hatte sich in der Siedlung nicht verändert. Ein paar Häuser hatten neue Haustüren, andere einen neuen Anstrich. Der Spielplatz war erneuert worden. Die Sparkassenfiliale geschlossen. Überall parkten Autos - das waren damals wirklich weniger gewesen - aber zu meiner Freude hatten die schönen alten Bäume am Straßenrand bisher nicht für mehr Parkraum weichen müssen.

Ich zeigte Lukas unser Haus und den Balkon auf der dritten Etage. Neugierig strich ich über die Klingelplatte, erkannte aber keinen Namen außer Frau Simons, unsere alte Nachbarin, die sicher über neunzig sein musste. Kurz überlegte ich zu klingeln, aber sie hätte mich vermutlich sowieso nicht erkannt. Die anderen Namen sagten mir alle nichts. Ich zeigte Lukas meine Schule. Die Bäckerei, in der Mama gearbeitet hatte, war jetzt die Filiale einer großen Kette.

Obwohl vieles fremd wirkte, wurde mir klar, dass es nicht so schlecht gewesen war, wie ich es mir jahrelang eingeredet hatte. Mama und ich hatten eine gute Nachbarschaft gehabt, besonders mit Frau Simons und ein paar anderen. Die Bäckerei war damals einer meiner liebsten Orte gewesen. Und der Spielplatz? Der neue war sicher schöner, aber ich hatte viele glückliche Stunden auf dem alten verbracht, auf der Schaukel gesessen und davon geträumt, die ganze Siedlung neu zu gestalten. Jede Wohnung sollte so gemütlich werden wie unsere. Damals hätte ich alles in Rosa gestaltet, erinnerte ich mich schmunzelnd. Doch nach Mamas Tod fühlte ich mich hier einfach nicht mehr zu Hause.

Hand in Hand schlenderten wir durch die Straße, und ich war ganz in Gedanken versunken.

»Verstehst du jetzt, warum ich hier weg wollte?« Ich deutete auf die alten, grauen Fassaden. »Was hätte ich hier machen sollen? Ganz alleine?« Was hatte er sich von diesem Besuch erwartet? Mich wühlte das alles unnötig auf.

Lukas sah mich mitfühlend an und drückte meine Hand fester.

»Es tut mir leid, das war unsensibel. Ich wollte einfach nur verstehen, woher du kommst, Soph.«

Ich seufzte und spürte, wie der Kloß in meinem Hals größer wurde. »Ich weiß. Es ist nur ... schwierig. Ich muss die ganze Zeit daran denken, wie einsam ich mich gefühlt habe, als ich damals die Wohnung auflösen musste.«

Er nickte und zog spielerisch an meinem Zopf. »Aber jetzt hast du ja mich.«

Ich lächelte leicht. Ja. Vielleicht war es das, was Heimat wirklich ausmachte – nicht der Ort, sondern die Menschen, die bei einem waren. *Wie kitschig,* dachte ich mit einem innerlichen Augenrollen. *Endlich hat sie's kapiert,* freute sich ein anderer Teil von mir. *Es sind die Menschen. Okay, und stabiles WLAN. Und eine gute Kaffeemaschine. Meine Güte, warum reagierte ich so oft albern, wenn ich ernste Gedanken hegte?*

Ich atmete tief durch und sah Lukas lächelnd an. Doch warum sah *er* plötzlich schon wieder so ernst aus?

»Deine Mutter ... wo ist, also, ich meine, wo ist ihr Grab?«, fragte er vorsichtig. Ich schluckte.

»Nicht weit von hier. Aber ich war seit der Beerdigung nicht dort.«

Das schlechte Gewissen erwischte mich kalt. *Warum hatte ich all die Jahre keinen Mut gehabt, zurückzukehren?* Es fühlte sich plötzlich an, als hätte ich sie im Stich gelassen.

»Zeigst du's mir?« *Den Friedhof? Den Ort, an den ich eigentlich nie zurückkehren wollte?*

»Ich weiß nicht.« Das wurde mir langsam zu viel. Musste er wirklich *weiterbohren?* Aber so ernsthaft, wie er mich ansah, konnte ich nicht anders, als zu nicken.

Minuten später betraten wir also den Friedhof mit den hohen alten Bäumen, den alten Gräbern mit großen Grabsteinen und den unscheinbaren Rasenflächen mit den Urnengräbern. Seit meinem Nicken hatte ich kein Wort gesprochen, und Lukas drückte stumm meine Hand. Ich musste eine Weile auf der Rasenfläche suchen, bis ich die mit Mamas Namen versehene Grabplatte fand. Als ich schließlich davor stand, kamen die Erinnerungen unaufhaltsam – und mit ihnen die Tränen.

Lukas legte vorsichtig einen Arm um meine Schultern und sah auf die schlichte Platte herab.

»Wieso habe ich jetzt bloß das Gefühl, mich rechtfertigen zu müssen, Soph?«, grinste er. »Ich meine, du hast mir ja erzählt, wie sie zu Jungs in deinem Leben stand.«

Ich lächelte, während er weitersprach.

»Hallo ... Iris. Ich bin Lukas. Sophies Freund. Und um das klar-zustellen: Sie hat mich zuerst angeflirtet.« Er legte seine Arme um meine Taille und gab mir einen Kuss in den Nacken.

»Du Spinner«, murmelte ich. »*Du* hast *mich* nach meiner Nummer gefragt.« Ich befreite mich aus seinen Armen. »Mama, keine Sorge, er ist ein wahrer englischer Gentleman.«

»Ach ja?« Er schien zu überlegen und lächelte dann leicht. »Gut, dann will ich das sein. Iris, ich möchte mich bei dir bedanken«, sagte er mit einer angedeuteten Verbeugung. »für … na ja, einfach für Sophie.«

Trotz der Tränen musste ich lächeln. *Was für Worte.* Einfach, witzig und so bedeutungsvoll.

Ich hockte mich auf die kalte Wiese und strich über die Platte.

»Ich lasse euch Ladies mal allein.« Mit den Worten setzte sich Lukas auf eine Bank ein Stück abseits. Ich nickte und wandte mich wieder dem Boden zu.

»Mama, es tut mir leid, dass ich so lange nicht hier war.«

So saß ich einen Moment da und dachte nach. Überraschender-weise tat es gar nicht so weh, hier zu sein. *Warum hatte ich das so lange vermieden?*

»Weißt du, Mama, ich bin sehr glücklich«, flüsterte ich und drehte mich um, um Lukas anzusehen, der auf sein Handy schaute. *Ja, ich war glücklich.* Aber ... lange würde ich es nicht mehr ertragen, diesen Mann immer nur so kurz zu sehen. Ich wollte nicht nur an den Wochenenden glücklich sein. Was, wenn wir wirklich *bald* zusammenziehen würden? Nicht erst nach dem *Aurum*-Projekt? Der Gedanke an sich war ja nicht neu, seit Silvester. Und wir hatten halb im Ernst den absurden *Hideaway*-Gedanken gesponnen. Und ich hatte die Flausen im Kopf mit dem Harding'schen Hotel. Aber *ernsthaft* ... ein *baldiger* gemeinsamer Lebensmittelpunkt? Ein Sophie-

und-Lukas-Land. In England, Frankreich oder sonstwo? Das wäre wirklich schön.

Ich musste grinsen, als mir alberne Namen für unser gemeinsames Leben einfielen: *Verliebt-istan. Lu-Soph-ien. Lieb-ien.* Das Grinsen verwandelte sich in ein echtes Lachen. *United States of Love and Laughter.* Jetzt lachte ich laut, mitten auf dem Friedhof.

Lukas sah mich irritiert von der Bank aus an. »Was ist so lustig?«

Ich ging auf ihn zu und ließ mich schwungvoll auf seinen Schoß plumpsen, legte die Arme um seinen Hals.

»Meine Gedanken«, antwortete ich, immer noch lachend. »Weißt du, wie man sagt, *Home is where my heart is?*«

Er nickte, offensichtlich neugierig, wohin das führen würde.

»Nun, in meinem Fall wäre es *Home is where my Harding is.*« Schnell gab ich *meinem Harding* einen vielleicht nicht besonders friedhofstauglichen Kuss.

Ein älteres Paar warf uns prompt einen strafenden Blick zu. Lukas schenkte ihnen ein verlegenes Nicken, bevor er sich mir zuwandte und mich tadelnd ansah. »Sophie, das hier ist immer noch ein Friedhof.«

»Ja, und? Ich will dich trotzdem küssen«, erwiderte ich frech, und in diesem Moment wusste ich glasklar, was ich außerdem noch wollte. Ich drehte mich zurück zum Rasen und spürte Lukas' Hand in meiner. »Mama, ist es okay, wenn ich demnächst mit meinem Freund zusammenziehe?« Lukas' Augen weiteten sich überrascht, doch dann erschien dieses warme Lächeln auf seinem Gesicht – eines, das bis in seine Augen reichte.

»Ja, Soph«, sagte er leise und zog mich näher zu sich. »Ich will nicht mehr ständig Abschied nehmen müssen.«

Ein weiterer Kuss folgte, intensiver, unübersehbar – und brachte uns noch mehr tadelnde Blicke von älteren Passanten ein. Mir egal. Lächelnd sah ich in den Himmel und murmelte: »Wenn jetzt kein Blitz einschlägt, ist es wohl okay.« Er lachte leise, bevor ich mich an ihn kuschelte.

Es war kalt, aber die Wärme seiner Nähe reichte aus. Wir blieben einfach so sitzen, für einen Moment ganz in unserer eigenen Welt.

»Also, Soph, was genau machen wir jetzt?«, fragte Lukas schließlich.

Für mich war die Antwort plötzlich klar. »England. Das ist für dich wichtiger, als es mir irgendein Ort ist. Ich spreche mit Bernard, ob wir meinen Arbeitsvertrag auf *Aurum London* umschreiben können.«

»Das geht bestimmt«, lächelte Lukas und strich mir zärtlich über den Rücken.

Oh, was waren wir naiv. Zwei Menschen in ihrer internationalen Business-Filterblase, die nicht gemerkt hatten, wie sehr sich die Spielregeln nach dem *Brexit* geändert hatten.

Obwohl Bernard Verständnis zeigte, holte uns die Rechtsabteilung von *Aurum* schnell wieder auf den Boden der Tatsachen.

»Ich fürchte, Ihre dauerhafte Anwesenheit in London ist für das Projekt nicht erforderlich, Frau Brand. Nach den geltenden Unternehmensrichtlinien und den Einwanderungsbestimmungen dürfen wir den Vertrag deshalb nicht umschreiben. Ein Arbeitsvisum ist nicht möglich. Sie sollten insgesamt vorsichtig sein. Dauerhafte oder wiederholte Aufenthalte, die den Eindruck erwecken, dass eine Person in Großbritannien lebt, ohne die entsprechenden Visa- und Arbeitsgenehmigungen, sind nicht gestattet.«

Zack. Diese Erkenntnis war ein harter Schlag. Über *Aurum* würde der Weg zu einem gemeinsamen Lebensmittelpunkt nicht führen.

Wir machten zwangsläufig weiter wie bisher. Der Frust darüber war kaum zu ertragen. Jede weitere Woche erschien mir unendlich schleppend. Die Abende allein in meiner Wohnung fühlten sich plötzlich unerträglich leer an. Das ständige Hin und Her zerrte an unseren Nerven. Wir verstanden jetzt, dass es eine juristische Grauzone war, von der Wohnung des anderen aus zu arbeiten – denn schließlich reiste ich offiziell nur zu *Besuchszwecken* nach England.

Und als wäre all dies nicht genug, fragte ich mich, wohin die Leichtigkeit verschwunden war, die unsere Beziehung anfangs geprägt hatte. *Na ja, vielleicht bräuchten wir auch einfach nur Urlaub,* redete ich mir ein. Wandern zum Beispiel. In den Alpen vielleicht. Etwas, wo man das Gefühl hatte, gegen den Berg anzukämpfen, anstatt gegen Bürokraten. Mal sehen. Aber tief im Inneren war mir klar, dass ein Urlaub das grundsätzliche Problem nicht würde lösen können.

30

Die Zeit lief einfach weiter und wir folgten unserem Trott. Was blieb uns auch anderes übrig? Es war Ende März, ein wunderschöner Nachmittag. Der Frühling lag in der Luft, als wir entlang der Klippen von *St. Margaret's at Cliffe* spazieren gingen. Lukas hatte vorgeschlagen, das Wochenende hier zu verbringen. Ein kurzer Ausflug – ein Mittagessen bei seinen Eltern, etwas frische Seeluft und eine ruhige Nacht mit Meeresrauschen im Hintergrund.

Zu unserer Überraschung hatten John und Margaret das Zimmer, an dem ich die kleinen Änderungen vorgenommen hatte, tatsächlich renoviert und präsentierten es uns stolz. Der plüschige rote Teppich war verschwunden und die darunterliegenden Dielen erstrahlten frisch abgezogen und lackiert. Die Wände, nun in einem tiefen Royalblau gestrichen, hoben sich elegant von den weißen Zierleisten an Boden und Decke ab. Der Sessel, der früher so altmodisch gewirkt hatte, trug einen neuen Überzug – noch immer geblümt, doch jetzt in einem moderneren Print mit schlichten großen Blüten. Das alte Massivholzbett mit seinen gedrehten Pfosten und den aufwendig geschnitzten *Tudor Roses* zog nun verdientermaßen alle Blicke auf sich.

»Wow. Das ist wirklich beeindruckend«, sagte ich und ließ meinen Blick über die neu gestalteten Details wandern. »Kaum zu glauben, wie sehr sich der Raum verändert hat.« Margaret und John freuten sich sichtlich, dass der Umbau uns so gut gefiel.

»Du hattest wirklich recht, Sophie, was so ein paar Änderungen bewirken können«, antwortete Margaret stolz.

In Gedanken versunken überlegte ich, was ich selbst anders gemacht hätte – und kam zu dem Schluss: nicht viel. Vielleicht ein paar komfortablere Matratzen, edle Bettwäsche, opulente Kissen. Dazu schlichte, moderne Accessoires für den letzten Schliff. *Voilà* – perfekt.

»Wusstest du davon?«, fragte ich Lukas, als wir zu einem Spaziergang aufbrachen. Die Sicht war klar und ich konnte bis hinüber nach Calais sehen. Wir standen im Wind und Lukas sah aus, als hätte er gerade Bekanntschaft mit einer Steckdose gemacht. Seine Haare standen in alle Himmelsrichtungen ab. Ich musste mich wirklich zusammenreißen, um nicht laut loszulachen. Es war, als würde die Natur sich einen Spaß mit ihm erlauben; ihm, der sonst so strukturiert und präzise war. Vielleicht war das der Grund, warum ich diesen Ort so liebte – er brachte alles ein wenig durcheinander, und in diesem Durcheinander fand ich eine seltsame Art von Ruhe. Es war einfach unmöglich, sich hier nicht frei und lebendig zu fühlen.

»Nein, das wusste ich nicht«, antwortete er und strich vergeblich seine Haare aus dem Gesicht. »Aber weißt du, ich habe mir die letzten Jahresberichte von meinem Vater geben lassen. Vielleicht hat das den Tatendrang bei ihnen ausgelöst.«

Er sprach weiter, aber der Wind spielte nicht mit. Ich konnte nur Wortfetzen aufschnappen: »Sophie … nachgedacht … eine Lösung …«

Ich schüttelte den Kopf, ließ seinen Arm los und deutete auf eine kleine Bank, die etwas windgeschützter aussah.

»Komm, lass uns dort hinsetzen«, schlug ich vor.

Kaum saßen wir, wollte ich ihm einen witzigen Spruch über seine Frisur drücken, doch als ich in seine Augen sah, wurde mir klar, dass er mir wirklich etwas Wichtiges sagen wollte.

»Sophie«, begann er langsam, als wolle er jedes Wort mit Bedacht wählen, »dein Vorschlag letztens – oder vielmehr dieser Gedanke von dir – hat mich ehrlich gesagt nicht mehr losgelassen. Ich meine, ich bin mir nicht sicher, wie ernst du das wirklich gemeint hast, aber in der Hoffnung, dass es dir ähnlich geht wie mir, würde ich wirklich gerne ... na ja, mit dir überlegen, nicht nur zusammenzuziehen, sondern dieses *Hideaway*-Konzept vielleicht in die Tat umzusetzen. Wenn du möchtest. Ich meine, dann hättest du doch definitiv berechtigten Grund genug, dauerhaft hier leben zu können, oder?«

Oh. Wow. Das waren ... unfassbar umständliche Worte. Aber unter all diesen Formulierungen lag etwas, das mir den Atem stocken ließ. *Hatte ich diese Überlegungen nicht längst in die Schubladen meines Verstands verbannt? Und jetzt öffnete er sie wieder?*

Das kam zwar unerwartet. Aber nicht unerwünscht. Langsam zog ich meine Beine unter mich und wandte mich ganz zu Lukas. »Wirklich?«, flüsterte ich schließlich. Er hatte meine ungeteilte Aufmerksamkeit – mehr denn je.

»Wirklich.« Die Worte waren raus. Und Lukas wechselte prompt in den Strategiemodus. Nur äußerlich zerzaust. Ich musste mir ein Grinsen verkneifen, bevor ich mich voll und ganz auf seine Ausführungen konzentrierte.

»Nehmen wir mal an, wir würden das Hotel übernehmen. Wenn der alte Plan meiner Eltern noch gilt, würden sie es uns so günstig wie steuerlich möglich überlassen. Ein Teil als Schenkung, der Rest zum unteren Marktwert. Sie hätten lebenslanges Wohnrecht, was den Kaufpreis weiter reduziert. Wir könnten das Hotel nach unseren Vorstellungen umbauen und für uns selbst die Ferienwohnung umgestalten. Und das Wichtigste: Für ein Geschäftsvorhaben mit dem eigenen Lebenspartner bist du doch sicher unersetzlich genug für ein Arbeitsvisum, oder? Ich denke, das sollte kein großes Problem sein. Aber das prüfen wir natürlich noch.«

Er sprach mit ruhiger Überzeugung, und ich glaubte ihm nur zu gerne. *Oh, was waren wir naiv.* Er zog sein Handy hervor und öffnete ein Dokument.

»Hier, schau mal. Ich habe alles kalkuliert.«

Ich sah auf die Tabelle und war beeindruckt von seiner gründlichen Vorbereitung. Mein Blick wanderte über die verschiedenen Punkte: Kaufpreis, Kreditbetrag, Eigenkapital, Laufzeit, Zinssatz, Kreditrate – alles detailliert und auf den Punkt gebracht.

»Wir haben achtzehn Zimmer, Soph. Bei einer durchschnittlichen Auslastung und den von mir kalkulierten Zimmerpreisen würde sich der Betrieb nach Abzug der Finanzierung und aller anfallenden Kosten wirklich lohnen.« Er machte eine kurze Pause. »Und natürlich könntest du weiterhin freiberuflich als Innenarchitektin arbeiten – das tun, was du liebst. An einem Ort, den wir lieben.« Dann setzte er mit einem selbstbewussten Lächeln nach. »Mit dem Mann, den du liebst.«

Ich lachte leise und schüttelte den Kopf, während ich meine Schulter gegen seine stupste. »So sicher bist du dir also, was?«

Er zog mich sanft näher zu sich und strich mir eine vom Wind zerzauste Haarsträhne aus dem Gesicht. Warum sollte der Wind auch vor mir Halt machen?

»Na ja«, flüsterte er, »ich hoffe es zumindest ... und falls du es vergessen hast, werde ich dich jeden Tag daran erinnern.«

Das klang alles perfekt. Fast zu perfekt. *Müsste nicht irgendwo ein Haken sein?*

»Lukas, das ist echt wahnsinnig durchdacht. Aber ...«
Ich stockte. Warum eigentlich *Aber?* Es war schließlich ursprünglich *meine* Idee gewesen – und ich liebte sie! Das Hotel, der Ort, die gemeinsame Zukunft. Und trotzdem war da dieses *Aber.*

Vielleicht, weil ich ein vernünftiger Mensch war? Und als solcher schläft man ja über solche Dinge, oder? Oder war das mein guter alter Reflex, der mich davon abhielt, mich festzulegen? Der mich immer dazu brachte, alles möglichst unverbindlich zu halten? Oder – und das war wahrscheinlicher – hatte ich einfach nur Angst? Angst, dass das alles zu schön war, um wahr zu sein. Ja, das klang nach mir.

»Aber?«, fragte Lukas leise.

Ich sah zu ihm. Er wartete – ruhig, geduldig. Meine Gedanken wirbelten durcheinander, und ich versuchte verzweifelt, sie zu ordnen. Doch es war, als wollte keiner von ihnen an der richtigen Stelle stehen bleiben.

Schließlich lächelte ich vorsichtig. »Keine Ahnung. Vielleicht: *Aber* darf ich mir das noch einmal in Ruhe durchlesen?«

»Klar.« Er wirkte sichtlich erleichtert. Wahrscheinlich hatte er mit einem ganz anderen *Aber* gerechnet. »Lass dir ruhig Zeit. Ich meine es auf jeden Fall ernst. Und bei unserer kombinierten Expertise bin ich mir sicher, dass das Haus erfolgreich sein wird.«

Ich musste lachen. Das war so typisch Lukas – alles musste Hand und Fuß haben. Und das hatte es bei ihm immer. Und wenn ich ehrlich war, nahm das Hotel in meinem Kopf schon längst Form an, mit vielen kleinen Details, die den Charakter des Hauses unterstreichen würden. Mein kreativer Geist spukte weiter, während Lukas von Finanzen sprach. Ich nickte, ganz in Gedanken versunken. »Hast du Pläne des Hauses? Ich würde mir gerne ein paar Gedanken dazu machen.«

»Natürlich. Ich schicke dir die Dateien.«

Ich lächelte. »Weißt du was? Ich liebe dich, Lukas Fitzwilliam Harding. Du gewissenhafter Stratege.« Ich beugte mich vor, gab ihm einen Kuss und zog ihn von der Bank hoch. »Komm, lass uns weitergehen.«

Während wir die Klippen entlang schlenderten, sah ich mir die Aussicht mit neuen Augen an, als wollte ich jedes Detail speichern. Das Thema aber ließen wir vorerst ruhen. Erst später, zurück im Haus, spannen wir die Gedanken weiter.

»*Sophie's Suite*«, nannte Lukas unser Zimmer, als wir gemeinsam im Bett lagen und ich seinen Atem in meinem Nacken spüren konnte.

»Genau. Und der Frühstücksraum wird *Lukas' Lounge*«, setzte ich lachend nach und drehte mich schwungvoll zu ihm. Seine Ruhe gegen meine Lebendigkeit – es fühlte sich so natürlich an, so perfekt.

»Und die Bibliothek könnte dann als *Fitzwilliam's Forum* durchgehen«, fügte er hinzu und zog mich näher, bis unsere Nasen sich fast berührten. »Aber vergessen wir all diese Namen«, murmelte er. »Nennen wir es einfach *Zuhause*. Okay?«

Für einen Moment konnte ich nichts sagen – da war diese unglaubliche Ruhe, die seine Worte in mir auslösten. *Zuhause. Einfach.* Ich lächelte. »*Einfach Zuhause* klingt schön. Aber gib mir ein paar Tage Zeit, okay?«

31

Zurück in Paris, setzte ich mich an meinen Schreibtisch und arbeitete mich sorgfältig durch Lukas' Zahlen und die Pläne des Hauses. Doch insgeheim stand meine Entscheidung längst fest. Es war nicht mehr die Frage, *ob* wir das Projekt angehen würden, sondern *wie* ich es Lukas mitteilen sollte.

Die folgenden Abende und Nächte verbrachte ich damit, die Pläne zu digitalisieren und meine Ideen zu strukturieren. Mein Kopf sprudelte über: *Was wäre, wenn wir wirklich größere Fenster einbauen? Bodentief, mit verschnörkelten Geländern oder vielleicht sogar kleinen französischen Balkonen? Die alten, zugigen Fenster mussten ohnehin ersetzt werden. Und die Bäder – einige waren so groß, dass man sie clever unterteilen könnte. Vielleicht eine kleine Saunakabine einbauen? Und was wäre mit Kaminen? Ein Zimmer mit Kamin wäre doch ein absolutes Highlight. Aber die Dielenböden … zu hellhörig, zu knarzend. Vielleicht sollten wir Zwischendecken einziehen, mit Akustikdämmstoff. Was würde das alles kosten?* Meine Gedanken rasten, und je mehr ich plante, desto klarer wurde mir, dass ich das unbedingt wollte.

Lukas hakte nicht weiter nach, obwohl ich seine Ungeduld in jedem Gespräch spürte.

Ich zeichnete und plante, visualisierte jede Kleinigkeit und begann mit der Kostenschätzung. Zwei Wochen lang lebte ich von wenig Schlaf und viel Kaffee, aber schließlich war ich so weit. Als Lukas das nächste Mal in Paris war, konnte ich es kaum erwarten, ihm das Ergebnis zu zeigen.

Am Sonntagmorgen, als wir noch gemütlich im Bett lagen, drückte ich ihm einen eleganten Karton mit einer Schleife in die Hand.

»Was ist das? Habe ich Geburtstag?« Er setzte sich aufrecht hin und sah mich fragend an.

»Mach's auf«, forderte ich und konnte meine eigene Aufregung kaum zurückhalten.

Er öffnete die Schachtel und faltete vorsichtig den ersten Plan auf. Es war der Grundriss des Erdgeschosses, mit der Ferienwohnung, in der zuvor seine Großeltern gelebt hatten. Ich hatte den Grundriss komplett überarbeitet und sie in unsere Wohnung verwandelt: Die Wand zur Küche geöffnet, das Bad mit einer Abstellkammer verbunden, vom Schlafzimmer aus einen begehbaren Kleiderschrank abgegrenzt. Außerdem hatte ich Fenster vergrößert, um den seitlichen Meerblick einzufangen.

»Das ... wird wirklich unser gemeinsames Zuhause.« Fast ehrfürchtig folgte Lukas Finger den Linien auf dem Plan.

»Ja. Die Wohnung hat Potenzial«, bestätigte ich mit einem Lächeln. »Und auf den anderen Plänen siehst du den Entwurf für die Hotelzimmer.« Ich griff nach dem nächsten Plan in der Schachtel und breitete ihn vor uns aus. »Ich habe auch eine erste Kostenschätzung beigefügt. Kannst du das in deine Kreditberechnung mit aufnehmen?«

»Du hast die Umbauten schon kalkuliert?«

»Na ja, ich dachte, nachdem du betriebswirtschaftlich alles so durchdacht hast, muss mein Part auch Hand und Fuß haben.«

»Das bedeutet, wir machen das wirklich?«

»Ja«, flüsterte ich, und bevor ich noch mehr sagen konnte, zog er mich sanft zu sich und presste seine Lippen auf meine.

»Ich habe wirklich meinen Schmetterling gefangen«, grinste er und strich durch meine Haare.

Ich legte meine Hände auf seine Brust und schob ihn ein Stück zurück. »*Oh nein*, mein Lieber. Ich lande freiwillig. Also bilde dir bloß nichts ein.« Grinsend stand ich auf, um uns Kaffee zu holen. »Und jetzt lass uns mal mit der Arbeit anfangen.«

Mit zwei dampfenden Tassen kehrte ich zurück, setzte mich im Schneidersitz ins Bett und wechselte in den Designermodus.

»Elf Zimmer haben Meerblick, sieben sind zum Landesinneren oder seitlich ausgerichtet. Eins führt direkt in den Garten. Ein paar Zimmer haben einen Gaskamin, das Gartenzimmer einen Jacuzzi. Die Zimmer mit Meerblick erhalten kleine Saunakabinen im Bad. Die Badezimmerfenster werden größer, für den optimalen Meerblick.«

Lukas sah mich mit einem bewundernden Lächeln an.

»Wow. Und was hast du an Komfort für uns eingeplant?«

»Hast du das nicht gesehen? Eine riesige Ankleide für all meine Schuhe«, lachte ich und zwinkerte ihm zu. »Das sollte doch wohl reichen, oder?«

Er verzog spielerisch das Gesicht. »Die Gäste bekommen eine Sauna, und was bekomme *ich*?«

Ich warf ihn schwungvoll um und legte mich auf ihn. »Du? Du bekommst *mich*. Und einen nicht zu verachtenden seitlichen Meerblick aus dem Wohnzimmer.«

Er legte lachend einen Finger auf meine Lippen. »Dein erstes Argument hat mich schon überzeugt. Wann erzählen wir's meinen Eltern?«

Das taten wir am folgenden Wochenende, mit einer Flasche Champagner und unseren Plänen im Gepäck. Wir ließen die Bombe beim Essen platzen.

»Habt ihr euch überlegt, zu wann ihr das Hotel verkaufen möchtet?«, fragte Lukas ungerührt, ohne mit den Mundwinkeln zu zucken.

»Also ich finde, spätestens wenn John siebenundsechzig ist, muss Schluss sein«, lautete Margarets resolute Antwort. »Wir müssen an seine Gesundheit denken.«

»Also noch etwas über ein Jahr«, überlegte Lukas. »Sollen wir bei der Suche nach einem Käufer helfen?«

»Meinst du, ihr habt dafür gute Kontakte?«, fragte John interessiert.

Lukas nahm einen Schluck Wein und lehnte sich zurück.

»Vielleicht. Würdet ihr auch verkaufen, wenn es bedeutet, dass jemand das Hotel komplett umkrempelt?«

Margaret runzelte die Stirn. »Komplett umkrempeln? Wie meinst du das?«

Lukas ließ eine Pause entstehen, ehe er fortfuhr. »Na ja, sagen wir, der Käufer würde das Hotel in ein Luxus-Retreat verwandeln. Klein, exklusiv, nur für finanzstarke Paare, die Ruhe und Abgeschiedenheit suchen.«

John lachte leise. »Das klingt, als hättest du schon einen Käufer im Sinn. Wer sollte denn so etwas wagen?«

»Vielleicht jemand, der das Hotel und die Umgebung genauso liebt wie ihr.«

Margaret legte das Besteck zur Seite und schaute Lukas aufmerksam an.

»Lukas, was versuchst du uns zu sagen?«

Er ließ eine weitere Pause entstehen, während er erst mir und dann seinen Eltern in die Augen sah. »Was wäre, wenn Sophie und ich es übernehmen würden? Was meint ihr?«

Die Stille am Tisch war greifbar, bis Margaret schließlich die Stimme fand.

»Das ist ... unerwartet«, sagte sie sichtlich überrascht. »Lukas, ich dachte, niemand wolle mehr hier Urlaub machen?«

»Sophie und ich haben schon seit einer Weile die Idee, ein luxuriöses kleines Hotel zu gründen für, na ja, im Grunde für Paare wie uns. Die nur abschalten und für sich sein wollen. Mit gutem Marketing und der Nähe zu London dürfte unsere Zielgruppe wirklich groß genug sein.«

Margarets Lächeln wurde mit jedem Wort größer, als die Nachricht langsam einsickerte. Ein Moment der Stille verging, ehe sie langsam aufstand. Ohne ein weiteres Wort legte sie ihre Hände auf unsere Schultern und zog Lukas und mich gleichzeitig in eine Umarmung.

»Das würde uns sehr glücklich machen«, sagte sie leise.

Johns Augen glänzten, und er nickte. »Das hätte ich wirklich nicht erwartet«, fügte er hinzu, »aber es wäre wunderbar, zu wissen, dass das hier in euren Händen liegt.«

Nach der ersten Welle der Freude setzte sich John jedoch zurück und wurde nachdenklich. »Aber wie sieht es mit der Aufenthaltsfrage aus, Sophie? Kannst du wirklich ein Arbeitsvisum bekommen?«

Ich nickte entspannt. »Ja, bestimmt, unter den Umständen. Aber wir werden das zeitnah prüfen.«

Ich war so sicher, so überzeugt – und doch völlig blind für die Komplexität, die uns bevorstand. *Oh, was waren wir naiv.*

John war deutlich abgeklärter und ließ uns vorsichtig seine Bedenken wissen. »Ich verstehe euren Enthusiasmus, aber das könnte komplizierter sein, als ihr denkt. Ich habe letztens noch einen Artikel gelesen zu einem Fall wie eurem. Das war nicht so einfach. Vielleicht solltet ihr euch beraten lassen.«

Lukas legte einen Arm um mich. »Das schaffen wir schon. Aber lasst uns erst einmal darauf anstoßen, sofern ihr überhaupt möchtet?«

»Natürlich. Das würde uns sehr glücklich machen«, bekräftigte Margaret, nahm uns in den Arm und holte Sektgläser, um den Moment zu feiern.

Unser Plan stand und unser Wille war stark. Aber zunächst musste ich wieder nach Paris.

Nach einem Abend mit Chris im Pub, bei dem Lukas ihm von unserem Plan berichtete, organisierte Chris für uns einen Videocall mit einer Anwaltskollegin aus seiner Kanzlei.

Laura, die auf Migrationsrecht spezialisiert war, kannte Lukas von verschiedenen Feiern und wir beschlossen, ihrer Einschätzung zu vertrauen. Die leider ernüchternd war.

Wir waren so blauäugig gewesen, geblendet von der Welt, die uns immer offen gestanden hatte und die wir beruflich ständig bereisten. Doch der *Brexit* war ein wahrer Endgegner. Wir waren in einer expandierenden EU aufgewachsen, in der Grenzen kaum mehr als Linien auf einer Landkarte waren. *Und jetzt?* Jetzt standen wir vor einer völlig neuen Realität.

»Arbeitsrechtlich gibt es theoretisch vier Visa-Optionen, damit Sophie ihren Lebensmittelpunkt nach England verlegen kann«, erklärte uns Laura sachlich und präzise. »Zunächst gibt es das *Skilled Worker Visa.*«

»Ja, das war unsere erste Idee«, fiel ich ihr schnell ins Wort, bevor ich mich zurücklehnte und versuchte, meine aufkeimende Nervosität zu unterdrücken.

Laura dämpfte sofort meine Hoffnung. »Sophie müsste für die Position als unersetzlich gelten. Als gäbe es im gesamten britischen Königreich niemanden, der diesen Job ausfüllen könnte. Es reicht nicht, dass der Geschäftsinhaber ihr Partner ist.«

Ach, verdammt. Ich begann, unruhig auf meinem Stuhl zu wippen.

»Eine weitere Möglichkeit ist das *Innovator Visa.* Dafür braucht man allerdings die Bewilligung durch eine zugelassene Organisation«, erklärte Laura sachlich. Lukas warf mir durch die Kamera einen nachdenklichen Blick zu.

»Was genau ist denn eine zugelassene Organisation?«, fragte er.

»Von der Regierung akkreditiert. Das können Institute oder Hochschulen sein«, erläuterte Laura weiter.

»Verstehe.« Lukas nickte langsam, als würde er die Optionen im Kopf abwägen. »Das geht also auch nicht. Nächste Option?«

»*Start-up Visa.* Erfordert ebenfalls die Unterstützung durch eine zugelassene Organisation.« Es war klar, dass auch diese Option für uns nicht infrage käme. »Und der Vollständigkeit halber, gibt es noch das *Intra-Company Transfer Visa*«, fügte sie abschließend hinzu. »Dies richtet sich an Mitarbeiter multinationaler Unternehmen, die in eine britische Niederlassung versetzt werden sollen.«

»Ja, das haben wir bereits ausgeschlossen«, sagte Lukas, noch einen Hauch resignierter. Die Optionen schienen sich mit jedem Moment mehr zu verengen.

Lukas und ich sahen uns an und eine drückende Stille lag in der Luft, bis ich die Situation seufzend auf den Punkt brachte.

»Das sieht verdammt schlecht für uns aus, oder? Lukas, wie konnten wir all das so sehr ausblenden?«

»Ich weiß es nicht, Soph«, antwortete er leise – und in diesem Moment verspürte ich ein überwältigendes Bedürfnis, von ihm in den Arm genommen zu werden. Doch das ging nicht. Viele Kilometer lagen zwischen uns. Der Ärmelkanal lag zwischen uns. Die kalte Realität der Geopolitik stand zwischen uns. Es war, als hätte sich die ganze verdammte Welt gegen uns verschworen.

Laura sah uns beide ernst an.

»Der *Brexit* hat die Hürden höher gesetzt, aber es gibt immer noch Wege, die man gehen kann. Doch ganz ehrlich, auf dem arbeitsrechtlichen Weg wird das schwierig.« Sie wandte sich plötzlich direkt an Lukas. »Vielleicht lässt du dich auch noch einmal von Chris beraten.«

Ich fragte mich kurz, was das für ein bedeutungsvoller Ausdruck auf ihrem Gesicht war, der Lukas nachdenklich zu stimmen schien.

»Ja, ich werde mal mit ihm sprechen«, murmelte er, fast mehr zu sich selbst als zu uns.

Was sollte Chris denn noch vorschlagen, das wir nicht schon durchdacht hatten? Sein Fachgebiet war schließlich weder Migration noch Arbeitsrecht. Aber ich war zu deprimiert, um nachzufragen. Ich musste das erst einmal auf mich wirken lassen.

32

Zugegeben: Ich war schon immer der hormonelle Typ. Und, ehrlich gesagt, ziemlich zufrieden damit. Ich hatte keine Lust, mich hormonell *einnivellieren* zu lassen. Schließlich können die kleinen Zaubermoleküle alles ein bisschen aufregender machen, oder? Zumindest an den guten Tagen. Aber an den schlechten? Nun ja, die gehören eben dazu – leider mit allen Konsequenzen. *Ein falsches Wort?* Drama! *Mehr falsche Worte?* Eskalationsgefahr, bis hin zur völligen Katastrophe. Ein wandelndes Pulverfass.

Aber ich bleibe dabei: Die *Sophiekalypse*, wie Lukas den Vorfall später nennen würde, war dennoch auf seinen Mist gewachsen. Nur vielleicht hätte ich weniger hart reagiert, wenn ich in einer anderen Verfassung gewesen wäre – nicht geplagt von pochenden Kopfschmerzen, reißenden Bauchschmerzen und dem dringenden Bedürfnis, einfach nur in Ruhe gelassen zu werden. Stattdessen fühlte ich mich an diesem Tag wie ein Pulverfass, dem nur noch der letzte Funke fehlte.

Lukas schien von all dem nichts zu merken, als er mich nach der Arbeit mit einem Stapel Papieren überfiel. Ich war in London. Kam gerade aus Barcelona. Und bald würde Berlin auf dem Plan stehen. Es fühlte sich an, als müsste ich gleichzeitig an allen europäischen Standorten der *Aurum*-Gruppe herumrühren, was mich noch gereizter sein ließ. Heute war es besonders schlimm gewesen – Vertragsverhandlungen mit den Handwerksfirmen für *Aurum London* hatten sich stundenlang gezogen und ich war einfach nur fertig. Und unsere Zukunftspläne? Waren ins Stocken geraten, stecken geblieben zwischen Reisen und Projekten.

Ich wollte nichts weiter als einen Kaffee und meine Decke. Gerade hatte ich meine High Heels ausgezogen und saß am Küchentisch, da legte Lukas ohne Vorwarnung einen Stapel Formulare vor mir ab und sah mich auf eine Weise an, die ich in diesem Moment kaum ertragen konnte.

»Was ist das?«, fragte ich müde.

Er setzte sich neben mich und kam sofort zur Sache.

»Soph, ich weiß, dass du das eigentlich ablehnst, aber …«

An dieser Stelle sollte man ein Gespräch eigentlich lieber gleich beenden, dachte ich noch. *Du-willst-das-nicht-Aber? Was war das denn für eine Gesprächseröffnung?*

»Sophie, wir wissen jetzt, dass wir arbeitsrechtlich keine Chance auf ein Visum haben. Uns bleibt aber noch der … na ja, familienrechtliche Weg. Das ist die praktischste Lösung.«

»Wie bitte?« Ich nahm das oberste Blatt und las. »*Fiancée?* Was soll das?«

Mein Verstand erfasste natürlich sofort die Bedeutung. *Verlobte.* Aber mein Herz weigerte sich, zu begreifen, was das hier gerade werden sollte. Das konnte doch nicht sein Ernst sein. *Doch nicht so.*

»Wenn du das unterschreibst, kannst du mich heiraten und hier bleiben.«

Er sagte es, als ginge es um so etwas Banales wie die Buchung eines Zugtickets. Ich schluckte einmal, zweimal. Schüttelte den Kopf. Und dann ging's los: »*Damit-kannst-du-mich-heiraten-dein-verdammter-Ernst,* Lukas Fitzwilliam Harding? Wie gnädig von dir. Was soll das denn sein, ein *Heiratsantrag?* Soll ich jetzt vor Freude weinen?«

Mein inneres Kontrollzentrum machte sich nicht einmal die Mühe, langsam zu eskalieren. Nein, ich wurde sofort laut. Sehr laut. Lukas sah mich erschrocken an, schien aber immer noch nicht zu realisieren, welche Lawine er da losgetreten hatte. Dass er gerade den größten Fehler seiner Beziehung gemacht hatte.

»Na ja«, stammelte er, sichtlich überrumpelt, »ich dachte, da eine Heirat für dich immer ausgeschlossen schien, frage ich lieber ohne großes Drumherum.«

»Ach komisch, ich habe gar keine Frage gehört«, fiel ich ihm ins Wort, bevor er weitermachen konnte.

Er rieb sich unsicher den Nacken. »Ich meine nur, es ist ... ach verdammt. Sophie, komm schon, mach da nicht so eine große Sache draus. Ich wollte nur eine Lösung finden, die für uns beide funktioniert. Sei doch nicht so ... *moody*.«

Moody? Hatte er das gerade wirklich gesagt? Ich konnte es nicht fassen. Wie konnte er es wagen, mich – in einem Moment wie diesem – als *moody* zu bezeichnen? Das war doch nur eine höfliche englische Umschreibung für *zickig*, oder? *Well, my dear*, vielleicht war ich in Heiratsangelegenheiten tatsächlich ein wenig *zickig*. Aber vor allem war ich jetzt *bissig*. Und zwar so was von. »Du willst, dass ich dich heirate, weil es *funktioniert*? Und weil ich nie heiraten wollte, denkst du, du musst nicht mal anständig *fragen*?«

Jetzt war es endgültig passiert. Mein Überdruckventil hielt nicht mehr – und meine Stimmung kippte endgültig. Mit einer wütenden Bewegung schleuderte ich die Unterlagen von mir, und sie flatterten hilflos zu Boden.

»Ich wollte wirklich nur eine Lösung finden, Soph«, verteidigte er sich und hob die Hände, als könnte er mit dieser Geste den Raum zwischen uns zusammenhalten. »Es schien mir einfach logisch. Wir lieben uns doch. Wir sind uns einig, uns eine gemeinsame Zukunft aufzubauen. Warum also nicht heiraten?«

»*Lieben?* Ja, aber das Papier hier hat *nichts* mit Liebe zu tun. Gar nichts!« Ich sprang auf, hob das Formular auf und fuchtelte damit vor Lukas' Gesicht herum. »Euer bescheuerter *Brexit* steht unserer Beziehung im Weg! Früher hätte ich ohne Probleme hier bleiben können, aber jetzt? Jetzt soll so ein Formular alles lösen?« Ich lachte bitter. »Ich bin doch keine ... importierte Ehefrau!«

»Beruhige dich doch bitte«, versuchte er, mich zu beschwichtigen, was mich nur noch wütender machte. »Ich dachte nur, es wäre das Beste für uns.«

»Das *Beste* für uns?« Meine Stimme klang schrill. »Du hast mir nicht einmal die Möglichkeit gegeben, darüber nachzudenken. Du hast erwartet, dass ich zustimme. *Punkt.* So geht das nicht. So macht man das nicht.«

»Soph, bitte, ich wollte dich nicht unter Druck setzen«, wiederholte er. »Es ist nur ein Vorschlag. Ich fürchte nur, wir haben nicht viele Optionen. Warum machst du daraus so ein Drama?«

Wie bitte? Drama? Jetzt war ich also schuld, oder wie? Wäre ich eine Comicfigur, wäre mir wohl Dampf aus den Ohren gekommen.

»*Keine Optionen?* Weißt du was, Lukas? Doch. Ich habe eine Option. Ich fahre jetzt nach ... Hause. Nach, ähm, Paris.«

Ich hatte das Bedürfnis, den Ort zu präzisieren. Denn eigentlich fühlte Paris sich nicht nach Zuhause an, aber darüber wollte ich jetzt nicht nachdenken. Etwas planlos griff ich zum Handy und suchte nach dem nächsten *Eurostar*, während Lukas weiter versuchte, mich zu beruhigen.

»Du hast das falsch verstanden. Bitte, geh jetzt nicht.«

»Ach, *ich* habe das falsch verstanden? *Du*, mein Lieber«, ich tippte ihm mit dem Zeigefinger auf die Brust, »solltest wirklich lernen, wie man kommuniziert. *Du-Sätze?* Gehen gar nicht. Die klingen immer nach Schuldzuweisung. *Du*«, wieder tippte ich, »hättest sagen können: *Ich habe einen Fehler gemacht.*«

Lukas sah mich an, als hätte er gerade eine Fremdsprache gelernt. »Gut. Sophie, ich habe einen Fehler gemacht.«

»Geht doch«, sagte ich, mit purem Sarkasmus.

»Bleibst du jetzt bitte?« Das war keine Frage. Das war ein Flehen.

»Nein. Ich gehe.« Die Worte kamen schärfer heraus, als ich es wollte.

»Machst du gerade mit mir Schluss?«, fragte er fassungslos, als ich weiter packte. »Ist das das hier gerade? Machst du wirklich Schluss?«

Ich erschrak. *Tat ich das? Ich hatte mir doch vorgenommen, es dieses Mal richtig zu machen. Und wir hatten all diese wundervollen Pläne.*

Und dann sah ich es. Unser Pamphlet aus Cassis. Wir hatten es letztens an einem schönen Abend mit handschriftlichen Kommentaren versehen, kleinen bunten Post-its, Ausrufezeichen und Smileys. Es hatte schließlich so witzig ausgesehen, dass wir es gerahmt hatten. Nun hing es hier neben der Schlafzimmertür, eingerahmt wie ein kostbarer Schatz. Einen Moment lang hatte ich Bilder vor meinem geistigen Auge. *Cassis. Champagner, Kerzen, Seifenblasen. Frühstück im Bett. Marmelade auf dem Shirt.*

Und jetzt? Ein Heirats-*Antrag*, der dem bürokratischen Begriff alle Ehre machte – formal, emotionslos. Wie hatte das passieren können? Wie gerne wäre ich wieder dort gewesen, auf diesem Balkon, in dem burgunderfarbenen Kleid, mit einem Pflaster auf dem Knie. In diesem Bett mit ägyptischer Baumwolle. Als alles so unbeschwert war. Einen Moment war ich wie erstarrt. Wir hatten es damit ernst gemeint. Es hatte Bedeutung. Ich seufzte.

»Ich mache nicht Schluss, Lukas. Aber ich muss jetzt hier raus. Und das musst du akzeptieren. Lies es nach«, blaffte ich und nickte in Richtung des bunten Rahmens. »Du hast es doch heute so mit Papieren.«

»Bitte, geh nicht«, sagte er leise, versuchte aber nicht mehr, mich davon abzuhalten. Er stand da wie versteinert, während ich packte, und es tat weh, ihn so zu sehen. Aber … ich konnte nicht anders. *Nicht heute.*

»Ich brauche …« *Ja, was wollte ich sagen? Abstand? Was für eine Floskel. Zeit? Luft? Naproxen gegen die Bauchschmerzen?* Nein, eigentlich nichts davon. *Ihr braucht einander*, schrie es in mir. »Ich brauche …« Die Worte blieben mir im Hals stecken und ich ließ den Satz unvollendet. Stattdessen schüttelte ich den Kopf, drehte mich um und verließ die Wohnung. Lukas sah mir nach, als hätte ich den Verstand verloren. Hatte ich ja irgendwie auch ein bisschen. Tief in mir regte sich die leise Hoffnung, dass ich später vielleicht zu der Erkenntnis gelangen könnte, überreagiert zu haben. Doch in diesem Moment spürte ich nur den Drang, davonzulaufen.

Mein Handy vibrierte mit einer neuen Nachricht, als ich im Zug saß. »Bitte, Soph, ruf wenigstens an, wenn du gut angekommen bist.«

Ich schloss die Augen, steckte das Handy weg und versuchte, zur Ruhe zu kommen. Doch kaum war ich zurück in Paris und betrat meine Wohnung, klingelte mein Telefon. *Anna.*

»Lukas hat dir einen Heiratsantrag gemacht – und du hast *abgelehnt?*«

Die Fassungslosigkeit in ihrer Stimme war unüberhörbar.

»Nein. Er hat einen Behördengang vorgeschlagen«, grummelte ich. »Woher weißt du das?«

»Er hat mich angerufen.« *Natürlich.*

»Damit du mich von dieser Formalie überzeugst?«

»Nein.« Annas Stimme war ruhig, aber ich hörte die Besorgnis darin. »Er wollte nur sicherstellen, dass du gut angekommen bist. Er meinte, du warst so aufgebracht.«

Ich seufzte. »Ich bin gut angekommen.«

»Sophie. Redest du mit mir?«, fragte sie leise, und ihre Stimme klang wirklich besorgt.

»Nein, Anna, heute nicht. Ich muss jetzt ...« *Was musste ich?* Ich seufzte. »Weinen«, sagte ich und legte schnell auf, bevor meine Stimme endgültig brach. Und dann weinte ich. Hemmungslos.

Irgendwann packte ich aus. Wusch Wäsche. Dann ging ich ins Bett. Stand auf. Ging zur Arbeit. *Donnerstag.* Kam zurück. Wieder ins Bett. *Freitag.*

Anouk und Elise tuschelten im Büro, warfen mir gelegentlich Blicke zu, ließen mich aber in Ruhe. *Hatte sich etwas herumgesprochen? Oder merkten sie einfach, was los war?* An einem Punkt schien Anouk mich danach fragen zu wollen. Doch ein scharfer Blick meinerseits genügte, um sie davon abzubringen. Ich fühlte mich wie in einem Vakuum, unfähig, meine Gedanken und Gefühle zu sortieren.

Am Samstag versuchte ich weiter, die vielen Nachrichten und verpassten Anrufe von Lukas zu ignorieren und stellte mein Handy schließlich ab. Am Sonntag nahm ich wenigstens Annas Anruf an. Von Lukas war keine weitere Nachricht gekommen.

»Redest du jetzt mit mir?«, begann Anna.

»Okay«, seufzte ich. Sie konnte ja nichts dafür, und außerdem brauchte ich sie. Ich würde das nicht länger in mich hineinfressen können.

»Sophie. Liebst du Lukas?«

»Das weißt du doch.« Es half mir ja nicht, das zu leugnen. Sofort schossen mir Tränen in die Augen. *Natürlich liebte ich ihn. Aber warum war das alles so kompliziert?*

»Weißt du«, fuhr sie leise fort, »ich stimme dir ja zu. Das war wirklich, wirklich … ungeschickt von ihm. Ehrlich gesagt hätte ich ihm so eine Vorgehensweise auch nicht zugetraut.« Sie lachte leicht, als ob alles nicht so schlimm wäre.

»Ach ja? Und was ist daran so komisch?« Ich konnte und wollte meine Entrüstung nicht verbergen.

»Nichts. Tut mir leid. Es ist nur … Er würde alles tun, um es wiedergutzumachen.«

»Sagt wer?«

»Na ja, also … ich nehme es an.«

»Aha«, gab ich lediglich von mir.

»Sophie, lass uns das mal logisch angehen.«

»Komm du mir nicht auch noch mit Logik«, murmelte ich sarkastisch.

»Doch, hör mir mal zu.« Anna blieb hartnäckig. »Wenn wir uns einig sind, dass Lukas einen … stilistischen Fehler gemacht hat, ihr euch aber liebt, gibt es eigentlich nur *zwei* Fragen, die du für dich klären musst. Tatsache ist, wenn ihr eine gemeinsame Zukunft in England aufbauen wollt, ist die Eheschließung offensichtlich ziemlich alternativlos. Also lautet die erste Frage: Willst du diese Zukunft mit Lukas?«

Sie machte eine bedeutungsschwere Pause. Eine Antwort gönnte ich ihr nicht.

»Na gut«, fuhr sie fort, als ich nichts sagte. »Zweite Frage: Nehmen wir an, er hätte den Antrag richtig gemacht. Mit allem Drum und Dran. Keine Ahnung wie. Mit Ring? Kerzen? Vielleicht am Strand. Ach was weiß denn ich, auf dem Eiffelturm? Oder bei

einem Flashmob.« *Fand sie das witzig?* »Hättest du dann auch abgelehnt?«

»Wie meinst du *das* denn?«, fragte ich, ein wenig verwirrt.

»Ganz einfach. Scheitert eure Beziehung an einer
bürokratischen Vorschrift oder an gekränktem Stolz? Denk mal
nach. Ist die Heirat an sich das Problem – oder die Art und Weise,
wie er es angegangen ist?«

Ich bemühte mich, eine sinnvolle Antwort zu formulieren.
Aber es wollte nicht so richtig gelingen.

»Vielleicht ... beides?«, murmelte ich leise. Anna blieb still am
anderen Ende der Leitung. Ich merkte, *etwas* musste ich antworten.
»Ich muss das erst mal mit mir selbst klären«, brachte ich schließlich hervor.

»Gut. Tu das. Und ruf mich an, wenn du dich mit dir besprochen hast, okay?« Ich konnte sie fast grinsen hören.

»Danke.« Ich legte das Handy weg und rollte mich im Bett
zusammen.

Eines war sicher: Diese Beziehung hatte mich verändert, auf
eine Weise, die ich nie für möglich gehalten hätte. Ein Leben ohne
Lukas war unvorstellbar. War es wirklich so *schlimm*, zu heiraten? Es
wäre eine *pragmatische* Entscheidung, aber letztendlich wollte ich
Lukas nicht verlieren. Das war der einzige Gedanke, der klar war.
Doch wie sollte ich nach diesem Desaster den Mut finden, meine
Überreaktion einzugestehen? Vielleicht war der Schaden irre-
parabel. Ich beschloss, dass ich noch ein wenig Zeit bräuchte.

Zu Beginn der neuen Woche fand ich schließlich die Kraft, auf
eine Nachricht von Lukas zu reagieren. »Denke die ganze Zeit an
dich«, schrieb er. Ich starrte minutenlang auf die Worte und
beschloss, dass ein kleines Zugeständnis der Sache vielleicht nicht
schaden würde.

Also tippte ich zögerlich: »Ich auch an dich.«

Natürlich folgte prompt eine neue Nachricht. »Können wir bald reden?«

Ich starrte auf den Bildschirm. *Was sollte ich sagen?* Die Antwort kam irgendwie fast von selbst. »Ich denke schon.«

Seine Antwort war ein einfaches »Okay.«

Ich atmete tief durch. Es war ein kleiner Schritt, vielleicht nur ein winziger Funke. Aber es fühlte sich nicht falsch an.

Am Dienstagmorgen betrat ich das Büro und fand einen riesigen Blumenstrauß auf meinem Schreibtisch vor. Wunderschöne Rosen in verschiedenen Rosa- und Weißtönen, dazu Lavendel, Rosmarin und Olivenzweige – ein Stück Provence auf meinem Schreibtisch. Ein Stück ... Cassis. *Unser* Cassis. Unverkennbar, denn zwischen den üppigen Blüten steckten ein paar Fläschchen mit Seifenblasen. Ich konnte nicht anders, als mich zu fragen, wie Lukas es geschafft hatte, von London aus einen Floristen zu finden, der die kleinen Seifenblasenfläschchen so kunstvoll in den Strauß integriert hatte. Und vor allem konnte ich nicht anders, als zu lächeln. Anouk schlich neugierig um meinen Schreibtisch.

»Der wurde gerade für dich gebracht. Wunderschön, oder? Was ist das?«, fragte sie.

»Ein Blumenstrauß, offensichtlich«, antwortete ich trocken.

Anouk hob eine Augenbraue. »Ja. Ich meine, was hat es mit den Seifenblasen auf sich?«

Ich seufzte. »Ein ... Insider.« Ich zog den kleinen Brief hervor, der an dem Strauß befestigt war, und begann zu lesen:

....

Liebe Sophie,

in Anbetracht unserer Vereinbarung aus Cassis, der aktuellen diplomatischen Komplikationen und der offensichtlichen Tatsache, dass ich mich ohne dich verloren fühle, möchte ich dich hiermit formell – und mit einer gehörigen Portion verzweifelter Hoffnung – zu einem Schlichtungsversuch einladen.

Treffpunkt:	*Gare de Lyon, Hall 1*
Wann:	*Freitag 14:00 Uhr (Pünktlichkeit aus Fahrplangründen wünschenswert, aber ich warte den ganzen Tag, wenn nötig)*
Ziel:	*Le Refuge des Calanques, 13260 Cassis*
Dauer:	*Freitag bis Sonntag (Option auf Verlängerung je nach Schlichtungserfolg)*
Zielsetzung:	*Eine ehrliche Aussprache und eine faire Chance auf Versöhnung*

Ich erinnere hiermit freundlichst an unsere vertraglichen Vereinbarungen, die irgendwo zwischen Champagner, Seifenblasen und einem mit Marmelade befleckten Shirt entstanden sind.

In tiefer Liebe, großer Unsicherheit und vielleicht einer Spur von Wahnsinn, Lukas

....

Und da war er wieder, dieser Gedanke: *Was für ein charmanter Spinner.* Vielleicht lächelte ich ein wenig. Ich legte den Brief zurück und merkte, wie Anouk mir neugierig über die Schulter schaute. Ich ließ sie. »Es scheint, als würde sich jemand richtig Mühe geben«, sagte sie leise.

»Ja, das stimmt«, murmelte ich.

»Darf ich fragen, was passiert ist?«

»Nein.«

»Okay.« Sie zögerte kurz, bevor sie mir sanft auf den Arm klopfte. »Gib ihm eine Chance.«

Da ich nicht antwortete, dachte sie vermutlich, zu weit gegangen zu sein und ging leise zurück zu ihrem Platz. Ich versuchte, zu arbeiten, aber mein Blick fiel immer wieder auf den Strauß. Schließlich stand ich auf und ging zu Anouk.

»Anouk, ich habe eine Aufgabe für dich.«

»Schieß los.«

»Ich möchte, dass du Herrn Harding per E-Mail bestätigst, dass Frau Brand den Termin am *Gare de Lyon* wahrnimmt.«

Sie grinste vorsichtig. »Das mache ich gerne.« Sofort öffnete sie das Mailprogramm. »Wie soll ich es formulieren?«

Ich dachte einen Moment nach. »Mach es formell und doch witzig. Etwas, das ihn zum Lächeln bringt, aber auch klar macht, dass ich komme.«

Ich gab ihr kurze Stichpunkte. Sie nickte und tippte.

Ein paar Minuten später zeigte sie mir die Nachricht:

....

Betreff: Terminbestätigung

Sehr geehrter Herr Harding,

im Namen von Frau Brand bestätige ich hiermit den Termin am Freitag, 14:00 Uhr, am Gare de Lyon. Frau Brand legt großen Wert auf einen konstruktiven Dialog und erwartet Gespräche auf Augenhöhe, um gemeinsam eine zukunftsorientierte Lösung zu finden. Sie freut sich auf einen respektvollen und offenen Austausch, der beiden Parteien gerecht wird.

Mit freundlichen Grüßen

Anouk Dupont
Chief Relationship Mediator for Brand & Harding
....

Ich lachte. »Perfekt.«

Anouk schickte die E-Mail ab und lächelte mich zufrieden an.

»Du machst das Richtige, Sophie. Was auch immer passiert ist – ihr gehört doch zusammen.«

Ich nickte und fühlte, wie Hoffnung in mir aufkeimte. »Danke, Anouk. Ich hoffe es.«

Als ich alleine war, stand ich auf und nahm eines der Seifenblasenfläschchen aus dem Strauß. Dann öffnete ich das Fenster und pustete vorsichtig. Die kleinen, schimmernden Kugeln stiegen in die Luft, schillernd und leicht, als könnten sie alle Sorgen davontragen. Lächelnd sah ich ihnen nach, wie sie in der Luft tanzten. Vielleicht war es das, was wir brauchten – ein bisschen Leichtigkeit, ein bisschen mehr Freude, ein bisschen mehr Meer. Und das Vertrauen, dass alles gut werden könnte.

33

Der Rest der Woche zog irgendwie an mir vorüber. Zum Glück hatte ich genug zu tun, um mich abzulenken, sodass sich mein Grübeln auf die Abendstunden beschränkte. Lukas' Reaktion auf meine Zusage brachte mich zum Lächeln: »Danke für die Terminbestätigung von Anouk. *Chief Relationship Mediator* – WTF?«

»Sie war froh, sich endlich einmischen zu dürfen«, antwortete ich nur kurz und biss mir dabei auf die Unterlippe, um nicht mehr zu schreiben.

Am Mittwoch meldete er sich wieder. »Hier herrscht Londoner Wetter. Freu mich aufs Mittelmeer – und auf dich.« Die Nachricht war simpel, direkt und wirkte irgendwie verletzlich.

»Ich auch«, schrieb ich zurück und ließ bewusst offen, worauf ich mich wirklich freute.

Am Donnerstag kam wieder eine kurze Nachricht. »Wanderschuhe mitnehmen?« Ich zögerte kurz, ehe ich »Okay« tippte. Es fühlte sich an, als planten wir einen gewöhnlichen Ausflug, nicht die Aussprache, die über unsere Zukunft entscheiden würde.

Schließlich stand ich vor meinem Schrank. Wie fast ein Jahr zuvor, nur war meine Stimmung diesmal weniger euphorisch. *Was nimmt man zu einer solch eigenartigen Art der Aussprache mit? Vielleicht würde es wieder eskalieren und ich sofort wieder nach Hause fahren. Dann bräuchte ich nicht viel. Oder würde ich – unabhängig davon, wie unser Gespräch ausging – die Zeit nutzen, schwimmen und wandern gehen?* Ich beschloss, nicht nur die Wanderschuhe, sondern auch einen Bikini einzupacken. *Und für den Abend?* Es gab keinen Grund, sich in Sack und Asche zu hüllen, aber auch keinen, um sich besonders aufzubrezeln. Ich entschied mich für das klassische kleine Schwarze und High Heels – schließlich wollte ich Gespräche auf Augenhöhe führen.

Am Freitagmorgen erreichte mich eine letzte Nachricht, kurz bevor ich zum Bahnhof aufbrach. »Ich freue mich so auf dich. Und habe ein bisschen Angst vor dir.« Seine Offenheit brachte ein Lächeln auf mein Gesicht.

»Gut so«, antwortete ich und verließ am Mittag das Büro nach einer festen Umarmung von Anouk, um zum *Gare de Lyon* aufzubrechen.

Lukas stand bereits am Bahnsteig, den Blick auf die Anzeigetafel gerichtet. Er wirkte angespannt und ich spürte, wie mein Puls schneller ging. Die letzten Tage hatten eine seltsame Kluft zwischen uns geschaffen.

Unsere Blicke trafen sich und für einen Moment war alles andere unwichtig. Ich war ehrlich gesagt unsicher, wie ich ihn begrüßen sollte. Es fühlte sich ein wenig an wie bei unserer ersten Abfahrt nach Cassis. Nur, dass die Aufregung eine andere war.

Er zögerte, doch dann machte er den ersten Schritt und öffnete seine Arme ein Stück. Ich ließ es geschehen. Seine Arme legten sich um mich – und ich seufzte. Dann stieß ich meine Stirn gegen seine Brust. Die Botschaft war klar: *Du hast das echt verbockt.*

»Es tut mir so, so leid, Soph«, flüsterte er prompt, und ich vergrub ohne weitere Antwort mein Gesicht an seiner Schulter.

So traten wir also unsere Reise an, zur bevorstehenden »Schlichtung« im *Refuge des Calanques* – ein Konzept, das mir absurd schien. Tatsächlich aber war es brillant, auch wenn ich es in dem Moment noch nicht verstand.

Die Stimmung während der Zugfahrt ließ sich am besten als *bemüht* beschreiben. Unsicher, wie wir uns verhalten sollten, beschloss ich irgendwann, die Augen zu schließen und mich schlafend zu stellen. Ich spürte, wie Lukas mir seinen Pulli als Kissen zwischen Fenster und Kopf schob. *Ach, wie typisch Lukas.* Charmant und fürsorglich. Und genau deshalb war es doch so schwer zu begreifen, wie es nur so weit zwischen uns hatte kommen können. Ich kniff die Augen fester zusammen, entschlossen, nicht den Tränen nachzugeben, die sich bei diesen Gedanken bildeten.

Nicht jetzt. Nicht hier. Lukas widmete sich mit einem leisen Seufzen seinem Handy und ich hörte, wie er telefonierte. »Ja, wir sind unterwegs.« Eine kurze Pause. »Nein, ist okay. Sophie schläft gerade.« Wieder eine Pause. »Wir sind auch pünktlich.« Noch eine Pause. »Gut, bis später.«

Ich konnte nicht anders, als mich zu fragen, was »auch pünktlich« bedeuten sollte und mit wem er wohl sprach. Doch bevor ich weiter darüber nachdenken konnte, fiel ich tatsächlich für einen Moment in einen leichten Schlaf.

Im Hotel angekommen, ging es mit Lukas' Bemühungen weiter. Er hatte die schönste Suite des Hauses reserviert – *Etoile* – ganz oben, mit einem atemberaubenden Rundumblick. Die ganze Suite strahlte in beruhigenden Blau- und Sandtönen und auf dem Tisch stand ein großer Blumenstrauß, eine Kombination aus Lavendel und Sonnenblumen. *Du liebe Güte*, er zog wirklich alle Register. Ich schmunzelte und fragte mich kurz, ob irgendwo ein Geiger im Schrank auf seinen Einsatz wartete. Nachdem wir das Zimmer betreten hatten, blieb er einen Moment an der Tür stehen und beobachtete, wie ich die Einrichtung in mich aufnahm.

»Es ist wunderschön hier«, sagte ich, und ließ meinen Blick durch das Zimmer wandern. »Du hast das wirklich gut ausgesucht.«

Er kam näher, die Hände tief in den Hosentaschen vergraben.

»Offen gesagt war ich mir nicht sicher, ob du ein eigenes Zimmer möchtest. Ich meine, ich weiß ja nicht, wo wir stehen. Wenn du willst, schlafe ich auf der Couch.«

Ich zuckte nur mit den Schultern und er fuhr mit einem Grinsen fort. »Aber, na ja, es war sowieso nichts anderes frei. Ich weiß natürlich, dass ein schönes Zimmer allein nicht reicht. Aber, Soph, ich hoffe wirklich, unser Gespräch heute Abend hilft uns, wieder auf einen gemeinsamen Weg zu kommen.«

Ich sagte nichts, lächelte aber leicht und ging auf den Balkon hinaus. Lukas folgte mit zwei Tassen Kaffee und wir ließen uns in die bequemen Stühle fallen. Das Meer sah so schön aus. So friedlich. Ich begann, mich zu entspannen.

»Warum reden wir nicht jetzt, Lukas? Warum bis zum Essen warten?«

»Weil ich ... ähm, na ja, mir den Sonnenuntergang als Pluspunkt auf meiner Seite erhoffe?«, grinste er vorsichtig.

Nun, wie auch immer, es war okay, das Gespräch noch etwas hinauszuzögern, nahm ich an. Ich wusste sowieso nicht, was ich sagen sollte.

»Wie geht es deinen Eltern?«, brach ich schließlich das Schweigen. Ich erinnerte mich an die letzten gemeinsamen Abende bei ihnen. An unsere Pläne.

»Sie fragen ständig nach dir. Ich habe ihnen nichts erzählt. Meine Mutter hätte mich sicher getötet. Oder Schlimmeres.«

Das brachte mich wirklich zum Lachen, fast wie früher, aber unser Gespräch stockte trotzdem.

»Und wie läuft die Arbeit?«, bot Lukas als Ausweg aus der Stille an.

»Es geht gut voran«, erwiderte ich. Das Gespräch blieb oberflächlich. Aber für den Moment war das genug.

Aber irgendwie … war das alles seltsam. Ich wollte gerade duschen gehen und mich für das Essen umziehen, als Lukas plötzlich etwas aus seiner Reisetasche hervorholte: Das Kleid, das ich an jenem schicksalhaften Abend hier getragen hatte, als alles zwischen uns begonnen hatte. Ich hatte es zuletzt in seinem Schrank in London gelassen.

»Echt jetzt?«, entfuhr es mir ungläubig. »Findest du das wirklich angemessen?«

Er sah mich mit einer Mischung aus Hoffnung und Unsicherheit an. »Vertrau mir, Sophie«, sagte er leise und trat einen Schritt näher. Das Kleid in seinen Händen wirkte wie ein stilles Friedensangebot. »Ich dachte, es könnte uns daran erinnern, wie es war – bevor alles so … kompliziert wurde. Bitte.«

Ich war mir nicht sicher, ob das eine gute Idee war, aber etwas an seiner ernsten Bitte ließ mich einlenken. »Na gut«, sagte ich schließlich und ging duschen.

Als ich in dem burgunderfarbenen Kleid aus dem Bad trat, wünschte ich mir insgeheim, dass er nicht zu überschwänglich reagieren würde. Doch sein leiser Blick ohne große Worte traf mich vielleicht noch mehr als große Komplimente. »Perfekt«, flüsterte er nur, und in seiner Stimme schwang etwas Unbestimmtes mit, als ob er einen Plan verfolgte, von dem ich noch nichts wusste. Ich nickte – unfähig, etwas zu erwidern – und nahm tatsächlich vorsichtig seine Hand, als er sie mir anbot.

Gemeinsam verließen wir das Zimmer und machten uns auf den Weg zur Restaurantterrasse, wo uns der Kellner mit einem freundlichen Nicken begrüßte und uns zielstrebig zu einem Tisch führte, der eine spektakuläre Aussicht auf das glitzernde Meer bot.

Doch das eigentliche Highlight der Aussicht war nicht das Meer oder der Sonnenuntergang – es waren zwei vertraute Gesichter an unserem Tisch, die ich hier am wenigsten erwartet hätte. Dabei hätte ich damit rechnen müssen. Ich blieb wie angewurzelt stehen, als ich Anna und Chris erkannte. Für einen Moment war ich sprachlos, dann überwältigte mich die Freude und ich ging schnell auf sie zu.

»Was macht *ihr* denn hier?«

»Überraschung!«, rief Anna und fiel mir um den Hals. »Lukas meinte, ihr könntet etwas moralische Unterstützung gebrauchen. Und gemäß *Artikel sieben* eurer ungewöhnlichen Vereinbarung sind wir als Schlichter bestellt.«

Wie hatte ich das vergessen können? Ich war wohl zu sehr mit mir selbst beschäftigt gewesen, um an dieses Detail zu denken.

»Und wir nehmen unsere Rolle heute Abend sehr ernst«, ergänzte Chris mit einem Zwinkern, aber auch mit einem Unterton in der Stimme, der deutlich machte, dass er durchaus bereit war, tiefer in die ernsten Themen einzutauchen, die möglicherweise auf dem Tisch lagen.

»Die Tatsache, dass ihr gerade Hand in Hand gegangen seid, stimmt mich schon einmal optimistisch«, stellte Anna fest. Ich sah Lukas an, er sah mich an - und wir beide lächelten.

Annas Grinsen wurde breiter, als sie unsere Reaktion bemerkte. »Das wollte ich sehen.«

Ich nickte, immer noch überwältigt von ihrer unerwarteten Anwesenheit. »Danke, dass ihr hier seid.«

Wir setzten uns und Chris hob das Weinglas, das bereits vor ihm stand. »Nun, dann lasst uns diesen Abend nutzen. Nicht nur, um zu schlichten, sondern auch, um uns an all die guten Dinge zu erinnern, die euch zusammengebracht haben und die euch offensichtlich immer noch verbinden.«

Anna schlug vor, dass wir schon einmal die Vorspeise bestellen sollten, denn – wie sie scherzhaft betonte – könne sie unmöglich hungrig schlichten.

Dann ergriff Chris das Wort und machte den Auftakt. Vor der atemberaubenden Kulisse der Felsen der *Calanques* in der Abendsonne eröffnete sich, bei einer gemischten Vorspeisenplatte, ein von den wichtigsten Menschen in Lukas' und meinem Leben meisterhaft inszeniertes Schauspiel.

»Gut, lasst uns anfangen«, sagte Chris mit einem nachdenklichen Nicken, als hätte er seine Anwaltsrobe an. »Heute sind wir hier, um zu klären – nicht nur zu schlichten. Wir wollen herausfinden, ob euer Projekt endgültig gescheitert ist, oder ob wir vielmehr über eine epische Skalierung sprechen sollten.«

Anna fasste die Ausgangssituation zusammen. »Lukas hat Sophie einen Heiratsantrag gemacht, der, sagen wir mal, *suboptimal* war. Sophie hat mit ihrem üblichen Fluchtreflex reagiert. Anstatt euren Lebensmittelpunkt zusammenzuführen und euer Projekt in Dover gemeinsam umzusetzen, erwägt Sophie offensichtlich, vorerst doch in Paris zu bleiben.« Anna seufzte dramatisch und sah uns beide an, die Arme vor der Brust verschränkt. »Leute, besteht wirklich die Gefahr, dass eure Beziehung scheitert?« Ihre Augen huschten von mir zu Lukas und zurück. »Möchtet ihr euch vielleicht dazu äußern, bevor wir unsere Einschätzung mit euch teilen?«

Ich zuckte etwas unbehaglich mit den Schultern. Lukas räusperte sich, bevor er sich mir zuwandte. »Sophie, ich gebe zu, ich habe mich falsch verhalten. Ich glaube zwar immer noch, dass für unser Vorhaben keine andere Option bleibt. Aber wenn das nicht infrage kommt, lassen wir das Projekt lieber fallen und ziehen irgendwohin, wo man uns weniger Steine in den Weg legt. Mir ganz egal, wo.« Seine Augen suchten nach Verständnis.

Ich schluckte schwer und spürte, wie sich ein Kloß in meinem Hals bildete. »Lukas, du hast mir mal vorgeworfen, die Logik sollte ich lieber anderen überlassen. Das hättest du in dem Moment besser auch getan. Du hast mich völlig überfahren. Bei einer wirklich lebensverändernden Entscheidung.«

»Es tut mir wirklich leid.«

Ich atmete tief ein, aber es fühlte sich an, als würde ich nur die Hälfte der Luft bekommen. »Lukas, das Problem ist ...« Ich zögerte, kämpfte innerlich mit mir, unsicher, wie ich meine Gedanken in Worte fassen sollte. Schließlich beschloss ich, ehrlich zu sein: »Ich will nicht *irgendwo* hin. Ich liebe unseren Plan.«

Doch da waren noch mehr Worte, die herauswollten. Sie blieben mir jedoch im Hals stecken. Die Wahrheit war, dass ich inzwischen auch bereit war, den *formalen* Weg zu gehen – dass ich darüber nachgedacht hatte, obwohl mich die Idee anfangs so sehr abgeschreckt hatte. Aber warum konnte ich es ihm nicht einfach sagen? Vielleicht war es die Angst, meine so heiligen Prinzipien aufzugeben. Oder einfach nur Stolz.

Anna nickte verständnisvoll und wandte sich dann an die Runde. »Es scheint, als wären hier viel Druck und Missverständnisse im Spiel gewesen. Vielleicht hilft Chris' und meine bescheidene Einschätzung eurer Beziehung an dieser Stelle?« Sie warf Chris einen kurzen Blick zu, ehe sie theatralisch ihr Smartphone hervorholte. »Ich finde, wir sollten mit der Beweisaufnahme fortfahren«, verkündete sie mit gespieltem Ernst, während sie durch ihre Nachrichten scrollte.

Dann räusperte sie sich und begann vorzulesen: »Sophie, erinnerst du dich an diese Nachricht, die du mir geschickt hast? Ich zitiere: *Anna, ich weiß, das klingt kitschig, aber wenn er mich so ansieht, fühle ich mich wie die einzige Person auf der Welt. Es ist absurd.*« Anna sah von ihrem Handy auf und schaute mir direkt in die Augen. »Klingt nach tiefen Gefühlen, oder?«

Die Runde lachte und ich spürte, wie mir warm wurde, als Lukas mir ein verschmitztes Lächeln zuwarf. Chris zog sein eigenes Handy hervor und begann ebenfalls, eine Nachricht vorzulesen.

»Und hier haben wir auch etwas von Lukas: *Sophie und ich überlegen, nach St. Margaret's zu ziehen. Ich hatte nicht vor, jemals wieder dorthin zu ziehen, aber jetzt liebe ich den Gedanken. Mit Sophie ziehe ich überall hin. Auch neben meine Mum.*«

Er blickte auf und sah mich direkt an. »Das sagt doch alles, oder? Wer wäre bereit, sich *das* vorzustellen – wieder neben seiner Mutter zu wohnen – wenn er nicht ganz und gar liebt?«

Die Atmosphäre am Tisch wurde spürbar leichter. Lukas griff nach meiner Hand und drückte sie fest. Chris lehnte sich vor und fixierte Lukas mit einem Blick, der wieder ernster wurde. »Weißt du, Lukas, ich erinnere mich noch genau an den Abend in der Kneipe, als du dir vorgestellt hast, wie Sophie mit einem anderen Kerl in Hamburg zusammen ist. Ihr wart noch gar nicht zusammen, aber du warst völlig fertig. Sophie, hättest du ihn damals gesehen, wären alle Zweifel an seinen Gefühlen für dich sofort verflogen.«

Anna nickte zustimmend und wandte sich dann direkt an mich. »Sophie, ich habe immer bewundert, wie Lukas es geschafft hat, dein Herz zu erobern. Er ist wirklich der einzige Mann, der … dauerhaft mit dir klarkommen kann – das weißt du auch. Und Lukas, klar war das eine dumme Aktion von dir, aber ich weiß, dass du das wiedergutmachen kannst. Also, ihr beiden, sind wir uns einig, dass ihr euch liebt und nicht ohne den anderen sein könnt?«

Lukas und ich sahen uns an und nickten wie zwei gescholtene Grundschüler.

»Sehr schön, dann lasst mich euch beweisen, dass eure kleine Krise nicht ungewöhnlich ist«, sagte Chris, stand auf und wandte sich mit bedachter Stimme an die Restaurantgäste.

»Meine Damen und Herren, bitte entschuldigen Sie die Unterbrechung. Wir durchleben gerade eine kleine Beziehungskrise und könnten etwas Unterstützung gebrauchen. Ich bin sicher, jeder von Ihnen hat schon einmal einen Streit in seiner Beziehung erlebt. Richtig? Nun, wir würden gerne Ihre Weisheit anzapfen. Wer hatte schon mal Zweifel und ist trotzdem noch zusammen? Bitte, zeigen Sie durch Handzeichen!«

Zahlreiche Gäste hoben amüsiert die Hände, manche lachten, während ich am liebsten im Boden versunken wäre.

»Seht ihr, ihr seid nicht allein. Nun, wer von Ihnen glaubt, dass auch dieses hübsche Paar hier, das offensichtlich völlig vernarrt ineinander ist, eine Lösung finden kann? Noch einmal, heben Sie bitte die Hände!« Jetzt ging fast jede Hand nach oben, und Chris schaute triumphierend. »Da habt ihr es! Danke, dass Sie Ihre Erfahrungen geteilt haben!«

Er setzte sich wieder hin, sichtlich zufrieden mit seiner kleinen Feldforschung. »Zeit für eine Versöhnung, oder?«, fragte er mit einem Zwinkern.

Lukas sah mich vorsichtig an – und ich nickte. Und dann küssten wir uns. Einige von unseren Tischnachbarn klatschten, was die Verlegenheit in mir nur noch verstärkte.

Meine Güte, war das peinlich. Aber gleichzeitig fühlte es sich richtig an. Lachend lehnte ich mich an Lukas. Ja, es gab noch Gesprächsbedarf. Aber eins war geklärt: Wir gehörten zusammen.

»Sehr schön, ich finde, dann sollten wir jetzt erst einmal weiter essen«, beschloss Anna, als der Kellner sich mit der Hauptspeise näherte.

Die Stimmung entspannte sich beim Essen weiter, auch wenn noch nicht alle Fragen geklärt waren. Anna brachte es nach einer Weile auf den Punkt. »Sophie, vielleicht ist es an der Zeit, deine Bedenken anzusprechen.«

Zu meiner Überraschung stand sie auf und wandte sich erneut an die anwesenden Frauen auf der Terrasse. »Meine Damen, ich habe eine ganz besondere Frage an Sie. Unsere liebe Sophie hier hat ein klein wenig Bedenken, dass eine Eheschließung plötzlich die Rollenverteilung in ihrer sonst so modernen Beziehung kippen könnte. Ein modernes Dilemma, nicht wahr?«

Sie machte eine kurze Pause, um sicherzustellen, dass alle aufmerksam waren. »Also meine Damen, wenn Sie auch überzeugt sind, dass in einer modernen Beziehung die Gleichberechtigung nicht an der Tür zum Standesamt endet, sondern dass eine Ehe tatsächlich die Partnerschaft stärken und bestätigen kann – ohne dass Frau plötzlich mit der Schürze am Herd steht – dann bitte ich Sie jetzt um einen kräftigen Applaus. Zeigen Sie unserer Sophie, dass sie keine Angst zu haben braucht!« Sofort brach lautes Klatschen und Lachen aus und ich konnte nicht anders, als ebenfalls laut zu lachen. »Siehst du, Sophie? Selbst in dieser wunderschönen Ecke Frankreichs, wo Traditionen großgeschrieben werden, bestätigen moderne Frauen und Männer, dass Liebe und Ehe Hand in Hand gehen mit Partnerschaft und Gleichberechtigung. Keine Angst, die Welt ist auf deiner Seite!«

Ich spürte, wie sehr sie recht hatte. Lukas und ich führten eine Partnerschaft auf Augenhöhe. Er würde mich nie einschränken, niemals klein machen. Er war mein größter Unterstützer – beruflich wie privat. *Was war bloß in mich gefahren, das alles wegen einer Formalie infragezustellen?*

Ich drehte mich zu ihm und zog ihn näher zu mir. »Es tut mir leid, Lukas. Ich habe da wohl … ein wenig überreagiert.«

Er hielt mich fest, seine Hand spürbar warm auf meinem Rücken. Dann hob er leicht mein Kinn, sodass ich ihm in die Augen sehen musste – eine dieser bei ihm eher seltenen *Tarzan-Jane-Gesten,* die ich sonst belächelt hätte. Doch jetzt war sie mir völlig egal. Denn da war diese Entschlossenheit in seiner Stimme, die mir den Atem raubte. »Lass mich das wiedergutmachen. Lass mich dir beweisen, dass es nichts gibt, das ich mehr will, als uns.«

Ich lächelte schwach. »Okay«, flüsterte ich schließlich. »Aber ab jetzt keine Alleingänge mehr, okay?«

»Ab morgen nicht mehr«, murmelte er, fast beiläufig, während seine Finger sanft über meinen Rücken strichen.

Ich runzelte die Stirn und blinzelte kurz. »Was?«

»Hm? Nichts.« Sein Ton klang völlig unschuldig, aber das kurze Flackern in seinen Augen erzählte eine andere Geschichte.

Für einen Moment dachte ich, ich hätte es mir eingebildet, und beschloss, nicht weiter nachzufragen. Doch während wir unser Dessert löffelten, ließ mich der Gedanke nicht los, dass hier irgendetwas Konspiratives im Gange war. Etwas, von dem alle außer mir wussten. Zumindest an diesem Tisch.

Lukas wirkte ein wenig nervös, sein Blick wanderte immer wieder zu Chris, der ihm komische Augenbewegungen zuwarf – als versuchte er, geheime Morsezeichen zu senden. Anna hingegen sah mich an, als würde sie sich auf etwas freuen, das sie kaum noch erwarten konnte. Den Blick kannte ich. Ich griff nach meinem Glas und nahm einen kleinen Schluck. *Okay, was ging hier vor?*

Ich legte meinen Löffel ab und schob das halb aufgegessene Dessert ein Stück zur Seite. »Okay, was geht hier eigentlich ab?«, fragte ich und sah von einem zum anderen, aber natürlich blieb mir jeder eine Antwort schuldig. Lukas räusperte sich, und schwieg dann doch.

Anna konnte sich ein Kichern nicht verkneifen und schenkte mir ein verschwörerisches Lächeln. »Aufessen, Sophie. Sonst scheint morgen die Sonne nicht.« *Na gut.* Ich aß weiter.

Als die Teller schließlich abgeräumt waren, lehnte sich Chris mit einer gewissen theatralischen Gelassenheit zurück. Er zog seine Brille ab und wandte sich in seiner unverkennbaren Anwaltsmanier an Lukas. »Herr Harding«, begann er, »möchten Sie vielleicht ein Schlussplädoyer halten? Eins, das unser aller Herz erwärmt?«

Ich sah die beiden abwechselnd an – und meine Ungeduld stieg ins Unermessliche. »Was zum ... Was für ein *Schlussplädoyer*, Lukas?«

Anna rollte mit den Augen. »Also wirklich, Sophie. Lass ihn doch mal ausreden.«

»Ja, genau, lass mich ausreden«, murmelte Lukas, stand auf und tippte mit einem Löffel gegen sein Glas. Sofort richteten sich die Blicke der anderen Gäste auf ihn und das leise Murmeln verstummte. Plötzlich schien *er* ruhig und gelassen. Bei *mir* sah das dagegen anders aus.

»Meine Damen und Herren, ich danke Ihnen für Ihre erneute Aufmerksamkeit an diesem wunderschönen Abend.« Charmant, wie immer. »Ich stehe hier nicht, um die exzellente Küche dieses Ortes zu loben – obwohl sie es zweifelsohne verdient – sondern um Ihnen von einer außergewöhnlichen Frau zu erzählen.« Er drehte sich zu mir, und ich spürte, wie mein Herz schneller schlug. »Sophie ist eine wunderschöne, kluge und erfolgreiche Frau, die mich von dem Moment an, als ich sie traf, mit ihrem Selbstbewusstsein und ihrer Direktheit fast eingeschüchtert hat.«

Ich hörte jemanden lachen – vermutlich Anna – doch Lukas sprach weiter, als hätte er ein Drehbuch in der Tasche. »Sie ist all das, was ich gerade gesagt habe, und noch viel mehr. Temperamentvoll, witzig, tough und zart.« Sein Blick traf meinen, und ich fühlte, wie meine Knie leicht nachgaben. »Und bevor ich das vergesse, meine Eltern lieben sie.«

Ein Lachen ging durch die Runde, während ich das kleine Einmaleins in meinem Kopf durchging, um nicht in ein hysterisches Lachen oder Heulen auszubrechen. Denn es war offensichtlich, was er vorhatte. Und das war ganz schön mutig, nach allem, was vorgefallen war.

»Es gibt Momente, da vermisst man eine Person so sehr, dass man sich verloren fühlt, und genau das passiert mir jedes Mal, wenn wir getrennt sind. Besonders schmerzlich habe ich dich in den letzten zehn Tagen vermisst, Soph.« Sein Blick wanderte kurz zu Anna und Chris, die ihm aufmunternd zunickten, ehe er weitersprach. »Ich habe einen unüberlegten Antrag gemacht, der zwar aus tiefstem Herzen ernst gemeint war, aber scheinbar so romantisch wie eine Steuererklärung.« Ein leises Lachen ging durch die Runde, und ich verdrehte die Augen. »Heute Abend habe ich unsere besten Freunde als Schlichter eingeladen und habe Sie alle hier als Zeugen – und ich hoffe, dass die magische Atmosphäre dieses Ortes auf meiner Seite ist, wenn ich versuche, es diesmal richtig zu machen.«

Während Lukas sprach, bemerkte ich, wie sich ein Kellner mit einem Tablett voller Champagnergläser diskret näherte. »Sophie, würdest du bitte aufstehen?« Anna gab mir einen ungeduldigen Schubs, der mich fast von meinem Stuhl beförderte. Ich sah sie tadelnd an, bevor ich schließlich Lukas ansah.

Hier, genau hier, hatten wir uns zum ersten Mal geküsst. »Schönes Top«, hatte er damals gesagt, bevor er mich geküsst hatte. Und jetzt? Jetzt stand die Zeit still, und Gäste wie Personal schienen den Atem anzuhalten, als Lukas vor mir niederkniete und eine kleine Schachtel aus seiner Tasche zog.

Oh Gott, das passierte wirklich. Mir. Ausgerechnet. Vor all diesen Leuten? Mit Champagner und Sonnenuntergang im Hintergrund? Und jetzt? Jetzt wollte ich weder lachen noch weinen. Ich wollte nur diese Worte hören.

»Sophie.« *Souh-fieee.* Seine Stimme beruhigte mich sofort. »Dieses Hotel ist der Ort, an dem wir zum ersten Mal, nun ja, gemeinsam gefrühstückt haben.« Ich grinste. So konnte man es auch ausdrücken. Frühstück, genau. Nach einer sehr kurzen Nacht. »Und hier möchte ich morgen mit der Gewissheit aufwachen, mein Leben mit dir zu teilen. Sophie Brand. Aus tiefstem Herzen, nicht um ein Problem zu lösen, sondern weil ich dich liebe, frage ich dich: Willst du mich heiraten?«

Will you marry me? Da war sie, die Frage. So mutig, so entschlossen. Ein Moment, auf den alle romantischen Komödien hinführten. *Will you marry me?* Was antwortete man nochmal darauf? Warum hatte ich mir all die romantischen Komödien nie im englischen Original angesehen? *Yes, I will? Yes, I do?* Oder einfach *Yes, please? Verdammt, Sophie, atmen. Du bist doch sonst nicht auf den Mund gefallen, oder?*

Ich merkte, wie Lukas mich nun doch wieder ein wenig unsicher ansah. Dieser Moment war ganz bestimmt eine Ewigkeit für ihn – und irgendwie auch für mich.

353

Ein Grinsen breitete sich schließlich auf meinem Gesicht aus, als die Antwort mir glasklar einfiel. Natürlich: »Oui, je veux.« Schließlich war das hier Cassis.

Das Restaurant brach in frenetischen Applaus aus, als wir uns in die Arme fielen und küssten – umgeben von jubelnden Fremden.

»Ich wusste, du würdest *Ja* sagen!«, rief Anna zufrieden und zückte ihr Handy für ein Foto. Chris reichte uns die Champagnergläser mit einem theatralischen »Auf das glückliche Paar!« Einige Gäste standen auf und kamen persönlich zu uns an den Tisch. Lukas orderte für jeden Tisch eine Flasche Champagner. Es war, als hätte jemand den Knopf für eine riesige Überraschungsparty gedrückt – und wir waren die Ehrengäste.

Der Abend setzte sich fort, und es war weit nach Mitternacht, als Lukas und ich uns schließlich allein auf dem Balkon unseres Zimmers wiederfanden – die Sterne über uns, das Meer unter uns. Ich fühlte mich an unsere erste gemeinsame Nacht erinnert.

»Lukas & Sophie – Champagner, Kerzen, Seifenblasen«, murmelte ich lächelnd vor mich hin und ließ die vertraute Szenerie auf mich wirken. Es fühlte sich fast magisch an, wieder hier zu sein, an dem Ort, an dem alles so leicht und verspielt gewesen war. Aus einem spontanen Impuls ließ ich die Erinnerung an diese Situation wieder aufleben.

»Diese Balkonszene, Lukas Fitzwilliam Harding, hast du wirklich meisterhaft inszeniert«, zitierte ich mich selbst.

Lukas lachte laut auf. Auch ihm schien dieser Moment fest ins Gedächtnis eingebrannt zu sein.

»Freut mich, dass dir mein Drehbuch gefällt«, erwiderte er. »Aber ich hoffe, du willst jetzt nicht wieder auf dem Balkon blankziehen.« Sein Grinsen ließ keinen Zweifel daran, dass ihm die Vorstellung durchaus gefiel.

»Du bist wirklich *durch und durch konventionell*, Harding«, tadelte ich, genau wie damals. »Aber auch als künftige Mrs. Harding bleibe ich immer noch ich.«

Mit einem verführerischen Lächeln trat ich ein Stück zurück, öffnete langsam den Reißverschluss meines Kleides und ließ den Stoff ganz langsam zu Boden fallen. Seine Augen weiteten sich, und für einen Moment schien ich ihn einmal mehr sprachlos zu machen.

»Weißt du, Harding«, flüsterte ich und trat an ihn heran, »manche Traditionen sollte man pflegen.«

Bevor er noch etwas sagen konnte, griff ich nach seiner Hand und zog ihn lachend ins Zimmer.

34

Am Ende war alles dann doch weniger kompliziert, als wir es uns vorgestellt hatten. Nur wenige Wochen nach dem Antrag heirateten wir. *In Hamburg.* Denn, es war zwar kaum zu glauben, aber die Bürokratie war in Deutschland ausnahmsweise einfacher zu bewältigen. Danach reichten wir die notwendigen Unterlagen in England ein, um mein *Spouse Visa* zu beantragen. Eine Verlängerung und schließlich das dauerhafte Bleiberecht wären später eine bloße Formsache, wie man mir versicherte.

Unsere Hochzeit? Ein unvergesslicher Tag. Früher hatte ich Hochzeiten bekanntermaßen oft belächelt, doch als ich – begleitet von Anna und Becky, die mir beim Styling geholfen hatten – in meinem extravaganten Kleid aus zarter Tattoospitze das Standesamt betrat, begriff ich plötzlich, warum dieser Moment so magisch ist. Lukas' Blick erfüllte mich mit so viel Glück, dass ich es einfach nicht länger abwarten konnte. Spontan drehte ich mich lachend ein paar Mal im Kreis, bevor ich ihm vor der Standesbeamtin um den Hals fiel. Konventionen? Die hatten in diesem Moment keine Chance – unser erster Kuss kam schon vor dem Ja-Wort.

Nach der Zeremonie setzten wir die Feier auf einem kleinen Boot auf der Alster fort, nur begleitet von Lukas' Eltern, Chris und Becky mit den Kindern sowie Anna und Stefan. Meinen Brautstrauß drückte ich Anna in die Hand – es schien überflüssig, ihn zu werfen. Schließlich war außer ihr nur noch Gemma unverheiratet, und die wollte zum Glück vorerst nur ihren Papa heiraten. Wir aßen, tranken und tanzten ausgelassen, bevor wir die Nacht in einem kleinen, exklusiven Hotel verbrachten, als Mr. & Mrs. Harding, unter vollständiger Missachtung gängiger Konventionen, versteht sich.

Etwas Blaues? Irrelevant – die Kinderfrage stand weiterhin nicht zur Disposition, und Lukas schien damit auch okay zu sein. Etwas Altes? Nun ja, ich hatte ja Lukas. Etwas älter als ich, aber immer noch in gutem Zustand. Etwas Neues? Mein Name, natürlich. Und die Hochzeitsnacht? Ach, da waren wir beide viel zu k.o. nach der Feier, also beschlossen wir, den »Vollzug« einfach etwas später nachzuholen. Immerhin hatten wir unser ganzes gemeinsames Leben vor uns.

Stattdessen saßen wir inmitten von Blumen und Schleifen im Bett, tranken Champagner direkt aus der Flasche und lachten über all die Details des Tages. Was zählte, war der Augenblick, und der fühlte sich genau richtig an.

Meine Wohnung in Paris behielt ich noch, während das *Aurum*-Projekt sich schrittweise der Vollendung näherte. Parallel dazu verhandelten wir mit den Banken und brachten den Kaufvertrag mit Lukas' Eltern sowie die Finanzierung unter Dach und Fach. Zur Hochzeit überraschten uns Margaret und John mit einem unglaublichen Geschenk: Sie boten an, in die kleinere Wohnung zu ziehen und überließen uns großzügig das Nebengebäude. Ach, dieser Meerblick aus dem Schlafzimmer ... Sicher würde ich oft morgens Termine verpassen, weil ich einfach nur fasziniert die Schiffe auf dem Meer beobachtete.

Unser Hotel wurde also Realität. Wir nannten es *Clifftop Hideaway*. Alles, was wir selbst in die Hand nehmen konnten, machten wir auch selbst – vom Rückbau bis zur Sanierung der Holzböden. Wann immer es möglich war, fuhren wir nach St. Margaret's. War ich nicht vor Ort, übernahm Margaret entschlossen das Kommando und hielt mich mit Fotos zu jedem Detail auf dem Laufenden. So nahm der Umbau stetig Form an.

Die Zimmer? Statteten wir mit allen erdenklichen Annehmlichkeiten aus. Das wichtigste Accessoire für die Meerblickzimmer: Ferngläser, damit unsere Gäste die vorbeiziehenden Schiffe beobachten konnten. Die Möblierung? Wir kombinierten alte Schätze aus dem Harding'schen Fundus mit modernem Komfort und luxuriösen Materialien.

Um das Hotel zu einem unvergleichlichen Erlebnis zu machen und gleichzeitig die lokale Wirtschaft zu fördern, schlossen wir exklusive Partnerschaften mit ausgewählten Anbietern aus der Region: Ein Shuttleservice, Massagen, Segeltörns, Yoga-Sessions – alles, um die Seele baumeln zu lassen. Und für Gäste, die eine Extraportion Unterstützung benötigten, stand ein Paartherapeut für Wochenend-Coachings bereit. Sollte selbst das nicht helfen, bot Chris mit einem Augenzwinkern selbstverständlich seine Dienste als Scheidungsanwalt an.

Das Hotel war meine Bühne. Hier konnte ich all meine Kreativität ausleben, jede Szene gestalten, jeden Akt mit den kleinen Details perfektionieren, die den Gästen ein Lächeln ins Gesicht zauberten. Und Lukas? Keine Statistenrolle neben mir, wie ich es früher genossen hatte. Nicht kurz auf die Bühne, ein, zwei Sätze, und der Vorhang fiel. Nein, wir waren *Co-Stars* – und unser Stück schrieb sich ganz von allein.